Sur l'auteur

Elizabeth Little est née en 1971 à Saint Louis (Missouri). Diplômée de Harvard, elle a publié *Les Réponses*, son premier roman remarqué, en 2015.

Du même auteur
aux Éditions 10/18

LES RÉPONSES, n° 5145
LES FILLES MORTES NE SONT PAS AUSSI JOLIES, n° 5705

ELIZABETH LITTLE

LES FILLES MORTES NE SONT PAS AUSSI JOLIES

Traduit de l'anglais (États-Unis)
par Julie Sibony

10
18

SONATINE ÉDITIONS

Titre original :
Pretty as a Picture

Éditeur original : Viking, une maison de Penguin Group (USA) Inc.

ISBN 978-2-264-07834-6
Dépôt légal : octobre 2021

Pour Annabel et Robyn

La vie dans le milieu du cinéma,
c'est comme le début d'une nouvelle histoire
d'amour : c'est plein de surprises,
et tu te fais tout le temps baiser.

David Mamet

PROLOGUE

On dit qu'une image vaut mille mots.

Moi, je ne dirais pas ça.

Je dirais que ça dépend de l'image. Je dirais que ça dépend du format, de la couleur, du sujet, du tirage, du cadrage, de la mise au point et de la composition. Je dirais que ça dépend de ce que vous faisiez l'heure d'avant, le jour d'avant, l'année d'avant, la vie d'avant. Je dirais que ça dépend si vous la regardez sur un mur, si vous la faites défiler sur un écran ou si vous la découpez soigneusement dans un livre en appuyant de toutes vos forces sur la reliure parce que les marges sont trop petites, les ciseaux trop longs et qu'il est impossible de couper en ligne droite, mais vous n'avez pas envie de chercher une règle et un cutter parce que vous ne voulez pas attendre, il vous la faut, il vous faut cette image, tout de suite, et vos ciseaux de cuisine qui sont à portée de main feront très bien l'affaire – oui, très bien – et bon sang, Marissa, quand est-ce que tu te rentreras ça dans le crâne ? L'imperfection est le prix que paient les gens heureux pour sentir dans le creux de la main le poids d'une chose qu'ils aiment.

Voilà ce que je dirais.

Mais je comprends que certaines personnes préfèrent

la confortable imprécision des « jolis chiffres ronds », alors je veux bien faire semblant, pour le moment, de façon purement hypothétique, qu'une seule image vaut en effet très précisément mille virgule zéro zéro mots.

Il en résulterait donc que deux images valent deux mille mots.

Cent images, cent mille mots.

À ce rythme-là, il ne faudrait pas tellement d'images avant que vous ayez devant vous tous les mots qui aient jamais existé, et même au-delà ; plus de mots qu'on pourrait jamais assembler pour en tirer un sens quelconque.

Pensez-y la prochaine fois que vous allez au cinéma.

Si vous voulez tromper l'œil humain pour lui faire croire qu'une série d'images représente un mouvement continu – ce que les étudiants en première année d'école de cinéma apprennent à nommer la « persistance rétinienne » –, vous allez devoir offrir à votre public environ seize images par seconde. Plus, si vous voulez, mais pas moins.

Seize. Un chiffre qui n'est pas rond, mais auquel les gens aiment pourtant se raccrocher. On entend souvent dire que 16 i/s était la norme au temps du cinéma muet, ce qui est faux : il n'y avait pas de norme. Les caméras étaient à manivelle, et les réalisateurs faisaient varier le nombre d'images par seconde d'une scène à l'autre selon le rythme qui convenait à leur histoire. Mais à l'arrivée du parlant, l'image se devait d'être synchrone avec le son, et depuis, le nombre d'images par seconde utilisé au tournage comme à la projection est de vingt-quatre, à quelques exceptions près dans lesquelles je n'entrerai pas, car, d'après Amy, personne n'a envie de débattre sur *Un jour dans la vie de Billy Lynn*.

Selon ces calculs, avec une durée moyenne de quatre-vingt-cinq minutes, un film est constitué de 122 400 images. Donc, si une image vaut mille mots… eh bien, ce même film doit valoir 122 400 000 mots.

Cent vingt-deux millions.

Entre de mauvaises mains, c'est trop. Trop d'informations, trop de possibilités. Personne ne peut capter de signal au milieu de tout ce bruit. Autant avaler une bibliothèque. Autant boire un dictionnaire. Autant demander à un acteur comment il se sent.

Voilà pourquoi on fait appel à moi. La monteuse.

Donnez-moi du temps. Donnez-moi de l'espace. Donnez-moi une salle obscure et une bobine de film, un Steenbeck, une Moviola, un Avid NLE, un réalisateur qui a une vision et un acteur qui a du métier.

Donnez-moi un cutter et une règle.

Donnez-moi tout ça, et je vous ferai avec des images ce que je ne pourrai jamais faire avec les mots. Je couperai, collerai, croiserai, intercalerai, taillerai, effacerai, fondrai. J'ouvrirai en deux le corps de la bête et glisserai les mains sous son cœur battant.

Donnez-moi un film et je trouverai le sens ; je trouverai la vérité ; je trouverai l'histoire.

Parfois, si j'ai beaucoup de chance, je trouverai les trois.

1

Non pas que j'arrive à dire rien de tout ça à voix haute.

Bien sûr que non.

Parfois j'ai l'impression que tout ce qui ne va pas dans ma vie tient dans l'espace entre ce que j'aurais dû dire et ce qui est réellement sorti de ma bouche. J'ai beau faire des efforts, me préparer au mieux, les mots justes restent, pour moi, toujours inaccessibles. Pas parce qu'ils se coincent dans ma gorge ou parce que j'ai perdu ma langue. Aucune des expressions habituelles ne s'applique. C'est une forme d'effondrement plus global. Dès qu'il y a le moindre enjeu de conversation, ma personnalité débranche, se met aux abonnés absents, et il n'y a rien à faire, ça ne répond plus. C'est la panne généralisée.

Parle, je me dis dans ces moments-là. *Parle.*

Comme si j'étais Uma Thurman dans *Kill Bill*, allongée pieds nus sur la banquette arrière d'un camion, à serrer les dents en essayant de forcer mon corps récalcitrant à se plier à ma volonté de fer.

Parle.

Sauf que je ne suis pas Uma Thurman dans *Kill Bill*. Je ne me suis pas entraînée avec Gordon Liu. Je ne connais pas la technique du « toucher de la mort » et je ne suis pas gaulée pour porter une combinaison de moto en cuir jaune. Donc je ne réussis jamais à remuer mon gros orteil. Je ne conduis jamais ce camion jusque chez Vivica A. Fox. Je n'exécute jamais ma vengeance et ne retrouve pas ma fille. Je me contente de mourir d'inanition dans un parking d'hôpital.

Et, dans la vraie vie, quand un employeur potentiel me demande d'expliquer pourquoi je suis la meilleure candidate pour un job dont j'ai désespérément besoin, je ne me lance pas dans un vibrant monologue sur le pouvoir exaltant, universel, bouleversant, implacable du cinéma. Non, je passe simplement les doigts dans ma queue-de-cheval pour la dix-septième fois en bafouillant je ne sais quoi sur ma conscience professionnelle.

Et puis, pour couronner le tout, je finis par hausser les épaules – je *hausse les épaules* – en disant :

« Je crois juste que je suis une vraie cinéphile. »

Mon agente émet alors un son si affligé que j'ai sincèrement peur de l'avoir tuée sur place.

En même temps, je ne sais pas ce que Nell espérait ; ça faisait six ans que je n'avais pas eu à chercher de travail. Six ans qu'Amy gagnait suffisamment pour qu'on puisse se la couler douce entre chaque film sans être obligées de se taper des boulots qu'on n'aimait pas. Ça nous a demandé quelques efforts – la plomberie du trois-pièces qu'on partageait dans le quartier de Mid-City était une vague promesse plus qu'une réalité fonctionnelle, et six soirs par semaine on mangeait du riz et des haricots qu'on achetait en gros –, mais au bout du compte, elle a pu arrêter de bosser comme première assistante et moi pour la télé. On avait trouvé un rythme qui nous allait, la fin de la postproduction s'enchaînait sur le début de la préproduction et ainsi de suite, et si je n'avais pas le temps d'avoir une vie sociale, ça ne m'embêtait pas plus que ça puisque je vivais et travaillais avec ma meilleure amie.

Mais le mois dernier, j'ai décidé que le moment était venu de songer à m'installer toute seule, et avec Amy on a mis notre prochain film en stand-by pour pouvoir faire le point.

Il ne m'a pas fallu longtemps pour m'apercevoir que foutre en l'air en même temps ma vie personnelle et ma vie professionnelle n'était peut-être pas la chose la plus intelligente à faire. Pendant disons trois jours, je l'ai ressenti comme une libération. Mais ensuite, j'ai vite épuisé la liste des dernières sorties cinéma.

Et donc, cet après-midi, je me suis mise à tourner en rond dans le grand espace inadapté de ma location court terme à Burbank, agitée, nerveuse, les doigts fébriles. J'avais enfin trouvé le courage d'envoyer quelques mails à d'anciens collègues en espérant pouvoir décrocher un épisode ou deux de plus ou moins n'importe quoi, mais soit ils ne se souvenaient pas de moi, soit ils étaient tous sortis déjeuner, soit Gmail était en rade pour tout le monde à part moi.

Sur le coup de 14 heures, mes nerfs – déjà mis à rude épreuve par l'arrivée de mon relevé bancaire – m'ont poussée à commettre un geste désespéré : j'ai passé un coup de fil. J'ai laissé un message à mon agente en expliquant qu'Amy et moi faisions un break, que j'avais besoin de boulot et que par conséquent j'étais prête pour une fois à suivre ses conseils.

J'aurais dû me douter qu'il y avait un truc louche quand elle m'a rappelée dans la seconde.

« Tu as un rendez-vous, m'a-t-elle dit.

— Avec qui ? ai-je demandé.

— T'inquiète pas de ça. Sois là à 18 heures, je m'occupe du reste.

— Aujourd'hui ? En pleine heure de pointe ?

— Tu veux du boulot, oui ou non ?

— *Nell*. Tu leur as montré ma bande démo, au moins ?

— T'inquiète pas de ça non plus.

— Plus tu dis ça, plus je m'inquiète. »

Je l'ai entendue renifler.

« Que tu t'inquiètes ou pas, de toute façon c'est le seul job disponible qui ne consiste pas à ratisser la Toile pour y effacer les versions pirates de *Transformers 7*. Alors, si tu le veux, sois là à 18 heures, point. »

Elle a marqué une pause avant d'ajouter :

« Et fais peut-être quelque chose avec tes cheveux. »

Elle a raccroché sans me dire au revoir et ça m'a fait regretter, pas pour la première fois, de ne pas exercer le métier d'agent moi aussi.

Vous imaginez, pouvoir conclure une conversation quand ça vous chante ?

En arrivant au bureau de Nell – avec dix minutes d'avance, malgré des bouchons au niveau de la jonction entre Coldwater et Mulholland –, je n'avais toujours aucune idée de ce dont il s'agissait. Nell ne m'avait parlé ni d'un scénario, ni d'une histoire, ni même d'un pitch, si bien que je m'attendais au mieux à ce qu'elle m'ait organisé une petite rencontre de fin de journée avec un producteur trop néophyte pour savoir que c'était une agence spécialisée dans le hors-média. Pas très malin, comme stratégie : Nell savait pertinemment que ma personnalité n'était pas mon meilleur argument de vente. Sans doute avait-elle l'intention d'écourter la rencontre au plus vite.

Nell a tiré un petit coup sur ma queue-de-cheval en me voyant arriver.

Et voilà comment je me suis retrouvée ici, assise à une table en face de deux agents, trois avocats et un big boss d'un grand studio, à auditionner pour un job dont je ne sais absolument rien.

Naturellement, j'ai aussitôt oublié le nom du big boss. Je crois qu'il y a un *y* dedans, peut-être. Il porte de grosses lunettes tape-à-l'œil et un tee-shirt noir uni qui doit coûter autant que mon crédit auto. Il est l'incarnation de la courtoisie insipide, penché en avant sur sa chaise, les doigts en triangle, à opiner tous les trois mots, quels que soient les mots en question.

Après plus de dix ans dans le milieu du cinéma, je peux affirmer sans me tromper qu'une telle attitude indique une des trois choses suivantes :

1. un enthousiasme mesuré ;
2. un ennui catatonique ;
3. un récent webinaire d'entreprise sur les bonnes pratiques d'écoute.

J'imagine que ça pourrait être pire.

Je cligne des yeux pour me reconcentrer sur son visage. J'ai l'impression qu'il dit enfin quelque chose de pertinent.

« … arriver si tard sur un projet est loin d'être idéal, bien sûr, donc ce qu'il nous faudrait, c'est une petite étude rapide. »

Je hausse les sourcils.

« Et c'est *moi* que vous appelez ?

— Eh bien, il paraît qu'il n'y a pas mieux que vous pour visionner des rushes et savoir exactement ce que le réalisateur essaie de dire.

— Ce qui aide, en général, c'est d'avoir un scénario. »

Le big boss fait signe à une des assistantes postées

le long du mur du fond. Elle sort un dossier qu'elle lui tend. Il le pousse vers moi sur la table.

À l'intérieur se trouve une photo. Sur papier brillant, au format vingt sur vingt-cinq.

« Ce n'est pas un scénario, fais-je remarquer.

— Non, concède-t-il. C'est une photo. Et je voudrais que vous nous disiez ce que vous voyez. »

Je prends mon inspiration, prête à expliquer à toute l'assistance en quoi c'est une piètre méthode pour juger des talents d'un monteur (à commencer par le fait que mon boulot consiste à assembler des images, pas à les décortiquer une à une), mais alors mes yeux se posent sur la photo, et parce que au fond je suis comme le chien de *Là-haut*, distrait par le premier écureuil qui passe, il n'en faut pas plus pour que mes pensées s'emballent dans une nouvelle direction.

C'est un plan rapproché d'une jeune femme allongée sur une plage, et la première chose intéressante à noter est qu'elle est jouée par Liza May, ingénue oscarisée et reine de la proximité sur les réseaux sociaux dans l'esprit « les stars sont des gens comme tout le monde ». La dernière fois que je l'ai vue, je crois qu'elle s'épilait la moustache sur Facebook Live.

Donc on est dans la cour des grands. Pas étonnant que Nell se soit montrée si réactive.

La seconde chose notable est que cette jeune femme est morte.

Son corps occupe la moitié gauche du cadre, visible au-dessus des épaules, les bretelles de son maillot de bain orange fluo constituant la seule touche discordante dans une palette par ailleurs paisible. Elle a les cheveux soyeux, dans des nuances de taupe, de terre de Sienne et de blond foncé, avec des mèches éclaircies par le soleil. Ils lui tombent en dégradé sur la joue ; une pointe lui effleure le coin de la bouche. Ses sourcils ont été effilés, ce qui la vieillit un peu, mais elle ne porte quasiment pas de fond de teint, ce qui la rajeunit. Elle a une peau lisse, parfaite.

Elle est allongée sur un transat en bois patiné à toile blanche. Elle a un bras levé au-dessus de la tête, la joue calée contre son biceps droit, son profil radieux dans la lumière dorée d'une fin d'après-midi d'été, cette heure de la journée où l'angle du soleil et les particules dans l'atmosphère produisent ce que ne parvient jamais complètement à recréer un réflecteur, ni l'étalonnage.

« Alors ? demande le big boss. Qu'est-ce que vous en pensez ?

— J'en pense que la *magic hour* est un bon moment pour mourir. »

Le big boss ajuste ses lunettes.

« Comment savez-vous qu'elle est morte ?

— Eh bien… »

Je fais traîner le mot le plus possible, histoire de gagner du temps pour rétroanalyser le cours de ma propre pensée. Ça fait un bail que je n'ai pas eu à déconstruire les certitudes instinctives qui font de moi une bonne monteuse.

Je scrute l'image jusqu'à ce que mes yeux se mettent à piquer, à la recherche de quelque chose, n'importe quoi, qui pourrait m'aider à me distinguer. Finalement, mon doigt se pose sur une mince ligne qui coupe le cadre en deux verticalement, juste au bord du transat de Liza.

« La double dioptrie, dis-je.

— Expliquez.

— C'est un demi-filtre que vous posez sur l'objectif de la caméra si vous voulez garder la mise au point sur deux plans à la fois. Comme des verres à double foyer, mais pour le cinéma. Donc on a ici Liza au premier plan et puis tous ces baigneurs, là, loin dans le fond, mais les deux plans sont nets, vous voyez ? Ce ne serait pas possible sans une double dioptrie. C'est dommage que ce ne soit pas utilisé plus souvent, mais je crois que De Palma en a un peu abusé dans les années 1970 et 1980, et maintenant ce n'est pas… »

Le big boss lève une main.

« Oui, je sais ce qu'est une dioptrie, merci. »

Voilà qui me cloue le bec.

« Ma question, reprend-il, c'est en quoi ça vous dit qu'elle est *morte* ? »

Je jette un coup d'œil vers la porte.

« Vous savez, je ne suis pas très douée pour m'exprimer par les mots. Je pourrais plutôt vous montrer ma bande démo, non ? »

Nell me pose une main sur le poignet et me chuchote à l'oreille :

« C'est ça ou des robots, Marissa. Transformables.

— D'accord, j'ai compris », dis-je d'une voix que je perçois moi-même comme tendue et inamicale.

Je recule légèrement ma chaise de la table jusqu'à avoir assez de place pour agiter le pied sans cogner personne au passage. Après quelques secondes de ce défouloir, je suis en mesure de m'expliquer.

« Étant donné que c'est un film de studio, on peut supposer sans trop s'avancer que la foule en arrière-plan est volontairement nette parce qu'elle joue un rôle important dans la scène. Parce qu'on attend qu'une de ces personnes remarque Liza, la trouve. La perspective de la découverte, c'est ce qui crée la tension ici. Ça n'aurait rien de dramatique si elle faisait juste une sieste. »

Le big boss appuie un bras sur le dossier de sa chaise et écarte les cheveux sur son front.

« Vous êtes sûre de ça ? »

J'examine de nouveau la photo.

« Ou alors le réalisateur trouve juste que ça fait cool… »

Nell donne un petit coup de pied dans ma chaise.

« … mais, quoi qu'il en soit, elle est clairement morte. »

Le big boss me considère par-dessus la monture de ses lunettes.

« Vous êtes la première à évoquer ça. Tous les autres ont dit que les lèvres blanches étaient ce qui les avait mis sur la voie.

— Non, je ne me fierais pas à cette équipe de maquillage.

— Pourquoi ça ? »

Je montre le visage de Liza.

« En été, quelqu'un avec un teint pareil aurait des taches de rousseur. Ils lui ont vaporisé du faux bronzage en spray, à l'évidence, mais l'esthéticienne a rectifié la couleur, l'a délavée… sans doute parce que son sang est censé avoir commencé à se concentrer dans ses extrémités basses et qu'elle doit donc être plus pâle que la normale. La fameuse lividité cadavérique. Sauf que la mort ne vous enlève pas vos taches de rousseur. Ils auraient dû lui en dessiner quelques-unes, dis-je en effleurant ses pommettes. Là, elle ressemble un peu trop à une star de cinéma, et ce n'est pas ça qu'on recherche quand on réalise une fiction basée sur un vrai fait divers. »

Le big boss fronce les sourcils à présent, deux petits sillons se sont creusés au-dessus de son nez, et je me rends compte que dézinguer leur équipe maquillage n'était peut-être pas la meilleure façon de décrocher ce boulot.

Au moins, Nell ne pourra pas dire que je n'ai pas essayé.

J'ouvre la bouche pour les remercier du temps qu'ils m'ont…

« Qu'est-ce qui vous fait dire que c'est un *vrai* fait divers ? » demande le big boss.

Je baisse à nouveau les yeux vers la photo. Qu'est-ce qui m'a pris de dire ça ?

« À en juger par les costumes, c'est un film d'époque. Peut-être le milieu des années 1990 ? Et je suppose que c'est basé sur une histoire vraie parce que… ouais, d'accord, la couleur n'a pas été corrigée ni étalonnée, je sais, mais on voit que la palette générale a été mûrement étudiée et réfléchie. Et dans tout ça, le maillot de bain qu'elle porte est vraiment… incroyablement orange. Alors j'en déduis que c'est sans doute le même maillot que celui dans lequel la vraie fille a été assassinée.

— Attendez, attendez, je n'ai jamais dit qu'elle avait été assassinée.

— Ça tombe sous le sens. Sinon, pourquoi en faire un film ? »

Bon, je ne suis peut-être pas un as de la conversation, mais en revanche, les silences, je connais. En gros, on peut les répartir en deux groupes : le genre de silence où tout le monde se regarde, et le genre où *personne* ne se regarde. Personnellement, je préfère les seconds. S'il doit y avoir des rires cruels, j'aime autant ne pas savoir d'où ils viennent.

Le silence qui vient de s'abattre sur la pièce, cependant, est d'une troisième catégorie extrêmement peu désirable : tout le monde regarde *la même chose*. À savoir, le haut-parleur du téléphone au centre de la table.

Ce qui signifie qu'ils ont peur.

Il y a alors un grésillement, et une voix surgit au bout de la ligne, scellant mon destin.

« On la prend. »

Note : À la vie, à la mort *est produit pour l'oreille et conçu pour être entendu, et non pas lu. Nous vous encourageons vivement à écouter l'enregistrement audio, qui contient une émotion et une emphase que vous ne retrouverez pas à l'écrit. Les transcriptions sont générées grâce à une combinaison de logiciel de reconnaissance vocale et du petit frère de Suzy et peuvent comporter des erreurs parce que lolll, les gars, vous n'êtes pas sur* This American Life. *Merci de votre indulgence.*

SUZY KOH : Bonjour tout le monde, je suis Suzy Koh...
GRACE PORTILLO : Et moi, c'est Grace Portillo.
SUZY KOH : Bienvenue dans l'épisode de cette semaine d'*À la vie, à la mort*, le podcast de faits divers pour ceux qui détestent les podcasts de faits divers.
GRACE PORTILLO : Sérieux ?
SUZY KOH : Quoi ?
GRACE PORTILLO : Je ne sais pas, c'est juste que ça me semble, euh... inutilement clivant.
SUZY KOH : D'accord. C'est aussi le podcast de faits divers pour ceux qui adorent les podcasts de faits divers.
GRACE PORTILLO : OK...
SUZY KOH : Et pour ceux qui les aiment bien,

sans plus. Et pour ceux qui ne savent même pas ce que c'est qu'un podcast... mais c'est pas grave, mamie, je t'aime quand même. [*Un temps.*] J'ai oublié quelqu'un ? Ou tu trouves ça assez inclusif ?

GRACE PORTILLO : Oh, purée...

SUZY KOH : Donc, la semaine dernière, on s'est arrêtés au moment où la grosse machine de Tony Rees sur cette histoire de fille morte venait de tomber sur un os en perdant le membre de son équipe le plus en vue jusque-là...

GRACE PORTILLO : Même si, côté production, personne n'a voulu reconnaître ce qui s'était passé.

SUZY KOH : L'excuse que la productrice avait donnée à l'époque était que Tony et son monteur ne s'entendaient plus.

GRACE PORTILLO : C'est ça. Des « divergences artistiques ». Ce qui ne tient pas debout vu qu'ils n'avaient même pas commencé le montage !

SUZY KOH : Ouais, mais sur le coup, on ne s'en était pas rendu compte. On n'avait jamais mis les pieds sur un plateau.

GRACE PORTILLO : Et quelle était l'excuse de l'équipe de tournage ?

SUZY KOH : Sans doute quelque chose comme quoi ils ne voulaient pas se faire virer ?

GRACE PORTILLO : Ah. Ouais, d'accord, ça peut se comprendre.

SUZY KOH : Et donc, nous commençons ce nouvel épisode avec l'arrivée de Marissa Dahl.

> GRACE PORTILLO : Marissa, merci beaucoup d'avoir accepté de nous parler.
>
> MARISSA DAHL : Merci à vous d'avoir accepté de ne plus me harceler de messages si je venais.

SUZY KOH : Marissa est une monteuse télé et cinéma surtout connue pour son travail avec Amy Evans, la réalisatrice plusieurs fois primée de *Mary, reine de l'univers* et de *Tous mes jolis petits*.

GRACE PORTILLO : Surtout connue, jusqu'à *récemment*.

SUZY KOH : Oui, bien sûr. Maintenant, vous la connaissez sans doute comme la femme qui a résolu deux des plus grosses affaires criminelles de l'année.

2

Hollywood ne connaît que deux vitesses : « On vous rappellera » et « Il nous faut ça pour hier ». Dès que la communication coupe dans le haut-parleur du téléphone, on quitte sans transition la lente torture de la première pour sauter dans la gueule impitoyable de la seconde. Les avocats et les agents parlent vite, tous en même temps, de toutes les choses auxquelles je les paie pour penser à ma place.

« Je suppose que notre lettre d'accord précédente tient toujours.

— Je veux bien rouvrir la discussion sur les reliquats.

— Je veux bien rouvrir la discussion sur ses tarifs.

— Ses tarifs sont ses tarifs, Steve. »

Il y a une assistante – allez savoir de qui – à côté de moi qui tape sur deux téléphones à la fois en me bombardant de questions que j'arrive à peine à suivre, sans parler d'y répondre.

« Burbank ou LAX ? Non-stop sur American ou avec escale à Chicago sur United ? Couloir ou hublot ? 6 heures ou 7 h 20 ?

— Il n'y a rien ce soir ? » demande le big boss.

Je fronce les sourcils.

« Genre ce soir, *ce soir* ? »

L'assistante se mordille la lèvre et tapote furieusement sur ses écrans.

« Non, dit-elle. Le dernier vol est à 21 h 45. Elle n'y sera pas.

— Excusez-moi, pardon, mais vous parlez de moi, là ? »

Le big boss se tourne vers mon agente.

« Nell, tu es sûre qu'on ne peut pas la faire voyager en éco ? »

Elle hausse les épaules.

« Si tu penses pouvoir trouver un meilleur candidat, vas-y. »

Le big boss soupire et fait un signe de tête à l'assistante.

« Réserve celui de 6 heures demain matin. On enverra quelqu'un la chercher. »

Qu'est-ce qui se passe ? Où je vais ? Pourquoi tout le monde se comporte comme si on lançait une campagne militaire ? Je balaie la pièce du regard, mais personne n'a l'air de trouver ça inhabituel.

« Allô ? Quelqu'un veut bien m'expliquer de quoi on parle ? »

Le big boss daigne m'accorder un bref coup d'œil.

« Vous allez sur le tournage. »

Je fais une moue comme si j'avais reniflé une mauvaise odeur.

« Pourquoi ? Les assistants monteurs peuvent très bien gérer les cartes mémoire pendant que je prépare tout ici pour la postprod.

— Il n'y a pas d'assistants monteurs, me rétorque le big boss avec un geste dédaigneux. Tony n'a pas confiance en eux. »

Un des avocats lâche une pile de contrats sur la table

devant moi et essaie de me tendre un stylo, que j'écarte d'un revers de main.

« Pardon, vous avez dit… *Tony* ? »

Le big boss se fige. Il déglutit, et sa pomme d'Adam plonge derrière le col ras du cou de son tee-shirt hors de prix. Puis il relève la tête et regarde quelque part derrière mon épaule gauche.

« Ah, on ne vous l'avait pas précisé ? Tony Rees… c'est le réalisateur du film. »

Quand vous avez vécu suffisamment longtemps à Los Angeles, plus grand-chose ne vous étonne.

Je n'ai pas grandi dans un trou paumé, mais quand même, pour un gosse de Champaign-Urbana, croiser une célébrité était un événement. Je me souviens encore de la jalousie et de la stupéfaction qui se sont emparées de moi quand j'ai appris qu'une de mes camarades de classe avait vu Jennie Garth au supermarché avec sa mère.

Et Jennie Garth *est originaire* de Champaign-Urbana.

Après presque quinze ans ici, néanmoins, les célébrités font partie du paysage, juste un truc de plus qu'on ne remarque pas quand on rentre chez soi au volant de sa voiture, et je ne sais pas ce qui m'exaspère le plus dans mon indifférence : le cynisme ou le fait que ça corrobore tous les clichés qu'on peut avoir sur Hollywood. Cela dit, en de très rares occasions, il m'arrive encore de tomber sur quelqu'un de si spécial que ces interminables dissections fébriles au sujet d'un coup d'œil de cinq secondes sur la nuque de Jennie Garth retrouvent tout leur sens, et l'espace d'un instant je me souviens de la chance obscène que j'ai de faire partie de ce milieu.

Comme quand Dede Allen a souri plus ou moins dans ma direction. Ou qu'Agnès Varda a serré la main de quelqu'un à côté de moi. Un jour, j'ai été présentée à Thelma Schoonmaker et il s'est avéré qu'elle connaissait mon nom.

Et puis, il y a la fois où je suis tombée dans une fontaine avec Tony Rees.

Je me suis sentie moins chanceuse, ce jour-là. C'était il y a deux ans, j'étais à la Mostra de Venise avec Amy. Elle devait y recevoir un prix et elle avait insisté pour que je l'accompagne. *On forme une équipe*, disait-elle. *Tu le mérites autant que moi.* J'étais trop lâche pour refuser, alors je me suis retrouvée planquée dans la cour de l'hôtel à contempler la symétrie de la colonnade, les palmiers, qui me rappelaient Los Angeles, le ciel. Il y avait un banc dans un coin, mais je marchais autour de la fontaine : trois côtés d'un rectangle, deux côtés d'un triangle, trois côtés d'un rectangle, deux côtés d'un triangle.

C'était un motif particulièrement agréable. Parfois, si je marche juste comme il faut – juste à la bonne vitesse, avec la bonne démarche, dans la bonne direction –, j'arrive à dompter mes pires pensées.

Il faisait bon, je me souviens. J'étais détendue. Heureuse, peut-être.

Puis quelqu'un s'est raclé la gorge.

J'ai tout de suite reconnu Tony, mais je sais que ce ne serait pas le cas pour tout le monde. C'est un homme blanc lambda d'environ quarante-cinq ans, qui n'a rien de remarquable à bien des égards, ni grand, ni petit, ni gros, ni maigre. Il n'a pas les cheveux auburn ni acajou, pas de reflets cuivrés ni couleur whisky. Ils sont juste châtains. Il n'a aucune cicatrice visible, ni grain de beauté, ni tache de naissance, et un seul tatouage : le prénom de sa fille sur l'avant-bras, en lettres bleues.

Mais il y a pourtant deux choses qui le distinguent.

Premièrement, ses yeux, dont tout le monde dit qu'ils sont d'un vert saisissant (« vert bouteille » est en général l'expression usitée, bien que ça me semble inutilement long). Ils sont suffisamment vifs pour qu'on en devine la couleur même sur les portraits solennels en noir et blanc que les magazines chics lui commandent invariablement.

Deuxièmement, il ne parle jamais plus fort que dans un murmure intime. Jamais. Ni dans les interviews, ni sur la voix off en commentaire de ses DVD, ni lors des remises de prix, pas même – comme toute personne ayant déjà travaillé avec lui vous le confiera d'un ton vaguement abasourdi – sur les tournages. Quelle que soit la situation, Tony vous parle comme s'il était à l'intérieur de vous.

Du moins c'est en ces termes qu'Amy me l'a décrit un jour. Je me contenterai de dire qu'il est assez difficile à entendre.

Comment le réalisateur le plus exigeant de Hollywood parvient à faire ses films sans élever la voix est l'un des grands mystères du show-business.

Ce jour-là, nous étions séparés par le bassin de la fontaine, une distance suffisamment confortable pour que je ne sois pas gênée de le regarder en face. Il portait un jean et une chemise en batiste dont les manches étaient roulées, trois boutons défaits. Son bronzage s'arrêtait au cou, traçant une ligne au niveau de ce qu'aurait été l'encolure d'un tee-shirt ; juste en dessous, dans le creux de sa gorge, pendait le disque argenté d'une médaille de saint Christophe.

Il m'observait en se tapotant distraitement le menton du bout du doigt, le coude droit appuyé sur son poing gauche, et je sens encore le goût de la bile qui explosa à l'arrière de ma langue quand je compris ce qui se passait. Ce n'était pas le deuxième rôle d'une sitcom populaire, ni la star de la nouvelle campagne de pub Verizon. Il n'était pas là en train d'attendre un yaourt glacé, de tâter des figues au marché bio ou de bloquer l'accès aux pâtes dans un rayon de chez Von's. C'était un des plus célèbres réalisateurs américains, un homme dont j'admirais profondément le travail.

Et il avait envie de parler.

Ou, en tout cas, il avait l'air d'avoir envie de parler. Il ne manifestait aucun des signes habituels d'impatience : il n'agitait pas les pieds, il ne jetait pas des regards dans tous les sens. Mais il ne disait rien non plus.

C'est alors que je l'ai ressentie. Une pression croissante sous le sternum, une sensation que je ne connaissais que trop. J'ai adressé une prière à Dieu en urgence : *S'il vous plaît, Seigneur, quoi que je sois sur le point de bredouiller, faites que ce soit sophistiqué. Intelligent. Fin. Que ça concerne un de ses premiers films, moins connu. Un détail technique qui me donne l'occasion de montrer mon expertise. Ou, au minimum, le temps qu'il fait.*

Mais, apparemment, Dieu avait d'autres chats à fouetter.

« Vous vouliez me parler ou c'est juste que je me suis retrouvée par hasard dans votre ligne de mire ? » j'ai demandé.

Son doigt s'est immobilisé. Ses lèvres ont bougé. Et la question qu'il m'a posée s'est avérée si condescendante que j'ai mis un moment à comprendre ce qu'il me demandait.

« Vous m'avez demandé si j'étais là pour le *festival*, c'est ça ? »

Il a hoché la tête.

Bon sang, j'ai pensé, je *savais* que j'étais trop petite

pour cette combinaison-pantalon. Amy m'avait très clairement signifié qu'il fallait que je fasse un effort, que je ne pouvais pas me contenter d'enfiler un bas de jogging et un débardeur – « C'est *l'Italie*, Mar » –, alors j'avais fait du shopping à Silver Lake avant de partir. Je ne connais pas grand-chose à la mode, mais la vendeuse qui m'a refourgué la combinaison-pantalon portait des baskets géantes et un jean qui lui arrivait sous les bras, donc j'ai cru que je pouvais lui faire confiance.

À quel point étais-je ridicule ? Allait-il appeler la sécurité ? Fallait-il que je lui montre une pièce d'identité ? Ma page IMDb ? Finalement, j'ai fait la seule chose qui me soit venue à l'esprit dans de telles circonstances ; quelque chose que je n'aime pas faire, mais je ne voyais pas d'autre moyen d'asseoir ma crédibilité.

J'ai lâché un nom.

« Je travaille avec Amy Evans », j'ai dit.

Sans surprise, les épaules de Tony ont reculé et ses yeux se sont mis à briller d'un intérêt nouveau.

Mais c'était peut-être juste le soleil.

« Je suis fan », a-t-il rétorqué d'un ton dégagé.

Je ne savais pas bien quoi répondre à ça. Évidemment, qu'il était fan. Il était président du jury qui venait de lui décerner le Lion d'argent.

« Elle a beaucoup de talent », a-t-il poursuivi.

Sans doute n'ai-je pas bien caché mon incrédulité, car il a laissé échapper un léger grognement de surprise.

« Vous n'êtes pas d'accord ? a-t-il fait.

— C'est juste que je ne comprends pas très bien pourquoi vous me dites des choses que je sais déjà. »

Une mouette solitaire qui traversait le ciel a attiré mon attention, et j'ai dû attendre qu'elle disparaisse avant de pouvoir me concentrer à nouveau sur Tony.

« J'imagine que vous ne pouvez pas vous empêcher de tout mettre en scène. »

Un de ses sourcils s'est soulevé, et une image de Joaquin Phoenix en empereur romain, tournant le pouce vers le bas, m'est apparue à l'esprit. Tony Rees, me suis-je alors rappelé, pouvait détruire une carrière d'un seul coup de téléphone… d'un seul regard.

Pouvait, et ne s'en était pas privé par le passé.

Mais ce jour-là, pour des raisons qui m'échappent encore, il a choisi de s'en amuser.

Son rire était encore plus ténu que sa voix, plus ténu que le gargouillis soyeux de la fontaine, et je me suis rapprochée d'un pas en guettant la note dure et cinglante indiquant qu'il riait *de* et non *avec* moi. Comme elle ne venait pas, je me suis surprise à souhaiter – avec assez de ferveur pour que mon cœur s'emballe à cette pensée – qu'il soit appelé ailleurs en urgence afin que je puisse considérer notre conversation comme un relatif succès. Mais les lois de la probabilité n'étaient pas de mon côté.

« Qui êtes-vous ?

— La monteuse d'Amy.

— Ce n'est pas la question que je vous ai posée.

— Dans ce cas, vous auriez dû être plus précis.

— Ah ? »

Je me suis expliquée aussi délicatement que j'ai pu.

« Vu le contexte, il est raisonnable de penser que l'élément personnel le plus utile et signifiant que je puisse vous fournir est mon domaine d'expertise. Vous ne voulez pas connaître l'histoire de ma vie ou mes groupes préférés.

— Et pourquoi pas ?

— Manque de bol, j'écoute essentiellement du bruit blanc.

— *Anton…* »

On s'est retournés en chœur vers l'endroit d'où venait la voix. À quelques mètres sur la gauche de Tony, parfaitement cadrée dans l'embrasure de la porte, se tenait une femme toute menue dans une robe blanche immaculée, les poings sur les hanches, ses cheveux couleur miel gonflés par une brise qui semblait ne souffler que pour elle.

Annemieke Janssen, la star immensément populaire de plusieurs des films de Tony, et accessoirement sa femme.

Elle est d'une beauté exceptionnelle. Délicate. Éthérée. Je suis sûre que quand elle a accouché de leur fille, le seul son qu'elle a émis était un unique et ravissant soupir.

Les lèvres de Tony se sont pincées.

« Juste une seconde », m'a-t-il dit.

J'ai tiré sur la taille élastique de ma combinaison en m'efforçant de ne pas le suivre du regard tandis qu'il se dirigeait vers Annemieke.

Bien que je ne pusse entendre ce qu'ils se disaient, je voyais bien que Tony n'était pas content ; son expression n'avait pas changé, mais un muscle de sa mâchoire tressaillait. Annemieke, en revanche, semblait imperturbable. Elle n'arrêtait pas d'admirer la pointe de ses stilettos bleu marine avant de relever les yeux pour regarder Tony par en dessous. Quand elle écartait sa frange de son front, elle le faisait avec son petit doigt.

J'ai baissé la tête vers ma propre main et je l'ai retournée, paume vers le haut, en tendant l'auriculaire. Je l'ai levée jusqu'à mi-chemin de mon front avant de décider que je n'y arriverais pas. J'aurais juste l'air de quelqu'un qui ne sait pas comment une femme normale écarte les cheveux de son visage.

Plus le temps passait, plus j'étais nerveuse, certaine de l'avoir mal compris. Il avait dit « Juste une seconde », mais peut-être que ça ne voulait pas dire « Attendez une seconde » ou « Ne bougez pas une seconde », ni même : « Je sais que ça va vous sembler fou, mais vous voulez bien rester là pendant que je me débarrasse de ma sublime femme, une des plus grandes actrices de sa génération, parce que je suis étrangement intrigué par votre incapacité à appliquer de l'eye-liner ou à suivre une conversation, et j'aimerais en savoir davantage. »

Peut-être que « juste une seconde » était le nouveau « au revoir », mais que la rubrique « Style » du *New York Times* n'avait pas encore trouvé le temps de me prévenir.

Avais-je mal compris ? Est-ce qu'il me lorgnait du coin de l'œil en se demandant ce que je faisais encore là ? Est-ce qu'ils étaient en train de parler de la fille mal à l'aise dans sa tenue ridicule ? Est-ce qu'ils se moquaient de moi ?

Et si c'était le cas, cela m'importait-il ?

Une partie de mon équation existentielle consiste à peser le pour et le contre entre la gêne et l'opportunisme.

J'ai décidé de prendre le risque. Une petite dose d'humiliation n'était rien si ça pouvait vouloir dire que Tony Rees se souviendrait peut-être de moi lors de son prochain film. Dans ce métier, je ne peux pas me permettre d'avoir de l'orgueil en plus d'être asociale.

Alors j'ai attendu. Bientôt, mes pas m'ont ramenée vers le circuit autour de la fontaine.

Trois côtés d'un rectangle, deux côtés d'un triangle, trois côtés d'un rectangle, deux côtés d'un triangle.

Au bout de deux tours, mon rythme cardiaque a ralenti. Mes épaules se sont relâchées. Et c'est là que j'ai senti quelque chose se détendre derrière mon sternum, comme si j'avais défait un nœud, et cette impression tenace qu'il y avait un truc qui clochait s'est enfin dissipée. Quand je suis revenue du côté du bassin où se trouvait Tony, j'ai été engloutie dans le nuage du parfum d'Annemieke et j'étais si tranquille que j'ai marqué une pause pour en répertorier les notes : pêche, violette, quelque chose d'autre qui me rappelait le restaurant marocain préféré d'Amy. À cet instant, même une odeur synthétique n'aurait pu me déranger.

J'étais tellement perdue dans mes pensées quand Tony m'a tapoté sur l'épaule que ça ne pouvait pas finir autrement : j'ai sursauté, perdu l'équilibre, lancé les bras en avant pour me rattraper. Mais la seule prise disponible était la fine chaîne en métal autour du cou de Tony.

Et voilà comment j'ai littéralement entraîné avec moi le réalisateur que la revue *Film Comment* qualifiait de « premier grand cinéaste du XXIe siècle ».

Dans une fontaine.

C'est un désastre.

Cette dernière phrase, je la prononce tout haut.

La tête de Nell pivote d'un coup et son visage se décompose l'espace d'une fraction de seconde avant qu'elle se ressaisisse. Elle adresse un sourire falot à l'assistance.

« Je pourrais avoir un mot en privé avec ma cliente, s'il vous plaît ? »

Les huiles et leurs assistantes bondissent de leur chaise, clairement ravies d'avoir un prétexte pour quitter la pièce. Dès que tout le monde est sorti, Nell se carre dans son fauteuil et croise les jambes. Elle a l'honnêteté de ne pas faire semblant de ne pas comprendre pourquoi je suis inquiète.

« Tu m'as dit *n'importe* quel boulot, fait-elle remarquer.

— Je voulais dire n'importe quel boulot raisonnable.

— Être la monteuse d'un réalisateur deux fois oscarisé me paraît plutôt raisonnable. »

Je pose les pieds sur le bord de ma chaise et passe les bras autour de mes genoux.

« Il va me détester, dis-je.

— Et alors ? rétorque-t-elle en haussant les épaules.

— Je remplace qui ? »

Nell vérifie ses notes.

« Paul Collins.

— On sait ce qui lui est arrivé ?

— La mort, la destruction, la scientologie… qu'est-ce que j'en sais ? Et qu'est-ce que ça peut faire ? Ça n'a pas marché. Et maintenant, ils sont aux abois. Ils ont auditionné tous les monteurs de longs-métrages disponibles à la ronde. Je t'aurais appelée plus tôt si j'avais su que tu cherchais du boulot. Ça m'aurait fait gagner un paquet de temps, Marissa.

— Je n'ai pas envie d'être le bouche-trou de quelqu'un, je marmonne.

— Mais lui, ce ne serait pas aussi ton bouche-trou ? »

Je la fusille du regard par-dessus mes genoux.

« C'est pas *fini* entre Amy et moi.

— Bien sûr que non, répond-elle en levant les deux mains.

— Et arrête de reprendre tout ce que je dis et de me le répéter comme un perroquet avec un petit air entendu. C'est énervant. On n'est pas dans un scénario. »

Nell décroise les jambes et se penche en avant pour attraper mes mains entre les siennes.

J'ai honte de mon comportement, alors je la laisse faire.

« Marissa, écoute. C'est le job parfait pour toi en ce moment. Mis à part que c'est quand même la super-classe, personne ne t'en voudra si ça se passe mal. On parle de *Tony Rees*, je te rappelle.

— Tu es en train de me dire que c'est une bonne chose qu'il soit notoirement ingérable ?

— C'est seulement, quoi ? Trois mois de ta vie, dit-elle en me compressant les doigts. Quel est le pire qui puisse arriver ?

— Honnêtement, je ne sais pas par où commencer pour te répondre. »

La pression de sa main s'accentue.

« Et puis, de toute façon, maintenant c'est trop tard pour faire machine arrière. »

Je relève la tête.

« Comment ça ? »

Elle sourit d'un air encore plus morne que tout à l'heure.

« Ces gens-là n'aiment pas qu'on leur dise non. »

GRACE PORTILLO : Quelle est votre méthode, en général, quand vous attaquez un nouveau film ?
MARISSA DAHL : Sur un gros long-métrage comme celui-là, en principe je passe d'abord quelques semaines à travailler sur le scénario, à rencontrer le réalisateur, la scripte et le reste de l'équipe de réalisation. Ensuite, mes assistants et moi sommes disponibles pendant le tournage, où on commence déjà un bout-à-bout au fil de l'eau, puis on est prêts à se mettre au travail dès le début de la postprod.
GRACE PORTILLO : Mais vous êtes arrivée sur ce film-là sans rien savoir de Caitlyn Kelly.
MARISSA DAHL : Je n'avais jamais entendu parler d'elle.
SUZY KOH : Et vous n'avez pas pensé à regarder sur Google ?
MARISSA DAHL : Avec le peu d'informations que j'avais ?
SUZY KOH : Je dis juste que, si je faisais un film sur un meurtre qui a vraiment existé, j'aurais sans doute envie d'en savoir plus sur ce qui s'est passé.
MARISSA DAHL : Bien sûr que j'ai *essayé*. Mais je n'avais aucun détail. À ce stade, je ne connaissais même pas son nom. Et chercher sur Google « film sur une fille morte », vous avouerez que c'est un peu vague.

3

« Tu ne sais même pas de quoi ça parle ?

— Ils n'ont pas voulu me donner le scénario. Ils m'ont fait signer une clause de confidentialité de seize pages avant de pouvoir me dire le *titre*.

— Qui est ? »

Je marque un temps.

« Projet Anton Rees sans titre. »

Amy éclate de rire, et je frétille de satisfaction. J'ai réfléchi au rythme de cette réplique toute la matinée. Parfois, quand j'essaie de raconter une blague, c'est comme si je pédalais sur un vélo dont la chaîne a déraillé. Mais cette fois, j'ai réussi mon coup.

C'est sympa d'avoir au moins un truc qui se déroule comme prévu.

Ça fait maintenant presque trois heures que je suis en voiture. Mon chauffeur est venu me chercher à Philadelphie ; un homme noir d'une beauté saisissante, au crâne rasé et au costume impeccablement coupé. Il s'appelle Isaiah et il a des bras gros comme mes cuisses. C'est le genre de type qu'Amy qualifierait volontiers d'armoire à glace, et j'imagine qu'elle a le sens de l'observation puisque Manohla Dargis a écrit d'elle un jour qu'elle avait « un œil de lynx pour les vicissitudes de la condition humaine », mais maintenant que j'y pense, je m'aperçois que je ne sais pas bien si c'est censé être une insulte ou un compliment parce que, d'accord, les armoires à glace sont plus chères et plus standing que les armoires lambda, mais ça reste quand même des meubles de rangement.

C'est un costaud, voilà ce que je veux dire.

« En route », a-t-il lancé quand il m'a vue, et la conversation s'est arrêtée là, ce qui m'allait très bien.

Du moins au début.

Mais au bout d'une heure et demie, ça m'a rendue nerveuse. Je me suis demandé si Isaiah était du genre qui n'aimait pas parler de la pluie et du beau temps. Ou s'il avait deviné que *je* n'aimais pas parler de la pluie et du beau temps. Ou s'il attendait simplement que je dise quelque chose la première, mais peut-être que maintenant il avait l'impression que je le prenais de haut à ne pas daigner lui adresser la parole, et oui, oui, d'accord, je sais ce que vous vous dites, ça y est, elle recommence, toujours à se faire une montagne d'un rien. Mais le problème, voyez-vous, c'est qu'une fois que la montagne est là, je ne peux pas l'ignorer. Je dois soit la traiter avec le respect qu'une montagne mérite, soit attendre huit à dix ans qu'elle s'érode jusqu'à retrouver une taille acceptable.

Et puis, de toute façon, qu'est-ce que je pouvais faire ? Lui dire bonjour ? Lui demander comment il allait ? Après presque *deux heures* ? Impossible. Il comprendrait forcément que je m'étais décidée à lui parler uniquement parce que je m'étais rendu compte que j'étais bizarre. Au moins, comme ça, je restais cohérente.

C'est seulement quand j'ai commencé à avoir peur de

lui dire tout ça à voix haute que j'ai sorti mon téléphone pour l'agiter dans sa direction.

« Pardon, j'ai fait. J'ai un petit coup de fil à passer. »

Ensuite je lui ai souri avec ce que j'espérais être le sourire de quelqu'un qui ne se croit certainement pas supérieur à qui que ce soit et j'ai appelé la seule personne à part ma mère qui me réponde toujours du premier coup.

« C'est où, le tournage ? demande Amy.

— *Seize* pages de confidentialité », je lui rappelle.

J'ai dû encore réussir à être drôle, parce qu'elle rit à nouveau.

« En gros, alors », insiste-t-elle.

Je me tourne vers la vitre en plissant les yeux. Il n'y a pas grand-chose à voir. Un peu d'herbe, quelques arbres, une station-service toutes les dix minutes environ. Aucun nom reconnaissable. Mais je peux quand même me risquer à une déduction logique : il est 19 h 15, ça fait donc deux heures et demie qu'on a quitté la périphérie de Philadelphie. Et on roule exactement à quatre-vingt-dix kilomètres à l'heure, plein sud, ce qui signifie…

« Je pense que je suis dans le Delaware. »

Silence.

« Ah… Heureusement, tu vas passer le plus clair de ton temps dans une pièce sans fenêtre.

— C'est que pour six semaines, je rétorque. On aura fini début septembre, avant le Labor Day.

— Ils t'ont dit ça avant que tu signes le contrat ou après ?

— Avant. Mais Nell m'a…

— Combien de temps Tony a mis pour boucler son dernier film, déjà ? »

Je me raidis.

« C'était un film de trois heures sur la guerre des Balkans.

— Et comment tu sais que celui-ci n'est pas la suite ?

— Je ne pense pas que la ville de Dover puisse passer pour les Dardanelles.

— Tu en es sûre ? »

Je n'ai pas besoin d'Amy pour attiser les inquiétudes qui tournent en boucle dans ma tête depuis que je suis montée dans l'avion ce matin. Alors j'essaie de trouver une façon de me débarrasser d'elle.

« C'est bien payé, je lui dis.

— Ça, c'est sûr. »

Une réponse neutre, en apparence, mais ce ne serait pas la première fois que je me fais avoir. Alors je me repasse sa phrase plusieurs fois dans la tête en la soumettant au détecteur très précisément calibré du Marissa-t'as-peut-être-raté-quelque-chose.

A-t-elle dit : « Ça, c'est sûr » ?

Ou peut-être : « Ça, c'est sûr ! »

Ou encore – pitié ! : « Ça, c'est *sûr*. »

Est-ce qu'elle est sarcastique ? Condescendante ? Est-ce qu'elle m'en veut d'avoir accepté ce boulot ? Ou pour autre chose ? Ou tout ça à la fois ?

Rien ne me déconcerte autant qu'une phrase simple suivie d'un silence appuyé.

Au bout du fil, Amy est en train d'empaqueter ses livres. Je reconnais le raclement caractéristique alors qu'elle prépare un carton en croisant les rabats du fond. Le coassement rauque du Scotch qui se décolle du rouleau. Une série irrégulière de *boum… boum boum… boum… boum*.

Je tripote les coutures de la banquette en cuir de la voiture. J'aurais vraiment dû lui montrer comment faire correctement des cartons (tapisser le fond avec du papier froissé, classer les livres par taille, les ranger debout, dos contre dos), mais là je ne peux rien dire. Pas maintenant. Pas après les textos que m'a envoyés son petit ami. Parce que je refuse d'offrir à Josh la satisfaction de savoir qu'il a raison, qu'en effet je suis un frein pour Amy, que je suis égoïste, que j'essaie bel et bien – quoique de façon très discrète et franchement assez anodine – de faire en sorte qu'ils se séparent, et que, oui, c'est vrai, je trouve que c'est un chef opérateur à peine meilleur que la moyenne.

Peut-être que c'est pour ça qu'elle m'en veut. Peut-être que Josh a fini par lui dire ce qu'elle aurait dû comprendre toute seule depuis des années : que ce n'est pas vraiment un cadeau de m'avoir comme amie.

Je me mords la lèvre inférieure jusqu'à sentir le goût du sang.

J'ai rencontré Josh lors d'une rétrospective Wong Kar-wai – à une projection d'*In the Mood for Love* – et sur le moment je me suis dit que ça ferait une scène de rencontre parfaite pour un film à l'eau de rose. Vous imaginez, trouver l'amour de votre vie pendant la projection du film le plus romantique de tous les temps ? Même si, OK, Tony Leung et Maggie Cheung ne se mettent pas vraiment ensemble à la fin, mais c'est encore plus romantique, non ? Et puis, de toute façon, avoir aussi bon goût en cinéma, c'est un gage de qualité.

Ce n'est que très longtemps après que j'ai découvert qu'il n'était pas du tout fan de Wong Kar-wai ; sans doute était-il venu uniquement pour draguer. Mais à l'époque, je ne le savais pas. Je savais juste qu'un type avec les cils si longs qu'ils lui faisaient des ombres sur les joues était en train de me sourire comme si j'étais une fille qui s'y connaissait.

J'ai quand même pensé que, vue sous un certain angle, notre conversation pouvait avoir l'air d'une réunion d'assemblée générale : une interaction assez plate entre gens très vaguement affiliés, qui au final ne débouche sur rien. J'ai raconté sur quoi je travaillais, il a raconté sur quoi il travaillait ; j'ai parlé de mes films préférés, il a parlé de ses films préférés. Mais Amy disait toujours que les AG n'étaient jamais que des premiers rencards avec juste un tout petit peu moins de chances de finir au pieu, alors je me suis dit : *peut-être*.

Pour quelqu'un comme moi, « peut-être » est largement suffisant comme point de départ.

Une semaine plus tard, je l'ai revu à la projection de *Happy Together*. Il balayait la foule du regard et ses yeux se sont arrêtés quand ils se sont posés sur moi. Là encore, j'ai pensé : *peut-être*.

Pour *2046*, on était assis côte à côte, son avant-bras murmurant contre le mien, et j'ai pensé : *peut-être*.

Et quand il est même venu pour *My Blueberry Nights*, j'ai pensé : *OK, plus que peut-être*.

C'est moi qui l'ai présenté à Amy, et évidemment c'était l'erreur à ne pas faire. Mais j'étais toute fofolle avec cette nouvelle chose douce et inhabituelle, alors je l'ai invité à l'anniversaire d'Amy, une fête à laquelle je ne serais même pas allée si elle n'avait pas eu lieu dans notre appartement. Ça ne m'a pas traversé l'esprit de le présenter autrement que comme « un ami ». En moins de deux, ils se sont retrouvés à l'autre bout de la pièce, assis sur le canapé en veloutine bleue qu'elle avait récupéré sur un trottoir de West Hollywood, la tête penchée l'un vers l'autre.

J'ai toujours détesté ce canapé.

J'ai deviné assez vite comment ça finirait et j'ai cru plus ou moins m'y résigner. Mais à un moment, je suis allée me chercher un Coca dans la cuisine et Josh était là en train de préparer des cocktails. Quand il s'est retourné, tout sourire, un gobelet en plastique rouge dans chaque main, je me suis dit brusquement : *Et si au fond je n'ai pas été assez claire ? Et s'il n'a simplement pas compris ?* Alors j'ai rassemblé tout mon courage, je me suis penchée vers lui et j'ai plaqué mes lèvres contre les siennes. Elles étaient chaudes et sèches, et il souriait toujours quand je me suis reculée, mais avant que je puisse dire quoi que ce soit, Amy passait la tête par la porte en demandant où était son verre.

Le lendemain soir, je suis allée voir *Chungking Express*.

Josh n'était pas là.

Alors j'ai pensé : *peut-être pas*.

Pourquoi n'en ai-je pas parlé à Amy ? Plusieurs raisons. Primo, j'étais gênée. Je le suis toujours.

Deuzio, je lui dois beaucoup. Elle m'a supportée pendant des années, et si elle avait su que j'avais craqué sur lui, elle ne serait jamais sortie avec lui, quels que soient ses sentiments. Et puis, voyez, j'ai eu raison ! C'est l'homme de sa vie. Ils s'installent ensemble. Il est heureux, elle est heureuse, ils sont heureux.

Tertio…

(Je ne suis pas fière de cette raison-là.)

J'aime bien avoir Josh dans les parages. Le semblant d'affection qui avait pu naître entre nous a pourri dès qu'on s'est aperçus qu'on se disputait l'attention d'Amy, mais ensuite il s'est passé une chose étrange : détester Josh s'est avéré encore meilleur que de bien l'aimer. Il m'horripilait tellement que j'en oubliais de tout suranalyser. Pour la première fois de ma vie, je me suis vue capable de répondre à des textos du tac au tac avec ce qui ressemblait à de l'esprit, même si en général, quand il m'écrivait, c'était pour me demander de leur foutre un peu la paix, bordel. Et qu'importait si ses réactions dégoulinaient de mépris ? Au moins, elles étaient rapides. Au moins, elles n'étaient pas indifférentes. J'étais tellement habituée à rien que n'importe quoi me ravissait.

J'en avais conscience, y compris sur le moment. Mais je ne pouvais pas me retenir.

Parfois, on peut se sentir seul au point de se raccrocher à la moindre miette de quelque chose, et oui, c'est peut-être triste, c'est peut-être pathétique et désespéré, mais n'est-ce pas mieux que d'oublier comment se raccrocher tout court ?

Ce n'est pas une question rhétorique. J'aimerais vraiment connaître la réponse.

Le temps que je me rende compte de ce que j'espérais secrètement – en consultant l'historique de mon navigateur et en m'apercevant que je ne lisais plus que des fanfictions où les deux héros passaient d'ennemis jurés à amants –, c'était trop tard pour faire la seule chose raisonnable et dire la vérité à Amy. À la place, je lui ai annoncé que j'avais enfin assez économisé pour me payer un appartement et j'ai émis l'idée qu'il serait peut-être temps qu'elle songe à s'installer avec Josh.

J'ai eu de la chance de m'en tirer avant qu'elle devine ce qui se passait réellement.

Mais peut-être que la chance a tourné. Peut-être qu'Amy a fini par entendre dans ma voix quelque chose qui m'a trahie, qui lui a tout révélé, le tableau de liège dans *Usual Suspects*, la permanente dans *La Revanche d'une blonde*, l'objet insignifiant du quotidien qui s'avère être la clé de toute la foutue énigme…

Non. Ce n'est pas un film. Amy est une adulte qui va chez le psy deux fois par semaine. Elle parle tout le temps de ses sentiments et elle m'aime, elle le dit, elle m'agrippe par les épaules jusqu'à ce que je lui réponde que je la crois. Elle m'en aurait parlé si quelque chose n'allait pas. Elle m'a toujours promis de m'en parler si quelque chose n'allait pas.

En plus, elle a ri à ma blague.

C'est ce boulot qui doit la contrarier.

« Il y a quelque chose que tu ne me dis pas ? » je risque, d'un ton hésitant.

Elle ne répond pas tout de suite. Je plaque une main sur mon oreille gauche et colle le téléphone contre la droite. C'est presque impossible de deviner ce que ressent Amy juste en la regardant. Son visage est comme celui des chats : on arrive à voir quand elle a sommeil ou qu'elle est surprise, mais c'est à peu près tout. La palette de ses expressions est très limitée.

Quand on s'est connues à l'école de cinéma, comme je n'arrivais pas à savoir si elle cherchait une amie ou juste quelqu'un pour l'aider sur son mémoire, j'essayais d'évaluer son humeur en me servant de tout ce que je connaissais sur les traits du visage, le langage corporel, en traquant des indices dans l'angle de ses coudes, la courbure de son sourire, l'écartement de ses pieds.

« J'ai un truc bizarre ? » était une question qu'elle me posait très souvent à l'époque.

Après plusieurs mois d'observation – et beaucoup d'erreurs –, j'ai fini par comprendre que les secrets d'Amy étaient dans les bruits qu'elle faisait.

Quand elle est anxieuse, sa mâchoire craque.

Quand elle est excitée, sa voix descend, contrairement à ce à quoi on pourrait s'attendre, dans un registre grave, presque râpeux.

Quand elle est agacée, sa respiration siffle entre ses dents.

Quand elle a quelque chose à vous dire, quelque chose de triste, une mauvaise nouvelle, et qu'elle n'arrive pas à se décider à prononcer les mots qu'il faudrait, on distingue une légère palpitation : l'arrière de sa langue qui bat contre son épiglotte.

Quand elle est absolument outrée… là, elle arrête carrément de respirer.

Ce qui est un problème, car ce n'est pas un son facile à percevoir.

En l'occurrence, je n'entends rien du tout. Juste le vrombissement du moteur, le souffle de la clim et le léger grésillement qui parasite tous mes appels depuis que j'ai fait tomber mon téléphone dans la neige. C'est peut-être ça. Elle est peut-être aussi fâchée après moi qu'après cet imprésario qui disait à ses clientes adolescentes qu'il devait superviser leurs essayages de costumes, et elle va me bannir de son orbite aussi vite qu'elle l'a fait avec lui, et…

Son expiration est rauque, bouche ouverte, et vient du fond de sa poitrine. En reconnaissant ce son, je laisse échapper à mon tour un grand soupir de soulagement. Dieu merci : c'est le bruit que fait Amy quand elle est fâchée *à cause* de quelqu'un.

« J'ai peur que Nell ne te dise pas tout, lâche-t-elle.

— Pourquoi ferait-elle ça ? C'est mon agente. »

Un temps.

« C'est juste que… ce n'est pas rien, ce qui t'attend. Ça fait très longtemps que tu n'as pas travaillé sur un long-métrage avec quelqu'un d'autre que moi, et les grands changements ne sont, euh… »

Je termine la phrase à sa place : « Pas trop mon truc. »

Nouveau temps. Mes doigts se crispent autour du téléphone.

« Enfin, finit-elle par dire d'un ton guilleret, inutile de se perdre en conjectures. Tu n'auras qu'à m'appeler quand tu arrives pour me dire comment ça se passe.

— Bien sûr…

— Promis ?

— *Oui*.

— Même si tu mets la main sur les rushes ? »

Je sais qu'il vaut mieux ne pas m'engager sur ce point.

« Je vais raccrocher, dis-je.

— Allez, t'inquiète, tu vas faire un malheur.

— J'espère pas ! »

Un dernier grésillement, et elle n'est plus là.

4

Je me frotte le nez quelques secondes avant de me tourner vers la vitre. Nous avons quitté l'autoroute et traversons à présent la zone mi-résidentielle, mi-commerçante d'une petite ville. Sur la gauche défilent une station-service, une caserne de pompiers, une église presbytérienne. Sur la droite, une rangée de petites maisons proprettes de deux étages, peintes en bleu ou en vert clair, dont les jardins à l'avant sont plantés de phlox ou d'hostas, selon leur orientation. Presque toutes les maisons sont équipées d'un mât auquel flotte un drapeau américain. Elles ne sont pas très différentes de celle dans laquelle j'ai grandi.

Tout comme ce projet ne sera pas très différent du dernier sur lequel j'ai travaillé, quoi qu'en dise Amy. Il n'y a pas de grandes variations d'une fois sur l'autre.

Une pièce sans fenêtre reste une pièce sans fenêtre, point barre.

Ce qui me fait penser : il faut que je fasse le plein de vitamine D. Je laisse mon corps pencher un peu vers la gauche pour pouvoir attraper les derniers rayons de soleil qui pénètrent presque à l'horizontale par le pare-brise arrière. Je m'imprègne de chaleur pendant quelques délicieuses minutes, mais d'un coup mon sourire se fige en un rictus amer et une émotion que je n'arrive pas à identifier tout de suite me picote les joues, les pieds.

Je ferme les yeux en essayant de retrouver le film auquel je pense.

Josh m'a un jour accusée d'avoir *The Film Encyclopedia* à la place du cœur, et il aurait eu raison si *The Film Encyclopedia* n'avait pas déjà été périmée de quatre ans à l'époque. Depuis que mes parents ont acheté leur premier magnétoscope, les seules choses dont j'arrive à me souvenir, ce sont les films que je vois. Sans exagérer. Pendant des années, on n'a eu que deux cassettes à la maison : *L'Étoffe des héros*, que mes parents avaient vu au cinéma pour leur premier rendez-vous galant, et *La Coccinelle à Mexico*, parce que ma mère pensait qu'une gamine de maternelle ne s'intéresserait pas à une épopée historique de cent quatre-vingt-douze minutes sur le programme spatial.

Elle se trompait.

Si vous faites le calcul (et je l'ai fait), vous vous apercevrez qu'entre quatre et sept ans j'ai passé à peu près autant de temps à regarder *L'Étoffe des héros* qu'à aller à l'école, et parfois je me demande si toute cette répétition ne m'a pas grillé des neurones. Encore aujourd'hui, il y a des fois où je tombe sur une photo par hasard et où j'ai un flash de déjà-vu – un joyeux élan de « hé, j'ai été dans cet endroit ! » –, avant de me rendre compte au bout de plusieurs secondes, voire minutes, que non, je n'ai jamais mis les pieds dans cet endroit, c'est juste la base aérienne Edwards. Comme si Proust mordait dans sa madeleine, mais qu'au lieu de revoir son enfance, il avait une vision de Sam Shepard en train de franchir le mur du son.

J'ai passé tellement de temps à regarder des films

qu'il est possible que le langage cinématographique ait infiltré une partie primaire indispensable de mon cerveau. Je me surprends à traiter mes propres émotions en scènes, plans, dialogues. Par exemple quand j'ai les sinus qui me brûlent et un nœud dans la gorge, mais que mon cerveau, au lieu de me fournir un simple mot (*tristesse*), me sort un extrait de deux secondes de *Tendres passions* : Huckleberry Fox, inconsolable, au chevet de Debra Winger.

Ce n'est ni facile, ni efficace, ni forcément limpide. Ce serait certainement beaucoup plus simple si je n'avais vu qu'une poignée de films, tous réalisés par Steven Spielberg. Peut-être qu'alors mes émotions seraient plus gérables, plus franches, une ligne plutôt qu'un nuage de points. Mais comme dit Josh, j'ai toute une encyclopédie là-dedans, et Huckleberry Fox au chevet de Debra Winger est très différent de Troy Bishop au chevet de Debra Winger, lui-même très différent de Shirley MacLaine au chevet de Debra Winger.

J'appuie mes annulaires au coin de mes yeux et essaie, une fois de plus, de me déchiffrer moi-même.

Ça finit par me revenir :

Un homme dans une salle de bains. Il est assis sur un coin du lavabo, un genou replié contre sa poitrine pour pouvoir mettre son pied sous le robinet. Il est pieds et torse nus, il saigne.

Son talkie-walkie grésille.

« Je suis là, John. »

Il lève le talkie-walkie vers son visage.

« Écoute, dit Bruce Willis, je commence à avoir un mauvais pressentiment là-haut. »

Ah, voilà de quoi il s'agit.

Une prémonition.

Je rouvre les yeux d'un coup.

« Isaiah. »

Il incline la tête dans ma direction.

« Hmm ?

— On va où ? »

Un grondement sourd qui pourrait ressembler à un rire.

« Je me demandais si vous finiriez par poser la question. »

J'ai les oreilles qui chauffent. Je le savais. Je *savais* qu'il s'en rendrait compte.

« Je suis désolée… Je ne suis pas très douée pour faire la conversation à des inconnus.

— Eh ben, maintenant, c'est plus vraiment la peine de demander. On y est presque », dit-il en soulevant son index du volant pour le pointer vers l'horizon.

J'ai un haut-le-cœur.

« C'est l'océan, ce que vous êtes en train de me montrer.

— Quel sens de l'observation ! On a des places sur le ferry de 19 h 45.

— On ne m'a pas dit qu'il fallait prendre un bateau. »

Il hausse les épaules.

« Vous n'avez pas dit que vous étiez contre les bateaux. »

Mon pied droit se cabre en arrière. Je le plaque à nouveau au sol.

« Il n'y a pas d'autre façon d'arriver là où on va ? Même par une route plus longue ?

— Ça dépend. Vous avez pris votre maillot ? »

Je m'affaisse sur la banquette.

« Une île, je marmonne. De mieux en mieux. »

Il accroche mon regard dans le rétroviseur.

« Si c'est un problème, je peux très bien appeler Tony

directement. Je suis sûr qu'il serait ravi d'entendre votre point de vue. »

Il a des rides aux commissures des yeux. Est-ce qu'il se moque de moi ? Est-ce qu'il trouve ça drôle ? Ou bien il pense que c'est moi qui plaisante ? Que c'est un sketch ? Que peut-être j'ai pour habitude de jouer la névrosée, l'empotée ou l'hystérique, histoire de dissiper le malaise des hommes en présence d'une femme plus accomplie qu'eux. Si c'est ça, c'est presque pire. Je ne joue à rien du tout, et d'ailleurs je ne me considère pas comme plus accomplie que lui. *Personne* ne devrait être intimidé par moi, je suis un désastre. Mais je ne peux pas lui dire ça non plus, parce qu'il le prendrait pour de la fausse modestie, comme si je pensais qu'il n'était pas capable de…

Quand Isaiah se gare sur le parking du terminal maritime, mes pensées tournent toujours sur la même boucle, et dans ma hâte de sortir m'aérer la tête et peut-être de m'enfuir dans la direction opposée, je pousse la portière d'un grand coup… et elle cogne contre Isaiah, dont je n'avais pas imaginé qu'il ferait le tour de la voiture pour venir m'ouvrir. Instinctivement, je me penche vers lui, si bien que lorsque la portière rebondit contre son torse massif, elle me flanque une torgnole en pleine face. S'il y a une métaphore quelque part là-dedans, j'ai trop mal pour mettre le doigt dessus.

Une expression que je n'ai pas utilisée depuis des années me vient spontanément.

« Nom d'un chihuahua. »

Je cherche mon nez à tâtons pour m'assurer qu'il est toujours là et je m'essuie une larme au coin de l'œil.

Isaiah s'agenouille devant moi et écarte mes mains de mon visage. Il attrape mon menton entre le pouce et l'index et me fait pivoter la tête d'un côté puis de l'autre d'une façon qui me laisse penser qu'il sait ce qu'il fait. Je me dis que c'est quand même sympa de sa part de s'occuper de moi alors que je viens d'essayer de le tuer d'un coup de portière, donc je prends sur moi pour ne pas me dégager.

Mais je ferme les yeux, cela dit. Je n'arriverais pas à tricher en regardant le haut de son oreille ou ses sourcils. Pas à cette distance.

Au bout d'un moment, il me pince le nez et le secoue vivement. Je rouvre les yeux. Il a reculé de quelques pas pour me laisser de l'espace.

« Ça va aller, dit-il.

— Je suis désolée », je bredouille.

Les yeux d'Isaiah se plissent à nouveau, même si cette fois je suis *sûre* que je n'ai rien dit de drôle. Je vérifie mes vêtements par réflexe, mais tout est en ordre et je n'ai pas eu l'occasion de renverser quelque chose dessus, alors qu'est-ce qu'il y a ? J'ai fait une grimace ? Un bruit bizarre ? Un mouvement curieux ?

Qu'est-ce que Marissa a bien pu faire de déconcertant, cette fois ? L'éternelle énigme de ma vie.

Je me frotte le sternum, encore plus contrariée par le fait de savoir que je me comporte de façon irrationnelle.

« Vous aussi, vous pourriez vous excuser », dis-je.

Il croise les bras sur sa poitrine et me regarde de haut.

« Et de quoi je devrais m'excuser ? »

Je lève le menton.

« D'être une armoire à glace. »

Cette fois, il rit à gorge déployée, et je suis si frappée par la riche texture de ce son que je mets trente bonnes secondes de plus que je ne devrais à me rappeler ce qu'on fait là.

Je regarde l'étendue d'eau derrière Isaiah.

Nom d'un chihuahua.

Même enfant, même à l'époque où je supportais encore de me baigner, je n'ai jamais aimé l'océan. L'eau ne faisait que me gercer les lèvres et m'emmêler les cheveux, et le sable ne restait jamais là où il devait.

Je n'aime pas les lèvres gercées.

Je n'aime pas les cheveux emmêlés.

Je n'aime pas les choses qui ne…

« C'est les bateaux qui vous posent un problème, ou l'eau ? »

Je me force à regarder Isaiah.

« L'eau, je réponds.

— Vous ne savez pas nager ? »

Je fourre les mains dans mes poches pour les empêcher de s'agiter.

« Parfois, nager ne suffit pas.

— Restez près de moi, et tout ira bien. »

Sans doute ai-je juste désespérément besoin de me changer les idées, mais ses mots – prononcés avec lenteur, assurance et pas trop fort – m'intriguent, et sans m'en rendre compte, je recule d'un pas pour mieux l'observer, ignorant ses sourcils qui sursautent devant cette inspection en règle. À l'aéroport, je n'avais pas spécialement de raison d'étudier son visage, sa posture ou sa carrure, mais maintenant je remarque la façon dont il se tient : les épaules en arrière, les genoux légèrement pliés, tout son poids basculé sur l'avant de la plante des pieds.

Il y a quelques années, j'ai monté un film de mafia dans lequel les figurants étaient de vrais flics, donc je crois que je viens de piger un truc.

« Vous ne seriez pas un ancien policier, un ancien militaire, ou un ancien quelque chose dont vous n'avez pas le droit de parler ? »

Il réfléchit un instant.

« Réponse deux… et un peu trois. »

Je me mordille l'intérieur de la joue. J'ai compris depuis longtemps qu'une réaction comme celle-là – caustique, vague, accompagnée d'une moue pincée et d'un haussement d'épaules indifférent – est bien souvent une façon polie de dire : « Je n'ai pas envie d'en parler. » Je sais que je devrais écouter ce signal et passer à autre chose. Mais mon esprit a tendance à s'agripper aux questions comme un chien à son os. Comme un rêveur à la lune. Ou une Kardashian à une source de revenus. La seule chose qui réussira à l'en détacher, c'est une réponse.

Pas forcément la *bonne* réponse, d'ailleurs…

Harrison Ford contemple l'idole en or devant lui tout en soupesant le sac de sable dans sa main.

… juste une réponse plausible.

« Vous êtes agent de sécurité ? » je demande.

Isaiah soupire.

« Quelque chose comme ça.

— Et maintenant, vous êtes chauffeur ?

— Entre autres.

— Vous portez une arme ?

— Quand c'est nécessaire.

— On vous *paie* pour être évasif ?

— Non… C'est dans ma nature. »

Au fond de mes poches, mes doigts se crispent contre mes cuisses.

« Pourquoi un film à budget moyen embaucherait un ancien… »

Je considère son cou avant de compléter ma phrase :

«… marine ? »

Il secoue la tête discrètement.

« Ranger ? »

Il roule les yeux.

« SEAL ! »

Son sourire est lent à venir, comme s'il savourait la sensation de ses lèvres qui se courbent. Comme si ce qui comptait était davantage le chemin que la destination.

Un Navy SEAL. Mon Dieu. Je n'arrive pas à croire que j'aie pu le prendre pour un simple chauffeur.

Je n'arrive pas à croire qu'il *sait* que je l'ai pris pour un simple chauffeur.

Non pas que ce soit un problème d'être un simple chauffeur. *Bon sang !*

Mes mains se réfugient dans ma queue-de-cheval ; je passe les doigts entre les mèches.

« Et donc, on vous a embauché pour faire quoi ?

— Vous savez, cette clause de confidentialité de seize pages que vous avez signée ?

— Oui ? »

Il place une main en porte-voix au coin de sa bouche et chuchote de façon théâtrale :

« La mienne en faisait vingt. »

SUZY KOH : Marissa, je suis curieuse de...
MARISSA DAHL : J'avais remarqué, en effet.
SUZY KOH : ... ça vous arrive souvent de travailler avec des Navy SEALs ?
MARISSA DAHL : Pas mal, ouais. Hollywood emploie beaucoup d'anciens militaires. Comme consultants, vigiles, cascadeurs, que sais-je encore.
GRACE PORTILLO : Donc, ça ne vous a pas paru étrange qu'Isaiah travaille sur ce film ?
MARISSA DAHL : Non, ce n'est pas ça. Mais vu ce que je savais à l'époque, je ne m'attendais pas à des scènes d'action qui nécessiteraient des compétences militaires. [*Un temps.*] Cela dit, on parle quand même de Tony Rees.
GRACE PORTILLO : Qu'est-ce que vous voulez dire ?
MARISSA DAHL : Je veux dire que je peux assez facilement imaginer qu'un homme comme Tony pense qu'il a besoin d'avoir un Navy SEAL sous la main pour... pour tout un tas de choses. C'est un réalisateur star. Il fait des trucs comme ça.
SUZY KOH : Des caprices débiles ?
MARISSA DAHL : Je ne suis pas sûre que c'est le terme que j'aurais employé, mais... oui.
SUZY KOH : Et laissez-moi deviner : plus c'est débile, plus il se sent puissant s'il l'obtient.
GRACE PORTILLO : Ouais, parce que bon, un type

normal pourrait très bien se prendre un chauffeur normal.
SUZY KOH : Totalement.
MARISSA DAHL : Vous avez vu *Fitzcarraldo* ?
SUZY KOH : Fitzcar-*quoi* ?

SUZY KOH : Marissa fait beaucoup ça... des références à des films qui datent de la préhistoire.
GRACE PORTILLO : Ce n'est pas si vieux !
SUZY KOH : Je sais, je sais, j'ai juste dit ça parce que je sais que ça l'énervera.

MARISSA DAHL : Vous n'en avez jamais entendu parler ?
GRACE PORTILLO : Non.
SUZY KOH : C'est en noir et blanc, je parie ?
MARISSA DAHL : [*Gros soupir.*]

SUZY KOH : Je veux dire, soyons honnête, il y a beaucoup de choses que je dis parce que je sais que ça énervera Marissa.

MARISSA DAHL : C'est un film de Werner Herzog, qui date de... 1982, ouh là là ! Klaus Kinski joue un type qui essaie de tracter un bateau à vapeur de trois cent vingt tonnes sur une colline boueuse pour pouvoir construire un opéra en pleine forêt amazonienne. Et au lieu de faire semblant ou d'utiliser une maquette, Herzog a ordonné à ses figurants de tracter *pour de vrai* un bateau à vapeur de trois cent vingt tonnes sur une colline boueuse, bien que son ingénieur l'ait prévenu qu'il y avait sept chances sur dix pour que les câbles cassent. Il a mis des vies en péril. Par centaines. Juste pour avoir le plan qu'il voulait. Et jusqu'à aujourd'hui, les gens continuent de l'admirer pour cette décision.

SUZY KOH : Mais le truc avec les références ultra-pointues de Marissa, c'est qu'elles sont toujours là pour quelque chose.

MARISSA DAHL : Alors, franchement, je ne sais pas s'il y a quoi que ce soit que Tony aurait pu exiger et qui m'aurait paru « étrange ». C'est le réalisateur. Si on m'avait dit avant que j'arrive qu'il s'était fait livrer par Amazon une chorale de grizzlys pour jouer des cloches sur le générique, j'aurais sans doute haussé les épaules et répondu que j'avais hâte de voir les rushes.

5

« J'ai le regret de vous informer que le ferry ne sera pas réparé avant demain matin au plus tôt. »

Nous sommes dans la boutique de souvenirs du terminal, où Isaiah est en train de perdre patience à la vitesse grand V face à la vieille dame derrière la caisse. D'après son badge, elle s'appelle Georgia, et sa peau ressemble à celle de mes doigts après un long bain. C'est un arc-en-ciel à elle seule : cheveux bleus, rouge à lèvres orange, joues marbrées de rose. Je triture les bretelles de mon sac à dos en essayant de ne pas laisser mon regard s'attarder de façon déplacée sur une couleur en particulier.

Elle parle d'un ton parfaitement monocorde.

« Si vous souhaitez réserver une place sur le ferry de demain, précise-t-elle, nous vous offrirons bien sûr une remise.

— Je crains que ça ne nous convienne pas », rétorque Isaiah.

Georgia lève le menton de façon à regarder Isaiah à travers ses lunettes en demi-lune vertes.

« Ça n'empêche, dit-elle.

— Un autre bateau, peut-être ? »

Ses sourcils lourdement soulignés au crayon se dressent.

« À cette heure-ci ?

— Nous devons y être le plus tôt possible. S'il vous plaît », ajoute-t-il avec un sourire forcé.

Elle examine Isaiah, puis passe la main gauche sous sa caisse enregistreuse, d'où elle sort un petit vaporisateur et un chiffon gris plié en quatre. Elle ôte ses lunettes. Déplie le chiffon.

Un muscle tressaille dans la mâchoire d'Isaiah.

Georgia vaporise chaque face de chaque verre exactement trois fois. Essuie le devant, l'arrière. Rechausse ses lunettes et soupire.

« Si seulement je pouvais faire quelque chose pour vous aider », dit-elle.

À côté de moi, Isaiah glisse une main dans son dos pour atteindre sa poche arrière. Le pan de sa veste de costume se soulève au passage de son bras, et là, à sa ceinture…

C'est un flingue ?

Il sort son portefeuille, l'ouvre d'un coup sec, en tire un billet de vingt.

« Alors, ces horaires, ça dit quoi maintenant ? »

Georgia plisse les yeux.

« Ça pourrait être mieux. »

Il sort un deuxième billet de vingt.

Elle cueille les quarante dollars entre ses doigts et les fourre dans son soutien-gorge.

« Il y a un ferry privé qui dessert l'île de Kickout. Il est petit. Vous ne pourrez pas embarquer avec votre véhicule. »

Isaiah hoche la tête.

« Parfait.

— *Parfait* ? »

Georgia et Isaiah se tournent vers moi. je m'humecte les lèvres.

« C'est juste que, enfin… un petit bateau. Sur un *grand* océan. J'ai l'impression qu'on a déjà fait mieux, historiquement parlant. »

Je tire Isaiah vers moi et baisse la voix.

« Vous êtes sûr qu'on ne peut pas attendre jusqu'à demain ?

— Impossible.

— C'est juste un film, vous savez, pas une attaque sur Abbottabad. »

Pour la première fois depuis que je connais Isaiah, son visage revêt une expression qui n'a plus rien de jovial, et j'ai envie de disparaître sous le sol en stratifié écaillé.

« Pardon, je ne voulais pas… »

Il se tourne de nouveau vers Georgia.

« On va prendre ce bateau », annonce-t-il.

La caissière lui tend une carte de visite.

« Le capitaine est assez facile à trouver, dit-elle. Allez vers les pontons flottants, tout droit en sortant puis à droite. Ce sera la seule personne là-bas. »

Isaiah jette un coup d'œil à la carte, et si je n'avais pas l'habitude d'écouter Amy si attentivement, j'aurais sans doute raté le léger accroc dans sa respiration.

Georgia aussi l'a remarqué. Elle penche la tête sur le côté.

« Quelque chose ne va pas ?

— Vous n'avez pas d'autre option ? demande Isaiah.

— Je crains que non », rétorque Georgia avec un demi-sourire.

Isaiah pivote sur ses talons et se dirige vers la porte. Il me faut une seconde avant de comprendre que je suis censée le suivre.

« Hé ! je lance. C'est quoi, le problème ? »

Il grommelle et presse le pas en direction de la voiture.

« Je ne vais pas vous lâcher jusqu'à ce que vous me répondiez », j'insiste.

Isaiah ouvre le coffre et en sort ma valise.

« La plupart des gens du coin ont l'air de prendre la production pour un distributeur de billets. Dès qu'ils s'aperçoivent que vous travaillez sur ce film, les prix doublent.

— Mais on ne lui a pas dit qu'on travaillait sur ce film ! »

Il claque le capot du coffre.

« Elle l'a compris toute seule. Il n'y a aucune autre raison de vouloir se rendre sur cette foutue île. »

Tout au bout du dernier ponton, une petite pancarte décolorée annonce : « Traversées privées vers Lewes, Rehoboth, Cape May, Kickout ». Sur notre droite se trouve un vieux bateau fatigué, un chalutier. Pas plus de trente pieds de long, deux ponts, pas grand-chose d'autre.

« C'était une impro, je finis par dire après un moment. Vous le saviez ?

— Qu'est-ce qui était une impro ? demande Isaiah.

— La réplique "*Il nous faudrait un plus gros bateau*". »

Il me donne un petit coup de coude.

« Je vous promets qu'on ne se fera pas manger par un requin.

— Je note vos derniers mots pour la postérité. »

Il s'avance vers la poupe, et je tends une main pour l'arrêter.

« On n'a pas le droit de monter sur un bateau sans la permission du propriétaire, dis-je.

— Allez-y, donnez-moi des cours de droit maritime », rétorque-t-il en me fusillant du regard.

Ma main retombe. Il faut dire que c'est un ancien Navy SEAL, alors que je ne faisais qu'extrapoler d'après *Star Trek*.

« Attendez-moi là », ordonne-t-il.

Il grimpe à bord – le bateau s'enfonce sous son poids – et disparaît à l'intérieur.

Je pose une paume sur mon ventre en repensant aux derniers conseils de mon psy. Mieux vaut être *sur* l'eau que *dans* l'eau, j'essaie de me persuader.

Isaiah réapparaît au-dessus de moi, sur le pont, où il semble en conversation avec le capitaine. Ils échangent une poignée de main, s'étant visiblement mis d'accord, et quelques secondes plus tard j'aperçois une silhouette grêle qui descend une échelle. Le capitaine s'approche du bastingage.

Je rassemble mon courage pour l'échange de civilités qui va suivre.

Mais lorsqu'il saute sur le ponton, il ne m'adresse pas même un regard. Il se contente de passer devant moi, le menton rentré dans la poitrine, et se dirige vers les lignes d'amarrage.

Je mets un moment à cataloguer ce que j'ai sous les yeux : une tignasse de cheveux blond cendré, une nuque rougie par le soleil, des mains affairées, une silhouette longiligne vêtue d'un short et d'un tee-shirt amples. Il est tellement grand et tellement maigre que j'ai envie de lui demander sa taille et son poids par pure curiosité scientifique. Est-ce qu'on peut avoir un indice de masse corporelle négatif ?

Il progresse de taquet en taquet le long de la coque,

de la poupe à la proue, avec des gestes sûrs, fermes et syncopés, comme s'il comptait la mesure en silence, et je sens que je le regarde en dodelinant de la tête moi aussi. Je suis absolument certaine qu'il fait ça exactement de la même manière chaque fois, quels que soient les conditions météo, le quai, son humeur. Ce n'est pas juste un homme qui apprécie la routine. La routine est sa raison de vivre.

Dommage que son efficacité soit consacrée à m'envoyer en mer…

Un léger mouvement attire mon attention. Je me rends compte qu'Isaiah surveille le capitaine depuis le pont supérieur. Il a la hanche appuyée contre le bastingage, les bras croisés, une expression indéchiffrable. Le regard aiguisé.

Je me tourne à nouveau vers le capitaine. Est-ce qu'il y a quelque chose qui m'échappe ? Pourquoi Isaiah le fixe-t-il comme ça ? À cause de son physique ? C'est vrai qu'il a une drôle de tête pour un type aussi maigrichon. Un visage rond et lisse, replet, qui lui donne l'air d'avoir vingt-cinq ans et non quarante-cinq. Je me demande si c'est pour ça qu'il le cache quand il passe devant quelqu'un ; parce que c'est la partie de lui la plus vulnérable. L'implantation de ses cheveux est un peu bizarre aussi, comme si elle n'était pas complètement naturelle. J'imagine mal qu'un marin dans un coin paumé du Delaware soit du genre à se faire faire de la chirurgie esthétique, mais qu'est-ce que vous voulez, c'est l'époque.

Ses épaules se raidissent une seconde avant que je comprenne pourquoi : un chœur de voix pâteuses provient de l'autre extrémité du ponton. Je me retourne et découvre trois hommes en short, sandales et chemise pastel qui titubent dans notre direction. Deux d'entre eux sirotent des cannettes de Bud Light, le troisième trimballe ce qui ressemble à une bouteille de Jack Daniel's. Elle se balance au bout de son bras, coincée entre son index et son majeur.

Dès qu'ils m'aperçoivent, ils se taisent et échangent un regard.

Je me crispe, mal à l'aise, mon cerveau assailli de bien trop de films de teenagers pour s'arrêter sur un seul en particulier.

Celui en chemisette saumon se racle la gorge.

« Bonsoir, m'dame. Euh... Vous n'auriez pas vu Billy ?

— Le capitaine, vous voulez dire ? »

Je jette un coup d'œil par-dessus mon épaule. C'est curieux... où est-il passé ? Il lui reste encore des amarres à détacher.

La scène qui m'attend quand je me tourne à nouveau vers les trois hommes ne fait qu'ajouter à ma confusion. Chemisette-rose et Polo-bleu-clair sont juchés sur la pointe des pieds pour essayer de regarder par la vitre teintée de la cabine principale tandis que le troisième les observe de loin. Quelque chose chez lui me dérange. Il doit avoir autour de la cinquantaine, il est bien bâti et d'une beauté plutôt classique si on fait abstraction de ses cheveux roux. Ses avant-bras sont sculptés du genre de muscles saillants qu'on n'obtient qu'en exerçant un intense travail manuel ou en s'entraînant avec ces appareils de musculation qu'on voit au téléachat tard le soir. Il n'a rien de particulièrement menaçant, mais il y a pourtant quelque chose dans la forme de sa bouche qui me déplaît.

« Putain, merde, fait-il, on va pas y passer la nuit. »

Il rebouche la bouteille de whisky et la pose par terre, pousse ses acolytes sur le côté, plante un pied sur la coque du bateau et se hisse à bord. Il se penche vers la vitre, les mains en visière autour des yeux.

Quelques instants s'écoulent, puis :

« Ah, te voilà », dit-il avec douceur.

Polo-bleu-clair – d'une voix aiguë, nasillarde et délibérément sans affect comme je n'en ai pas entendu depuis l'école primaire – ricane et chantonne : *« Billy Lyyyyle. »*

Chemisette-rose s'y met aussi.

« Sors de ta cacheeeette. »

Je recule d'un pas.

Le capitaine émerge alors sur le pont, à l'arrière du bateau, et s'approche d'un pas traînant. Il s'arrête au niveau du troisième larron, les yeux baissés vers les planches en bois du ponton. Une de ses mains tressaute contre sa cuisse, l'autre pend mollement.

Les trois hommes se sont tus, et comme il n'y a personne d'autre dans les parages, aucun rire ni aucune conversation ne vient alléger l'atmosphère ; rien que le vrombissement régulier du moteur et le clapotis de l'eau contre la coque, tels les lapements paresseux d'un chat dans un bol de lait. Même dans ce relatif silence, j'ai du mal à entendre ce que dit le capitaine au troisième larron.

« J'ai déjà des passagers, Nick. »

La tête de Nick pivote dans ma direction.

« Vous allez où ? demande-t-il. On pourrait peut-être partager les frais.

— Euh…, je fais en levant les yeux vers le pont. Une île. On va sur une île. »

Nick s'avance vers moi, tend le bras par-dessus le bastingage…

Je recule encore d'un pas.

Il attrape la poignée de ma valise, retourne l'étiquette

bagage de la compagnie aérienne… et éclate de rire. Il l'arrache et la montre à ses copains, qui ne tardent pas à s'esclaffer à leur tour.

« Qu'est-ce qu'il y a de drôle ? » je demande.

Nick ignore ma question, et ses lèvres s'incurvent en un rictus entendu. Il brandit l'étiquette sous le nez du capitaine en la balançant comme un pendule d'hypnotiseur.

« T'as vu d'où ils viennent, Billy ? *Los Angeles*. Et tu les emmènes à Kickout. »

Le capitaine détourne le regard et marmonne quelque chose, son visage orienté de telle sorte que la lumière éclaire un léger hématome jaunâtre le long de sa mâchoire.

Nick, avec un franc sourire à présent, s'approche du capitaine de façon à l'acculer tout au bord du pont.

« Tu sais pourquoi ils sont là, pas vrai, Billy ? Ils bossent sur le *film*. Et toi, ajoute-t-il en enfonçant un doigt sur son torse, tu les aides. »

Derrière lui, Polo-bleu-clair secoue la tête.

« Putain, c'est tordu », grommelle-t-il.

Nick se penche encore plus près, si près que le capitaine doit probablement sentir son souffle contre sa joue… si près que, même moi, j'ai l'impression de pouvoir sentir son souffle sur ma joue.

« C'est parce que t'es prêt, c'est ça ? lui demande Nick. T'es enfin prêt, Billy… à leur dire ce que t'as fait ? »

Le capitaine réussit à se faufiler derrière Nick et à sauter sur le quai. Il atterrit lourdement sur le ponton, se frottant la poitrine à l'endroit où était posé le doigt de Nick.

« Je ne les aide pas, répond-il. Ce sont des passagers. Ils me paient.

— Plus maintenant, non. C'est moi qui régale », déclare Nick en sautant à son tour sur le ponton.

Il ramasse la bouteille de Jack et l'agite dans ma direction.

« Qu'est-ce que vous en dites ? Je pourrai être au générique ? Régisseur ? Producteur exécutif ? Dresseur d'animaux ? ajoute-t-il avec un hochement de menton en direction du capitaine.

— Y a un problème ? » intervient Isaiah, sorti de je ne sais où.

La mâchoire de Nick se contracte imperceptiblement lorsqu'il le voit, mais son sourire est de retour une microseconde plus tard. C'est un bon sourire. Un sourire crédible. Un sourire qui passerait parfaitement inaperçu parmi d'autres : ni trop grand, ni trop crispé, ni trop petit. Nick fait même l'effort de sourire aussi avec les yeux.

Je croise les bras sur mon ventre.

« Aucun problème, rétorque Nick d'un ton détendu. On espérait juste pouvoir profiter de la traversée avec vous.

— C'est un transport privé », répond Isaiah avec la plus grande amabilité.

La main libre de Chemisette-rose se ferme en un poing contre sa hanche.

« Vous ne savez pas qui on est ? » lance-t-il.

Isaiah ne réagit pas ; Nick non plus, à sa décharge. Ils se contentent tous les deux de laisser Chemisette-rose prendre lui-même conscience de l'absurdité de sa remarque.

« Mais Nicky, reprend ce dernier, comment on va faire pour rentrer, du coup ? »

Nick dévisage Isaiah d'un air inquisiteur.

« Il a raison, décrète-t-il. Ils étaient là les premiers. Et un deal est un deal.

— Ma femme va me tuer, grimace Polo-bleu-clair. On était censés dîner avec ses parents. »

Nick lui donne un petit coup affectueux dans le bras.

« Relax, on prendra le ferry, c'est tout. Il nous reste vingt minutes.

— Ça veut dire que je vais devoir *payer*, maugrée Polo-bleu-clair.

— Mais le ferry ne fonctionne pas », fais-je remarquer pour je ne sais quelle raison idiote.

Nick se retourne vers moi, sourcils dressés.

« Ah ouais ? Qui vous a dit ça ?

— La femme du terminal. Georgia ? »

Il éructe de rire.

« Ben merde alors. Je lui dois un verre ! »

Il nous décoche un dernier grand sourire avant d'attraper ses camarades par la nuque et de les entraîner vers l'autre bout du ponton comme deux gamins.

« Bonne chance ! lance-t-il par-dessus son épaule. J'espère que vous arriverez entiers ! »

MARISSA DAHL : Voilà, donc, bien sûr, rétrospectivement, c'est à ce moment-là que j'aurais dû comprendre que quelque chose clochait.

GRACE PORTILLO : Et pourquoi ça n'a pas été le cas ? Qu'est-ce qui vous a fait ignorer votre intuition ?

MARISSA DAHL : Oh ben, comme d'habitude... juste une vie entière à m'entendre répéter que j'avais une intuition catastrophique.

6

Le capitaine se dispense de toute explication ou excuse. Il s'essuie les mains sur son short, détache la dernière ligne d'amarrage et nous presse de monter à bord, l'efficacité incarnée.

« Ça devrait nous prendre vingt-sept minutes », annonce-t-il avant de hisser l'échelle jusqu'au pont.

Je choisis une place dos à la vitre, à portée de main d'une bouée de sauvetage. Quelques instants plus tard, le moteur rugit et le bateau s'écarte du quai.

« Drôle de zigoto », murmure Isaiah.

Je glisse les mains sous mes cuisses et plaque mes pieds au sol.

« À votre avis, c'était quoi le problème avec ce Nick ? »

Isaiah se frotte la nuque.

« Si je devais deviner, je dirais une vieille embrouille qui remonte au lycée.

— Mais quel rapport avec nous ?

— Quel rapport entre le lycée et tout le reste ? Ça n'empêche pas des gars comme ça d'y revenir chaque fois que l'occasion se présente. »

Je le regarde en plissant les yeux.

« Vous faites exprès de ne pas comprendre ?

— Pardon ? »

Je hoche la tête en direction du ponton.

« Ce qui vient de se passer est à l'évidence en rapport avec le film. Alors soit, comme moi, vous ne savez pas grand-chose de ce qu'on fait là, soit vous essayez de changer de sujet. »

Il m'examine un moment.

« J'essaie de changer de sujet, dit-il.

— Ah, d'accord, excusez-moi.

— J'essaie de changer de sujet, répète-t-il, parce que je ne suis pas sûr de ce que j'ai le droit de vous dire. Tony a des idées très arrêtées sur la diffusion de l'information.

— Vous parlez des vraies infos ou des ragots ?

— Je parle de tout. Le présupposé, c'est que la moindre indiscrétion peut conduire à un naufrage. »

Je réprime un grognement.

« Est-ce qu'on pourrait éviter d'évoquer notre fin imminente ? »

Son visage revêt une expression grave et sombre ; la mâchoire serrée, les lèvres droites et un regard fixe, assuré, qui me fait m'enfoncer les ongles dans les paumes. Le genre d'examen insistant dont j'ai toujours rêvé de savoir me dépêtrer sans jamais y arriver, comme des draps entortillés par une chaude nuit d'été.

« Personne sur ce tournage ne connaîtra de fin imminente », objecte-t-il.

Je replie les genoux contre ma poitrine.

« Vous êtes bien sûr de vous. Vous avez travaillé sur beaucoup de films ?

— C'est mon premier. »

J'écarquille les yeux.

« Oh, mon Dieu…

— Eh ouais, baptême du feu. Je sais.

— Et… ça vous plaît ?

— J'en suis encore à prendre mes marques. Vous avez des conseils ? »

J'appuie la joue sur mon genou en essayant de trouver quelque chose d'utile à dire. Ce n'est pas souvent qu'on me demande des conseils, et j'imagine qu'il a déjà pigé l'essentiel. C'est peut-être son premier film, mais je suis sûre qu'il a déjà connu son lot de prises d'otages, ce qui n'est pas très éloigné. Je me doute aussi qu'il n'a pas besoin qu'une jeune Blanche du Midwest lui fasse la leçon sur le racisme institutionnel. Et il n'a certainement aucune envie d'entendre mon opinion sur les avantages comparés des logiciels Avid et Adobe Premiere. Je pourrais peut-être lui parler de la table régie ?

Non, même mes parents savent comment fonctionne la table régie.

Qu'est-ce que j'ai mis longtemps à comprendre ? Qu'est-ce que j'aurais aimé qu'on m'explique plus tôt ?

« Ah ! je m'exclame. Je vous conseille de vous tenir à distance du chef op. »

Il relève la tête.

« De qui ?

— Du chef opérateur. Ou directeur photo.

— Pourquoi ? C'est quoi le problème ? »

Je pianote un petit rythme sur ma rotule en réfléchissant à ma réponse. *Un-deux-trois. Un-deux-trois.* Les pas d'une valse ; le début d'une course ; le rythme d'une blague.

« OK, arrêtez-moi si vous la connaissez : quelle est la différence entre Dieu et un chef op ?

— Je ne sais pas, répond Isaiah, en jouant le jeu. C'est quoi ? »

Un...

Deux...

« Dieu ne se prend pas pour un chef op. »

Le coin de ses lèvres frémit.

« D'accord, je vois où vous voulez en venir. Autre chose ? »

Je me recule contre le dossier de mon siège.

« Hmm… Qu'est-ce qu'un assistant réalisateur utilise comme mode de contraception ?

— Aucune idée.

— Sa personnalité. »

Il plante son coude sur son genou et pose son visage dans le creux de sa main.

« Vous en avez d'autres ? »

Le bateau vibre autour de nous, et c'est seulement alors que je me rends compte que nous sommes en pleine mer. Je fixe Isaiah du regard.

« Vous essayez de faire diversion, c'est ça ? »

Il acquiesce.

« Ça marche ? demande-t-il. Racontez-m'en une autre.

— D'accord. Quelle est la différence entre un producteur et une noix de coco ?

— Je ne sais pas. Langue au chat. »

Je souris. Celle-là est ma préférée.

« Avec une noix de coco, vous aurez toujours de quoi boire un coup. »

Je lui jette un regard furtif, et mes doigts s'immobilisent. Il sourit, lui aussi, et ça provoque en moi une sensation rare, comme une onde qui remonte jusque dans le haut de mes pommettes, pile où Amy me dit que je suis censée appliquer l'illuminateur de teint. Une image de Humphrey Bogart et de Claude Rains miroite derrière mes paupières.

Je me passe les mains sur le visage pour dissiper l'effet.

« Et sur les monteurs ? demande Isaiah. Qu'est-ce qu'on raconte ? »

Je relève les yeux, surprise.

« Très franchement ? Pas grand-chose.

— Il doit bien y avoir un truc ?

— La plupart des blagues sur les monteurs viennent *d'autres* monteurs, ce qui veut dire qu'elles ne remplissent pas ce qui me semble être la définition technique d'une blague. À savoir qu'elles ne sont pas drôles.

— Oh, allez, faites le test.

— Très bien. Mais vous ne direz pas que je ne vous ai pas prévenu. »

Je marque une pause, le temps de me repositionner sur mon siège, pliant les jambes sous moi.

« Combien de monteurs faut-il pour changer une ampoule ?

— Combien ? fait Isaiah.

— Aucun, c'est parfait comme ça, touche à rien ! »

Je m'en rends compte tout de suite : j'ai fait un bide. Isaiah sourit encore avec la bouche, mais les rides au coin de ses yeux ont disparu. Comme toujours, j'aurais dû m'arrêter sur une victoire.

Sauf qu'alors il me surprend.

« Je sais qu'on se connaît à peine, dit-il, mais ça ne vous ressemble pas du tout. »

Je tire ma queue-de-cheval vers mon épaule et l'enroule autour de ma paume.

« Non, je concède. Vous avez sans doute raison. »

SUZY KOH : OK, donc, Isaiah, la question à soixante-quatre mille dollars : pourquoi n'avoir pas prévenu Marissa qu'elle était peut-être en danger ?
ISAIAH GREENING : Tant qu'elle était avec moi, elle n'était pas en danger.
GRACE PORTILLO : Mais vous ne pensez pas qu'elle avait le droit de savoir où elle mettait les pieds ?
ISAIAH GREENING : Vous devez comprendre : mon boulot, c'est de gérer la peur. Et ça demande autant de finesse psychologique que d'expertise opérationnelle. S'assurer qu'un client est en sécurité et s'assurer qu'il *se sent* en sécurité sont souvent deux choses très différentes. Pour la plupart de mes clients, en particulier un certain type de businessmen, ça suppose un tas de gadgets en tout genre : la meilleure technologie, les molosses les plus baraqués... façon je ne sais quelle opération clandestine à la con, vous voyez ? Même si c'est juste pour les escorter à un dîner de charité dans les Hamptons à quarante mille dollars l'assiette. [*Un temps.*] Mais Marissa n'était pas comme mes clients habituels.
SUZY KOH : Ça, c'est sûr. Déjà, elle ne savait même pas qu'elle *était* une de vos clientes.
ISAIAH GREENING : Mais je perdais mon boulot si je le lui disais. Et je savais que j'étais foncière-

ment la personne la mieux placée pour ce job. Je n'avais pas vraiment le choix.

SUZY KOH : Vous êtes en train de dire que vous lui rendiez service en la laissant dans l'ignorance ?

ISAIAH GREENING : Si je lui avais dit la vérité, elle ne serait jamais montée sur ce bateau. Et maintenant, on en serait où ?

7

L'île me prend par surprise.

Je parie que vous ne saviez pas qu'une île pouvait faire ça. Mais celle-là si, et pas seulement parce que j'ai fait tout mon possible pour ne pas regarder la mer.

Elle émerge à peine au-dessus de la surface, large et plate, flottant sur l'eau comme une nappe de pétrole, l'essentiel de sa masse cachée derrière les immeubles de deux étages le long du rivage. Il n'y a pas grand-chose d'autre à voir : un modeste phare est perché sur un amas de rochers juste au sud des quais ; au nord, des montagnes russes et une grande roue dépassent derrière un bosquet d'arbres. Plus loin, à l'extrémité est de l'île, se dresse une imposante structure biscornue : un hôtel si j'ai de la chance, un hôpital sinon. Il fait trop noir pour distinguer les détails de ses contours, mais j'ai l'impression que toutes ses lumières sont allumées. J'arrive à compter quarante-sept fenêtres visibles en trois blocs pêle-mêle. Ce doit être notre destination.

Seule une équipe de tournage gaspillerait autant d'électricité.

« Comment ça s'appelle, ici, déjà ? je demande à Isaiah.

— L'île de Kickout. »

Je lorgne le bâtiment au loin.

« Ce n'est pas une colonie pénitentiaire, j'espère ?

— Ça s'appelait *Kijkuit*, à l'origine. Ça vient du hollandais, précise le capitaine du haut de son échelle. Ça veut dire "Attention". »

Son regard se pose brièvement sur moi avant de glisser plus loin.

« Vous devriez trouver quelque chose à quoi vous accrocher, on va bientôt accoster, ajoute-t-il.

— *Attention ?* je répète. À quoi ? »

Mais le capitaine ne répond pas. Je me tourne pour poser la question à Isaiah, qui pour la première fois m'évite soigneusement.

La marina, réseau tentaculaire de pontons flottants délimité d'un côté par le phare, de l'autre par l'embarcadère commercial, occupe la rive occidentale de l'île. Alors que nous approchons, je remarque un homme solitaire qui s'affaire le long de l'embarcadère pour préparer l'arrivée du ferry. Apparemment, Georgia nous a vraiment menti.

Il y a quelque chose qui me titille là-dedans. Je ne doute pas d'Isaiah. Et je sais qu'il n'est pas rare que des petits commerçants essaient de se faire un peu de beurre sur le dos d'une production ; ce n'est pas pour rien que les budgets prévoient toujours une enveloppe pour les « imprévus ». Mais j'ai l'impression qu'il y avait autre chose dans le coup de Georgia. Les gars sur le ponton… ça les a fait rire. Comme si c'était une blague.

Mais bon, il n'en faut pas beaucoup pour faire rire des types comme eux.

Je me gratte distraitement le bras. C'est sans doute juste mon imagination. Voilà pourquoi j'ai besoin de bosser sur un film. Si on ne me donne pas une histoire à raconter, j'en invente une.

Le capitaine manœuvre le bateau jusqu'à un emplacement libre. Il saute sur le quai et s'empresse d'attacher les amarres avec la même efficacité machinale dont il a fait preuve pour les détacher à Lewes.

Je regarde ma montre. Vingt-sept minutes de traversée, pile.

Quand je relève les yeux, je vois une silhouette svelte qui se hâte dans notre direction. Une femme, je crois… sans doute une assistante de production qui vient nous accueillir.

Non que les assistants soient forcément des femmes, ce n'est pas ce que je dis. C'est juste qu'en général ce genre de mission échoit à l'un des membres les moins qualifiés de l'équipe.

Non que les assistants de production soient nécessairement sous-qualifiés, je ne dis pas ça non plus !

Enfin, si, en fait. Les assistants ne sont pas qualifiés. Mais il n'y a rien de mal à ça. Il faut bien commencer quelque part, non ?

Bref, la femme – quelle que soit sa fonction – se presse vers nous, agitant les mains, remuant les lèvres. Je mets une seconde à comprendre ce qu'elle dit.

« Tu te fous de ma gueule ou quoi, Isaiah ? »

À côté de moi, si bas que je ne suis pas sûre de ne pas l'avoir imaginé, Isaiah laisse échapper un infime soupir d'irritation.

Sur le ponton, le capitaine vérifie sa dernière amarre et retourne vers la poupe. Lorsqu'il passe devant la femme, elle a un mouvement de recul comme s'il était couvert d'araignées, de scorpions, ou de quelque chose qui rampe sur votre tête pour vous pondre des œufs dans l'oreille. Je jette un coup d'œil étonné au capitaine en me demandant ce qu'elle lui trouve de si répugnant – et s'il s'offense de sa réaction –, mais il a le menton rentré dans la poitrine, comme d'habitude, et ne montre aucun signe d'affliction.

J'étudie la femme avec un regard neuf. Pour hurler sur Isaiah comme ça, ce n'est certainement pas une assistante. Quoi, alors ? Si ce film était réalisé par quelqu'un d'autre que Tony, j'aurais pu la prendre pour une actrice. Elle est plutôt jolie avec sa peau mate dorée et sa chatoyante chevelure brune qui lui cascade sur les épaules en ayant l'air de vous narguer sur le mode « je viens juste de me lever ». À vue d'œil, elle ne porte aucun maquillage, mais pourquoi en serait-il autrement ? Elle a des sourcils parfaits, et d'après Amy, c'est le plus important. Elle paraît plus jeune que moi, mais je sais d'expérience que ça ne veut rien dire sur son âge véritable. Cependant, Tony a un goût très prévisible en matière de rôles féminins principaux, et le type d'Asie du Sud, si sublime que cette femme puisse être, n'en fait pas partie.

Peut-être a-t-elle un rôle secondaire ?

« Tu m'as dit que tu prenais un bateau privé », poursuit-elle d'un ton glacial.

Isaiah acquiesce avec raideur.

« Ce que j'ai fait. Comme tu peux voir.

— Tu ne m'as pas précisé que c'était *ce* bateau.

— Je ne sais pas quoi te dire, répond-il en se frottant la nuque, un geste que je commence à comprendre comme un signe de consternation. C'était le seul disponible.

— Tu sais les emmerdes que ça peut nous valoir ?

— Beaucoup moins que si on n'était pas arrivés ce soir.

— *Sérieusement*, Isaiah ? »

Il attrape ma valise et commence à marcher vers le bout du ponton. La femme le suit d'un pas furibond.

Après quelques instants d'indécision – *ne devrais-je pas dire quelque chose au capitaine avant de partir ?* –, j'enfile mon sac à dos et leur emboîte le pas.

Cela dit, je ne fais pas vraiment l'effort de les rattraper. En règle générale, je préfère ne pas trop faire attention quand deux personnes se hurlent dessus. Parce que, dans ces situations, les gens se mettent à dire des choses qu'ils ne pensent pas, et c'est difficile de garder ça à l'esprit si par hasard la conversation vous concerne. Mieux vaut ne carrément pas écouter.

Tout en marchant, je glisse les mains derrière mon dos et je me frotte le bout des doigts, très légèrement, en passant le pouce de l'index à l'auriculaire, aller-retour, dans un rapide *un-deux-trois-quatre*, *un-deux-trois-quatre*. Je laisse mes autres sens se relâcher. Bientôt, leurs deux voix courroucées se noient dans l'environnement sonore, jusqu'à ce que leurs mots ne soient même plus des mots, seulement des bruits sans plus de signification ni de nécessité qu'un pépiement d'oiseau, un robinet qui goutte ou les borborygmes d'un lave-vaisselle.

Je lève mon visage vers le ciel. On voit quelques étoiles.

Je crois que j'ai reconnu Jupiter.

C'est le silence qui me tire brusquement de ma rêverie.

Je me retourne, désorientée. Isaiah et la femme sont à cinq mètres derrière moi et me fixent avec de grands yeux. Je vérifie le devant de ma chemise, une fois de plus, pour en avoir le cœur net.

« Quoi ? » je demande.

Ils échangent un regard, puis me rejoignent à une vitesse stupéfiante et reprennent leur dispute où ils l'avaient laissée.

« Tu as payé en carte ? demande la femme.

— Non, répond Isaiah.
— Tu as pris un reçu ?
— Non.
— Est-ce qu'il tient un journal de bord ?
— J'ai arraché la page.
— Bon, c'est déjà ça. »

Visiblement satisfaite, elle tend une main dans ma direction.

« Tu dois être Marissa. Moi, c'est Anjali. On s'est parlé au téléphone. »

Le nom me dit vaguement quelque chose, mais Nell a suffisamment de jugeote pour ne jamais me passer personne au téléphone.

« Je pense que ça devait être mon agente », je rétorque.

Elle hausse les épaules.

« Ouais, c'est pareil. On est super contents que tu sois là, et patati et patata. C'est tout ce que tu as ?
— Oui. »

Elle lorgne ma petite valise à roulettes. À côté d'Isaiah, on dirait une valise pour enfant.

« Tu es plutôt du genre désespérément optimiste ou désespérément pessimiste ?
— Je ne comprends pas la question.
— On dirait que tu n'as pas l'intention de rester longtemps.
— C'est juste que je sais très bien plier mes affaires. »

Elle m'adresse le genre de sourire falot que je reçois souvent quand j'ai involontairement donné l'impression de faire la maligne.

« J'espère que ce n'est pas tout ce que tu sais… »

Sa voix est couverte par le gémissement cuivré d'une sirène de bateau. Nous nous retournons vers l'embarcadère et regardons le ferry approcher.

« Isaiah, finit par dire Anjali, qu'est-ce que c'est que ces conneries ?

— J'en sais rien, répond-il d'un ton impassible. Peut-être qu'il fonctionne, finalement.

— Je ne suis même pas sûre d'avoir envie de savoir, soupire Anjali.

— De toute façon, je ne te le dirai pas. »

Elle secoue la tête.

« Peu importe. Allons-y », décrète-t-elle avec un vif geste d'agacement de la main droite.

Après quoi elle se remet en marche et se dirige vers la petite rangée de commerces le long de la marina. Celle-ci comporte tout ce qu'on peut attendre d'une station balnéaire : un office du tourisme, un glacier, une brocante, une friperie de luxe. Bien qu'il doive être presque 20 h 30, tout est encore ouvert.

Le restaurant italien est le plus animé du lot. *Il Tavolo*, s'appelle-t-il, ce que je trouve un peu énervant ; je compte au moins quatre tables rien qu'en terrasse, dont une où trois femmes, toutes pomponnées, se partagent une bouteille de vin enveloppée d'un écrin de paille. Nous sommes trop loin pour entendre ce qu'elles disent, mais le sujet doit être enjoué : leur conversation est enlevée, à bâtons rompus, ponctuée non pas – comme le sont les miennes – de silences gênés et d'excuses bredouillées, mais d'éclats de rire cristallins.

Je me fais la remarque que, si j'étais en train de monter un film, une scène comme celle-là serait un cauchemar. Tous ces dialogues qui s'entrecoupent… plus d'efforts que nécessaire, franchement.

Sans doute n'est-ce pas moins pénible dans la vraie vie.

Sans doute.

Les trois femmes font mine de nous ignorer alors

que nous passons devant elles, mais je note le regard en coin qu'elles nous jettent discrètement.

Anjali s'arrête devant le salon de beauté, où une Cadillac Escalade noire est garée en biais, à cheval sur deux places et demie. Elle lance les clés à Isaiah ; il les attrape au vol sans même regarder.

J'ai à peine le temps d'attacher ma ceinture que nous avons déjà quitté la marina pour nous engager sur ce qu'Anjali me précise être l'unique route de l'île.

« Elle suit la côte, explique-t-elle d'un ton acerbe, donc on ne peut pas traverser l'île, il faut faire tout le tour. Comme avec les vieux téléphones à cadran », dit-elle en dessinant en l'air un grand cercle exagéré.

Je jette un coup d'œil vers l'extérieur. Il y a juste un accotement d'un mètre cinquante et une rambarde en métal cabossée entre nous et ce qui semble être un à-pic assez brutal. Il suffit qu'Isaiah relâche son attention une seconde et…

J'entrouvre ma vitre, juste un peu. Au cas où.

Je regarde l'eau en contrebas.

Je baisse ma vitre davantage.

« Je ne vais pas plonger dans la mer, intervient Isaiah de sa voix grave.

— Je faisais juste rentrer un peu d'air.

— Vous prévoyiez une issue de secours.

— Disons que ça fait d'une pierre deux coups. »

Quand je quitte le rétroviseur des yeux, je m'aperçois qu'Anjali a pivoté sur le siège passager et me dévisage intensément.

Je fais semblant de m'intéresser soudain au gros bâtiment qui se dessine à l'horizon.

« C'est là qu'on va ? » je demande.

Anjali suit mon regard et hoche la tête.

« C'est le seul endroit où aller, en fait.

— Qu'est-ce que c'est ?

— Un hôtel.

— C'est là qu'on loge ou c'est là qu'on tourne ?

— Les deux. »

La tension que je trimballais dans la nuque et les épaules retombe d'à peu près cinq pour cent. Les hôtels, je connais. Je sais quoi en attendre. Haut de gamme, bas de gamme, en gros c'est toujours la même chose : un lit, une télé, une bible. Des spaghettis à la bolognaise dans le menu enfant. Un hôtel, je gère.

Les bed and breakfast, c'est une autre histoire.

Un flash blanc surgit sur le bord de la route. Un panneau. *Hingham House. Deux kilomètres*.

« Pourquoi ce nom m'est familier ? je demande.

— Parce qu'on dirait un titre de film d'horreur ? » suggère Isaiah.

Anjali le regarde un moment avant de se retourner vers moi.

« Personne ne l'appelle par son vrai nom. On dit juste "la Cahute".

— Pourquoi ? »

Elle lance les deux mains en l'air.

« Les gens riches, tu sais. »

Je ne comprends toujours pas, mais je ne demande pas d'éclaircissement parce qu'il y a clairement quelque chose qui m'évoque un souvenir, mais quoi ? C'est la première fois que je mets les pieds ici. Dans un film, peut-être ?

« La Cahute, je répète lentement, songeuse. Sur l'île de Kickout.

— Ouais, fait Isaiah. On imagine d'ici la brochure. »

Anjali pousse un grommellement.

« Ça suffit. Je ne t'ai pas embauché pour tes commentaires. »

Il lui lance une pique en retour, elle lui décoche un sourire narquois, et je me déconnecte à nouveau, par automatisme, en me demandant – pas tout à fait nonchalamment – s'ils ne s'aiment vraiment pas ou au contraire s'ils s'aiment vraiment beaucoup. J'ai toujours eu du mal à faire la différence. Je ne sais pas qui a décidé que la drague devait s'apparenter à une guéguerre, mais j'aurais deux mots à lui dire.

Ils sont toujours en train de se chamailler vingt minutes plus tard, tandis qu'Isaiah engage la voiture entre deux piliers carrés en pierre, puis le long d'une allée pavée qui fait à peine gronder la suspension de la Cadillac. Nous dépassons un parking rempli de camions et de caravanes, un bosquet, un hangar à bateaux, une haie de buissons. Enfin se dessine la silhouette de l'hôtel.

Je presse mon visage contre la vitre pour mieux voir.

Au début, j'ai du mal à comprendre si j'ai sous les yeux un bâtiment ou plusieurs : l'hôtel semble constitué de six ou sept structures architecturales différentes agglutinées les unes aux autres. Au centre se dresse un immense portique majestueux soutenu par quatre colonnes blanches torsadées ; derrière, un cube parfaitement symétrique de quatre étages en bardeaux, percé de lucarnes ; encore derrière, un toit en ardoises grises avec deux fenêtres rondes, surmonté d'un belvédère victorien.

Je me demande jusqu'où ça continue comme ça. Qui sait ce qu'il peut bien y avoir après. Un corps de garde médiéval, peut-être, ou un restau tex mex.

Isaiah gare la voiture devant le portique, et cette fois je me souviens d'attendre qu'il vienne m'ouvrir.

« Je vous laisse faire uniquement parce que je n'ai

pas envie de me reprendre une portière dans la figure », dis-je en passant sous son bras.

Quand je relève les yeux vers lui, j'espère surprendre un sourire sur ses lèvres ; il a un sourire tellement franc, tellement peu exigeant. Mais son expression est si impassible qu'on dirait un prototype d'androïde ou un personnage de méchant pathologiquement méticuleux. En un clin d'œil, tout signe de vie compromettant a été effacé de son visage.

C'est comme ça que ça marche, je suppose. Maintenant qu'il m'a amenée jusqu'à l'hôtel, sa mission est terminée. Sans doute faisait-il juste semblant de me supporter.

« Vous devriez vous dépêcher », dit-il en hochant le menton en direction d'Anjali, qui a déjà gravi la moitié des marches.

Je déglutis péniblement et décide d'attribuer ce nœud dans ma gorge à une certaine nervosité, confusion ou consternation, ou peut-être simplement au fait que mon corps vient de se rendre compte que je n'ai rien mangé depuis onze heures.

« C'est l'heure des adieux, alors ? » je demande.

Isaiah a un mouvement de recul.

« Qu'est-ce qui vous fait croire ça ?

— Vous êtes devenu super sérieux tout à coup.

— C'est mon boulot.

— Votre boulot, c'est d'être sérieux ? »

Il hésite.

« Mon boulot, c'est d'ouvrir l'œil.

— Vous pensez qu'il va m'arriver quelque chose sur cet escalier ? »

Il hausse les épaules, les relâche.

« Marissa… »

Je penche la tête sur le côté et me risque à une plaisanterie.

« Ce n'est pas grave, vous savez, on peut en parler. Vous avez peur des escaliers ? »

Il laisse échapper un soupir.

« Vous ne voulez pas y aller, à la fin ? »

Je m'apprête à obtempérer, mais mon corps est lent à réagir, et, avant que j'aie le temps de me mettre en mouvement, ses doigts se posent dans le creux de mes reins pour me pousser gentiment en avant.

Et… ça ne me déplaît pas.

Autre chose qui ne me déplaît pas : l'hôtel. Il est bien mieux que je n'aurais pu l'espérer. Même par une chaude nuit d'été, le lobby paraît lumineux, spacieux, aéré, et déploie une palette impressionnante de meubles élégants et de détails architecturaux raffinés. Le long du mur sud, une série de portes-fenêtres donnent sur une terrasse ; elles ont été laissées ouvertes pour faire entrer la brise, et leurs rideaux crème ondulent dans l'air du soir. À ma gauche, un salon en rotin est disposé parmi une collection de luxuriantes fougères en pots ; juste derrière s'étend un grand bar en acajou. Au plafond, des lustres en cuivre poli éclairent le marbre brillant du sol en damier.

Les avantages de travailler sur un film prestigieux, sans doute. Isaiah marmonne qu'il doit consulter ses messages et me désigne l'autre bout du lobby, où Anjali m'attend – après les ascenseurs, la salle à manger et trois autres espaces lounge –, appuyée au comptoir de la réception comme si ça faisait des heures qu'elle était là, alors que ça ne doit pas faire plus de trois minutes à tout casser. Ses ongles tapotent un rythme indistinct sur la surface en bois luisante.

« Tu es vraiment toute petite, non ? » fait-elle remarquer alors que j'approche.

Je prends une inspiration, ouvre la bouche…

Son regard est attiré par quelque chose derrière moi.

« Une seconde », me coupe-t-elle.

Je me retourne. Un homme portant des lunettes de soleil aviateur en écaille vient de pénétrer dans le lobby, flanqué de deux très jeunes filles aux yeux pétillants, en short et en tongs. Anjali grommelle un commentaire particulièrement vulgaire au sujet des acteurs et traverse la salle en un éclair.

Je retire tous mes jugements précédents : c'est clairement une productrice.

L'homme dit quelque chose qui fait crisper la mâchoire d'Anjali si fort que je vois ses muscles se raidir à des mètres de distance. Elle pointe un doigt autoritaire vers un fauteuil à proximité et l'homme lève les deux mains en geste de reddition. Mais sitôt qu'Anjali se tourne pour parler aux filles, il exécute une parfaite pirouette et part dans la direction opposée… vers le bar. Il fait un signe au serveur et retire ses lunettes.

Dès que je vois son visage, ma main se plaque sur mon front de son propre chef.

C'est Gavin Davies, ancienne idole adolescente, actuelle loque adulte. J'ai essayé à six occasions différentes d'obtenir une explication plausible sur la pérennité de son succès, mais jusqu'à présent je n'ai rien trouvé. Il a eu le rôle phare dans une trilogie à très gros budget il y a dix ans, mais ça fait un bail qu'il n'a joué dans aucun film qui ne soit pas obscur, barré ou dégoûtant. Pourtant, je ne sais pas pourquoi, les studios l'adorent toujours. Ma seule hypothèse, c'est qu'il tient un tripot, ou qu'il retape des maisons pour les revendre dans la foulée, ou qu'il trempe gentiment dans le trafic d'êtres humains. Ou peut-être a-t-il juste ce qu'il faut de talent, et un accent british. Allez savoir. Tout est possible, à Hollywood.

On ne s'est jamais rencontrés, mais on a travaillé ensemble sur trois projets, alors je le connais assez bien. Je ne suis pas inquiète pour la qualité de son jeu. Bien filmé, il peut être excellent. Un peu fluctuant, au pire. Sur dix prises, trois seront totalement inutilisables parce qu'il aura oublié à quel moment il était censé boire une gorgée de son verre, écraser sa cigarette ou dire son texte. Mais cinq seront correctes et deux brillantes, et c'est plus que ce que donnent la plupart des acteurs. Et de toute façon, ce n'est pas à moi de me plaindre.

Ce qui m'inquiète, c'est que je sais le genre de rôles qu'il choisit.

De quoi vais-je écoper ce coup-ci ? Un tueur à gages sadique au service d'un gang de dealers du littoral ? Un flic raciste dans une petite ville de province ? Un père défaillant amateur de porno ? Un flic raciste dans une grande ville de la côte ?

Je l'examine de la tête aux pieds à la recherche d'un indice. Il a perdu du muscle dans le dos et les épaules, et les pommettes pour lesquelles toutes les gamines se pâmaient en 2010 sont désormais trop émaciées pour me faire penser à autre chose qu'à lui offrir un sandwich. Ses cheveux, d'habitude pierre angulaire de son processus artistique, sont décolorés et mal coiffés.

Dans le meilleur des cas, son personnage est juste un connard ordinaire. Mais c'est ce qu'il jouait déjà dans le dernier film d'Amy, et je sais qu'il n'aime pas enchaîner les rôles similaires, alors je présume qu'il essaie de varier. Sans doute en jouant cette fois un connard *extraordinaire*.

Comme un pédophile.

Un suprémaciste blanc.

Un suprémaciste blanc pédophile.

Bien que ce ne soit peut-être pas si extraordinaire, de nos jours ?

Je me frotte le nez en ignorant la douleur résiduelle.

Même si je ne retire rien d'autre de ce boulot, même si Tony me vire à la seconde où il me reconnaît, au moins j'aurai retenu une leçon : plus jamais je n'accepte un film sans en avoir lu le scénario.

8

À l'autre bout du lobby, Anjali vient de repérer Gavin au bar. Elle fonce droit sur lui et je suis penchée en avant, les yeux rivés sur la scène, quand je sens quelque chose me toucher l'épaule. C'est une chatte dépenaillée.

« Salut, toi », dis-je.

Elle fait deux tours sur elle-même et se pose devant moi sur le comptoir de la réception, une patte repliée sous son ventre. Je tends le bras pour lui caresser le museau et elle étire le cou pour me permettre un meilleur accès. Sa gorge vibre d'un ronronnement instantané.

Je la gratte sous le menton et le long du dos. Son poil est sec et un peu poussiéreux. J'ai l'impression que c'est le maximum d'attention auquel elle a eu droit de toute la journée. Ce n'est pas qu'elle ne soit pas douce au toucher, c'est juste qu'elle ne l'est pas autant qu'elle en a l'air. Alors, bien qu'elle remplisse les critères de base d'un chat, elle ne satisfait pas les attentes tacites, de sorte qu'elle en est réduite à rôder à la réception pour attendre les nouveaux arrivants, parce que les seules personnes auprès desquelles elle a encore une chance sont celles qu'elle n'a pas déjà déçues.

« T'es mignonne, tu sais ? je murmure.

— Vous êtes nouvelle ? »

La chatte bondit au sol et déguerpit. Je relève les yeux. Devant moi se tient un homme blanc d'un certain âge qui vient sans doute de sortir de quelque part. Il a un visage chaleureux mais étrangement immobile, comme figé à jamais en une expression ouverte et accueillante.

« Euh, oui, je réponds. Je suis la monteuse. »

J'avais tort. Son visage *est* mobile : il passe d'un sourire à un *grand* sourire.

Clairement un civil. Jamais je n'ai vu de réaction aussi radieuse à cette phrase particulière.

« … tellement de souci à cause du retard, est-il en train de dire. Remarquez que je n'ai jamais bien compris pourquoi. Toute cette fébrilité juste à cause d'un seul technicien, surtout le monteur. Je croyais que le montage était de toute façon quelque chose qu'on faisait à la fin, non ? Mais qu'est-ce que j'en sais, moi, je ne suis qu'un modeste hôtelier. Wade Metcalf, ajoute-t-il en me tendant la main. Enchanté.

— Marissa Dahl, dis-je en lui serrant le bout des doigts. C'est un bel hôtel que vous avez là.

— Je ne peux pas tellement m'en attribuer le mérite, hélas, mais je transmettrai à ma femme. Vous allez avoir besoin d'une chambre ? Ou vous camperez dans la salle de projection comme votre prédécesseur ? »

Je suis peut-être dévouée à mon travail, mais même moi, j'ai des limites.

« Je vais prendre une chambre.

— Pas de problème, répond-il. Laissez-moi une seconde pour courir au bureau… Les ordis ont planté, figurez-vous. Ne bougez pas avant que je revienne, hein ! »

Son rire est un rugissement soudain, comme la bouffée de chaleur qu'on prend en plein visage en ouvrant la porte d'un four, et avant que j'aie le temps de me remettre, il est parti.

Je me retourne pour voir où en est Anjali. Elle est désormais assise au bar à côté de Gavin. Toujours en train de l'engueuler. Pendant ce temps, le serveur astique des verres en faisant mine de ne pas écouter, le personnel débarrasse la salle à manger après le service en faisant mine de ne pas écouter, et une femme de ménage passe le balai en faisant mine de ne pas écouter. Aucun d'entre eux n'est vraiment bon à ce jeu-là. Mais encore quelques semaines et je suis sûre qu'ils auront compris ce qu'on sait tous depuis longtemps : que personne dans ce métier ne vaut véritablement la peine d'être écouté.

Le lobby est quasi désert, ce que je trouve étonnant. Je me serais attendue à davantage d'animation, surtout au bar. Mais je suppose que l'équipe technique est en train de préparer la journée de demain, et les acteurs de… je n'en sais rien. De faire ce que font les acteurs quand personne n'est là pour les regarder. De se fondre dans le néant, sans doute.

Je sors mon cardigan de mon sac à dos et serre les bras autour de mon ventre. J'ai dû transpirer en courant après Anjali, et je m'aperçois maintenant qu'il fait froid.

J'ai tout juste arrêté de trembler quand, dans la salle à manger, un commis décide apparemment qu'empiler les assiettes est beaucoup moins drôle que de les lâcher les unes sur les autres depuis une grande hauteur. Je grimace et fais quelques pas dans la direction opposée… ce qui me place à portée d'un désodorisant. Et même pas un désodorisant agréable ; c'est un de ces cônes que ma grand-mère mettait derrière ses toilettes. Moins Fraîcheur alpine que Gélatine astringente. Et maintenant que j'ai commencé à percevoir cette odeur, je ne peux plus m'en empêcher. Je plaque le dos de ma main contre mon nez, mais ça ne suffit pas.

Sur le comptoir de la réception est posé un vase contenant cinq chrysanthèmes blancs parfaits. Je le fais glisser vers moi, enfouis mon visage dans les fleurs et inhale à pleins poumons.

Sol humide. Métal froid. Radis.

Pas vraiment une fleur aromatique, certes, mais très bien pour le jardin… du moins c'est ce que dit ma mère. Elle en a tout un parterre, mêlé à ses légumes. À ce qu'il paraît, les chrysanthèmes éloignent les pucerons.

J'inhale à nouveau, lentement cette fois.

Franchement injuste de la part des pucerons. Ça ne sent pas si mauvais.

Le bourdonnement désagréable dans mon corps commence à peine à se dissiper quand je suis confrontée à une dernière intrusion sensorielle : la cloche sonne.

Et sonne.

Et *sonne*.

Je relève la tête. C'est Gavin, évidemment, qui martèle la sonnette de service à l'autre bout du comptoir.

« Wade revient tout de suite », dis-je, la voix plus tremblante que je ne l'aurais voulu.

Sa main se fige, suspendue à deux centimètres au-dessus de la cloche. Il se tourne vers moi et hausse un sourcil d'une façon précise et contrôlée qui sent l'entraînement.

« Je vous demande pardon », fait-il.

Avec presque n'importe qui d'autre, je ne saurais pas comment réagir, ne sachant s'il veut simplement dire qu'il ne m'a pas entendue, s'il me demande de répéter, s'il s'excuse de m'avoir dérangée ou s'il me signifie juste, en termes éminemment britanniques, d'aller me faire foutre. Mais j'ai passé des centaines d'heures seule dans une pièce sombre avec Gavin, à scruter son visage, ses gestes, sa diction. Je sais quelle tête il a quand il est irrité, impatient, épuisé, triomphant ou sexuellement excité malgré lui. Je sais lesquels de ses partenaires de jeu il appréciait et lesquels il méprisait. J'ai catalogué chacune de ses erreurs de prononciation. Je le connais mieux qu'il ne me connaîtra jamais… même s'il n'en a absolument pas conscience.

Et c'est pour ça que je sais que je dois m'excuser.

Je soupire…

… et quelque chose me chatouille le nez. Un chrysanthème.

Le soulagement est si fort que j'en titube presque. J'ai encore le visage enfoui dans les fleurs et j'ai probablement marmonné de façon inintelligible. Je me suis trompée : Gavin n'est pas *fâché*. C'est juste qu'il ne m'a pas entendue.

« Je disais : “Wade va bientôt revenir.”

— Oui, rétorque Gavin d'une voix traînante. J'avais compris la première fois. »

Je fais basculer mon poids sur l'avant de mes pieds et tente d'évaluer le chemin le plus court vers la sortie.

Gavin s'approche de moi et s'arrête quinze centimètres trop près à mon goût. Quand il tend une main dans ma direction, je ne peux réprimer un mouvement de recul.

Il retire sa main.

« Ma réputation me précède. »

Je secoue la tête.

« Non, non, c'est juste moi qui suis bizarre.

— Hein ?

— Pardon, je suis désolée. »

Son visage se chiffonne légèrement.

« J'ai l'air contrarié ? demande-t-il.

— Un peu, non ? »

Il pose une paume sur sa joue et fronce le nez.

« J'essayais plutôt de me donner l'air chagrin. C'est fou ce que les gens sont prêts à pardonner s'ils pensent que vous avez le sens de l'humour.

— Oh, loin de moi cette idée.

— Oui, *darling*, je vois ça. Je voulais simplement vous dire… vous avez un pétale. »

Je me passe une main sur le visage.

« Non, dit-il en désignant sa propre tempe. Là. »

Mes doigts s'empressent de cueillir le pétale avant qu'il propose de le faire lui-même, ce qui me serait intolérable. Cela crée cependant un nouveau problème. Je ne vois pas de poubelle à proximité et je ne peux pas laisser le pétale sur le comptoir de la réception ; il est trop brillant, trop propre, cela supposerait que quelqu'un nettoie derrière moi. Mais je ne veux pas non plus le mettre dans ma poche, car il n'y a que deux choses très précises que je supporte d'avoir dans les poches : mon téléphone et mon baume pour les lèvres. Je fais une exception pour un talkie-walkie de temps en temps, mais à contrecœur. Sentir la présence de quoi que ce soit d'autre à cet endroit me ferait le même effet que d'avoir une écharde, un calcul rénal ou un Lego dans la chaussure.

Je décide de rouler le pétale en boule et de le remettre dans le vase.

Voilà.

Quand j'ai fini, Gavin fait une drôle de tête.

« Vous êtes la nouvelle monteuse, c'est ça ? »

Trois projets. On a travaillé ensemble sur *trois* projets. Je pourrais lui donner mon passeport qu'il ne me remettrait pas davantage.

J'opine avec lassitude, soudain rattrapée par la fatigue de la journée.

« Pourquoi vous ne l'avez pas dit tout de suite ?

— J'ai constaté que ce n'était souvent pas la meilleure entrée en matière. »

Anjali se matérialise brusquement à mes côtés.

« Bon sang, Gavin ! »

Je me tourne vers elle en désespoir de cause.

« Je veux bien que vous m'expliquiez ce que je suis censée faire.

— Je croyais t'avoir dit d'aller dans ta chambre.

— Mais je n'ai pas de… »

Elle me jette un regard impatient.

« Ce n'est pas à *toi* que je parle.

— Arrête, putain, maugrée Gavin. Tu ne vas quand même pas me consigner. Tu n'es pas Napoléon.

— Tu préférerais voir ça avec Tony ?

— Je préférerais voir ça avec mon agent. »

Le ton monte, et leurs éclats de voix viennent s'ajouter aux cliquetis de la salle à manger, au vrombissement d'un climatiseur qui a besoin d'être changé, aux tintements de verre intermittents en provenance du bar, et à un sifflement strident qui a sans doute quelque chose à voir avec le néon allumé que j'aperçois derrière la porte du bureau. En ligne de basse, léger mais inéluctable, le bruit de l'océan.

Je me demande si j'arriverais à sortir mes boules Quies discrètement, quand je me rends compte que Gavin me regarde d'un air interrogateur.

« Quoi ? »

Il penche la tête sur le côté.

« Je vous ai demandé si vous aviez déjà des regrets. »

Anjali s'interpose entre nous.

« Ouais, et elle non plus tu n'es pas censé lui parler. »

Cette fois, les sourcils de Gavin semblent bel et bien bouger spontanément.

« Hein ? Mais elle fait partie de *l'équipe.*

— Comme tu disais, je ne suis pas Napoléon. Ce n'est pas moi qui fais les lois, je me contente de les appliquer.

— Javert, alors, rétorque Gavin avec un rictus méprisant.

— Pas du tout la même époque, mon vieux. Et ne fais pas semblant que tu ne savais pas dans quoi tu t'embarquais.

— Il va trop loin. Même par rapport à ses propres normes.

— Écoute, par chance, tu peux partir quand bon te semble. Tu me rendrais service, je t'assure. J'ai le numéro de Daniel Radcliffe dans mes favoris, et je suis sûre qu'il adorerait avoir un prétexte pour faire n'importe quoi avec ses cheveux. »

Elle prend appui sur le comptoir pour se hisser sur la pointe des pieds et lance d'une voix tonitruante qui fait s'arrêter net les serveurs dans la salle à manger : « Wade ! M. Davies voudrait partir le plus vite possible ! »

Elle se laisse retomber sur le sol et pose les mains sur les hanches. Wade surgit du bureau en trombe, bouche bée.

« M. Davies s'en va ? Mais il ne peut…

— Il peut, et c'est ce qu'il va faire, le coupe Anjali. Pas vrai, Gavin ? »

Gavin et elle se regardent droit dans les yeux pendant si longtemps que je m'attends presque à entendre une musique d'Ennio Morricone.

Après pas loin d'une minute, Gavin cède.

« Non, dit-il en se passant une main dans les cheveux. Je ne pars pas. »

Wade laisse échapper un soupir.

« Ah, bon, tant mieux. Je disais justement à Francie que Marissa était là et elle est tellement contente que vous ayez enfin trouvé un nouveau monteur parce que, ben, vous savez combien ce film est important pour elle, et…

— Oui, merci, Wade, ce sera tout. »

J'ouvre la bouche pour ajouter mes propres remerciements, mais Anjali me tire vers l'autre bout du lobby avant que j'aie pu dire quoi que ce soit.

Elle me connaît déjà trop bien.

GRACE PORTILLO : Alors, Gavin, pourquoi aviez-vous autant envie de travailler avec Tony ?

GAVIN DAVIES : Parce que, Grace, l'approbation de la critique mainstream est pour moi le langage de l'amour.

SUZY KOH : Au moins, vous êtes honnête.

GAVIN DAVIES : Et puis, quel rôle ! Un paria antipathique injustement accusé d'un crime qu'il n'a très probablement pas commis ? Délicieux.

SUZY KOH : Je ne suis pas sûre que Tony le voyait comme ça.

GAVIN DAVIES : Peut-être, mais bon, n'en déplaise à Tony, il ne contrôle pas *réellement* l'esprit de ses acteurs.

SUZY KOH : Ah oui ? À quoi faites-vous allusion ?

GAVIN DAVIES : À son penchant pour la manipulation psychologique, bien connu dans le milieu.

GRACE PORTILLO : Vous pouvez nous donner un autre exemple ?

GAVIN DAVIES : Il était absolument épouvantable avec Annemieke, bien entendu. Sur *Perséphone*, la rumeur dit qu'il avait trafiqué un test de grossesse si bien que, pendant les deux premiers jours de tournage, elle pensait qu'ils allaient avoir un bébé. Naturellement, elle a

été dévastée quand elle s'est aperçue que ce n'était pas le cas.
GRACE PORTILLO : Vous plaisantez ? Et elle est restée mariée avec lui ?
GAVIN DAVIES : Elle a gagné l'oscar de la meilleure actrice, non ?

9

« Vous voulez bien marcher moins vite ?

— Non, rétorque Anjali en resserrant sa main autour de mon poignet. On est déjà assez en retard comme ça.

— Et où est-ce qu'on va, exactement ? »

Elle me jette un coup d'œil par-dessus son épaule, sourcils froncés.

« Si je te le dis, ce ne sera plus une surprise. »

Voilà un quart d'heure qu'Anjali me guide à travers les couloirs à moquette en apparence identiques qui quadrillent le sous-sol de l'hôtel. J'ai perdu mes repères depuis longtemps déjà, sans parler de mon souffle. Et je commence à me demander si elle ne se fout pas tout simplement de moi.

J'ai compris que j'étais mal barrée à la seconde où on est sorties de l'ascenseur et qu'on s'est retrouvées face à une pancarte énumérant la litanie des équipements du sous-sol : salon, spa, piscine, courts de squash, studio de yoga, galerie, théâtre, cave à vins, fumoirs à cigares, et d'autres que j'ai aussitôt oubliés. La liste m'a fait penser à des excuses qui durent trop longtemps, et qui vous attirent encore plus d'ennuis que vous n'en aviez avant de commencer.

Plus on s'enfonce dans les entrailles de l'hôtel,

plus je suis convaincue que je ne retrouverai jamais le chemin de la sortie. Ce qui est un problème, car il y a une chance non nulle que je me fasse virer dès que Tony verra ma tête, et si c'est le cas, j'aurai besoin de connaître l'issue la plus proche. Si je dois être humiliée, j'ai l'intention que ça se déroule tel que Dieu l'a voulu : seule, assise dans ma douche. Je n'ai aucune envie de passer le restant de mes jours dans un placard à balais, une buanderie ou un ascenseur de service, et oui, je dramatise, je sais… je *sais*. Mais la panique n'est pas comme le nain Tracassin : il ne suffit pas de la nommer pour qu'elle disparaisse.

Je serre le poing très fort et me le plante dans la hanche.

On tourne à droite, à gauche, encore à droite, et on arrive, enfin, devant une double porte en verre losangé opaque, avec de grosses poignées en bronze en forme de croissants de lune. Anjali la tire lourdement, elle s'ouvre.

De l'autre côté se trouve une vaste salle, plus longue que large, avec un très haut plafond carrelé dans des tons lapis-lazuli et or bruni. Au centre du mur du fond, flanqué de rideaux pourpres, un stand de pop-corn et autres confiseries.

Je me frotte les yeux et attends que ma vue s'éclaircisse.

Mais non, j'ai bien vu, nous sommes réellement dans une salle de cinéma.

« Je te l'avais dit », déclare Anjali d'un ton suffisant.

Contrairement au lobby de l'hôtel, cette salle n'est pas en parfait état. L'odeur lancinante de chocolat bon marché et de beurre fondu ne suffit pas à masquer les relents de vieille chaussette et de renfermé. La moquette à motifs rouges et or est si élimée que je sens dessous la chape de béton à travers les semelles de mes chaussures. J'aurais presque envie d'attraper du papier journal et une bouteille d'Ajax vitres pour nettoyer les miroirs le long du mur.

Malgré tout, jamais je n'aurais pu rêver de travailler dans un endroit pareil. Dans la ville où j'ai grandi, seuls deux des vieux cinémas fonctionnent encore, dont l'un n'a rouvert que l'année où je suis partie pour la fac. Alors, quand j'ai voulu chercher un petit boulot de projectionniste, ce n'était pas à l'Orpheum, au Lyric ou au Rialto. J'ai dû me contenter du Carmike Beverly 18.

« C'est magnifique », dis-je.

Anjali regarde autour d'elle en clignant des yeux, comme si elle n'en revenait toujours pas d'être là.

« Ouais, répond-elle, c'est pas mal. Le premier propriétaire de l'hôtel a épousé une actrice, dans le temps. Il a construit ça pour qu'elle puisse projeter ses films.

— Quelle actrice ? Je la connais ?

— Ça m'étonnerait. Elle a eu un petit rôle dans *Rebecca*, mais c'est à peu près tout. »

Elle me désigne un portrait en noir et blanc accroché au-dessus de la machine à pop-corn.

« C'est elle. Violet *Chépaquoi*. Un faux nom français que je n'arrive jamais à retenir. Elle a quatre-vingt-dix-sept ans et elle pète la forme. Peut-être que tu la rencontreras. Voilà, nous y sommes. Silence, OK ? Ils tournent.

— Hein, quoi ? »

Elle ouvre la porte de l'auditorium et me pousse à l'intérieur.

Je trébuche en avant et m'agrippe au dossier d'un fauteuil pour ne pas m'écrouler par terre. Dès que mes jambes se rappellent comment bouger, je fonce sur le côté et m'aplatis contre le mur, sans pouvoir m'empêcher de grommeler un juron tout bas.

Certains monteurs insistent pour rester à l'écart des vicissitudes du tournage. Ce n'est pas mon cas. Ça ne me pose pas de problème de voir les acteurs en dehors de leur personnage ou de savoir que tel ou tel plan a été un calvaire. Je ne fais pas de manières. Mais j'essaie quand même d'éviter de me retrouver physiquement sur le plateau. Comme je l'ai déjà dit, je mélange parfois les films et les souvenirs… mais ça marche aussi dans l'autre sens. Je vois quelque chose dans la vraie vie et plus tard, dans la salle de montage, je crois que je me souviens d'un plan et je me mets à fouiller dans les rushes pour mettre la main dessus, jusqu'à m'apercevoir qu'il n'existe pas. Ça me fait perdre du temps, et je me sens ridicule. Je n'aime pas ça.

Par ailleurs, quand les gens savent que je suis sur le plateau, ils risquent de vouloir me donner des consignes.

Mais maintenant je ne peux plus rien y faire, alors je choisis une place sur la gauche de la salle, aussi loin que possible de la petite foule qui gravite autour du combo.

Dans une forme artistique qui repose tellement sur la coordination harmonieuse de mille éléments mouvants différents, l'espèce de pogo chaotique qui règne autour de l'espace combo – lequel consiste en l'occurrence en trois moniteurs sanglés à un chariot du room service de l'hôtel – dénote franchement. Il doit y avoir une douzaine de personnes massées autour, qui jouent des coudes et se bousculent pour avoir une meilleure vue sur les écrans, alors qu'en fait les seuls qui ont réellement besoin de voir les rushes en temps réel sont le réalisateur et le chef op. Pas les assistants de production. Pas les machinos. Certainement pas le type en jean amidonné et baskets flambant neuves que tout le monde semble ignorer… et qui, je m'en rends compte à présent, est le big boss qui m'a fait passer l'entretien.

Amy dit toujours qu'un des aspects les plus difficiles de son job est de trouver le moyen de se concentrer sur les images quand elle est devant le combo, entourée de badauds qui se tordent le cou pour mieux voir. J'ai entendu dire qu'Oliver Stone enveloppait son moniteur de suédine et disparaissait dessous comme un photographe d'antan sous son voile noir. De sorte que, quand la caméra tourne, personne ne regarde les rushes, personne ne le regarde. C'est juste lui, en tête à tête avec l'écran.

Amy dit qu'elle ne pourrait jamais s'en tirer comme ça. Précisément parce que voilà l'aspect le plus difficile de son job : donner l'impression d'être toujours conciliante avec tout le monde sans jamais rien concéder au bout du compte.

Je cherche des yeux Tony à travers la mêlée. Où peut-il bien être ?

« *Liza*, concentre-toi ! »

Je tourne la tête et je le vois, devant, qui recule d'un pas derrière la caméra, une Arri Alexa sur un pied en fibre de carbone. Cette vision me fait frissonner malgré moi. *Évidemment*, il est lui-même au cadre. Pourquoi céderait-il le contrôle de quoi que ce soit à qui que ce soit ? Il va vouloir discuter la moindre coupe que je fais… si tant est que j'arrive jusque-là.

Il bondit sur l'estrade, où il rejoint Liza et une autre actrice que je ne reconnais pas d'emblée. Liza porte un short en jean, le haut de maillot de bain orange qu'elle avait dans la scène de la plage et des babies à talons noires, un style que je n'ai pas revu depuis qu'on a monté la comédie musicale *Anything Goes* avec le club théâtre du lycée.

L'autre actrice, une femme blanche beaucoup plus âgée, est vêtue d'une robe à perles argentée et d'une perruque platine au carré. Elle ne doit pas avoir loin de soixante-dix ans, mais elle a les mollets d'une danseuse de vingt ans. Eileen Fox, voilà son nom. C'est une comédienne de théâtre ; elle a remporté le Tony Award l'an dernier pour son rôle dans *Mère Courage*. Ou alors dans *Hedda Gabler*, je ne sais plus.

Un transfuge du théâtre est à double tranchant. Il respectera ses marques au millimètre près, mais oubliera à quelle réplique il a bu une gorgée de son verre. J'espère que Tony ne la filmera pas trop souvent en gros plan. La plupart du temps, les comédiens qui débutent au cinéma en font trop devant la caméra et finissent par avoir l'air non pas de vrais visages, mais de citrouilles de concours qui *ressemblent* étrangement à un visage.

Je m'aperçois alors qu'ils projettent un film sur l'écran derrière Liza et Eileen.

Judith Anderson, Joan Fontaine.

Rebecca.

Je réévalue le tableau devant moi en intégrant les nouvelles données et en recalculant. Eileen doit sans doute jouer Violet, l'épouse-actrice du magnat de l'hôtel. Et je suppose que c'est une scène de répétition. Mais une répétition de quoi ?

Une pensée épouvantable me traverse l'esprit, et je me lève discrètement pour chercher des yeux des équipements de son sophistiqués. Mais je ne vois pas de micro au sol. Personne n'est en train d'installer un play-back.

Je pose une main sur mon cœur. J'ai eu chaud.

S'il s'était avéré que c'était une comédie musicale, je crois vraiment que j'aurais dû virer Nell.

Sur l'estrade, Tony chasse d'un revers de main la

maquilleuse qui essayait de repoudrer le nez de Liza et contemple la jeune actrice de toute sa hauteur.

« J'aimerais *beaucoup* savoir ce que tu penses être en train de faire. »

Liza se coince une mèche de cheveux derrière l'oreille.

« Je fais ce que tu m'as demandé de faire », répond-elle.

Il se penche vers elle, mais sa voix porte jusqu'au tout dernier rang.

« Et moi qui croyais t'avoir demandé de jouer. »

Tony s'éloigne et la maquilleuse s'empresse de revenir, retouchant le rouge à lèvres de Liza et lui murmurant des paroles d'encouragement jusqu'à ce que ses épaules se décrochent de ses oreilles. Quand la coiffeuse les rejoint, Liza a presque l'air d'avoir repris confiance en elle.

Eileen s'est retirée vers la gauche de la scène, où elle est appuyée contre le proscenium, bras croisés, tête penchée en arrière, une élégante cheville devant l'autre. La maquilleuse s'avance sans conviction pour retoucher également son fond de teint, mais Eileen la rabroue d'un geste.

Tony plonge à nouveau derrière la caméra, et le silence se fait.

« En place », dit-il.

Effervescence soudaine : Eileen et Liza se mettent en position, cherchant la lumière, levant le menton, tournant les hanches. L'ingé son plaque une main sur son casque, tandis que l'autre plane au-dessus de sa mixette. Un homme aux longs cheveux bruns et à l'expression intense – sans doute le chef op – exécute une série compliquée de gestes. Quelques instants plus tard, un électricien ajuste un réflecteur. Le chef op secoue la tête et lui fait signe de le rebaisser. Autour du combo, le big boss donne un petit coup de hanche discret à une des assistantes.

Et – une fois de plus – nous attendons.

Le silence ne dure guère plus de trente secondes, mais le suspense est insoutenable.

« Liza, dit alors Tony, et je suis sidérée qu'elle ne sursaute pas au son de sa voix. Ton pied gauche devrait être plus écarté de deux centimètres. »

Elle décale légèrement son pied.

« De deux centimètres, pas d'un. »

Elle le décale encore.

« Acceptable. Eileen, tu es parfaite, comme toujours. Moteur ! »

L'ingé son hoche la tête.

« Ça tourne », déclare-t-il.

Tony prend place derrière la caméra.

« Petra, le clap. »

Une assistante caméra se glisse dans le champ avec un clap électronique. Elle annonce le numéro du plan et de la prise – 39, *aïe* – et fait claquer le clap. Tout le monde retient alors son souffle.

Je me penche en avant malgré moi.

« Action. »

Quand je visionne des rushes pour travailler à un prémontage, j'entends ces mots mille fois par jour ; plus, peut-être. *Action, coupez, action, coupez, action, coupez, action, coupez.* Ce ne sont pas des ordres, pas pour moi. Plutôt une ponctuation routinière. Une majuscule. Un point. L'indication que je dois être attentive à ce qui se passe entre les deux. Mais les acteurs et les techniciens de plateau, eux, ont une réaction plus viscérale, pavlovienne. Je suis presque sûre que si vous entrez dans n'importe quel café de Santa Monica et que vous criez : « En place ! », la moitié des clients se figent instantanément.

J'avais oublié à quel point c'était différent d'être là en chair et en os.

Action.

Inspirez.

Coupez.

Expirez.

C'est presque biologique.

Peut-être ai-je trop pris l'habitude de me considérer comme la personne qui donne vie à un film. Trop séduite par l'idée que, jusqu'à ce que j'intervienne, une scène n'est rien d'autre qu'une pièce de théâtre que quelqu'un s'est amusé à filmer. Peut-être ai-je oublié à quel point c'est un acte de création audacieux, combien ça peut être grisant de partager ce moment avec un groupe de mes pairs, tous aussi cinéphiles que moi, chacun passionné par ce savoir-faire collectif, ce métier qui est le nôtre, ce…

Le micro au bout de la perche vacille alors que l'assistant son tente d'étouffer un bâillement dans son coude.

Trois rangées devant moi, la maquilleuse tape un texto sur son téléphone. Deux assistantes déco sont assises, affalées contre un mur, et chuchotent derrière leurs mains. Je crois qu'un des gars de l'équipe son s'est littéralement endormi.

Bon… le moment de grâce aura duré une seconde.

L'image derrière Liza et Eileen commence à grésiller, puis s'éteint. La moitié de la salle se tourne vers la cabine de projection ; l'autre vers Tony.

« Tu vas nous refaire le coup combien de fois, exactement ? lance ce dernier.

— Je fais de mon mieux ! rétorque le projectionniste. Cette machine n'en fait qu'à sa tête !

— Je suis ravi d'apprendre qu'un de vous deux a une tête. »

Quelques instants plus tard, le projecteur ressuscite dans un hurlement métallique que je sens jusque dans les dents. Tony tourne un doigt en l'air. Tout le monde se remet en place.

Je tire sur mon lobe. J'ai l'oreille qui me gratte.

« Action. »

Liza et Eileen réussissent enfin à aller au bout de leur scène. C'est un joli plan : toutes les deux dédoublées de façon démesurée par les images de Joan Fontaine et de Judith Anderson derrière elles. Un peu trop précis peut-être, mais je suis prête à accorder à Tony le bénéfice du doute. La lumière aide. Les ampoules à incandescence qu'utilise le chef op sont légèrement démodées, mais la qualité de l'éclairage est incontestable. Ce type a du métier.

Il n'empêche : je ne le lui dirai jamais en face.

Liza rate une nouvelle fois sa marque. Je ne sais pas ce que Tony lui dit ce coup-ci, mais nous entendons tous ce qu'elle lui rétorque du tac au tac.

« Ouais, eh ben peut-être que si je pouvais avoir une vraie nuit de sommeil, j'arriverais à mémoriser mes places. »

Tony penche la tête sur le côté, songeur.

« Eileen a l'air de très bien s'en sortir. »

Celle-ci opine sagement.

« Boules Quies et Temesta », dit-elle.

Tony colle son œil au viseur de la caméra et lève une main.

Je me tire à nouveau le lobe de l'oreille.

« Et act…

— *Attendez.* »

La voix provient du fond de la salle. C'est une femme blanche d'une cinquantaine d'années, grande, robuste, athlétique. Elle me rappelle énormément ma mère. Je me demande si elle aussi a les avant-bras musclés et couverts de taches de rousseur à force d'avoir passé sa vie à se remonter les manches pour tout faire. Elle se tient juste devant la porte, les lèvres pincées.

Tony se recule de derrière la caméra, et je me tasse sur mon fauteuil, certaine qu'il va se déchaîner sur cette femme en apparence normale et sympathique.

« Francie, dit-il avec chaleur, qu'est-ce qui ne va pas ? »

Elle désigne Eileen d'un hochement de menton.

« Son maquillage. Ma grand-mère porte du rouge à lèvres écarlate chaque jour que Dieu fait, depuis ses treize ans. D'après elle, personne ne devrait se présenter au monde sans rouge à lèvres… Elle le garde même au lit. Elle s'est entraînée à dormir sur le dos pour qu'il ne bave pas pendant la nuit. »

Je me surprends à me tripoter l'oreille pour la troisième fois.

Tony se retourne, s'éclaircit la voix.

« Carmen ? C'est ton domaine d'expertise, il me semble. »

La maquilleuse lève les yeux de son téléphone. Elle regarde Tony, puis se tourne vers Francie.

« Vous savez quelle marque elle mettait ?

— Le *Victory Red* d'Elizabeth Arden.

— Tu as ça dans ta mallette ? » demande Tony.

Carmen se tient le menton d'une main.

« Je n'ai pas de produits vintage, répond-elle. Mais tu sais qui en a toujours ? Penelope. Dommage que tu l'aies virée. »

Le peu de bonne humeur qu'il pouvait y avoir dans l'expression de Tony s'évanouit en un clin d'œil. Ses lèvres dessinent un sourire à faire trembler de peur.

« Tiens, voilà une idée intéressante », dit-il.

Carmen laisse échapper un soupir, se lève.

« OK, d'accord, je peux le reproduire. Donne-moi deux minutes. »

Ça y est, ça recommence. Cette démangeaison dans l'oreille. Sauf que ce n'est pas une démangeaison. Plutôt un sifflement aigu. Léger, mais clairement présent. Je jette un coup d'œil en direction de l'ingé son. Il a les sourcils froncés, agrippé à son casque. Je lui fais un petit signe pour essayer d'attirer son attention, mais il est trop concentré pour me voir.

J'ai l'impression que c'est de plus en plus fort.

Je me lève.

« Tony ? »

Tony se tourne, plisse les yeux.

« Qui c'est, celle-là ? » fait-il.

Le sifflement a augmenté, c'est sûr. On dirait que ça va bientôt…

J'avale ma salive.

« Je crois qu'il y a peut-être un problème avec le groupe électrogène. »

Il hausse les sourcils.

« Je ne savais pas qu'on avait embauché une nouvelle électro… »

Clac.

Je lève les yeux. Tony en fait autant. On vient de perdre une lampe.

Du coin de l'œil, je vois le chef op faire un pas timide en avant.

Clac.

Deux lampes, à présent. Une poignée de techniciens

se précipitent vers la scène, mais ils ne sont pas assez rapides, car…

Clac clac clac clac clac.

Une série de mini-explosions, l'une après l'autre, comme une ligne de pétards bon marché.

On a perdu toutes les lampes.

Et c'est maintenant au tour du projecteur de s'éteindre.

Le noir…

… suivi par le brouhaha d'une quarantaine de téléphones qui s'allument, baignant la pièce d'un halo blême.

« Tout le monde est OK ? demande quelqu'un.

— Je ne sais pas, répond Eileen de sa voix de théâtre, dont les accents ronds et retentissants emplissent le silence. Couverte de putains d'éclats de verre, ça compte comme OK ? »

Quelques secondes plus tard, quelqu'un localise un interrupteur et nous nous retrouvons à cligner des yeux dans la pénombre ambrée produite par les vieilles lumières de la salle.

Le temps de nous réhabituer…

… et c'est la frénésie générale. La plupart des membres de l'équipe se pressent vers la scène, où Liza et Eileen sont restées accroupies, le visage protégé derrière leurs mains.

Anjali fait irruption dans la pièce en hurlant dans son téléphone et en adressant des signes d'impatience à un des assistants. Elle fonce sur le chef op, qui lève aussitôt les mains en un geste défensif.

« Ne me regarde pas comme ça, dit-il. J'ai vérifié trois fois l'installation, *personnellement*. C'était parfait.

— Parfait, ouais », répète-t-elle en secouant la tête, incrédule.

Des grésillements derrière moi ; je jette un coup d'œil

par-dessus mon épaule. Un type baraqué en pantalon kaki et veste de sport se tient dans l'encadrement de la porte. Il parle dans un talkie-walkie en dissimulant ses lèvres derrière sa paume. À côté de lui se trouve Isaiah, en train de ranger son arme dans son holster.

Il croise mon regard et a la décence d'avoir l'air quelque peu penaud.

« *Tony !* »

Sur scène, Liza s'est relevée tandis que deux techniciens essaient d'aider Eileen à en faire autant en la soutenant par les coudes, mais ils sont gênés par la coupe étriquée de sa robe. Il n'y a tout simplement pas moyen de la soulever sans risquer une exposition impudique.

Eileen se dégage brusquement et remonte sa jupe sur ses hanches, dévoilant le haut de ses collants.

« Bon sang, s'agace-t-elle, je ne suis pas en sucre ! J'ai joué *Le Lauréat* pendant douze semaines ! »

Trois assistantes du département coiffure accourent et passent prudemment les doigts dans ses cheveux pour en retirer les éclats de verre.

« Ça va aller ? s'inquiète Tony en les rejoignant.

— Je ne sais pas, dit Liza. À ton avis ?

— Vous êtes contrariées, intervient Anjali en s'approchant à son tour. Je comprends. Mais je vous en supplie, ne vous en faites pas. C'était un accident exceptionnel. On va tout arranger et pouvoir se remettre au boulot d'ici peu.

— Un accident exceptionnel », répète Liza d'un ton impassible.

Anjali confirme d'un hochement de tête. Mais pour la première fois depuis que je l'ai rencontrée, son geste est hésitant.

« Je crois qu'on commence à sortir de la définition du mot "exceptionnel" », marmonne Liza.

Tony tend une main vers les cheveux de Liza et y trouve un bout de verre que les coiffeuses ont raté.

« C'est vraiment si terrible que ça ? » demande-t-il.

Eileen ricane.

La main de Tony se fige une microseconde avant de finir son mouvement.

« Il faut que tu me fasses confiance, Liza. Que tu sois convaincue que je sais ce que je fais… et que je le fais pour une raison.

— D'accord, soupire-t-elle, mais…

— Jamais je ne te mettrais en danger, poursuit-il. Je ne suis pas fou.

— Mais, Tony…

— Tu ne me prends pas pour un fou, n'est-ce pas, Liza ?

— Non, bien sûr que non, mais… »

Presque machinalement, il écarte une mèche de cheveux sur le visage de Liza et un tendon se raidit dans son cou. Sa lèvre inférieure se met à trembler.

Tony la tapote du bout du pouce.

« Allez, allez, murmure-t-il tendrement. Ne te mets pas dans des états pareils. »

Puis, sans la quitter des yeux, il enchaîne :

« Dice, tu peux nous bricoler quelque chose, qu'on s'y remette ? »

Le chef op relève les yeux de son MacBook. Sa bouche s'ouvre et se ferme plusieurs fois avant qu'il réponde.

« Laisse-moi vingt minutes.

— Parfait. Je veux que tout le monde soit prêt dès que les lumières seront revenues », annonce Tony.

Après quoi il se tourne et me trouve dans la foule, la mine sombre.

« Tout le monde sauf vous, évidemment. »

10

Je sors dans le hall d'un pas décidé, suivie de près par Tony et Anjali, prête à me faire virer pour la deuxième fois de ma carrière.

En temps normal, c'est assez dur d'échouer dans mon boulot. Une fois que les rushes sont arrivés jusqu'à moi, il n'y a plus grand-chose qui puisse mal tourner, et les principaux problèmes viennent des logiciels propriétaires. On peut difficilement se planter dans les grandes largeurs. La grammaire cinématographique est si profondément ancrée dans la culture qu'une enfant de six ans prise au hasard dans la rue serait sans doute capable de bidouiller un bout-à-bout à peu près correct. Ce n'est pas pour rien qu'on se dit rarement après avoir vu un film : « Ouah, le montage était nullissime ! »

Et, même dans ce cas, c'est probablement la faute du réalisateur.

La seule et unique fois où je me suis fait virer, je travaillais sur un gros film à effets spéciaux – une franchise –, et honnêtement c'était un job que je n'aurais jamais dû accepter. Mais j'étais jeune et tout excitée à l'idée d'assister un monteur que j'admirais, d'autant que monter les courts-métrages délicats et impressionnistes d'Amy ne suffisait pas franchement à payer le loyer. Ça ne payait même pas la facture d'eau.

Très vite, il est apparu que, même si j'étais novice et totalement débutante dans ce genre de grosse machine, le réalisateur était encore plus dépassé que moi.

Mais lui aussi était une sorte de franchise : le fils d'un réalisateur vedette.

Le soir où c'est arrivé, on était cloîtrés depuis dix heures dans la salle de montage avec le chef monteur et trois des huiles du studio. On essayait de trouver une solution pour je ne sais plus quoi, quand le réalisateur m'a aboyé de lui sortir des images qui, je le savais pertinemment, n'existaient pas.

J'ai regardé mon chef pour savoir quoi faire, mais pile à cet instant il s'est découvert un intérêt aussi soudain que dévorant pour une minuscule imperfection dans le tissu de son jean.

« Je suis désolée, ai-je fini par dire, mais je ne peux pas faire ça.

— Pourquoi donc ? a demandé le réalisateur.

— Parce que vous n'avez pas tourné de gros plans pour cette scène.

— Bien sûr que si. C'est dans la liste des plans.

— Non, vous avez décidé de les sauter. Et quand j'ai reçu les rushes et que je suis venue vous poser la question, vous m'avez répondu : "Fuck les gros plans, ce plan large est de la tuerie." »

Mon chef a relevé la tête de son jean.

« Je m'en souviens, ai-je poursuivi, parce que vous avez dit "de la tuerie" et pas "une tuerie", et ça m'est resté. »

Plus tard, mon chef m'a confié que si j'avais simplement endossé la responsabilité, il aurait pu me garder. Tout le monde dans la pièce avait compris que l'erreur venait du réal, mais on n'était pas censés le formuler tout haut. Que je l'aie fait ne pouvait vouloir dire qu'une chose.

J'étais officiellement agressive.

J'ai raconté ça à Amy en espérant qu'elle pourrait m'aider à comprendre ce que j'avais fait de mal, mais elle s'est contentée de rouler les yeux en disant : « Dans le jargon de Hollywood, ça veut juste dire que tu es une femme qui emploie des phrases assertives. »

« Vous étiez censée arriver il y a une heure » est la première chose que me dit Tony.

Pas très bon signe, comme entrée en matière.

« Si vous vouliez que je vienne directement ici, quelqu'un aurait dû me prévenir, je réponds prudemment.

— Pour le coup, c'est ma faute, intervient Anjali d'une voix guillerette. J'ai dû m'arrêter pour recadrer Gavin.

— Pourquoi, il y a un problème ? demande Tony.

— C'est juste que je l'ai à nouveau surpris avec ces deux filles, mais je ne crois pas qu'il faille s'inquiéter. »

Elle marque une pause avant d'ajouter :

« Ces deux phrases ne vont pas vraiment ensemble, en fait. »

Tony se gratte derrière l'oreille.

« Dis à Wade de s'en occuper. J'ai déjà assez de filles à gérer comme ça. »

Sur ce, il se tourne vers moi, et je crois bien que le moment est venu. Le moment de vérité. J'examine son visage aussi attentivement que possible. Ses sourcils sont en position neutre, et le côté gauche de sa bouche paraît un peu plus haut que le droit, ce qui est peut-être le début d'un sourire, à moins que ce ne soit le début d'une moue de réprobation.

Je m'efforce de ne pas me tortiller les mains.

« Je suis sûr que vous comprenez à quel point la situation est inhabituelle, dit Tony. Je n'ai jamais eu à recruter un nouveau monteur, à l'aveugle, en plein milieu d'un tournage.

— Si étonnant que ce soit », ironise Anjali.

Tony écarte les mains.

« J'essaie d'avancer, là », dit-il.

Elle recule d'un pas théâtral.

« OK, OK, c'est toi le boss. Je vais aller… hurler sur des gens, par exemple. Je peux te laisser seule, Marissa ? »

Je fronce les sourcils.

« Avec Tony, vous voulez dire ?

— Oui. Je peux t'envoyer une assistante, si tu préfères. »

Ah, oui, *d'accord*. Ça fait un bail que je n'ai pas eu à travailler de près avec un homme. Les choses ont changé, c'est ça ? Ou du moins on fait comme si elles avaient changé. Je prends le temps de réfléchir un moment. Si je ne suis pas tout à fait à l'aise avec l'idée de me retrouver seule avec Tony, je suis encore plus mal à l'aise de devoir le reconnaître, parce que ça mettrait tout le monde mal à l'aise du même coup. J'ai l'impression qu'il y a comme un bug dans la matrice post-#MeToo.

« Non, ça va, je finis par répondre.

— Cool. Cool. Je reviens tout à l'heure avec tes clés et un téléphone.

— Un téléphone ?

— Comme je disais… »

J'arrache mon regard à la silhouette d'Anjali qui

s'éloigne et m'aperçois que Tony aussi a continué sans moi. J'ai du mal à rattraper le fil.

« … quand on arrive au tournage, en général, j'ai déjà eu quelques mois de préparation avec mon monteur, dit-il. Mais à l'évidence, je n'ai plus ce luxe à présent.

— Attendez… Vous ne me virez pas ? »

On s'arrête près du stand de pop-corn. Il écarte un rideau en velours rouge qui cache une lourde porte en bois, où un cadenas ouvert pend à l'anneau d'un loquet rouillé. Il tire la porte vers lui.

« Il y a des bruits qui courent, à ce que je vois », marmonne-t-il, impassible.

Je franchis la porte, soulagée au plus haut point qu'il fasse suffisamment sombre pour cacher le rouge qui a enflammé mes joues comme un brasier. On n'y voit presque rien ici – tout au bout de la pièce, une seule ampoule faiblarde se balance à un mètre du sol –, mais Tony connaît visiblement les lieux. Il trouve son chemin sans difficulté dans la semi-obscurité, me faisant éviter deux grosses toiles d'araignées. Nous nous arrêtons au pied d'un escalier métallique en colimaçon, très étroit et haut de facilement six mètres. Nous le gravissons l'un après l'autre, la structure tressautant et oscillant sous chacun de nos pas.

Arrivée là-haut, je me glisse par une ouverture si exiguë qu'il me faut quelques secondes pour me remettre de mes émotions, de l'autre côté.

Je suis encore en train de reprendre mon souffle quand je sens la chaleur du corps de Tony derrière moi.

« C'est là que vous allez travailler », annonce-t-il tout près de mon oreille.

Nous sommes dans la cabine de projection du cinéma… et elle est équipée pour du 35 millimètres. J'ignore la station de montage et me précipite vers le projecteur, un Philips DP70 flanqué d'un dérouleur Autowind Christie à trois plateaux. Aucune des deux machines, je l'admets, n'est élégante pour l'œil moderne. Le DP70 est gros, beige, rectangulaire, et le dérouleur frise le ridicule : trois disques d'aluminium horizontaux, chacun d'environ un mètre vingt de diamètre, fixés à un cadre turquoise.

Pour moi, cependant…

Je dois résister à l'envie pressante d'exécuter une danse de la joie.

Le projectionniste est occupé à farfouiller d'un air renfrogné dans les entrailles du DP70, et je me surprends à me tordre le cou pour essayer d'apercevoir ce qu'il trafique.

« Je n'ai pas vu de truc comme ça depuis le lycée », dis-je.

Tony jette un coup d'œil par-dessus mon épaule.

« Je suis assez vieux pour me souvenir de l'époque où il fallait changer de bobine. »

Heureusement que je lui tourne le dos, parce que je sens que je fais le genre de tête pour laquelle Amy me donne toujours une tape sur l'épaule. Je pourrais avoir cent cinq ans et bosser sur mon trente-cinquième long qu'il y aurait toujours un homme pour trouver le moyen d'insinuer qu'il est dans le métier depuis plus longtemps que moi.

« Le ST200 est sorti en 1968 et l'Autowind en 1971, je rétorque. Si vous vous souvenez des changements de bobine, ça vient de vos cours d'histoire du cinéma. »

Je passe sous le bras de Tony et m'approche de l'avant du projecteur. Je n'ai jamais travaillé avec, mais j'ai lu des choses dessus – ils en ont deux à l'Egyptian Theatre de Hollywood et ils en avaient un au Grauman's – et, quand je le caresse du bout des doigts, ses pignons et ses stabilisateurs me sont aussi familiers que mes propres os.

Je me hisse sur la pointe des pieds et me penche par-dessus l'objectif. À côté du DP70, placée sur le côté droit de la lucarne de projection, se trouve une petite boîte noire : un projecteur numérique NEC. Il est environ cent fois plus compact que le DP70, et cent fois moins émouvant aussi.

« Pour les rushes, précise inutilement Tony.

— Dommage qu'on ne tourne pas en pellicule, dis-je tout aussi inutilement.

— Pas avec des acteurs pareils », rétorque-t-il.

Son épaule est si près de la mienne que je peux sentir l'espace entre nous.

Je me déplace vivement vers l'autre bout de la pièce. Là, le long du mur, se trouvent un canapé trois places taché et une table de deux mètres cinquante de long en mélaminé sur laquelle sont posés un micro-ondes et une plaque électrique, un paquet de six portions instantanées de macaronis au fromage et une boîte de sachets de thé ; sous la table, une pile de cartons à pizza aplatis. Je ramasse un mug qui a été oublié près de la plaque électrique et jette un coup d'œil à l'intérieur. Ce qu'il a bien pu contenir s'est depuis longtemps solidifié en une masse gluante.

Mon regard se pose sur un plaid à carreaux bleu plié sur l'accoudoir du canapé. J'en soulève un coin et le frotte entre mes doigts. Je me demande s'il y a un oreiller quelque part ou si mon prédécesseur a dû s'en passer.

La question m'échappe presque comme un gargouillis :

« Pourquoi avez-vous renvoyé Paul ? »

Tony pince les lèvres, se tourne vers le projectionniste.

« Gary ? »

Gary lâche sa clé à molette dans sa boîte à outils et se relève tant bien que mal.

« Je vous laisse. »

Tony le regarde partir et attend que les derniers échos métalliques de ses pas dans l'escalier s'estompent. Après quoi il appuie une épaule contre le mur et croise les bras.

« Vous avez sans doute entendu parler de ma méthode de travail, dit-il.

— J'ai une petite idée, oui. »

Puis, juste parce que je ne peux pas m'en empêcher, j'ajoute :

« Et ne m'appelez pas Shirley. »

Il se racle la gorge.

« Oui, bien, dans ce cas, vous savez que j'exige de mes acteurs et de mes techniciens un dévouement total.

— Vous êtes en train de me dire que le type qui vivait quasiment ici n'était pas assez investi ? je demande en balayant des yeux le campement de fortune.

— Si le temps était la seule chose qui m'importait, je recruterais des insomniaques ou j'achèterais un kilo de coke. Je parle du dévouement à votre *rôle*. Mon monteur doit être mon point d'ancrage… ma *boussole*. Quand je regarde des rushes, je vois les huit millions de décisions qui ont dû être prises pour chaque plan. Vous, au contraire, vous pouvez vous concentrer uniquement sur l'image que vous voyez à l'écran.

— Oui, bien sûr, en gros c'est la définition standard du…

— Ce qui veut *aussi* dire, me coupe-t-il en levant un doigt, que je ne veux pas que vous passiez du temps avec les acteurs. Donc je ne veux pas vous voir au bar, je ne veux pas vous voir au café, je ne veux pas vous voir à la coiffure et au maquillage en train de papoter avec les habilleuses. Exceptionnellement, comme aujourd'hui, je vous demanderai de me rejoindre sur le plateau. Le reste du temps, je préfère que vous soyez ici ou dans votre chambre.

— Je…

— Je conçois que ça puisse sembler contraignant, mais c'est une situation inhabituelle. Nombre de personnes impliquées dans cette affaire sont encore sur l'île. Certaines se trouvent même dans cet hôtel avec nous. Et toutes ne sont pas aussi attachées que nous le sommes à la notion d'objectivité. »

Je fronce les sourcils.

« Si vous avez si peur des influences extérieures, pourquoi ne pas m'avoir laissée à L.A. ?

— Non, fait-il en secouant la tête, ça ne marcherait pas du tout. J'aime avoir tous mes jouets à portée de main. »

Je dois avoir une expression bizarre, car il éclate de rire, mais pas comme on rit à une blague.

« Regardez-vous ! Vous avez commencé depuis moins d'une heure et vous pensez déjà à démissionner.

— Qu'est-ce qui vous fait dire ça ?

— Quoi ? Vous ne pensez pas à prendre vos jambes à votre cou pour rentrer en Californie ?

— J'y pense depuis la minute où j'ai atterri », je confesse.

Il s'écarte du mur et se rapproche de moi.

« On peut faire un très grand film ensemble, vous et moi. Vous ne voyez peut-être pas encore la forme que ça prendra, mais ce n'est pas juste un polar à la noix inspiré de faits réels. Cette histoire va marquer les esprits. Et vous pouvez en être. Mais il faut me faire confiance sur le processus. »

Son accent traînant est encore plus miaulant que d'habitude, il me fait penser à la chatte de la réception, à la façon dont je l'ai massée juste sous la mâchoire, et je me dis qu'il espère peut-être que je vais me rouler sur le dos et m'abandonner à ses cajoleries sans remarquer qu'il est en train de m'expliquer – *doucement, gentiment* – qu'il compte m'assigner à résidence pendant les six prochaines semaines.

Je regarde mes pieds en me livrant à un rapide calcul : il me faudrait dix minutes pour retourner jusqu'au lobby, dix autres pour trouver un taxi. Trente minutes jusqu'à l'embarcadère, cinq minutes pour vomir, vingt-sept minutes pour arriver à Lewes. Deux heures et demie jusqu'à Philadelphie, cinq et demie jusqu'à Los Angeles, un quart d'heure pour Ladera Heights. En tenant compte d'une marge de retard et du décalage horaire, je pourrais être chez Pann's à temps pour le petit déj.

Mais après, quoi ? Trouver une nouvelle location Airbnb ? Supplier Nell de ne pas me virer ?

Six semaines de boulot, ce n'est quand même pas la mer à boire. Ce n'est pas comme s'il me demandait un truc impossible ou scandaleux. Et, de toute façon, je ne suis pas vraiment un animal social. Ça peut même m'arranger : je n'aurai pas à m'inventer des excuses pour ne pas traîner avec les autres le soir.

Je me force à relever le menton.

« Ouais, dis-je. Je peux faire ça. »

Il hoche la tête.

« Parfait. Maintenant, c'est la dernière fois que nous parlons de Paul, compris ?

— Mais…

— La dernière fois. »

Je lève les deux mains en signe de reddition.

« D'accord. »

Il prend le plaid, le plie en quatre et le jette à l'autre bout du canapé.

« Venez, on va vous installer. »

Je le suis jusqu'à la station de montage aménagée dans un coin de la pièce. C'est une disposition standard : un bureau en L, trois écrans HD, deux enceintes de studio, un clavier, une souris et une table de mixage Mackie. Un fauteuil de luxe avec six points de réglage différents. Punaisées sur le mur à droite, plusieurs rangées de photos de référence, chacune correspondant à une scène et à un numéro de plan, index visuel de tout ce qui a été filmé jusque-là. J'examine les photos, et mon regard se pose naturellement sur celle de Liza qu'ils m'ont montrée lors de l'entretien.

« Combien de temps ils ont mis à la retrouver ? je demande. La vraie fille, je veux dire. »

Tony se frotte les lèvres.

« L'estimation du légiste était entre seize et vingt heures post mortem, mais personne ne sait vraiment combien de temps elle est restée sur la plage. Elle avait l'air endormie. Il y a sans doute une centaine de gens qui sont passés devant elle ce jour-là sans se rendre compte qu'elle était morte. »

Je fronce les sourcils.

« Comment fait-on pour transporter un corps sur une plage publique sans se faire voir de personne ? je demande.

— Ça fait partie des choses qu'on est venus essayer de comprendre.

— Donc c'est une affaire non élucidée ?

— Techniquement oui, puisque personne n'a jamais été inculpé.

— Et vous comptez l'élucider ?

— Bien sûr que non, dit-il avec un tressautement à la

commissure des lèvres. Je laisse ce soin aux spectateurs. Un argumentaire est plus convaincant si vous leur faites croire qu'ils sont parvenus eux-mêmes à la conclusion.

— C'est ce que mon frère dit toujours au sujet de son fils.

— Ah oui ?

— Son fils a six ans. »

Un temps.

« Ah. »

Je laisse échapper un soupir et me retourne vers les photos. J'ai l'impression d'avoir encore des questions à poser, mais mon cerveau a déjà affecté une partie de ses ressources au projet qui m'attend et commencé à faire des listes, à parcourir mentalement les algorithmes narratifs que je compile depuis le jour où mon père a rapporté à la maison ce fameux magnétoscope. Les différents scénarios possibles se déroulent dans ma tête sans aucun effort : il y aura la victime, sa famille, ses amis, un petit copain (sans doute), la police, le coupable, le ministère public, un ou deux témoins clés…

« Marissa ? »

Je reprends mes esprits dans un sursaut. Quelques pas plus loin, Gary est au travail sur le projecteur ; Tony s'est volatilisé.

Combien de temps suis-je restée à fixer ces photos ?

Je me frotte les yeux et pivote pour voir qui vient d'entrer dans la pièce. C'est Anjali, accompagnée d'une femme que je n'ai pas encore croisée : une blonde sans maquillage vêtue d'un tee-shirt blanc très court et d'un jean baggy. Elle a les pommettes hautes et la beauté versatile qu'on retrouve parfois chez les actrices d'Europe de l'Est : elle aura l'air d'avoir vingt ans toute sa vie du moment qu'elle reste mince, mais dès qu'elle prendra deux kilos, elle en fera cinquante.

« Pardon pour l'interruption, dit Anjali, je voulais juste te présenter à notre productrice déléguée, Valentina. »

Valentina sourit tant bien que mal en gardant sa cigarette électronique coincée entre les lèvres.

« Enchantée. »

Elle hisse sur la table de travail une volumineuse sacoche, fouille quelques secondes à l'intérieur et finit par en sortir un badge au bout d'un cordon bleu roi. Elle le jette dans ma direction et il rebondit sur mon ventre avant de tomber par terre.

Je le ramasse prudemment, craignant ce que je vais y trouver. Comme ils ne m'ont pas demandé de photo d'identité, je parie que… voilà, ils ont utilisé la seule photo que le site IMDb possède de moi, prise il y a quelques années lors d'une cérémonie de remise de prix. Un truc obscur de critiques cinéma de seconde zone, mais comme c'était ma première nomination, Amy m'avait prêté une robe et forcée à me faire coiffer et maquiller. Ma mère m'avait trouvée élégante ; Amy m'avait trouvée sexy ; et moi je trouvais que j'avais l'air déguisée pour un concours de beauté d'enfants de cinq ans.

« Je suis vraiment obligée de mettre ça ? je demande en tenant le cordon en l'air.

— Ça dépend, répond Valentina avec un hochement d'épaules. Tu as envie de te faire arrêter par la sécurité ? »

Je contemple le badge avec une grimace. Je n'ai jamais été sur un tournage où il fallait montrer patte blanche. La plupart des productions pour lesquelles j'ai travaillé se contentaient de déléguer la sécurisation du périmètre à une vingtaine de stagiaires qui ne savaient même pas toujours se servir d'un talkie-walkie. C'est différent pour un gros film avec des stars, j'imagine… mais en même temps on tourne sur une île à peine peuplée. De quoi ont-ils si peur ?

Les mots de Tony me reviennent alors en mémoire. *Certaines se trouvent même dans cet hôtel avec nous.*

Ce n'est quand même pas de ça qu'il s'agit, si ? Parce que, dans ce cas, quelqu'un devrait franchement les prévenir qu'un cordon en coton ne sera pas d'une grande utilité pour les protéger contre un assassin.

Un autre objet se cogne contre mon ventre, et cette fois j'arrive à le rattraper au vol avant qu'il retombe.

« Ton téléphone », annonce Valentina avec un malin plaisir.

Je regarde le téléphone à clapet gris dans ma main.

« J'ai un iPhone, ça ne va pas ?

— Pas de smartphones. Clause de confidentialité, page 9. »

Elle tend le bras, paume vers le haut.

« Tu me le donnes ? »

Je ne peux réprimer un mouvement de recul.

« Tu veux que je te donne mon *téléphone* ?

— Tu sais, intervient Anjali, de nos jours, il y a des gens qui *paient* pour qu'on leur supprime leur téléphone. Tu n'as qu'à voir ça comme une détox numérique ! Ça te fera du bien. Si tu savais comme j'aimerais pouvoir arrêter de regarder les infos.

— Et comment feront les gens pour me joindre ?

— Tu pourras toujours appeler ton répondeur et écouter tes messages.

— Ça se fait encore, ça ? je demande, en examinant le téléphone sous toutes ses coutures.

— Aucune idée. Moi, j'ai eu le droit de garder le mien. »

Je sors mon iPhone de ma poche. Anjali me l'arrache

aussitôt des mains et le remplace la seconde d'après par un trousseau de clés.

« Il y a la clé de la salle de cinéma et celle du cadenas en bas, déclare-t-elle. Ne les perds pas. Les quelques personnes suffisamment importantes pour avoir leur propre double sont trop importantes pour prendre le temps de venir t'ouvrir. »

Je serre le poing autour des clés jusqu'à ce que le métal s'enfonce dans ma peau.

« D'accord, et… une seconde, une seconde. J'ai encore une ou deux questions…

— Naturellement, me coupe Anjali en hochant la tête d'un air compatissant. Mais ne t'en fais pas, demain on te laisse entre les mains de Scripty dès la première heure. Elle t'expliquera tout en détail. Tony n'a pas besoin de toi avant midi, donc tu auras tout le temps de te mettre au parfum. À propos, ajoute-t-elle en se tournant vers Valentina, Brandon a imprimé la feuille de service pour demain ? »

Valentina tire sur sa cigarette électronique.

« Il est dessus, répond-elle.

— Ouais, ben, il était censé avoir fini il y a une heure, alors tu veux bien lui dire de se magner ? »

L'épaule gauche de Valentina se soulève de trois ou quatre centimètres dans un haussement des plus indolents.

« Je peux pas lui répéter cent fois la même chose, rétorque-t-elle.

— Alors peut-être que tu peux le formuler autrement. Tu es russe. Sois créative. »

Valentina aspire une longue bouffée lascive, la retient, puis recrache la vapeur du coin des lèvres en un lent filet régulier.

« *Tak totchno* », dit-elle.

Anjali claque des doigts.

« Voilà, c'est exactement ça. J'ai rien pigé, mais ça m'a foutu la trouille. »

Valentina me jette un regard comme si elle voulait abattre le quatrième mur.

Puis elle cale sa cigarette électronique entre ses dents, balance sa sacoche sur son épaule et sort de la pièce.

Anjali la regarde s'éloigner en secouant la tête.

« Si un jour elle craque, ça va être fantastique », commente-t-elle.

Puis elle tape dans ses mains et se retourne vers moi.

« C'est bon, tout va bien ? »

Bien ? Est-ce que tout va *bien* ? Non. Pas bien, non. On est si loin de « bien » que je ne sais même plus ce que ça signifie.

« Comme je disais, j'ai quelques questions.

— Et comme *j'ai* dit : Scripty s'en occupera demain. D'ici là, on est OK ? »

Son sourire est létal, doux et impitoyable… ce que je n'analyse que plusieurs secondes *après* m'être précipitée pour demander :

« Et donc, pourquoi Tony a viré Paul ? »

Son sourire vacille légèrement.

« Ce n'est pas à moi de te le dire.

— Tu es sûre ?

— Pardon ?

— Tu es la productrice, non ? C'est ta responsabilité de garantir que le film se fasse. Ce qui signifie que c'est ta responsabilité de garantir que ta nouvelle monteuse ne se fasse pas virer illico. Alors il me paraîtrait logique que tu me dises ce que Paul a fait de mal, histoire que j'évite de faire la même chose. »

Cette fois, son sourire a complètement disparu.

« Tu devrais vraiment demander à Tony.

— J'ai essayé. Mais il m'a répondu par un sermon un peu délirant sur… le *processus* », dis-je avec un vague geste de la main.

Elle soupire et, l'espace d'un instant, elle a l'air moins parfaite ; je distingue de légers cernes sous ses yeux et une petite ride au milieu de son front.

« Écoute, il ne t'aurait pas embauchée s'il pensait que tu allais faire les mêmes erreurs.

— Il ne peut pas le savoir. Il me connaît à peine. »

Elle éclate de rire.

« Depuis quand ça empêche les gens de porter des jugements à l'emporte-pièce ? Tu ne sais rien de moi, mais à l'évidence tu as déjà quelques théories à mon sujet. »

Je repense au moment où je l'ai rencontrée.

« C'est que… j'avais peur que tu sois une actrice. »

Comme elle ne réagit pas, je me force à regarder son visage, et ce que j'y vois n'est ni de la compréhension, ni de l'impatience, ni même de l'agacement. Ses sourcils se sont rapprochés, et sa bouche forme une ligne très droite. C'est une expression dont j'ai fini par avoir horreur.

Une expression qui signifie qu'elle ne me trouve pas drôle.

J'ai de la chance s'ils me gardent plus de vingt-quatre heures.

ANJALI BHATTACHARYA : Je ne lui donnais pas plus de vingt-quatre heures.

SUZY KOH : Et pourquoi donc ?

ANJALI BHATTACHARYA : Vous l'avez rencontrée.

SUZY KOH : Ouais, mais pas nos auditeurs. Alors est-ce que vous pourriez, euh... développer un peu ?

ANJALI BHATTACHARYA : J'imagine que je ne peux pas botter en touche en contestant la validité de vos mesures d'audience ?

GRACE PORTILLO : Vous n'êtes pas obligée d'être méchante juste parce que c'est plus facile de faire rire.

ANJALI BHATTACHARYA : Houlà ! La vérité sort de la bouche des enfants. Bon, alors d'accord, cartes sur table : quand j'ai rencontré Marissa, je l'ai trouvée un peu bizarre, mais ça ne m'a pas inquiétée. C'est souvent le cas, avec les monteurs.

SUZY KOH : Mais... ?

ANJALI BHATTACHARYA : Mais je n'ai pas eu le sentiment qu'elle réussirait à tenir tête à Tony. Et comme je suis sûre que vous allez me demander des détails, non, je ne peux pas vous dire exactement ce qui m'a fait penser ça. C'était juste une intuition. [*Un temps.*] Comme quoi, hein !

11

Après le départ d'Anjali, je m'assieds à la table de montage, règle le fauteuil un peu plus haut et approche le clavier à ma portée. Mes yeux tombent sur une petite poupée en papier jaune scotchée sur le coin de l'écran central. C'est une vieille astuce : certains monteurs utilisent une figurine à l'échelle pour leur rappeler la taille du film quand il est projeté dans une salle de cinéma. C'est mignon, mais je ne me suis jamais embêtée avec ça. Ce n'est pas un bout de papier qui pourra jamais m'aider à imaginer l'effet – ou même à retrouver le souvenir de l'effet – de se sentir tout petit face à un beau film.

Et de nos jours, la plupart des gens regardent les films en streaming, de toute façon.

Je tapote la poupée… ou du moins ce qu'il en reste.

Quelqu'un lui a arraché la tête.

Je décide de commencer par le début, avec la première scène du film : Liza, sur la plage, morte mais pas encore découverte. Le plan par lequel tout est arrivé.

Je trouve le bon fichier, ajuste le volume, appuie sur *play*.

Au second plan, les figurants sont déjà en mouvement, en train de s'étaler de la crème solaire, de régler leur parasol ou de secouer leur serviette. Deux enfants s'échinent à enterrer les pieds de leur père sous le sable. Un ballon de plage rouge et blanc a été abandonné dans l'eau. Il entre et sort du cadre au gré des vagues.

Liza, elle, ne fait rien, elle est juste allongée sur son transat. Et Tony laisse la caméra tourner.

J'avance en accéléré. Cinq minutes, dix minutes… vingt minutes. Finalement, au bout de vingt-cinq minutes, Liza bouge. Ce n'est pas grand-chose, juste une secousse dans les hanches, et même si la monteuse en moi grince des dents, je ne peux pas lui en vouloir. Ça doit être horriblement inconfortable. C'est impossible qu'elle n'ait pas de fourmis dans le bras.

Sa poitrine tressaille – une réaction que connaît quiconque a déjà essayé de maîtriser sa respiration – avant de s'immobiliser.

La voix de Tony, à peine plus haute qu'un murmure, se fait entendre hors champ : « Liza, ça tourne encore. »

Elle fronce le nez mais ne répond pas. Elle est de plus en plus tendue, ça se voit ; son corps lutte pour rester en place. Son immobilité est laborieuse. Et elle a oublié de contrôler ses globes oculaires, qui bougent sous ses paupières. Sans doute ne se rend-elle même pas compte qu'elle fait ça quand elle se concentre sur quelque chose.

« Arrête de penser, dit Tony d'un ton très calme. Les filles mortes ne pensent pas. »

Derrière moi, indéniablement, quelqu'un pouffe.

J'appuie sur *pause*.

« Gary ? je demande. C'est toi ? »

Silence. Puis…

« Euh… ouais, désolé, je ne voulais pas t'interrompre. J'ai fini, je m'en vais. »

Nouveau silence.

« C’est vraiment un sale con prétentieux, non ? »

Je fais pivoter mon fauteuil. Gary a les yeux mi-clos et les mains levées devant la poitrine, comme s’il se préparait à un choc violent.

« Tu ne vas pas lui répéter que j’ai dit ça, hein ?

— Je crois que tu peux peut-être y aller, maintenant, Gary. »

Il opine du chef.

« Oui, m’dame. »

Je secoue la tête et me tourne à nouveau vers l’ordinateur.

Sur une intuition, je rouvre le répertoire contenant tous les fichiers et les trie par dates. Les rushes que je suis en train de visionner se retrouvent tout en haut de la liste. J’avais donc vu juste : ce n’est pas seulement la première scène du scénario, mais aussi la première qu’ils ont tournée. Avec la plupart des réalisateurs, je n’aurais pas accordé trop d’importance à l’ordre de tournage. Il y a un tas de raisons pour lesquelles ils auraient pu vouloir commencer par cette scène. Les permis. La météo. La logistique du faux bronzage de Liza. Mais tout le monde sait que Tony n’en fait strictement qu’à sa tête.

Que cherchait-il en démarrant par cette scène ?

Je relance la lecture et fais défiler les images. La réponse se trouvera dedans, quelque part.

Au bout d’une heure et quarante-six minutes, c’est là : Liza oublie enfin que son visage est censé rester présentable pour la caméra. Ses lèvres s’entrouvrent, sa mâchoire se détend, ses yeux s’affaissent dans leur orbite et elle relâche une tension dans le front que je n’avais même pas remarqué qu’elle retenait. Ses sourcils sont en vérité loin d’être aussi arqués et symétriques qu’elle voudrait nous le faire croire.

C'est ça, j'en suis sûre, que Tony attendait.

Qu'elle arrête de lutter.

Qu'elle capitule.

Comme pour me donner raison, deux secondes plus tard, trois figurants en arrière-plan se détachent des autres et s'avancent vers la caméra. Des adolescents dont les slips de bain ont trois nuances de bleu légèrement différentes mais complémentaires. Tony les a équipés de micros même s'ils parlent de tout et de rien.

À cause de la double dioptrie, plus ils se rapprochent, plus on a du mal à les voir, mais à un moment ils passent au premier plan et deviennent brusquement si nets que je me raidis de surprise.

Le timing est parfait : on les remarque pile à l'instant où eux-mêmes vont pouvoir remarquer Liza.

Mes doigts se crispent autour de la souris.

À présent, d'une seconde à l'autre…

Mais ils passent directement devant la caméra sans s'arrêter. Ils sortent du champ. L'écran devient noir.

Je recule mon fauteuil et me frotte vigoureusement les bras.

Il l'a vraiment fait. Il l'a vraiment laissée allongée en silence pendant presque deux heures, les yeux fermés, à envoyer le même signal dans toutes les parties de son corps : *morte, morte, sois morte, je suis morte, c'est ça d'être morte, un jour ce sera moi comme ça, morte.* La chose la plus importante que Tony voulait que Liza intègre dans son jeu était l'effet que ça lui ferait pour de vrai, dans son corps, d'être morte.

Un sentiment que je me suis évertuée à oublier à coups de milliers de dollars et qu'elle, au contraire, s'efforce de provoquer à dessein.

Une vive brûlure me pique le fond de la gorge : un souvenir, mais pas du genre auquel je m'attendais.

Un vrai souvenir, qui remonte à la fac. En deuxième année, Amy et moi suivions le cours d'un certain John Hale, critique en apparence très respecté, reconnu dans deux domaines d'expertise : le néoréalisme italien et la drague de ses étudiantes. Malheureusement, seul l'un des deux était annoncé dans sa fiche de présentation.

Il faisait une fixation sur *Stromboli* et *Umberto D.* À tel point qu'il n'avait daigné aborder aucun film tourné après 1951 jusqu'au tout dernier cours, pendant lequel il balaya soixante-dix années de cinéma italien en trois heures avec le même dédain qu'une vieille dame de la haute à qui on aurait servi son assiette par la gauche.

Durant ces trois dernières heures de cours, ses commentaires devinrent de plus en plus cinglants, sévères et laconiques, jusqu'à atteindre une forme de paroxysme après deux minutes d'un extrait de *Suspiria*. Il mit le film sur pause, ralluma les lumières et se tourna vers l'auditoire.

« C'est de la merde, bien sûr. Le vrai art s'empare de vraies émotions, de la vraie vie. Rien de tout ça (et je vois encore le geste méprisant de ses doigts en direction de l'écran) n'est vrai. »

Il s'ensuivit un long silence pénible, et pour une fois ce n'était pas ma faute. Au moins la moitié des gars de l'amphi ne s'étaient inscrits que parce que Tarantino est un fan d'Argento. C'est à ce moment qu'Amy se laissa aller en arrière et allongea le bras sur le dossier de la chaise à sa droite en poussant un soupir sonore qui me fit me recroqueviller sur mon siège.

« Qu'est-ce qu'il y a encore, Amy ? demanda Hale.

— C'est des conneries, c'est tout. »

Il posa le coude sur son pupitre et appuya le menton dans sa paume.

« Je suppose que tu vas me dire que, grâce à sa

puissance allégorique inégalée, *Suspiria* t'a aidée à accéder à quelque recoin de ton cœur jusqu'ici inexploré… à saisir quelque chose de "profond" sur la condition humaine que tu n'aurais certainement pas pu comprendre autrement.

— Non, bien sûr que non. Mais vous, ça vous a aidé à comprendre quelque chose, non ? »

Ses sourcils – blancs, hirsutes, si bas qu'ils s'emmêlaient parfois avec ses cils, la seule partie de son visage que ma mémoire semble avoir retenue – se soulevèrent d'un demi-centimètre. Amy et lui s'étaient affrontés tout le semestre. Rétrospectivement, je me demande s'il avait alors conscience qu'il s'aventurait sur un terrain glissant.

Le fait qu'il ait continué à s'aventurer ne m'apprend rien. Les hommes s'aventurent toujours avec Amy.

« Ah bon ? dit-il.

— Les hommes font des films d'horreur sur des créatures fantastiques, des méchants extravagants et de sublimes victimes. Les femmes font des films d'horreur sur ce qui se passe quand un sale type s'introduit dans votre voiture. Vous ne vous êtes jamais demandé pourquoi ? »

Nouveau geste méprisant de la main.

« C'est une simplification grotesque. »

Intérieurement, j'étais d'accord avec lui. Parfois, les femmes font aussi des films d'horreur sur ce qui se passe quand un sale type s'introduit dans votre maison.

« La réponse, *John*, c'est que, pour vous, la peur est un fantasme. »

Amy marqua une pause et balaya la classe du regard.

« Vous ne pouvez conceptualiser la peur que comme une exception, alors que pour les femmes, c'est la règle.

— Oh, Amy, rétorqua Hale en roulant les yeux.

Est-ce qu'une guerre a éclaté pendant que j'avais le dos tourné ? Parce que, jusque-là, il me semble qu'on était assis dans une salle de cours très confortable dans une école où tes parents ont vraisemblablement payé quarante mille dollars pour t'inscrire. Alors, franchement, à quand remonte la dernière fois que tu as vraiment eu *peur* ? »

Amy pencha la tête sur le côté. Seulement pour faire semblant, je le voyais bien, de réfléchir à la question.

Pas forcément le bon moment pour convoquer l'amiral Ackbar et sa fameuse réplique (« *C'est un piège !* »), mais je n'ai pas pu m'en empêcher.

« Je suis à peu près sûre que c'était il y a deux semaines, finit-elle par répondre. Quand vous m'avez plaquée contre un mur en me demandant si l'odeur que vous sentiez était mon parfum ou ma chatte. »

Hale écourta son cours ce jour-là, et j'aimerais croire que c'est parce qu'il était mal à l'aise, mais selon toute probabilité, c'est plutôt parce qu'il n'avait pas envie d'arriver jusqu'à *Cannibal Holocaust*. Aux dernières nouvelles, il enseigne encore. De temps en temps, on tombe sur quelqu'un qui était en classe avec nous ce jour-là, et inévitablement la personne essaie d'évoquer l'incident, mais Amy en a honte, désormais.

« Ne jamais sous-estimer l'arrogance intellectuelle qu'un seul cours d'études féministes peut donner à une fille », répond-elle toujours.

(« Mais en vrai, ajoute-t-elle aussi, quel connard, ce mec. »)

Je sors de ma rêverie et me remets à parcourir des yeux le mur de photos. Tony est peut-être esclave de la vraisemblance, mais il ne peut pas s'empêcher de tricher un peu sur le visuel : un petit chatoiement par-ci, un peu de brillance par-là, gaines de maintien pour tout le monde. Si les images étaient disposées de façon plus artistique, on les prendrait aisément pour une série de photos de vacances réussies, du genre de celles qu'un voyagiste vous propose pour que vous puissiez alimenter votre compte Instagram sans avoir à emporter une perche à selfie. Aucun être humain normal qui regarderait ces images ne les considérerait comme autre chose qu'une version soigneusement travaillée de la réalité. Et elles ne sont même pas encore passées par la post-production.

Je me masse le bas du dos pour délasser un nœud de tension. En temps normal, j'adore l'esthétique de Tony. Dans ses films, tout a sa place et tout est à sa place, et avoir l'occasion de vivre dans un monde pareil pendant deux heures est à peu près pour moi le summum de la paix intérieure. Mais là, c'est l'histoire d'une vraie personne, d'un vrai meurtre. Est-ce que ça ne devrait pas exiger un réalisme plus rigoureux ? Pourtant, Tony n'a pas pu se retenir ; il a eu *besoin* de rendre ça beau. Spécial. Exceptionnel.

Ça ne donne pas l'impression d'un monde imaginaire, mais pas tout à fait celle de la réalité non plus.

« Déjà en train de faire des heures sup, hein ? »

Je me retourne. Isaiah se tient dans l'encadrement de la porte, l'air puissant et solennel, comme s'il s'apprêtait à annoncer l'intitulé de son TED Talk.

« Si c'est pour faire cette tête sérieuse et austère, ça peut attendre, non ? »

Il s'avance dans la pièce.

« Le problème, dit-il à mi-voix sur le ton de la confidence, c'est qu'on me *paie* pour être sérieux et austère. Vous voyez, on ne peut pas avoir à la fois le sens de l'humour *et* la capacité de tuer un homme à mains nues. »

Je me détends un peu. Il plaisante. C'est du badinage.

« Comme s'ils n'avaient jamais entendu parler de Dwayne Johnson alias The Rock, je tente.

— Exactement. On est en 2019. Un homme peut avoir plusieurs facettes. »

Au bout d'un moment, son sourire s'évanouit, son visage se relâche, mais il ne retrouve pas tout à fait sa contenance professionnelle impassible et j'en tire une certaine fierté.

Je baisse les yeux vers le bureau, dont je caresse doucement la surface en bois.

« Dites-moi… est-ce que tout le monde dans l'équipe a droit à son escorte armée personnelle ?

— C'est seulement jusqu'à ce que vous ayez prêté le serment d'allégeance avec votre sang. »

Un ricanement m'échappe.

« On dirait Amy.

— Qui est Amy ? demande-t-il en se laissant tomber sur le canapé.

— Une très bonne copine qui a la mauvaise habitude de détourner le sujet avec des blagues quand elle en a marre de répondre à mes questions.

— C'est vrai que vous en posez beaucoup.

— Mon talent et ma malédiction », je rétorque avec un timide sourire.

Il ramasse le plaid, le tourne entre ses mains.

« Je suis sûr que tout vous paraîtra plus clair après une bonne nuit de sommeil, dit-il.

— Maintenant, on dirait ma mère.

— Attention, lâche-t-il en haussant un sourcil. Je vais finir par croire que je vous plais.

— Ne vous emballez pas, en gros ce sont les deux seules personnes que je connaisse. »

Il se redresse d'un coup et éclate de rire, d'un rire ouvert et franc, comme s'il ne pouvait même pas lui traverser l'esprit que j'aie pu être drôle sans le vouloir, et je suis forcée d'admettre que la rencontre avec cet homme est peut-être bien l'une des meilleures choses qui me soient arrivées depuis un bout de temps.

Je parviens à trouver ma chambre sans me perdre, trébucher ni me couvrir de honte d'une façon ou d'une autre, et ce n'est pas sans un certain soulagement que je referme la porte derrière moi. Après quoi je pose le front dessus et compte jusqu'à cent. C'est une technique qui m'aide. Je ne peux pas juste m'allumer et m'éteindre comme une ampoule. J'ai besoin de temps pour refroidir.

Puis j'inspecte rapidement la pièce qui va être mon refuge pendant les six semaines à venir. Hauteur de plafond, moulures, murs céladon. Un lit à baldaquin, une lampe en cuivre ancienne. Sur un des murs, une carte historique ; sur un autre, une illustration de limule vintage. Trois gros coussins brodés sont disposés le long d'une causeuse crème. On imaginerait sans peine que la chambre n'a pas bougé depuis 1948.

Sauf qu'il y a une légère odeur de peinture fraîche. Je tâte délicatement le mur le plus proche pour le tester. C'est sec, mais j'ai comme l'impression que ça a été repeint très récemment, disons il y a moins de deux mois.

Une fois que le charme initial est brisé, le reste de l'illusion s'effondre. Je me rends compte que la carte est une reproduction… et maintenant que j'y pense, je suis presque sûre d'avoir vu cette illustration chez Ikea la dernière fois que j'y suis allée. Et la lampe fonctionne avec une ampoule LED.

Je me demande s'ils ont rénové les chambres pour le tournage ou si je suis tombée par hasard sur une partie qui a été refaite. Tony ne lésine pas sur ses budgets, mais même lui n'a peut-être pas les moyens de s'offrir une restauration historique d'un hôtel entier.

Dans tous les cas, je me réjouis, d'autant qu'ils ont choisi les *bons* oreillers hypoallergéniques.

Je sors ma valise du placard et l'examine attentivement. En général, je n'aime pas confier mes bagages à un groom, mais je n'ai pas encore trouvé le moyen de le dire sans que ce soit vexant. Ce n'est pas que je n'aie pas confiance. Juste que ça me rend nerveuse quand quelqu'un d'autre manipule mes affaires. Même Amy ne connaît pas tous les détails de mon organisation. Je suis très pointilleuse.

Voilà pourquoi je m'aperçois tout de suite que quelqu'un a fouillé dans ma valise. Qui que ce soit, il a fait du très bon boulot – il s'est visiblement efforcé de tout remettre à sa place –, mais je remarque immédiatement qu'un de mes pantalons a été réenroulé dans le mauvais sens.

Est-ce encore une de leurs extravagantes précautions de sécurité ? Ai-je aussi donné mon accord pour ça en signant mon contrat ? Ou bien cette île est-elle simplement une contrée sans lois où ni le droit au respect de la vie privée ni la courtoisie élémentaire n'ont plus cours ?

Je me rends compte que c'est peut-être juste là une fidèle description du Delaware.

Je m'assieds sur la causeuse pour étudier le téléphone qu'on m'a donné. Il est à peine plus petit que ma main, un rectangle mastoc dont l'écran n'est guère plus grand qu'un timbre-poste. J'ouvre le clapet, le referme. Le rouvre. Le referme.

Ça, au moins, c'est satisfaisant.

Je regarde l'heure. Il n'est que 21 heures à L.A. Pas étonnant que je ne sois pas fatiguée.

Oh, *merde*. J'ai oublié d'appeler Amy.

Elle décroche dès la première sonnerie.

« Marissa ?

— Comment tu as su que c'était moi ?

— Le préfixe du Delaware. C'était toi ou Joe Biden. Ça va ? Je t'ai appelée, genre cinq fois. »

Sans trop savoir pourquoi, j'hésite avant de répondre.

« Oui, euh… figure-toi qu'on n'a pas le droit de garder nos smartphones.

— *Pardon ?*

— Je sais, on se croirait sur un tournage Marvel. »

Une idée désagréable me traverse l'esprit.

« Tu ne crois quand même pas qu'ils ont pu mettre les téléphones sur écoute, si ?

— Sérieusement ?

— Ils auraient le droit de faire ça ? C'est légal ? C'est la première fois qu'on me donne un téléphone pro.

— Écoute… »

J'enroule un doigt dans ma queue-de-cheval.

« Tu pourrais regarder sur Google si le Delaware est un État qui applique le consentement bipartite pour l'enregistrement des conversations téléphoniques ? je demande. Sans doute pas, hein ? Vu que c'est le Delaware.

— Marissa ! Arrête avec tes histoires de téléphone. Écoute : on s'est un peu renseignés… »

Je me raidis.

On ?

Comme par magie, j'entends alors une voix familière en arrière-plan.

« Attends, dit Amy. Josh veut te parler. »

Vingt dieux ! J'écarte le téléphone de mon oreille.

« Marissa. »

Je me pince l'arête du nez. Comment peut-on réussir

à glisser autant de réprobation dans trois petites syllabes, voilà qui restera un mystère.

« Je ne savais pas que tu étais là, dis-je. Promis, je vais faire court. Je ne veux pas vous déranger.

— Non, non, ce n'est pas ça… je veux dire. *Non*. Écoute. Je me suis renseigné, et ça sent mauvais. Mon chef électro est pote avec deux des gars de ton équipe et il m'a dit que ce tournage avait un super mauvais mojo. »

Je suis absolument convaincue qu'il pense me rendre service, là ; qu'il se voit comme un mec *tellement* sympa. Du coup, je ne peux pas m'en empêcher.

« Je crois que tu veux plutôt dire juju. »

Silence au bout du fil.

« Non, je veux dire mojo.

— Un mojo est une amulette magique qu'on garde sur soi pour s'attirer protection, amour, chance ou pouvoir. Tu peux l'avoir ou le perdre, mais il ne peut pas être mauvais, sinon à quoi ça servirait de continuer à le porter ? Tu penses au juju.

— Ça change vraiment quelque chose ?

— À moins que tu aies voulu dire karma ?

— Putain, merde, tu veux pas… *aïe !* Bon sang, Amy ! Ouais… ouais. Je sais, mais… »

Un silence mat s'installe sur la ligne. Il a coupé le micro du téléphone. J'aimerais en vouloir à Josh de ne pas m'apprécier, mais il a de bonnes raisons. C'est vraiment plus fort que moi.

N'empêche que c'est un sale con.

« Marissa ? Tu es toujours là ? »

C'est Amy.

« Ouais, dis-je.

— Il essaie juste d'aider.

— Je n'en doute pas.

— Juste… écoute-le, d'accord ? Pour une fois. On dirait qu'il y a une malédiction sur ce tournage. Il y a des emmerdes en série, les gens démissionnent à tour de bras. »

Étant donné tout ce que j'ai vu jusqu'à présent, c'est une description plus que crédible, mais je n'ai pas envie de donner raison à Josh.

« On pourrait dire ça de la moitié des tournages en cours », je rétorque.

Amy soupire.

« Ouais, mais apparemment, sur celui-là, les autorités ont dû intervenir. Il y a eu un problème avec un décor, je ne sais pas exactement. »

Elle marque une légère pause qui me fait enfoncer le pouce dans le coussin de la causeuse.

« Et le copain de Josh pense que ce n'était pas un accident, poursuit-elle. Il dit que la prod couvre quelque chose. »

C'est une affirmation si farfelue que, lorsque j'essaie de réfléchir à une réponse, mon cerveau bugge et se met à m'envoyer beaucoup trop de souvenirs en même temps : des récents, des anciens, des clairs, des merdiques, sans que je sache très bien à quoi je suis censée prêter attention. *La tête du capitaine. L'arme d'Isaiah. Le jardin de ma mère. Les clés d'Anjali. La porte de la salle de montage. L'entrée des grottes. Le rire de Wade. Les lèvres de Liza. Whoopi Goldberg.*

Whoopi Goldberg ?

Marissa. Concentre-toi.

Je me passe une main sur le visage, laisse mes pieds bouger autant qu'ils veulent, et finalement le signal réussit à se frayer un chemin à travers tout ce bruit.

Un signal mesquin et pas très pertinent, mais un signal quand même.

« Pourquoi est-ce que Josh s'intéresse tout à coup autant à ma carrière ? je demande.

— Il s'inquiète, c'est tout.

— Ça m'étonnerait, je rétorque (c'est *Amy* qui s'inquiète pour moi, Josh fait plutôt le contraire, quel que soit le contraire de s'inquiéter). Il pense que je ne suis pas capable de me défendre.

— Ce n'est pas vrai. Mais Tony est quelqu'un de difficile, tu le sais.

— Amy, si je ne travaillais jamais pour des réalisateurs difficiles, je ne travaillerais jamais tout court. »

Je regrette aussitôt mes paroles. Amy ne se considère pas comme « difficile ». Elle se considère comme une réalisatrice qui crée un espace de confiance rassurant pour ses équipes. Qui écoute tous les griefs. Qui soigne toutes ses réponses. Qui paie des sandwichs chauds de sa poche les jours où c'est dur. Qui tient la main de ses actrices avec empathie, qui opine avec elles, qui oscille avec elles en disant : « Je comprends, je comprends. »

Mais bien que tout cela soit vrai, il n'en est pas moins vrai qu'elle est *incroyablement* difficile, exigeante, tatillonne et tout ce que vous pouvez imaginer d'autre de la part d'un bourreau de travail qui pense sincèrement pouvoir hisser les gens autour d'elle à son propre niveau. J'ai essayé de lui expliquer un jour qu'en termes de réputation il valait bien mieux passer pour « difficile » que « bizarre », mais j'ai eu beau lui offrir toute une anthologie sur le sujet à Noël, ça ne fait apparemment pas partie des choses qu'elle est capable de *comprendre*.

Génial. Maintenant je suis énervée, du coup je me mets à dire encore plus de trucs atroces.

« De toute façon, qu'est-ce que Josh connaît à ce genre de situations, hein ?

— Il veut juste…

— M'aider, je sais. Mais bon, tu sais que j'ai travaillé sur plus de films que lui, hein ? Gagné plus de prix. Supporté plus de conneries en une seule journée que lui en dix ans. Alors je n'ai pas besoin de son aide. Je ne veux pas de son aide. Et je ne vais pas démissionner ni violer mon contrat juste parce qu'un électro avec qui Josh a bossé un jour sur je ne sais quelle web-série fait courir des rumeurs. »

Elle ne répond pas. Mais à l'autre bout du fil, je distingue un bruit infime, comme un léger froufrou.

Je grimace. Merde.

« Marissa ? dit-elle au bout d'un moment.

— Oui ?

— Pourquoi tu ne l'aimes pas ?

— Ce n'est pas que…

— Parce que s'il y a quelque chose que je devrais savoir…

— Il n'y a rien », je déclare fermement.

12

Au moment où je raccroche avec Amy, ça fait quatorze heures que je n'ai rien mangé. Dès que je m'en rends compte, je me lève, me dirige vers la porte – je crois bien avoir vu un distributeur dans le lobby de l'hôtel –, et j'ai déjà la main sur la poignée quand je me souviens des consignes de Tony.

Je ne suis pas censée quitter ma chambre.

J'hésite.

Mais il ne veut quand même pas que je meure de faim, si ? Et il est trop tard pour appeler qui que ce soit à la rescousse… D'ailleurs, je ne pourrais même pas appeler quelqu'un, vu qu'on ne m'a pas donné la bible de tournage. Et puis, il est tard. Tout le monde doit être couché. Personne ne me verra. Je ferai vite. Je vais juste descendre et remonter. Fastoche.

Peut-être que je vais quand même prendre l'escalier. Au cas où.

J'arrive au rez-de-chaussée et passe la tête dans le lobby. Comme je m'en doutais, il est désert, complètement silencieux. Au point que je n'entends que le bruit de l'océan.

Je dépasse la réception et avance sur la pointe des pieds vers le distributeur, en prenant garde de bien rester sur la moquette. Une fois que je suis sûre d'être seule, je me laisse aller à la joyeuse petite rêverie qui me vient à l'esprit : que je suis la seule personne dans l'hôtel… la seule personne sur *l'île*. Oui, encore mieux. Comme ça je n'aurais même pas à m'inquiéter que quelqu'un puisse franchir la porte. Car même la plus infime possibilité d'intrusion – un voisin, un solliciteur, un colis livré sous cinq à sept jours – est susceptible de gâcher le plaisir de la solitude.

Mon sourire s'évanouit quand j'arrive devant le distributeur. C'est une sélection bio, avec des barres au miel et aux fruits secs, des chips de carotte, des graines de soja grillées et des chaussettes en coton équitable. Gâcher ma monnaie pour ça…

Je tourne le dos à la machine, les mains sur les hanches, et évalue les options qui me restent.

J'ai bien peur de ne pas avoir le choix. Je vais devoir trouver la cuisine.

Je me dirige vers la salle à manger, plongée dans l'obscurité, et me faufile entre les tables déjà dressées pour le petit déjeuner du lendemain. Sur le mur du fond, à côté du buffet des boissons, je repère un étroit couloir qui, après les toilettes, me conduit devant une double porte métallique avec des hublots ronds.

Je jette un coup d'œil de l'autre côté. Les plafonniers sont éteints, mais une pâle lueur bleutée qui émane de je ne sais où me permet tout juste de discerner les contours d'un plan de travail, d'un robinet et de ce que je crois être une hotte aspirante. L'odeur de Javel est tellement forte qu'elle me pique le nez.

Je pousse la double porte et attends un moment que mes yeux s'accoutument à la pénombre.

Tout de suite sur ma gauche se trouve un lave-mains, et derrière, une sorte de rangement, puis le…

La lumière s'éteint.

Je me fige, un instant seulement. Je passe ma vie dans des pièces à peine éclairées ; je n'ai pas peur du noir.

Mais alors provient, de l'autre bout de la salle, un son indéniablement humain.

Ma bouche s'assèche. Je n'ai peut-être pas peur du noir, en revanche les gens me foutent une trouille bleue.

« Y a quelqu'un ? »

Juste après avoir prononcé ces mots, j'ai envie de me coller une baffe. Mais bien sûr, Marissa, vas-y, donne ta position, affiche ta naïveté, tire donc ce rideau de douche pour que le tueur puisse mieux voir.

Et qu'est-ce que j'espère en réponse, de toute façon ?

Content que tu aies trouvé le chemin !

Je t'attendais !

C'est moi que tu cherches ?

Quand les lumières s'allument, je pousse un cri.

« Hé, relax ! »

Je pivote sur moi-même. Derrière moi, la main encore posée sur l'interrupteur, se tient une jeune fille asiatique. Quatorze ou quinze ans, au maximum. Ses cheveux bruns sont tout emmêlés et sa frange aurait bien besoin d'une petite retouche. Elle est vêtue d'un short en jean et d'un sweat à capuche gris sans manches ; elle a deux élastiques noirs autour du poignet gauche.

Je me rends compte que je l'ai déjà vue ; tout à l'heure, dans le lobby, avec Gavin.

« Moi, c'est Suzy, dit-elle.

— Et moi, Grace. »

Je pivote à nouveau. C'est la deuxième fille du lobby. Elle est juchée sur un plan de travail dans le coin, en partie cachée par le gros frigo industriel. Elle est plus petite que Suzy, elle a la peau marron clair, une large fossette sur la joue gauche et les cheveux teints couleur Doritos au paprika. Ses lunettes en acrylique transparentes sont trop grandes pour son visage, elles lui tiennent à peine sur le bout du nez.

Je ne sais pas quelle est la bonne chose à dire dans ce genre de situations, mais certainement pas ce qui me vient spontanément :

« Je ne suis pas censée être là. »

Suzy hausse les épaules.

« C'est pas grave. Nous non plus.

— Qu'est-ce qui vous amène à Kickemout[1] ? demande Grace.

— Je croyais que ça s'appelait Kickout », je réponds en fronçant les sourcils.

Suzy va se percher sur le plan de travail à côté de Grace.

« Pas depuis que Tony a viré le premier assistant réal, dit-elle.

— Tu veux dire le second assistant réal, la reprend Grace.

— Non, Ryan était le premier assistant.

— C'est *Phil*, le premier assistant.

— Ah, d'accord, j'ai pigé. Pardon, rectifie Suzy en se tournant de nouveau vers moi. Pas depuis que Tony a viré le *premier* second assistant réal. »

Mes yeux passent de l'une à l'autre. Elles ne se ressemblent pas, mais leur façon de parler…

« Vous êtes sœurs ou quoi ? »

Suzy secoue la tête.

« C'est juste qu'on est coincées sur cette île depuis des semaines avec personne d'autre à qui parler.

— Il y a des chances qu'on finisse tarées, dit Grace.

1. *Kickemout* peut se lire comme une contraction de *kick them out*, qui signifie littéralement « virez-les ».

— On a déjà discuté de ça, lui murmure Suzy avec un petit coup de coude.

— Il y a des chances qu'on soit devenues de vraies inadaptées sociales », corrige Grace.

Je m'aperçois que j'ai la bouche grande ouverte, du coup je pose une question juste pour lui donner quelque chose à faire.

« Vous êtes d'ici, toutes les deux ?

— Non, répond Suzy. On est de New York.

— Enfin, elle est du New Jersey, précise Grace.

— Et, euh..., je bafouille sans pouvoir m'arrêter de cligner des yeux. Pardon, mais... vous êtes qui, déjà ?

— Mon père est le chef cuisinier, dit Grace.

— Et ma mère la chef pâtissière, ajoute Suzy.

— On pense que ce serait mieux si c'était l'inverse, mais bon, vous savez... le *patriarcat.* »

Voilà qui me remonte aussitôt le moral.

« Ça veut dire que vous savez où il y a à manger ! je m'exclame.

— Ah ! fait Grace. Vous avez raté le dîner.

— Dommage, renchérit Suzy.

— C'étaient des merguez d'agneau...

— Avec une salade de carottes chaude...

— Et un granité orange-basilic.

— Il y a peut-être des restes ? » suggère Suzy.

Je me gratte la nuque en regardant autour de moi.

« C'est gentil, mais je pensais juste me faire un sandwich au beurre de cacahuète. »

Grace se laisse glisser au sol.

« Mais non, c'est ridicule, proteste-t-elle, je vais vous faire des pâtes. Vous voulez quoi ? *Puttanesca ? Arrabbiata ?* »

Je réprime un froncement de sourcils.

« Un sandwich, ça ira très bien, vraiment. »

Grace ajuste ses lunettes et se plante les mains sur les hanches.

« Mon père me déshériterait s'il apprenait que j'ai donné un sandwich au beurre de cacahuète à quelqu'un pour dîner.

— Mais je ne veux pas de pâtes. Je veux un sandwich au beurre de cacahuète. »

Les deux filles échangent un regard.

« Ma mère a fait un *semifreddo* au beurre de cacahuète il y a deux semaines, intervient Suzy. Peut-être qu'il reste un pot de Jif.

— Elle n'a pas fait son beurre maison ? s'indigne Grace en plissant le nez.

— C'est meilleur avec le truc en pot.

— Berk. Je vais voir dans la réserve. »

Elle disparaît dans une pièce attenante. Pendant ce temps, Suzy traverse la cuisine et s'accroupit sous un plan de travail. Pour fouiller dans un placard ? Qui sait ? Qu'importe. Au moins, elle ne parle pas. Je lève les yeux au ciel en essayant de me rappeler s'il existe un saint patron des silences confortables.

« Et vous, alors, quel est le job dont vous allez vous faire virer d'ici trois à cinq semaines ? demande Suzy d'une voix légèrement étouffée.

— Je suis la nouvelle monteuse. »

Elle tourne brusquement la tête.

« Ah ouais ?

— C'est surprenant ?

— Hmm… pas tant que ça, répond-elle après quelques instants de réflexion. C'est juste qu'on a à peine vu le type d'avant. On se disait que Tony avait dû l'enfermer quelque part dans un donjon.

— Pas un donjon. Juste la salle de montage. Mais je comprends qu'on puisse confondre.

— Ouais, on a entendu dire que c'était un taré de… je veux dire, un bosseur extrê… bref, reprend-elle en soufflant, un travailleur exceptionnellement dévoué. »

Elles ont connu Paul ? Voilà qui est intéressant. Tony et Anjali ne se sont pas montrés très ouverts sur le sujet, mais peut-être Suzy et Grace ont-elles des informations qui pourraient m'être utiles. Peut-être même connaissent-elles la cause du renvoi de Paul.

« Comment est-ce que vous en savez autant sur le tournage ? » je demande.

Suzy hausse les épaules.

« On passe pas mal de temps à la régie. Enfin, on *passait*. Mais Anjali a mis le holà, et maintenant on se fait engueuler si on s'approche des acteurs de près ou de loin. »

Son expression est si grave et si sincère que je me demande un instant si ma mémoire me joue des tours.

« Je ne vous ai pas vues toutes les deux avec Gavin il y a quelques heures ?

— Ah ouais, c'est vrai, répond-elle avec un grand sourire. On aurait sans doute dû entrer discrètement par la terrasse, hein ?

— Qu'est-ce que vous faisiez avec lui ?

— Désolée, dit-elle en secouant la tête, mais c'est nos oignons. »

La question qui me vient aussitôt à l'esprit n'est pas particulièrement agréable à poser, mais Gavin est très connu et elles sont *très* jeunes, et Amy me tuerait si je ne disais rien, alors :

« Rassure-moi, vous ne… il ne vous… »

Je pianote nerveusement sur le plan de travail. *Comment tourner ça ?*

Suzy laisse échapper un soupir.

« S'il abuse de nous ? Certainement pas. S'il *songeait*

seulement à essayer quoi que ce soit, il y a, genre, huit cuistots ici qui connaissent Grace depuis qu'elle est bébé… et ils ont tous accès au hachoir à viande. On l'a bien fait comprendre à Gavin.

— Ah, d'accord, ça c'est de l'intimidation.

— On ne touche pas à une fille de cuisinier, dit-elle en bombant le torse.

— Mais alors, qu'est-ce que vous… »

Suzy pousse un petit cri et se tapit derrière le plan de travail. Je me retourne juste à temps pour voir entrer l'homme que j'ai croisé à la réception.

Il s'arrête net en m'apercevant, la main encore sur la porte.

« Ah. Marissa, c'est ça ?

— C'est ça », dis-je en me forçant à sourire.

Il se penche sur la droite – Wade, voilà, je m'en souviens – pour essayer de voir derrière le plan de travail. Je jette un coup d'œil dans mon dos et constate, sans surprise, qu'il n'y a plus aucune trace de Suzy.

Wade a les sourcils froncés et se frotte le menton.

« Vous n'auriez pas croisé deux gamines, par hasard ? »

J'hésite. D'un côté, j'aime les règles. Les règles ont du bon. C'est elles qui me guident pour savoir où aller, quoi dire et comment ne pas blesser les gens. Elles sont claires, réconfortantes, elles me rendent la vie plus facile et plus heureuse. Suzy et Grace ont manifestement enfreint les règles. Elles devraient en subir les conséquences.

D'un autre côté, suivre les règles consiste aussi parfois à savoir quand *ne pas* les suivre, même si je trouve qu'ils auraient pu inclure ça dans les règles dès le départ, comme je l'ai répété plusieurs fois à ma prof d'anglais de quatrième.

Et puis, moi non plus, je ne suis pas vraiment censée être ici.

Je me demande si Wade le sait.

« Des gamines ? je demande.

— Deux ados. L'une est latino, et l'autre… je ne sais pas… chinoise, je crois. Pardon, pardon, se reprend-il, je voulais dire sino-américaine. »

Boum.

Wade passe devant moi en laissant la porte claquer derrière lui.

« Vous avez entendu ? » dit-il.

Il fait le tour de la pièce, prudemment, sans bruit.

« Pourquoi vous les cherchez ? » je m'enquiers.

(OK, il est possible que je prononce cette phrase un peu plus fort que nécessaire, et aussi que j'oriente ma voix en direction de la réserve. Juste au cas où quelqu'un qui se trouverait là aurait besoin d'une info.)

« Parce qu'elles dérangent les acteurs, me répond-il.

— Tout dérange les acteurs, je fais remarquer.

— Oui, mais M. Rees a des règles très strictes, et si je ne les respecte pas… »

Il s'interrompt.

« Vous êtes le propriétaire, il ne peut quand même pas vous virer !

— Je suis sûr qu'il serait capable de virer sa propre mère », marmonne-t-il.

C'est alors qu'il me regarde – qu'il me regarde vraiment – et qu'il plisse le front.

« Et vous, qu'est-ce que vous faites là ? »

Excellente question…

« Je sais, je sais, je ne suis pas censée être là. C'est juste que j'ai raté le dîner, et… »

Il me décoche un de ses sourires Ultra Bright.

« Ah non alors, ça c'est intolérable. Notre nouvelle

monteuse affamée dès le premier jour ? Voyons voir ce qu'on a dans la réserve…

— Non ! »

Il se fige, son sourire passant d'Ultra Bright à Bright tout court.

« Non ?

— Pas la peine de vous donner autant de mal. Vous n'avez qu'à simplement… me dire où est le distributeur. »

Je ponctue ma phrase de ce qui est sans doute le pire faux rire de ma vie, et ça inclut la fois où je suis allée voir en famille le film *Joyeux bordel !*

« Pourquoi êtes-vous dans la cuisine si vous cherchez le distributeur ? » demande-t-il, l'air interloqué.

Bonne remarque.

« C'est juste que… je ne veux pas vous déranger.

— Mais vous êtes notre hôte. »

Réfléchis, Marissa. Qu'est-ce que tu peux demander qui ne soit pas dans la réserve ?

« Des œufs, peut-être ?

— Brouillés ?

— Parfait. »

Il va jusqu'au frigo et en sort une boîte d'œufs, une grosse motte de beurre et un bocal de crème fraîche.

Je jette un coup d'œil vers la porte de la réserve en priant pour que Grace soit assez maligne pour rester où elle est.

Wade trouve un fouet près du gril. Il attrape une assiette sur une étagère et une poêle à un crochet. Puis il regarde autour de lui en tapotant le fouet distraitement contre sa paume.

« Les bols, les bols, les bols… »

Il se penche pour chercher dans le placard à ses pieds.

« Pas là. »

Il ouvre un autre placard.

« Là non plus. »

Comme il tend le bras vers le suivant, je me rends compte que s'il arrive jusqu'au bout de la rangée, il risque de…

Je me baisse brusquement, passe la main sous le plan de travail, m'empare de la première forme vaguement arrondie sur laquelle je tombe et la brandis vers lui.

« Ça pourrait faire l'affaire ? » je lance.

Wade se redresse et contemple l'objet entre mes mains. Moi aussi.

C'est une passoire.

« Je plaisante, réussis-je à articuler. Attendez, je crois que j'en ai vu un là-dessous. »

Je me baisse à nouveau et cette fois j'ai de la chance : juste sur ma gauche se trouve une pile de bols en métal. J'en tends un à Wade et il se met à fouetter les œufs.

« Le secret, dit-il, c'est la crème. J'ai pas mal cuisiné ici, figurez-vous. Je ne suis pas cuistot, mais je me défends.

— Ah bon, je croyais que vous étiez le propriétaire.

— Non, non. C'est Francie, ma femme, répond-il en triturant les boutons de la gazinière avant de réussir à allumer un des feux. Mais je donne un coup de main quand il y a besoin de renfort.

— Ça fait longtemps que vous êtes là ? »

Il verse les œufs dans la poêle.

« Un peu plus de vingt ans. »

Je sens mon visage s'illuminer.

« Donc vous étiez là quand cette fille a été assassinée ? »

Son bras a une secousse, et un peu d'œuf battu tombe à côté de la poêle, grésillant sur la gazinière.

Je me raidis.

« Je n'aurais pas dû dire ça, pardon. »

Il s'essuie la main avec un pan de sa chemise.

« Non, ça va, ça ne me gêne pas d'en parler. C'est un peu difficile de faire autrement, en ce moment. Mais je crois que c'est ce mot, vous savez ? *Assassinat.* C'est tellement…

— Macabre ?

— … mauvais pour les affaires.

— Ah. J'aurais pensé le contraire. Mais j'imagine que ça dépend du genre d'assassinat. »

Comme il ne répond pas, je jette un coup d'œil dans sa direction. Il est paralysé sur place, les yeux rivés sur moi. Sans doute à se demander si j'ai été élevée par une meute de loups.

Je me racle la gorge.

« Pardon, euh, je… vous la connaissiez ? »

Il se passe la main plusieurs fois sur la nuque.

« Caitlyn ? Oui, bien sûr, tout le monde la connaissait. Sa famille venait à Kickout depuis des années. Elle a quasiment grandi ici. »

Caitlyn. Elle s'appelait Caitlyn.

Je prends quelques instants pour étudier son expression. Il n'a pas l'air particulièrement triste – son visage ne s'est pas affaissé, ses sourcils ne rebiquent pas vers le haut –, mais c'est un homme, alors ça ne veut pas dire grand-chose. Je débite une de mes formules de compassion standards, au cas où.

« Ça a dû être très dur pour vous.

— Surtout pour Francie. Caitlyn était comme sa petite sœur. »

Je baisse la tête. Jusqu'à maintenant, je n'avais pas réellement pris conscience de la perversité de la situation. Quelle idée de la part de Tony de vouloir tourner ce film sur les lieux mêmes, à proximité de tous les gens qui ont le plus souffert ! Il aurait très bien pu se contenter de quelques plans d'ensemble avant de tourner le reste en studio. L'authenticité n'est pas si difficile à simuler.

J'essaie d'imaginer devoir assister à la reconstitution de mon pire souvenir par une équipe de cinéma. Quel effet ça me ferait de me retrouver à nouveau dans ce camping ? De regarder une actrice entrer dans cette grotte ? Est-ce qu'elle porterait les mêmes baskets en toile bleu marine aux semelles usées ? Est-ce qu'ils attendraient un jour de pluie ? Que le ruisseau monte ? Qui prendraient-ils pour jouer les autres campeurs ? Et pour me jouer, moi ?

« Est-ce que Liza lui ressemble ? je demande. À Caitlyn ? »

Il sert les œufs dans l'assiette et me tend une fourchette.

« C'est son sosie. »

Les mots planent un instant dans l'air, et je regarde avec une fascination morbide le visage de Wade blêmir sous son bronzage.

Mais il se ressaisit vite, se racle la gorge et s'essuie les mains sur son pantalon.

« Bon, je crois que je vais vous laisser. Francie doit avoir besoin de moi.

— Merci, Wade.

— Ouais, euh… bon appétit. »

J'attends que le bruit de ses pas s'estompe, après quoi, juste pour être sûre, j'attends encore une minute de plus.

Puis je repousse l'assiette.

Je déteste les œufs brouillés.

13

« Wade est parti ! » je crie.

Suzy émerge du placard dans un fracas. Elle grogne et se hisse sur la pointe des pieds en étirant ses bras en l'air.

Après quoi, elle se tourne vers moi avec un soupir.

« Je tiens à préciser que je suis d'origine *coréenne.* »

La porte de la réserve s'ouvre en grand et la tête de Grace apparaît. Elle jette un coup d'œil vers la gauche, vers la droite. Puis elle me lance un pot de beurre de cacahuète et un sachet de pain de mie.

« Offert par la maison », dit-elle.

Elle rejoint Suzy et lui envoie un petit coup de coude.

« T'sais quoi ? J'étais carrément sur le point de sortir quand j'ai reçu ton texto. »

Brusquement, je comprends d'où venait cette lueur bleutée.

« Vous utilisez vos smartphones ?

— Ne le dites à personne, me supplie Grace. Je vous promets qu'on ne s'en sert pas pour prendre des photos du tournage ni rien.

— On en a juste besoin pour nos recherches, indique Suzy.

— Quelles recherches ? Vous n'êtes pas en vacances ? »

Elles sont tellement en phase l'une avec l'autre que la seule chose qui les trahit est l'effort tangible qu'elles font pour *ne pas* se regarder. Je dois donc prendre une décision, car j'ai maintenant ce que j'étais venue chercher : ce pot géant de beurre de cacahuète industriel, comme j'aime, parfait. Ces deux filles ne sont pas mes amies, leur comportement ne me regarde pas, et cette lumière au néon commence vraiment à me taper sur les nerfs.

Mais…

Je pense que c'est une de ces questions entêtantes qui n'arrêtera pas de me titiller. Comme quand vous parlez à quelqu'un qui sort de chez le coiffeur mais qu'il y a une mèche plus longue que les autres et que vous n'arrivez pas à vous concentrer sur ce que dit la personne parce que vous êtes obsédé par l'envie pressante de vous jeter en avant pour tirer un grand coup sur cette mèche qui dépasse. Certes, vous risquez de vous faire coffrer pour agression corporelle, mais ça en vaudrait presque la peine.

Je pose le pain et le beurre de cacahuète sur le plan de travail.

« Qu'est-ce que vous trafiquez ? je demande. Ça a quelque chose à voir avec Gavin, non ? »

Grace se mord la lèvre.

« Vous pouvez me faire confiance », j'ajoute.

Suzy se met à contempler le plafond.

« J'ai éloigné Wade pour vous sauver, oui ou non ?

— *D'accord*, finit par lâcher Suzy. Mais si vous nous balancez, souvenez-vous des huit cuistots dont j'ai parlé.

— Menace physique largement disproportionnée, mais c'est noté.

— On travaille pour Gavin, dit-elle.

— Mais pas, genre, pour lui apporter des cafés, précise Grace.

— Ni lui faire ses lessives.

— Ni retirer tous les M&M's verts du paquet parce que les *vrais* artistes ne… »

Je lève une main.

« J'ai compris. Vous n'êtes pas ses assistantes. Alors il vous paie pour faire quoi, au juste ? »

Elles échangent un regard, et leur visage se fend d'un grand sourire. Et quand elles répondent, c'est en chœur :

« On enquête. »

Mon estomac se noue.

« Il veut qu'on l'innocente, poursuit Grace.

— Enfin, pas *lui*, rectifie Suzy. Mais son personnage.

— Je ne suis pas sûre qu'il fasse la différence. »

Je m'affaisse lourdement contre le plan de travail.

« Parce que… Gavin joue le tueur, c'est ça ?

— Ben, évidemment, répond Suzy avec une moue.

— Mais il ne pense pas que le type soit vraiment coupable ?

— Voilà », confirme Grace.

Je mets un moment à digérer cette information… Je suis sincèrement choquée que Gavin ait envie de jouer un *innocent*.

« Et vous, qu'est-ce que vous en pensez ? je demande.

— On ne *pense* pas, rétorque Suzy. On *sait*. Il n'y a que des preuves indirectes, au mieux. »

Pitié, mon Dieu.

« Si vous voulez "enquêter", je leur explique lentement, vous devriez savoir que la plupart des preuves sont des preuves indirectes. Les empreintes digitales sont indirectes. L'ADN est indirect. Les taches de sang sont indirectes.

— Ah, fait Grace. Alors je crois qu'ils n'ont pas de preuves indirectes non plus.

— Comment vous savez tout ça ? me demande Suzy d'un air méfiant. Vous n'êtes pas avocate.

— J'ai monté trois épisodes de *Suits, Avocats sur mesure.* »

Suzy se penche vers Grace pour lui murmurer quelque chose à l'oreille. Grace hoche la tête, et elles se tournent toutes les deux vers moi, bras dessus, bras dessous.

« Vous pourriez nous aider », déclarent-elles.

Je fais un grand pas en arrière.

« Ce n'étaient pas de très bons épisodes.

— Ouais, mais vous êtes de loin la personne la plus sympa de toutes celles qu'on a rencontrées, et je suis sûre que vous savez des tas de trucs utiles, dit Grace. Google-la », ajoute-t-elle à l'intention de Suzy.

Cette dernière sort un iPhone de sa poche.

« C'est quoi, votre nom de famille ?

— Ça ne vous regarde pas », je rétorque.

Suzy ricane.

« Comme si ça m'avait jamais arrêtée ! »

Environ dix secondes plus tard, elle tend le téléphone à Grace et lui montre quelque chose sur l'écran.

« Ouah ! laisse échapper Grace.

— Carrément, renchérit Suzy.

— Quoi ? je demande.

— Vous connaissez Amy Evans ? dit Grace. On est grave fans ! On a dû voir son dernier film, genre, huit fois.

— Maintenant, vous êtes *obligée* de nous aider, ajoute Suzy.

— Parce que j'ai travaillé avec Amy ?

— Elle n'aurait jamais embauché une nulle.

— Vous seriez surprises », je réponds en me frottant le nez.

Suzy range son téléphone dans sa poche.

« Alors, vous êtes partante ? »

J'hésite.

« J'ai déjà un boulot, vous savez… »

Suzy se penche en avant et frappe du plat des mains contre le plan de travail.

« C'est vrai, vous êtes aussi dans l'équipe. OK, donc, d'après Gavin, Tony est persuadé à cent pour cent que Billy Lyle est coupable. Genre, point final. Affaire classée. CQF-je sais pas quoi. Vous avez vraiment envie d'avoir votre nom au générique d'un film qui va détruire la vie d'un innocent… pour la deuxième fois ? »

Deux secondes… *Billy Lyle* ? Pourquoi je connais ce nom ? Je ne pense pas avoir jamais rien lu sur cette affaire, j'étais au collège à l'époque. Est-ce que j'ai pu voir traîner la liste des personnages quelque part ? Dans la salle de montage ?

Et puis ça me revient.

« *Le capitaine du bateau* ? » je m'exclame.

Grace dresse les sourcils.

« Vous connaissez Billy ?

— C'est lui qui m'a amenée jusqu'à l'île.

— Alors vous savez à quel point c'est un chouette type.

— Je ne suis pas sûre que j'aurais employé exactement ce terme.

— Je sais qu'il est un peu bizarre quand on le rencontre pour la première fois, concède Suzy en tripotant les élastiques à son poignet, mais une fois qu'on le connaît… Enfin, bon, il est toujours assez bizarre, mais je vous jure qu'il ne ferait pas de mal à une mouche.

C'est un amour. Je l'ai vu tout arrêter pour écarter un cafard sur sa route.

— Ouais, peut-être. Je parie qu'il y a plein de meurtriers qui aiment les insectes.

— Billy n'est *pas* un meurtrier, insiste Grace.

— Alors pourquoi tout le monde est convaincu qu'il est coupable ? Vous auriez dû voir comment d'autres gars l'ont traité, ce soir.

— Parce qu'il est différent ! Parce qu'il met les gens mal à l'aise. Quand ils le regardent, ils ont l'impression qu'il y a quelque chose qui cloche. »

Merde.

J'attrape le pot de beurre de cacahuète, tourne le couvercle et plonge allègrement le doigt dedans. Puis je le fourre dans ma bouche et l'écrase entre ma langue et mon palais pour pouvoir en tirer le maximum de sucre avant que la pâte fonde. C'était la seule façon que ma mère avait trouvée pour me faire avaler des protéines quand j'étais petite. À l'époque, je préférais la marque Skippy, mais j'ai élargi mes goûts au fil des années. Maintenant, je mange aussi du Jif et du Peter Pan.

Est-ce la pire ou la meilleure idée du monde ?

La pire, évidemment, non ? Je mettrais potentiellement mon boulot en péril pour aider deux ados à jouer les Alice Roy. La pire idée du monde.

En même temps, tout le concept de la série *Alice* est que les adultes ne sont pas très doués pour résoudre les énigmes. Et si ces deux filles savaient réellement quelque chose que Tony ignore ? S'il faisait sincèrement fausse route ? Et si c'était notre seule chance de l'en empêcher ?

Alors… la meilleure idée ?

J'avale le beurre de cacahuète et m'essuie les lèvres d'un revers de main.

Je me tourne vers Suzy et Grace.

« D'accord. Dites-moi tout ce que vous savez. »

« C'est un schéma assez classique, commence Suzy en étalant les mains sur le plan de travail. Caitlyn Kelly, une jeune fille riche de Philadelphie, vient sur l'île de Kickout tous les étés avec sa famille. À un moment, elle tombe amoureuse d'un beau garçon qui travaille à l'hôtel. Très *Dirty Dancing*… mais sans la danse.

— Ni les avortements clandestins, ajoute Grace.

— Ni Patrick Swayze », complète Suzy.

J'enfouis le visage entre mes mains, brusquement envahie d'une immense fatigue.

« OK, donc pas du tout *Dirty Dancing*, en fait. »

Suzy ignore mon commentaire et continue son récit.

« Mais un jour – attention, rebondissement –, sans crier gare, Caitlyn est retrouvée morte sur la plage, et personne ne sait comment elle a atterri là. Personne ne sait non plus exactement de quoi elle est morte. Et personne n'a la moindre idée de ce qui aurait pu pousser quelqu'un à la tuer. Tout le monde adorait cette fille.

— On dit toujours ça quand les gens sont morts, je fais observer en attrapant le sachet de pain de mie.

— Mais au bout d'un moment, le bruit se répand que le gamin bizarre et solitaire qui travaillait au hangar à bateaux était totalement obsédé par elle. Les flics perquisitionnent sa cabine, trouvent des collages de serial killers, des photos volées de Caitlyn, tout le tralala. Tous les habitants de Kickout sont persuadés qu'il l'a tuée. »

Suzy marque une pause avant d'ajouter :

« Le garçon en question, c'est Billy.

— J'avais compris, mais merci pour la clarification,

je réponds en sortant du sachet une tranche de pain que je déchire en deux. Et pourquoi il n'a pas été arrêté ?

— Il l'a été, intervient Grace. Mais il n'y a pas eu de poursuites. Il n'y avait pas assez de preuves. Billy, comme la plupart des solitaires dans son genre, n'avait pas d'alibi. »

Je déchire de nouveau la tranche en deux.

« C'est la seule bonne raison d'aller à des soirées, dis-je.

— Mais ils n'ont pas pu prouver non plus qu'il était avec Caitlyn au moment de sa mort, poursuit Suzy. Et, oui, elle a *peut-être* été tuée avec une des rames du hangar à bateaux, mais apparemment il y a pas mal de choses qui peuvent provoquer un traumatisme crânien. Il semblerait aussi que la police ait merdé dans les grandes largeurs, du point de vue de la procédure. Donc, au final, ils n'ont pas pu réunir assez d'éléments à charge contre lui. Pas assez pour la justice, en tout cas.

— Et à votre avis, qui l'a tuée, alors ? À supposer que ce ne soit pas Billy, je veux dire.

— Tous les membres de la famille ont été blanchis, indique Grace. Donc les soupçons se concentrent sur le petit copain. »

Je relève les yeux de ma tranche de pain.

« Pourquoi ça ?

— Ben, parce que c'est le petit copain, justement, rétorque Suzy.

— Et qu'est-ce qu'il est devenu ?

— On est encore en train d'essayer de le savoir. Il y a trois cents habitants sur cette île, et pour l'instant personne n'a accepté de nous parler, à part Billy.

— On a même commencé à chronométrer, ajoute Grace. Pour voir combien de temps les gens mettent à nous dire que c'est Billy le coupable. En moyenne, douze secondes. On dit “Caitlyn”, ils disent “Billy”. Du tac au tac.

— Mais vous ne savez rien du tout sur ce fameux petit copain ? »

Grace secoue la tête.

« Juste qu’il s’appelait Tom.

— Et il n’y a pas d’autres suspects ?

— Si, plus ou moins, répond Suzy avec un vague geste de la main. Il y a la grand-mère de Francie. C’était un genre de star du cinéma, à l’époque. Elle a épousé l’héritier de l’hôtel.

— Ah oui, je fais. *Rebecca.*

— Non, Violet. Elle était proche de Caitlyn. C’est la dernière personne à l’avoir vue vivante. Elles répétaient dans la salle de cinéma le soir du meurtre. Je crois que Caitlyn voulait devenir actrice, quelque chose comme ça. Mais, d’après Violet, Caitlyn est retournée dans sa chambre à l’heure habituelle. Elle n’a jamais fait partie des suspects.

— Comment vous savez tout ça ? »

Suzy tend la main et plonge à son tour un doigt dans le beurre de cacahuète.

« Par Internet. Et on a aussi volé un exemplaire du scénario dans le sac d’Anjali. *Berk*, mais c’est dégueulasse ! Comment vous faites pour manger ça ? »

Je considère en grimaçant le creux laissé par le doigt de Suzy à la surface du pot.

« Anjali m’a dit que tout le monde adorait Violet. Vous pensez qu’ils ont pu la couvrir ? je suggère. Dans une sorte de conspiration ? »

Suzy et Grace ont un moment d’hésitation.

« Ouais, fait Suzy. Pourquoi pas ?

— Je ne sais pas, nuance Grace. Vous croyez vraiment qu’une grand-mère aurait pu faire ça ?

— Suzy, dis-je en tendant la main. Donne-moi ton téléphone.

— Vous n'allez pas appeler ma grand-mère, hein ?

— Donne », je répète.

Elle le déverrouille et me le passe. Je tape trois mots dans Google et le lui rends.

Elle baisse les yeux et lit à voix haute le premier résultat de la recherche :

« "Dix-sept vieilles dames qui étaient en fait des meurtrières d'une brutalité sans nom."

— Ça paraît quand même improbable, insiste Grace. Violet est toute petite. Et le légiste était formel sur le fait qu'une femme de sa taille n'aurait en aucun cas pu infliger ce genre de traumatisme crânien.

— *Quid* des autres clients de l'hôtel ?

— Blanchis aussi. »

J'appuie le menton dans le creux de ma paume.

« Et c'est tout ? Il n'y a pas de théories abracadabrantes ? Par exemple que le vrai coupable était en fait, je ne sais pas… le Père Noël ? Une chouette ? Christopher Walken ?

— Nan, assène Suzy. Il n'y a véritablement que deux options. Soit c'est Billy qui l'a tuée, parce qu'il était amoureux d'elle et qu'elle l'a éconduit. Soit c'est son petit copain, parce qu'il était amoureux d'elle et qu'elle l'a éconduit. Vieux comme le monde. »

J'enroule à nouveau mon doigt dans le beurre de cacahuète et le fais tourner dans ma bouche. Tout ça me semble bien banal. Peut-être Tony est-il, comme le disent les filles, déterminé à prouver la culpabilité de Billy. Mais à quoi bon ? Est-ce qu'un studio investirait réellement des millions de dollars dans un film qui donnerait une réponse évidente ? Moi non, en tout cas. Mais peut-être suis-je naïve. Peut-être y a-t-il de l'argent à se faire en confirmant aux gens qu'ils avaient raison depuis le début.

Ce serait vraiment utile d'avoir le scénario.

« OK, dis-je. Comment je peux vous aider ? »

Le sourire de Grace est si large qu'il lui fend presque le visage en deux.

« Ben, pour l'instant, on essaie de mettre la main sur le rapport de police originel…

— Que ce soit bien clair, je ne cambriole pas un commissariat pour vos beaux yeux.

— … mais, *en attendant*, peut-être que vous pourriez vous renseigner pour savoir si Tony a fait des recherches de son côté ? Il a sans doute engagé des détectives privés ou je ne sais pas quoi, non ?

— OK, d'accord, je vais voir ce que je peux trouver. »

Je croise les bras en les regardant toutes les deux.

« Mais j'ai une condition.

— Le beurre de cacahuète ? demande Grace.

— À partir de maintenant, vous vous tenez à l'écart de Billy, d'accord ? Simple précaution. On va éviter d'être Janet Leigh dans *Psychose*. On va plutôt être John Gavin dans *Psychose*. »

Suzy secoue la tête.

« Je crois que je n'ai compris que la moitié de cette référence », dit-elle.

Je lui pose une main sur le poignet. Je veux être absolument sûre qu'elle écoute ce que je vais dire.

« Je suis sérieuse. Soyez prudentes, d'accord ? S'il y a bien une chose dont personne n'a besoin ici, c'est d'une deuxième jeune fille assassinée. »

SUZY KOH : Et donc, qu'est-ce qui vous a fait croire que vous pouviez vous improviser détective ?
MARISSA DAHL : Qu'est-ce qui *vous* a fait croire que vous pouviez vous improviser détectives ?
GRACE PORTILLO : C'est méchant. Mais bien vu.
SUZY KOH : En attendant, vous n'avez pas répondu.
MARISSA DAHL : [*Soupir.*] Quand on y pense, le métier de monteur n'est pas très différent de celui de détective. L'un comme l'autre reçoivent une série incomplète d'informations imparfaites et sont chargés de reconstituer à partir de ça un récit qui se tient.
SUZY KOH : On pourrait presque dire que chaque film est un puzzle, en fait.
MARISSA DAHL : Suzy, tu ne vas quand même pas me citer Walter Murch ?

GRACE PORTILLO : Walter Murch, pour ceux qui ne le sauraient pas, est un célèbre monteur et mixeur...
SUZY KOH : Et apiculteur !
GRACE PORTILLO : ... qui a remporté trois oscars...
SUZY KOH : ... pour *Apocalypse Now* et *Le Patient anglais*. Le mec a une palette assez large.

SUZY KOH : Non, c'est juste un truc que j'ai trouvé en cherchant des phrases pour notre Instagram.

MARISSA DAHL : [*Inaudible.*]

SUZY KOH : Il y en a une autre que j'aimais bien... attendez... Voilà : « Toute l'éloquence du cinéma... »

MARISSA DAHL : « ... prend forme dans la salle de montage. » Ouais. Du même Walter Murch.

SUZY KOH : Cool. Il a bossé sur des films que j'ai pu voir ?

MARISSA DAHL : Je crois qu'on va s'arrêter là pour aujourd'hui.

14

À peine rentrée dans ma chambre, j'éteins le plafonnier, tire le couvre-lit d'un coup sec et plonge tête la première sur le matelas. Je laisse dépasser mes pieds du bout du lit et me mets à battre des jambes en faisant rebondir mes tibias contre le matelas à un rythme régulier de façon à provoquer un vif picotement dans mes os que je sens remonter jusqu'au sommet de mon crâne.

J'inspire.

J'expire.

Et je continue comme ça jusqu'à ce que mon corps libère la tension qu'il a accumulée pendant – estimation à la louche – les dernières trente-six heures.

Quand j'ai enfin l'impression d'être redevenue moi-même, j'attrape ma trousse de toilette et mon pyjama et me dirige vers la salle de bains. Je me douche, me passe le fil dentaire, me brosse les dents, me repasse le fil dentaire. Je me lave le visage, me démêle les cheveux, vérifie mes ongles pour être sûre que je n'ai rien raté, les nettoie quand même à la brosse à ongles au cas où. J'enfile mon pyjama. Me mets au lit.

Puis je règle le radio-réveil sur une fréquence de bruit blanc et ferme les yeux. Sous les couvertures, je frotte mes pieds l'un contre l'autre. Le droit par-dessus le gauche, le gauche par-dessus le droit.

Je fais ça tous les soirs, sans exception.

C'est mignon quand ce sont d'autres gens qui le font. Comme… vous vous souvenez du speech dans *High Fidelity* ? Pas celui sur ce qu'on aime et ce qu'on est – celui-là est nul. C'est plus tard, quand John Cusack s'est enfin rendu compte qu'il avait merdé avec cette actrice danoise qui a un rôle vachement plus intéressant dans *Mifune*.

« Top 5 de ce qui me manque le plus chez Laura », ça s'appelle.

« Numéro cinq, annonce John, elle fait ce truc dans le lit quand elle n'arrive pas à dormir. Elle pousse de petits gémissements et elle frotte ses pieds l'un contre l'autre un même nombre de fois. J'adore. »

Ce que je ne donnerais pas pour avoir droit à un dixième de la latitude comportementale que les hommes accordent par défaut à une Scandinave aux longues jambes…

Ça fait un an que je n'ai pas passé la nuit avec quelqu'un, deux si on considère que j'en avais vraiment envie. Le dernier en date était un barman qui rêvait de faire du stand-up. Il ne me plaisait pas tant que ça, mais il a ri à une de mes blagues et je me sentais suffisamment seule pour que ça me flatte, alors je me suis mise en pilotage automatique pour la suite.

Il m'a demandé s'il pouvait rester dormir, et j'ai répondu bien sûr, puisque c'est ce qu'Amy, ma psy et ma mère me disent toujours de faire, de donner une chance aux gens, car « on ne sait jamais, ils peuvent te surprendre ».

Mais après, j'ai vu sa façon de me regarder pendant que j'accomplissais ma routine du soir, alors je n'ai pas été surprise du tout quand ses questions suivantes ont été : *Tu es obligée d'écouter ce bruit horrible ?* et *Tu es sûre qu'il ne fait pas trop froid ?* et *Pourquoi tu as un sac de sable en guise de couette ?* et *Tu ne peux vraiment pas t'empêcher de faire ça avec tes pieds ?*

Quand je lui ai demandé de partir, il m'a rétorqué que la seule raison pour laquelle il était venu chez moi, c'est qu'il espérait décrocher une audition avec Amy.

Et puis il m'a dit que j'étais le plus mauvais coup de sa vie.

Je parie que d'ici à cinq ans ce sera une méga-star.

Moi-même, je n'ai pas particulièrement apprécié l'expérience. Toucher quelqu'un qui n'est pas la bonne personne… j'ai du mal à expliquer précisément l'effet que ça me fait. Si je devais trouver la meilleure description, je dirais que c'est comme si j'avais une ruche dans la poitrine et que la présence d'autres gens perturbait les abeilles. Plus ils s'approchent, pire c'est, et le contact direct les affole carrément. Je les sens encore grouiller dans le nœud de ma clavicule, sous mes triceps, le long du tendon du côté droit de mon cou. Le seul souvenir d'avoir été au lit avec ce type les fait s'agiter sous ma peau.

L'amour est un trésor aux mille facettes. L'angoisse, pour moi, est une créature à mille pattes.

Je soupire et me retourne sur le dos. Il faudrait que je pense à autre chose… quelque chose de joyeux, de positif.

Un meurtre, ça peut marcher.

Prudemment, j'accueille la pensée que je me suis efforcée de chasser jusque là. Quelqu'un a tué Caitlyn Kelly. Ce quelqu'un n'a jamais été pris. Il y a donc de grandes chances pour qu'il soit en train d'observer cette bande de crétins hollywoodiens venue reconstituer méticuleusement ce qui a été, au choix, le plus grand triomphe ou la pire erreur de son existence. Peut-être même qu'il travaille encore dans cet hôtel. Il est possible que je l'aie déjà croisé sans le savoir.

Quelle est la probabilité d'un truc pareil ? Combien de fois au cours d'une vie croise-t-on un meurtrier, salue-t-on un meurtrier, couche-t-on avec un meurtrier ?

Je songe à chercher sur Google, mais je me ravise.

Je coince les mains sous mes cuisses et ajuste mes épaules. Il n'est pas toujours facile de m'endormir dans un nouveau lit, mais je crois que je suis assez fatiguée pour y arriver.

La journée a été si longue.

Je suis contente qu'elle soit finie.

Boum.

Je rouvre les yeux d'un coup. Me redresse.

Boum.

Il y a quelqu'un à ma porte ? À cette heure ? Mais non, ce n'est pas le bruit de quelqu'un qui toque, c'est plutôt un…

Boum.

Mon Dieu, quelqu'un essaie d'entrer ?

Je sors de sous les couvertures. Que faire ? Dire quelque chose ? Demander qui est là ? Quel est le plus malin, signifier que je suis dans la chambre ou faire semblant que non ? Je suppose que la réponse dépend de si cette personne a l'intention de me tuer ou pas.

Je secoue vivement les mains devant moi. Encore une fois. Et encore.

C'est sans doute juste un membre de l'équipe qui regagne sa chambre… ivre, peut-être. Et qui vient de se cogner contre ma porte par accident.

Boum.

Qui s'est cogné contre ma porte par accident quatre fois d'affilée.

Merde. Je m'approche de la porte sans bruit et me hisse sur la pointe des pieds en me tordant le cou pour réussir à regarder par le judas. Je ne vois rien. Est-ce que la personne est partie ? Je n'entends rien non plus. Était-ce dans mon imagination ?

Après avoir vérifié que le loquet de sécurité est en place, j'entrebâille la porte.

Et me retrouve nez à nez avec la coupable.

« Toi. »

La chatte cligne des yeux paresseusement avant de se concentrer à nouveau sur le plateau du room-service abandonné au pied de la porte d'en face. Elle essaie désespérément de fourrer son museau sous une cloche en inox, mais tout ce qu'elle parvient à faire, c'est cogner le plateau contre le mur.

Boum.

« Si je soulève la cloche, tu arrêteras de faire ce bruit ? » je demande.

Boum.

J'ouvre ma porte en grand et sors dans le couloir. Je suis en train de me baisser lorsque la porte d'en face s'ouvre à son tour. Je me fige, la main suspendue au-dessus des restes de nourriture de quelqu'un d'autre, et en levant les yeux, je reconnais le visage d'une des plus prometteuses starlettes de Hollywood.

Comme la plupart des actrices blanches, Liza May est d'une minceur stupéfiante, son corps formant une ligne droite des aisselles aux chevilles. Elle est vêtue d'un débardeur et d'un pantalon de yoga, ses cheveux sont attachés en une queue-de-cheval approximative, et si je ressens une quelconque jalousie à cet instant, ce n'est pas parce qu'elle est plus jolie, plus sexy ou plus talentueuse que moi. Non. Je la hais – juste un peu –, car je sais, au fond de moi, que personne ne l'emmerdera jamais si elle se balade en pantalon de yoga. Elle peut s'habiller comme elle veut, ça passera toujours.

« Ce n'est pas moi, c'est la chatte, dis-je avec une éloquence remarquable.

— Ah, fait-elle après quelques secondes de confusion. Elle est à vous ?

— Je crois qu'elle vit ici. Je l'ai croisée à la réception ce soir en arrivant. »

Elle relève la tête.

« Vous êtes la nouvelle monteuse ? »

Je recule d'un pas en m'essuyant la main sur mon pantalon de pyjama.

« Il y a eu une circulaire à mon sujet, ou quoi ? »

Elle referme la porte derrière elle et jette un coup d'œil des deux côtés du couloir. Puis elle se penche vers moi et chuchote :

« Vous devriez démissionner. »

Je me rétracte.

« Mais je viens juste d'arriver. »

Sa main s'enroule autour de mon épaule, et je suis trop choquée pour chercher à me dégager.

« Sérieusement, insiste-t-elle, conseil de femme à femme : prenez vos jambes à votre cou. Je partirais dans la seconde si je pensais que c'était possible. »

Elle marque une pause avant d'ajouter :

« Ils vous ont fait signer quelque chose ? »

J'opine, sans voix.

« Merde, souffle-t-elle en retirant sa main. Mais OK, peu importe… c'est pour ça qu'on a des avocats, non ? Rompez votre contrat. Rentrez à L.A. Vous me remercierez plus tard.

— Attendez, je ne… »

Mais il est trop tard. Elle s'est déjà retirée dans sa chambre. Je suis presque tentée de la suivre pour lui demander de quoi elle parle, au juste – parce que, franchement, on ne peut quand même pas balancer un truc pareil et *partir* –, mais je reconnais sans équivoque possible le bruit du verrou.

Au bout d'un moment, la chatte vient se glisser entre mes jambes et dessine des huit autour de mes chevilles. Je la regarde.

« Eh ben, voilà qui était déconcertant. »

Elle lève le menton et piaille.

« Non, Liza n'a pas beaucoup aidé. »

Elle miaule à nouveau, de façon plus insistante.

« D'accord. Mais je vais devoir te demander de te goinfrer en privé, comme tout le monde. »

Je me baisse pour ramasser l'assiette.

Il n'y a aucune chance que j'arrive à m'endormir, à présent. Alors, une fois de retour dans ma chambre, pendant que la chatte s'en donne à cœur joie avec son gros morceau de steak délaissé, je sors mon ordinateur portable.

Je me dis que je me sentirais bien penaude après coup s'il s'avérait qu'Internet avait la réponse depuis le début, alors j'ouvre une page Google et tape : *Qui a tué Caitlyn Kelly ?*

La première chose que j'apprends est que Caitlyn a été doublement malchanceuse : non seulement elle a été assassinée, mais elle a été assassinée en 1994, pile deux semaines après Ron Goldman et Nicole Brown Simpson, et à l'époque nous n'avions pas autant d'espace disponible dans notre conscience collective pour suivre plusieurs affaires criminelles médiatiques à la fois.

Même le *Philadelphia Inquirer* n'a trouvé la place de lui consacrer qu'une brève laconique :

Caitlyn Kelly, 19 ans, fille de l'homme d'affaires de Philadelphie Michael Kelly, a été retrouvée morte vendredi dernier sur la plage d'un hôtel de luxe de l'île de Kickout, une station balnéaire courue située à huit kilomètres à l'est de Lewes, dans le Delaware.

J'imagine qu'il aurait fallu faire quelque chose de très exceptionnel cet été-là pour avoir droit aux honneurs de la presse. Or – je clique sur deux ou trois autres liens – tous les détails de l'affaire concernant Caitlyn sont assez ordinaires. Elle avait dix-neuf ans, ce qui n'était pas assez jeune pour être vraiment choquant ; elle faisait des études de théâtre, ce qui n'était pas particulièrement impressionnant ; et elle est morte d'un bon vieux traumatisme crânien comme on en voit tous les jours.

Elle devait être belle, puisqu'on fait un film sur elle aujourd'hui. Mais peut-être que ça n'avait pas autant d'importance avant les réseaux sociaux.

J'ai quand même un peu de mal à croire qu'il n'y ait pas plus d'informations en ligne. Les amateurs d'affaires criminelles n'ont donc jamais entendu parler de celle-là ? Peut-être que ça explique toutes nos clauses de confidentialité. C'est sans doute le seul meurtre qui n'ait pas encore son podcast attitré.

La chatte saute sur le lit et frotte son museau sur le bord de l'ordinateur.

Je me demande...

Je tape deux nouveaux mots dans la barre de recherche de Google :

Anton Rees.

En général, j'essaie de ne pas googler les gens

avec qui je travaille. Je préfère m'abstenir de soutenir personnellement le complexe célébrito-industriel. Mais la situation est exceptionnelle, et Tony a de nombreux fans qui se sont autoradicalisés sur Internet. S'il a assez de followers pour alimenter deux groupes rivaux sur Reddit, j'imagine qu'il doit bien y avoir quelque part des infos sur son nouveau film.

Je valide ma recherche.

Et le regrette aussitôt que les résultats s'affichent.

Ce ne sont pas seulement ses groupies qui parlent de Tony… c'est tout le monde. Sa très célèbre épouse vient très publiquement de le quitter.

Je parcours en vitesse les premiers articles de la liste. C'est grosso modo le tintouin habituel : fébrile, non sourcé, avec une ponctuation hyperbolique. « Annie a le cœur brisé ! » disent ses amis. « Tony est dévasté ! » rapportent des proches. Selon un média, ils se sont déjà réconciliés et essaient d'avoir un bébé par d'improbables techniques de procréation. Selon un autre, Annemieke est partie se réfugier dans leur maison de vacances près d'Amsterdam. Plusieurs blogs people affirment que, pas plus tard qu'hier, Tony a été aperçu en train d'embrasser une influenceuse de vingt ans sur le parking d'un supermarché bio.

Et le détail le moins crédible : les représentants des deux parties demandent officiellement « le respect de leur intimité dans ces moments difficiles ».

Je continue de faire défiler les articles, qui ne font que répéter plus ou moins la même histoire encore et encore. Au bas de la première page de résultats, je tombe sur un lien à l'intitulé provocateur vers un tabloïd anglais que j'ai d'ordinaire trop honte de lire, mais vu que j'ai déjà abandonné tous mes scrupules, je ne vois pas pourquoi je ne cliquerais pas dessus aussi.

Et je fais bien, parce que c'est le seul article qui mentionne le film :

« Tony est complètement fauché, révèle un parent éloigné. Il a toujours mis de l'argent dans ses propres films, et ça peut passer tant que vous faites du cinéma indépendant, mais là il a investi des millions dans ce nouveau projet, et Annemieke a fini par en avoir marre. Elle lui a posé un ultimatum : "Le film ou moi." Il a choisi le film. »

Je ferme mon ordinateur et attrape la chatte. Je la pose sur mon sternum, comme ça je peux faire semblant que c'est juste son poids qui m'oppresse et m'empêche de respirer.

C'est une chose de travailler pour un réalisateur notoirement exigeant. C'en est une autre de travailler sur son projet passion. S'il a été jusqu'à quitter sa femme pour ce film, de quoi d'autre sera-t-il capable ?

15

Quand Isaiah toque à ma porte, j'ai l'impression de m'être à peine assoupie. Je le regarde, les yeux mi-clos, à travers des cils encore englués de sommeil.

« Vous n'êtes pas du matin ? » devine-t-il.

Je jette un coup d'œil vers la fenêtre, où une faible lumière filtre entre les persiennes.

« Ça n'a pas l'air d'être le matin, je grommelle.

— Pas à L.A., mais ici oui. Anjali voudrait que vous descendiez pour vous présenter quelqu'un qu'elle appelle Scripty. »

Je me frotte les yeux.

« Ouais, c'est la scripte.

— Vous pouvez être prête dans une demi-heure ?

— Je peux être prête dans un quart d'heure. »

Il acquiesce d'un hochement de tête.

« Je suis dehors, si vous avez besoin de moi. »

Je file à la salle de bains. Une des nombreuses choses que j'apprécie dans mon métier, c'est que personne n'attend de moi que je vienne travailler toute pomponnée, si bien que ma routine du matin est plus ou moins la même que ma routine du soir.

Douche, fil dentaire, brosse à dents, re-fil dentaire, lavage du visage, démêlage des cheveux, vérification des ongles pour être sûre que je n'ai rien raté, nettoyage à la brosse au cas où, habillage.

Aujourd'hui, je termine en appliquant deux couches de mascara parce que j'ai lu que c'était la façon la plus simple d'avoir l'air « présentable » (quoi que ça puisse bien vouloir dire) et en me mettant de ce baume à lèvres bio à trente dollars le tube qu'Amy m'a fait découvrir. Apparemment, le Labello de base dessécherait les lèvres. Moi je n'en sais rien, je ne sens pas vraiment la différence, mais Amy a toujours l'air contente quand elle me voit utiliser ce truc.

Un quart d'heure plus tard, je sors dans le couloir. Isaiah consulte sa montre avec une exubérance théâtrale.

« Je croyais que vous n'en finiriez jamais ! »

Je hausse les épaules, légèrement embarrassée.

« Toutes mes tenues de travail sont assorties pour que je n'aie pas besoin de perdre de temps à me demander ce que je vais mettre. »

Ses lèvres s'entrouvrent comme s'il allait me répondre, mais finalement il se ravise.

Nous descendons dans le lobby, puis il m'accompagne jusqu'au salon d'affaires, dont Anjali semble avoir fait son centre de commandement. C'est une pièce imposante, suffisamment vaste pour héberger une batterie de postes informatiques, une table de conférence de quatre mètres de long, un coin cuisine et une bonne vingtaine de fausses plantes… sans compter la dizaine d'assistantes de production qui s'affairent dans tous les sens. Ça sent le détergent pour moquette et l'encre chaude.

Anjali croise mon regard et me fait signe d'approcher. À côté d'elle se trouve une jeune femme noire qui gémit pratiquement sous le poids d'une brassée de classeurs, dossiers et papiers. Dès qu'elle me voit, elle s'avance en titubant et lâche son chargement sur la table de conférence. Un classeur s'ouvre et répand ses feuilles dans un arc-en-ciel de couleurs.

Elle marmonne quelque chose mais ne fait aucun geste pour les ramasser.

J'entortille une main dans le bas de ma chemise.

Anjali nous désigne tour à tour.

« Marissa, Scripty. Scripty, Marissa. »

La femme – la scripte, donc – me sourit d'un air las.

« Scripty va t'expliquer ce qu'on a déjà tourné, dit Anjali. Tony veut que tu sois opérationnelle le plus tôt possible.

— Sans blague », soupire Scripty.

Anjali tend une main en arrière, dans laquelle une assistante place un document qu'elle me transfère ensuite. C'est une feuille de service.

« Il vous veut toutes les deux sur le plateau… »

Je sursaute.

« Hein ?

— … P.A.T. à 4 heures.

— Ce ne serait pas plus utile que je visionne les rushes ? je demande, en regardant le papier.

— Ils n'ont pas fini de réparer le projecteur. Tu les gênerais plus qu'autre chose.

— J'ai un ordinateur portable, tu sais. Avec trois ports USB. »

Elle esquisse un sourire.

« T'es marrante. »

Elle me fourre quelque chose dans la main et me fait pivoter par les épaules jusqu'à ce que je me retrouve face à la table de conférence. Je baisse les yeux. Elle m'a donné une cannette de soda.

Comment a-t-elle su que je buvais du Coca normal ?

Scripty attend, poings sur les hanches, en contemplant

d'un air morne les documents étalés sur la table. Elle est jolie – vraiment jolie –, avec une carrure de ballerine, grande, mince, musclée et ostensiblement grâcieuse : tous les contours de son corps semblent s'effiler en une pointe délicate. Elle a les cils tellement épais que je parie qu'elle pourrait en donner la moitié au profit des enfants cancéreux et quand même servir de modèle pour une pub Maybelline. Je balaie la pièce du regard et me rends compte avec une boule à l'estomac dont je connais la sensation depuis le collège que, comme Scripty – et Liza, et Anjali, et Carmen, et Valentina –, chaque assistante pourrait sortir tout droit d'un fil de tendance Instagram.

Tout le monde sur ce tournage est d'une beauté renversante.

J'aurais dû me douter que c'était un matin à triple couche de mascara…

En revanche, je devrais être *fière* de travailler dans une équipe comprenant une telle proportion de femmes. À moins qu'il ne faille au contraire s'inquiéter qu'elles n'aient été choisies que pour leur apparence physique ? Non, il est injuste de présumer que les gens beaux manquent de substance. Les mannequins sont aussi des personnes. Je l'ai lu quelque part.

Ce serait tellement plus simple si Amy était là pour me dire ce que je suis censée penser.

Je me laisse tomber sur une chaise et me tourne vers Scripty. Je lève le menton en m'efforçant de ne pas être jalouse de ses pommettes.

« Mon vrai nom, c'est Kim, dit-elle après quelques instants.

— Et moi, Marissa. »

Puis nous nous taisons toutes les deux. Je me concentre

très fort pour réfléchir à ce que je pourrais bien dire d'autre.

« Tu as déjà travaillé avec Tony ? »

Elle laisse échapper un rire étrange qui me donne des picotements dans la nuque.

« Non, c'est la première fois… et la dernière. »

Je me redresse légèrement.

« C'est si terrible que ça ? »

Ses lèvres esquissent l'ombre d'un sourire.

« Tony n'engage jamais deux fois la même scripte. Ça fait partie de ses "trucs".

— Et tous les postes ont le même taux de roulement ?

— Non, tout le monde n'est pas aussi mal loti. Il y a le cercle rapproché. Comme Daisuke et ses gars…

— C'est le chef op ?

— Ouais, ils bossent ensemble depuis toujours. Pareil pour Anjali.

— Ah bon ? »

Elle hoche la tête.

« Elle a produit ses cinq derniers films, je crois.

— Pourtant je n'ai jamais entendu son nom… et je passe la moitié de ma vie sur IMDb.

— C'est parce qu'elle n'est créditée que comme son assistante.

— Ah. »

Nous baissons toutes les deux les yeux vers la table. Au bout d'un moment, j'attrape mon Coca.

Kim se racle la gorge.

« Et sinon, Paul et lui n'avaient fait jusque-là que… trois films ensemble, je crois ? Alors le flambeau n'est peut-être pas facile à reprendre, mais pas impossible non plus. »

Je bois une gorgée de soda afin de me laisser le

temps de formuler ma question suivante. D'habitude, je travaille de trop près avec le réalisateur pour que les autres membres de l'équipe se risquent à me faire des confidences. Mais comme je suis nouvelle, peut-être que Kim acceptera de se livrer un peu…

« Je ne veux pas te mettre mal à l'aise, dis-je, mais tu sais ce qui s'est passé, au juste ? Personne ne m'a expliqué pourquoi Paul s'était fait renvoyer. »

Kim ramasse un stylo qu'elle fait tourner entre ses doigts.

« Je ne suis pas très sûre. Paul est un drôle de personnage. Il dort la journée, travaille toute la nuit, communique essentiellement par Post-it, dit-elle en me désignant du bout de son stylo un des objets qu'elle a posés sur la table, une pochette en plastique remplie à craquer de petits carrés jaune fluo. Mais il était bon dans son boulot. Je n'ai jamais entendu Tony dire du mal de lui. »

Elle se remet à faire tournoyer le stylo, cette fois dans l'autre sens.

« Je ne l'ai jamais entendu en dire du bien non plus, remarque, poursuit-elle avec un haussement d'épaules. Je ne crois pas qu'il se soit fait virer pour des raisons professionnelles. Même pour Tony, c'est encore un peu tôt dans le processus pour un désaccord entre le réalisateur et son monteur.

— Donc tu ne sais pas ce qui s'est passé, en fait ?

— Il faut dire que Paul ne peut pas vraiment me donner sa version des faits… à moins de m'envoyer un Post-it par courrier. »

Elle attrape son exemplaire du scénario et pose les deux mains sur la table.

« Bon, reprend-elle, la première chose qu'il faudrait…

— Mais si tu devais deviner ?

— Il y a eu *une* scène », finit-elle par concéder.

Je laisse mes talons rebondir sous la table en attendant qu'elle développe.

Elle se coince une mèche derrière l'oreille, et deux rides se creusent entre ses sourcils.

« À un moment, j'ai commencé par classer les scènes en fonction du nombre de Post-it que Paul me donnait. Entre un et cinq Post-it, je me disais que les rushes ne posaient sans doute pas de problème. Entre cinq et dix, il allait falloir que je me replonge dans mes notes. Au-delà, j'envoyais directement Tony voir ça avec lui... même si ça n'a jamais beaucoup aidé. »

Comme elle s'est arrêtée là, je lève les yeux vers elle.

« Tu attends que je te demande combien de Post-it il t'a donnés pour cette fameuse scène, ou tu fais juste durer le suspense ?

— Quarante-sept, murmure-t-elle. Il m'a donné quarante-sept Post-it. »

Elle attrape un scénario de travail dans la pile et le fait glisser vers moi. Je passe le pouce sur la tranche et compte six couleurs de papier différentes, ce qui signifie qu'on en est à la cinquième version. Ça ne me surprend pas : Amy aussi a pour habitude d'épuiser ses scénaristes.

« Ouvre à la page 60 », dit Kim.

EXT. FÊTE FORAINE DES MERVEILLES ENCHANTÉES – JOUR

Le genre de journée d'été qui, des années plus tard, vous fera douter de vos propres souvenirs, tant il est difficile de croire que la réalité puisse jamais sembler si parfaite, si vitale, si riche de promesses sensuelles, quand la brise marine est une main qui agite vos cheveux et que tout autour de vous résonnent des bruits de plaisir et d'amusement, que la lumière de l'après-midi souligne la cambrure du cou d'une belle fille et que vous ne pouvez vous empêcher de vous demander quel effet ça ferait d'y poser vos lèvres, si sa peau aura un goût de soleil, si le monde aura un goût de soleil.

Je lève les yeux vers Kim.

« Je sais, dit-elle en soupirant.

— Qui a écrit ça ?

— Je n'ai jamais entendu parler de lui. Sans doute un romancier non publié. »

Je feuillette la suite rapidement et tombe sur des pavés de texte les uns après les autres. Chaque scène est décrite avec une foule de détails abrutissants. Le temps qu'il fait. La lumière. La mise en place. La coupe des vêtements de Caitlyn. La texture de sa voix. La forme de ses lèvres.

Description, description, description.

Caitlyn, Caitlyn, Caitlyn.

« C'est moi, ou ce type…

— Fait une fixette ? Non, c'est pas toi.

— Il la connaissait, ou quoi ? »

Elle secoue la tête.

« Les hommes ne parlent pas comme ça des femmes qu'ils connaissent. »

Je me replonge dans le scénario, que je parcours en diagonale à la recherche de quelque action.

CAITLYN

[à la fois méchante, timide et douce]
Tu auras mis le temps.

Derrière eux, au loin, les montagnes russes démarrent, les wagonnets grimpant vers le sommet de la première montée.

TOM

Tu sais, c'est le genre de chose qui demande une certaine préparation. Ça prend du temps. On n'invite pas une fille à sortir comme si c'était rien.

Les wagonnets sont proches du sommet à présent... Le premier commence tout juste à franchir le faite...

CAITLYN

Tu veux dire que je suis quelque chose ?

TOM

Autre chose, peut-être, justement.

Les wagonnets des montagnes russes plongent dans un HURLEMENT, forment une BOUCLE VERTICALE À 360 DEGRÉS, penchent sur le côté dans un VIRAGE DE LA MORT. Ils jaillissent à nouveau dans le cadre derrière Caitlyn et Tom... et c'est à ce moment que le spectateur le remarque, qui fixe du regard le couple heureux et rayonnant :

BILLY LYLE.

« ... vraie galère, est en train de dire Kim. Je crois que Liza n'a pas dû manger de sucre depuis, genre, 2013. On avait mis un crachoir sous la table, mais elle n'arrivait jamais à trouver le bon moment pour se pencher et recracher sa barbe à papa, ce qui fait que c'était impossible d'être raccord d'une prise à l'autre avec les montagnes russes. Sans compter qu'ils ont viré le second assistant réal au milieu de la journée, du coup on n'avait plus personne pour diriger les figurants, et Anjali n'a pas pu dissuader Tony de s'en occuper personnellement et d'aller leur parler... Donc maintenant, la moitié de l'île doit vouloir se syndiquer à la Guilde des acteurs. »

Elle s'interrompt pour reprendre son souffle.

« Et je ne t'ai pas encore parlé du déraillement. »

Je relève la tête.

« Du *quoi* ?

— Ouais, hein ? Il y a un wagonnet qui est sorti des rails. Au final, ce n'était pas si grave, personne n'a été blessé, mais quand même. Le type qu'on a fait venir pour remettre en route les montagnes russes nous a dit qu'en fait elles étaient fermées en 1994, et Tony a pété un câble, parce que c'est le genre d'erreurs qu'il ne supporte pas, tu vois ? Bref, ce soir-là, après avoir visionné les rushes, il a viré Paul et la moitié de l'équipe déco. »

Je laisse le scénario tomber sur la table.

« Je suis surprise qu'il reste encore des gens sur ce tournage. Qui d'autre est parti ? »

Kim sort un bloc-notes de son sac, tourne les pages jusqu'à la troisième ou la quatrième et fait courir son doigt le long de la marge.

« Une assistante accessoiriste, une assistante costumière, trois perchmen.

— N'oublie pas le maquillage, lui chuchote une assistante en passant.

— Ah oui, reprend Kim en fronçant le nez. Penelope. Elle, c'était dur. »

Je grimace. *Dommage pour les taches de rousseur.*

Kim attrape un crayon et barre quelque chose.

« Qu'est-ce que c'est ? je demande.

— On tient les paris. Qui sera le prochain à se faire dégager.

— Et qui est le grand favori ? »

Elle hésite, puis tourne le bloc-notes vers moi. Je me penche afin de lire le premier nom sur la liste.

Le pauvre gogo qui va devoir monter cette merde.

J'ouvre la bouche.

« C'est…

— Ouais, on pensait que ce serait un mec. Au temps pour nous.

— C'est ce que tu penses ? Que je serai la prochaine à partir ? »

Kim étudie la liste avec une expression morose.

« Non, moi je mise sur Gavin.

— Ça n'a pas l'air de te ravir. »

Elle soupire et range le bloc dans son sac.

« Anjali aime bien faire croire qu'elle a huit millions d'autres acteurs dans les starting-blocks, mais… entre nous ? Gavin est le seul derrière lequel le studio s'engagera. S'il s'en va, *pschitt*, le film s'en va avec.

— Tu es en train de me dire que le film ne peut pas tenir sur Liza May toute seule ? »

Kim hausse les épaules.

« Je crois que c'est des histoires avec la Chine, je ne sais pas.

— Mais elle a gagné un oscar.

— Et lui il a joué dans une version hot du *Magicien d'Oz*, rétorque-t-elle en me jetant un regard impatient. Tu bosses à Hollywood, je ne devrais pas avoir à t'expliquer ces choses-là. »

16

Quand je repose le scénario deux heures plus tard, une chose est claire : dans l'univers de ce film, Billy Lyle était obsédé par Caitlyn Kelly et il l'a tuée parce qu'elle refusait ses avances.

Ce n'est pas ce qu'on fait de plus original, comme intrigue, mais je peux travailler avec ça.

En supposant qu'on m'en laisse l'occasion, bien sûr. Je n'ai pas avancé sur les raisons qui ont conduit au renvoi de Paul, et je ne peux m'empêcher de penser que je vais fatalement reproduire ses erreurs.

Je vide la pochette de Post-it sur la table devant moi. Kim – bénie soit-elle – s'est déjà coltiné le boulot de coder chacun d'entre eux avec le numéro du plan correspondant, mais les papiers ne sont pas dans l'ordre et il y en a des *centaines*, si bien qu'il me faut plusieurs minutes pour extraire les quarante-sept qui se rapportent à la scène de la fête foraine.

Quarante-quatre signalent une avalanche de problèmes de faux raccords : des questions sur la hauteur des regards, sur les coiffures, sur les compétences élémentaires de l'accessoiriste. On sent à l'évidence beaucoup de fanfaronnade dans les formulations et l'écriture de Paul – un marqueur noir, ça fait toujours autoritaire –, mais à part la quantité même de papier, il n'y a rien là qui sorte vraiment de l'ordinaire. Si Tony insiste sur une stricte exactitude factuelle, il est normal qu'il faille prêter attention à un très grand nombre de détails à la fois.

Les trois derniers Post-it m'intéressent davantage.

Je les tapote un par un.

Qu'est-ce que tu regardes ?

Qu'est-ce que tu vois ?

Qu'est-ce qui t'échappe ?

Ce ne sont pas des questions qu'on pose à une scripte. Ce sont des questions qu'on se pose à soi-même ; au milieu de la nuit, au milieu d'un projet, comme quand votre cœur bondit parce que vous avez raté une marche, ou que vous vous apercevez que vous avez laissé le gaz ouvert, ou que vous venez de vous souvenir de la fois à la fac où vous avez confondu *Le Dernier Empereur* et *Empire du soleil*. Ce sont des questions provoquées par le stress et le doute.

Donc des questions que je me pose en permanence. Sauf qu'en général je ne les écris pas.

Je m'efforce de me dire que c'est normal de s'inquiéter autant ; que c'est même le fait de m'inquiéter autant qui m'a rendue bonne dans ce que je fais, que ma plus grande faiblesse est *effectivement* ma plus grande force, comme ne cessent de me le répéter tous ces bouquins de développement personnel.

Peut-être qu'un jour j'arriverai à le croire.

Je ramasse mon stylo et essaie de le faire tournoyer entre mes doigts.

Si je me fie à ce tas de petits papiers jaunes, Paul est lui aussi un inquiet. OK, très bien. Mais pourquoi s'acharne-t-il autant sur *cette* scène en particulier ? Il est probable qu'au final elle ne soit même pas dans…

Le stylo vole à travers la pièce et ricoche sur le côté d'une poubelle en métal.

Cette scène ne sera même pas dans le film.

Pas telle quelle. Pas maintenant que Tony sait que les montagnes russes ne fonctionnaient pas à l'époque du meurtre. C'est un homme capable de virer une chef de poste pour une histoire de taches de rousseur. Aucune chance qu'il laisse passer un anachronisme. Et, après trois films ensemble, Paul le savait forcément.

Alors pourquoi s'est-il arraché les cheveux sur des rushes inexploitables ?

Et comment se fait-on virer à cause de rushes inexploitables ?

Je regarde les notes étalées devant moi et sens mes épaules s'affaisser. C'est avec les images que je sais communiquer, pas les mots.

Si je veux espérer y comprendre quelque chose, je vais devoir appeler Paul.

Je pose mon front contre la table. C'est le genre de manœuvres diplomatiques de l'ombre que je délègue généralement à Amy. Je ne sais même pas par où commencer. Je ne peux pas vraiment demander le téléphone de Paul à Tony. Qu'est-ce que je lui dirais ? *Hé, Tony, je me disais que tu pourrais peut-être me mettre en contact avec le monteur que tu as viré parce que je me pose des questions sur cette scène que tu vas très probablement couper, et j'ai aussi quelques infos à lui demander pour savoir exactement quel genre de taré control freak tu es.*

Non, pas Tony. Amy ne pourra pas m'aider non plus. Elle ne connaît même pas d'autres monteurs que moi. Et Josh… non, pas question d'appeler Josh.

Est-ce vraiment possible ? Est-ce que *Nell* est ma seule option ?

Je trouve son numéro sur mon ordinateur et m'isole dans le coin le plus calme de la pièce, coincée entre un faux philodendron et un faux ficus.

« Ne me dis pas qu'ils t'ont virée » est la première phrase qu'elle prononce, et je suis tellement choquée qu'elle ait décroché elle-même que je mets un moment à répondre.

« Laisse-moi au moins un jour.

— Tu as besoin de quelque chose ? »

Je coince le téléphone entre le menton et l'épaule.

« J'espérais que tu pourrais m'aider à retrouver la trace de mon prédécesseur… Il faudrait que je lui parle. »

Je ne me donne pas la peine de développer, et je fais confiance à Nell pour ne pas creuser davantage. Une des choses que j'ai toujours appréciées chez elle est qu'elle est allergique à tout ce qui est susceptible de lui faire perdre du temps. Le contraire de moi.

« Bien sûr, sans problème. Paul Collins, c'est ça ?

— Ouais. »

Je l'entends pianoter sur son clavier. Sa porte grince et elle crie : « Hé, Arnie, tu connais un certain Paul Collins ? Non… pas le chanteur, ça c'est *Phil* Collins, espèce d'abruti. Pourquoi est-ce que je t'aurais même posé la question ? » Une pause. « Sérieux ? *Merde.* » Elle reprend le combiné.

« Désolée, ma grande, mauvaise nouvelle. Il est représenté par Vera Madigan, ce qui est vraiment dommage parce que a) elle est nulle à chier et b) on ne se parle plus depuis un léger incident aux Spirit Awards, qui était entièrement sa faute. Je suis sûre que je peux te trouver son numéro, mais je vais devoir chercher un peu et te rappeler.

— Ce serait super. Mais si tu trouves, ne m'appelle pas. Envoie juste un mail.

— Je ne serais pas étonnée qu'Anjali ait ton mot de passe Gmail, mais OK, si tu veux.

— Merci, Nell.

— Hé, Marissa…

— Oui ?

— Ne te plante pas sur ce coup. Ces gens-là ne rigolent pas.

— Promis, je fais vraiment tout mon possible. »

Je referme le clapet du téléphone et reste là à le contempler un moment. Puis je le rouvre et le referme plusieurs fois pour faire bonne mesure. Dix fois, parce que… parce que pourquoi pas ?

Je parcours la feuille de service qu'Anjali m'a donnée, en quête de quelqu'un à qui je pourrais me fier, mais je ne connais aucun des noms. Il n'y a qu'un monteur pour avoir travaillé à Hollywood pendant presque douze ans et connaître si peu de monde.

Alors, à qui demander ? Il faut que ce soit quelqu'un de discret. Quelqu'un qui aurait gardé les vieux papiers. Quelqu'un qui se ficherait de ce que Tony peut penser de lui.

La réponse est si évidente que je m'en veux de ne pas y avoir pensé plus tôt.

Je fais signe à une des assistantes.

« Tu sais où est Tony ? »

Elle tapote sur son iPad.

« Apparemment, il est sur les courts de squash avec Daisuke, ils préparent la prochaine scène.

— Les courts de squash… c'est complètement de l'autre côté de l'hôtel, non ? Super loin ?

— Je crois, oui, répond-elle, la mine interloquée.

— Je peux te demander un très grand service ? »

Elle jette un coup d'œil en direction d'Anjali, se rapproche de moi.

« Peut-être.

— Est-ce que tu peux me faire appeler sur mon téléphone pro si jamais le programme de Tony pour cet après-midi change ?

— Tu veux que j'essaie de caler un rendez-vous ?

— Non, non, préviens-moi juste si… s'il y a un changement. »

Elle se penche vers moi.

« Tu me demandes de te prévenir si jamais il débarque pour que tu sois sûre qu'il ne te surprenne pas en train de faire quelque chose que tu n'es pas censée faire, c'est ça ? »

Je me penche à mon tour.

« Ça ne t'embête pas ? »

Elle roule les yeux et crée une note sur son iPad.

« Honnêtement, c'est, genre, quatre-vingt-dix pour cent de mon boulot. »

Je la remercie d'un sourire, récupère mon sac à dos et m'éclipse dans le lobby. J'essaie de ne pas avoir l'air de courir tandis que je me précipite vers l'entrée et que je descends l'allée qui mène au parking.

Et aux chauffeurs.

À part les fois où j'ai fait le trajet avec Amy jusqu'au tournage, je n'ai jamais vraiment eu de raisons d'interagir avec la régie, donc j'en sais autant sur les chauffeurs qu'Isaiah sur les chefs op.

C'est-à-dire quelques blagues.

À quoi reconnaît-on le fils d'un chauffeur dans une cour de récré ?

C'est celui qui reste assis à regarder les autres gamins jouer.

Il doit y en avoir cinq cents autres, mais en gros c'est toujours la même idée : les chauffeurs n'en foutent pas une, ha, ha, ha !

Pourtant, vous ne m'entendrez jamais dire un truc pareil tout haut. Pas sur un tournage d'Amy, ça non ! Elle est ultra-protectrice envers ses chauffeurs. Elle en fait même une fierté. « Ils n'ont qu'une seule chose à faire, mais ils la font à merveille, m'a-t-elle dit un jour avec une expression farouche. Je t'assure que tu comprends ton malheur quand tu tombes sur un mauvais chauffeur. »

Alors que je dépasse les arbres et débouche sur le parking converti en camp de base, je me dis que c'était peut-être encore une fois cette façon qu'a Amy de surcompenser sa culpabilité de petite-bourgeoise blanche privilégiée, parce que, d'après ce que je vois, les blagues en question ne m'ont pas l'air très éloignées de la vérité. Les membres de l'équipe sont près de leurs camions, régnant en maîtres sur leur royaume, et ils ont une installation impressionnante : un barnum, une télé, un ventilateur, deux transats, un canapé, un *mini-frigo*.

Et ils sont tous sur leur smartphone.

Un homme en pantalon de treillis et maillot des Dodgers se lève et place ses deux mains en visière pour surveiller mon approche.

« Salut ! » lance-t-il.

Je lève un bras d'un geste hésitant, en songeant trop tard que j'aurais dû prévoir une accroche.

« Bonjour. »

Je m'arrête à deux mètres de lui. Le type me dévisage.

« La nouvelle monteuse ? » devine-t-il.

Je soupire.

« Moi, c'est Chuck, dit-il, avant de désigner tour à tour ses camarades. Tim, Grand Bob, Petit Bob, Mindy.

— Marissa », je réponds en désignant ma propre poitrine, allez savoir pourquoi.

Tim, appuyé au camion le plus proche, sirote une cannette de Coca Light, le visage serein.

« J'crois bien que c'est la première fois qu'on voit un monteur en plein jour, commente-t-il. Je m'disais que vous deviez dormir dans des cercueils. »

Je triture les bretelles de mon sac à dos jusqu'à trouver une réponse caractéristique :

« Ah ? »

Tim montre les dents, forme une griffe avec sa main libre et se met à feuler.

Je penche la tête. Que se passe-t-il ? Il essaie d'imiter un chat ?

Mais, avant que je puisse poser la question, Chuck tend une main et quelqu'un – je ne vois même pas qui, tant c'est rapide et fluide – lui lance une cannette de soda. Coca normal. Il la dégoupille et en boit une longue gorgée.

« Qu'est-ce qu'on peut faire pour vous ? Vous avez besoin d'aller quelque part, ou bien on vous a dit qu'on avait le seul abonnement DirecTV de l'île ?

— J'essaie juste de trouver les coordonnées du monteur précédent. J'ai des questions à lui poser sur certaines choses qu'il m'a laissées. »

Chuck boit une nouvelle gorgée de son soda.

« Valentina devrait avoir tout ça dans ses dossiers. »

Grand Bob lève la main.

« Je veux bien lui demander pour vous.

— Sois pas vulgaire, le rabroue Mindy en lui donnant une tape sur l'épaule.

— Je préfère ne pas la déranger », dis-je.

Chuck promène son pouce le long de sa cannette, l'air songeur.

« Donc vous préférez nous déranger, nous, c'est ça ? »

Zut. Pas songeur. Fâché.

« Non, ce n'est pas du tout ce que je voulais dire. Je…

— Ah, vous pensiez juste qu'on serait trop demeurés pour vous demander ce que vous trafiquez ? »

Mes sourcils bondissent si haut qu'ils se cognent presque à mes cheveux.

« Hein ? *Non !* Je vous demande à vous parce que vous pourriez rentrer dans le lobby de l'hôtel en camion que Tony n'oserait pas vous renvoyer. »

Une pause… puis un grognement collectif d'approbation.

« OK, concède Chuck. On peut vous aider… si vous nous dites pourquoi.

— Je demande juste un numéro de téléphone.

— D'une façon incroyablement suspecte et détournée. »

Je jette les mains en l'air.

« D'accord ! J'enfreins les règles, OK ? Je n'ai pas le droit de poser des questions sur Paul. Vous pourriez clairement vous attirer des ennuis en acceptant de m'aider. Mais si je ne trouve pas un moyen de lui parler, j'ai peur de perdre mon boulot, et si je perds mon boulot, je devrai rentrer à L.A., et si je rentre à L.A., je devrai affronter le fait que ma meilleure amie est en train de s'installer avec mon ennemi-juré-slash-béguin-secret, ce qui veut dire que je ne la verrai sans doute plus jamais en dehors du travail. Sans compter que ce serait hautement embarrassant sur le plan professionnel. »

Chuck me fixe du regard pendant que je reprends mon souffle.

« Eh ben, ça fait beaucoup », dit-il.

Je baisse les mains sur les côtés, où je peux les surveiller. C'est vrai que ça fait beaucoup. Je déteste quand ça sort de nulle part, comme ça. Par exemple, quand vous êtes juste en train d'essayer de changer votre abonnement Internet et que tout à coup, *bim*, vous vous mettez à raconter à Myrtle, de la compagnie de téléphone, à quel point c'est dur de trouver des super-tampons avec applicateur, tout en étant terriblement consciente, à chaque seconde qui passe, que Myrtle n'est pas contente, que ça ne fait *pas* partie de sa fiche de poste, mais vous ne pouvez pas vous en empêcher, ça vient tout seul, c'est comme la marée, la gravité ou les dernières minutes en salle de travail, parce que ça fait une semaine que vous n'avez parlé à personne à part votre mère.

« Les deux dernières journées ont été longues », je bredouille.

Chuck hoche la tête en direction du seul type qui n'a encore rien dit, un géant barbu coiffé d'une casquette des San Diego Padres.

« Petit Bob, fait Chuck. Classeur. »

Petit Bob se lève péniblement et se traîne jusqu'à la remorque. Il en ressort quelques instants plus tard avec un gros classeur violet qu'il me fourre dans les mains.

Je trouve une place sur le canapé et ouvre le classeur sur mes genoux. Il contient tous les documents qu'ils ont reçus de la production, en versions révisées *et* originales, organisés à la perfection. Ils ont même imprimé des étiquettes maison.

Je jette un coup d'œil à Chuck.

« Petit Bob adore la papeterie », dit-il.

Petit Bob enfonce les mains dans ses poches et se balance sur ses talons.

« Y avait une promo chez Staples », marmonne-t-il.

La liste des contacts se trouve à la fin. J'attrape un carnet dans mon sac et commence à recopier le numéro de Paul.

« Pendant que j'y suis, vous pourriez peut-être m'aider sur autre chose. La scène de la fête foraine… »

Tous les cinq se mettent à grogner en chœur. Mon crayon se fige.

« Donc vous savez de quoi je veux parler ?

— On a eu du bol qu'il n'y ait pas de blessés, grommelle Grand Bob.

— Le merdier total », acquiesce Mindy.

Chuck écrase sa cannette de Coca et la lance dans une poubelle voisine.

« Ils n'auraient jamais dû remettre en marche ces montagnes russes.

— Qu'est-ce qui s'est passé ? je demande en rangeant mon carnet. C'était un accident ?

— Par opposition à… *pas* un accident ? » rétorque Chuck en me regardant bizarrement.

Son ton est si franchement incrédule que je ne sais pas quoi répondre. Est-ce que j'ai tort de me demander s'il n'y a pas autre chose derrière tout ça ? Est-ce que j'ai trop tendance à voir des intentions là où il n'y en a pas ? Peut-être. Peut-être que c'est un réflexe de défense. Si je m'attarde trop longtemps sur le fait qu'une bonne partie de ce qu'on met à l'écran est le produit d'une frénésie aléatoire de dernière minute pour résoudre les problèmes, ça enlève vraiment du sens à ce qu'on fait.

Je dénoue ma queue-de-cheval et la rattache, agacée par moi-même.

D'un autre côté, peut-être que ce n'est pas moi qui dramatise. Peut-être qu'au contraire c'est moi qui ai raison. Le jour de mon arrivée, ils ont eu une énorme défaillance électrique, et voilà que j'apprends que les montagnes russes ont déraillé ? C'est deux accidents de plus qu'il y en a jamais eu sur aucun des tournages auxquels j'ai participé, et maintenant que j'y pense, je trouve ça incroyablement étrange que tout le monde ait l'air de prendre ça à la légère.

« Ce n'était la faute de personne, reprend Chuck comme s'il lisait dans mes pensées. Ces montagnes russes étaient pétées depuis des années. Le mécano avec qui j'ai parlé m'a dit qu'un gosse avait perdu une jambe sur ce truc avant la fermeture du parc. »

Je secoue la tête, un peu perdue.

« Alors pourquoi autant de gens se sont fait virer ? »

Tim tousse dans sa manche.

« Ouais, hum… Mindy pourrait vous en dire plus là-dessus.

— Qu'est-ce que tu essaies d'insinuer, Tim ? » s'insurge Mindy, les mains sur les hanches.

Les quatre hommes lèvent les yeux en l'air, leurs mines uniformément impassibles.

« Bande de connards ! Vous êtes pires que mes frangins. J'ai eu un coup de cœur, poursuit-elle en se tournant vers moi. Un tout petit coup de cœur, précise-t-elle en écartant à peine son pouce et son index. Ça tombait bien, vu que c'était un tout petit mec. »

Je fronce les sourcils.

« Je croyais que Paul faisait près d'un mètre quatre-vingt-dix.

— Non… *Ryan*. Le second assistant.

— Et lui, pourquoi il s'est fait virer ?

— Parce qu'il est supporter des Angels ? suggère Grand Bob.

— Parce qu'il fume des ultralights ? risque Tim.

— Parce qu'il a *grave* merdé ? intervient Petit Bob, à la surprise générale.

— On sait tous ce qu'il a fait, tranche Mindy en jetant un regard noir à ses collègues. Ce jour-là, un des figurants s'est introduit dans une caravane, et au lieu d'appeler la sécurité ou de se conduire en adulte raisonnable, Ryan s'est comporté comme un con et a tabassé le mec.

— Oh, mon Dieu, dis-je en portant une main à ma gorge. Le figurant a été blessé ? Il a déposé plainte ?

— Je ne sais pas… Je ne crois pas, non. Anjali tenait absolument à ce que ça ne s'ébruite pas. Je suis sûre qu'elle lui a donné du fric.

— Sans doute le double pour qu'il n'en parle pas à Tony, renchérit Grand Bob d'un air sombre.

— Tony n'est pas au courant ? je m'étonne.

— En tout cas c'est sûrement pas nous qui allons lui dire », réplique Grand Bob avec un haussement d'épaules.

Je rends le classeur à Petit Bob.

« Merci pour ça.

— Y a pas de quoi », marmonne-t-il en regardant ses pieds.

Chuck s'approche nonchalamment.

« Écoutez, si vous avez besoin de quoi que ce soit d'autre, vous venez nous voir, OK ? Si vous voulez mon avis, ce tournage est pourri depuis le début. Plus vite ce sera fini, mieux ce sera pour tout le monde.

— Merci, c'est sympa », je réponds.

Tim se baisse et prend sur le mini-barbecue qu'ils ont installé entre les deux transats un kebab format homme des cavernes.

« Pour la route ? propose-t-il. Il n'y a pas d'ail, promis.

— Comment vous savez que je n'aime pas l'ail ? je demande, avant d'ajouter aussitôt : Ah, parce que je suis comme les vampires, vous voulez dire ?

— Voyez, vous pigez vite », rétorque-t-il avec un grand sourire.

CHUCK KOSINSKI : Si ça vous intéresse, voilà *ma* préférée : quelle est la dernière chose que Jésus a dite aux chauffeurs ?

GRACE PORTILLO : J'en sais rien. Quoi ?

CHUCK KOSINSKI : « Ne faites rien jusqu'à ce que je revienne. »

17

Je tape le numéro de Paul d'une main tremblante. Non que j'aie peur de ce que je vais apprendre, mais je déteste démarcher les gens par téléphone… même quand j'ai désespérément besoin de réponses. Lorsque j'entends la voix au bout du fil, je défaille presque de soulagement.

Votre appel a été transféré vers une messagerie vocale.

Poésie.

Je laisse un court message.

« Bonjour Paul, ici Marissa Dahl, je suis la monteuse qui vous remplace sur le film de Tony Rees. J'espérais que vous auriez un moment pour discuter des coupes que vous avez faites jusqu'ici, et peut-être aussi de certains rushes que j'ai vus, et par ailleurs je me demandais si vous alliez bien, parce que j'ai l'impression que ça a été un peu mouvementé ici à la fin, non ? Et puis il y a des trucs que je ne comprends pas du tout, alors si vous pouviez me rappeler sur ce numéro, ce serait super. Je sais que vous êtes très occupé et que vous n'avez pas beaucoup de temps, et sans doute avez-vous envie de passer à autre chose, mais je vous serais vraiment reconnaissante si vous pouviez me rappeler. Quand vous avez un moment. Si ça ne vous embête pas. Merci beaucoup. Je répète, ici Marissa Dahl… Dahl comme Roald Dahl, pas comme j'ai la dalle. Bref, voilà. C'est tout. À bientôt. »

Je raccroche et me frotte les tempes. Une main s'enroule autour de mon poignet et me tire dans les buissons.

« Qu'est-ce que…

— *Chhh*, Marissa, c'est moi. »

J'écarte une branche devant mes yeux et me retrouve nez à nez avec le visage émacié de Gavin Davies.

« Vous ne pouvez pas attraper les gens comme ça, Gavin. On n'est pas dans un cours de théâtre, OK ? Qu'est-ce que vous voulez ?

— Quelque chose qui a brillé par son absence sur ce tournage jusqu'à présent… »

Il marque une pause.

« … de *l'intelligence.* »

Mon Dieu. Est-ce que, même sous sa douche, il est toujours aussi mélodramatique ?

« Je ne vois pas très bien pourquoi c'est à moi que vous vous adressez », je réponds.

Il hausse les épaules.

« Vous êtes la monteuse. Les monteurs savent toujours plein de trucs.

— Je suis arrivée *hier*.

— Et puis, les filles m'ont dit qu'elles vous avaient recrutée. Alors… j'ai pensé que vous auriez peut-être envie de venir avec moi rencontrer Billy.

— Hein ?… *Maintenant ?* »

Il consulte sa montre.

« Oui, maintenant. Sur la plage. Ce ne sera pas long, promis. Je dois être au maquillage dans une heure.

— Vous avez peur d'y aller tout seul, ou quoi ?

— Non, pas du tout. Mais ça fait maintenant six semaines que je vois Billy régulièrement, et il ne veut toujours pas me parler de la nuit où Caitlyn est morte. Je me demandais s'il se confierait plus volontiers à vous.

— À moi ? Pourquoi ? »

Nouvelle pause.

Une pause délibérée.

Très délibérée.

Oh, nom d'un chien, il va garder le silence jusqu'à ce que j'insiste, c'est ça ?

Je serre les poings et le regarde droit dans les yeux. Ils sont d'un bleu vif transparent, comme une fleur sauvage du Texas, un lac dans les Rocheuses canadiennes, ou comme l'affiche de *Requiem for a Dream*, et parce que c'est un homme qui a passé la moitié de sa vie à poser pour des gros plans, son regard ne vacille pas.

« *Quoi*, Gavin ?

— Vous me faites penser à lui. »

Mon regard à moi chancelle, attiré par le plus proche objet coloré qui ne soit pas son visage : son tee-shirt – rouge –, un maillot de foot, je crois.

Volez sur Emirates, y a-t-il écrit dessus.

Si seulement…

« Et pourquoi ça ? je demande.

— Eh bien, parce que vous êtes tous les deux dans votre petit monde », dit-il en dessinant une vague boucle près de sa tempe, dans une tentative, semble-t-il, d'illustrer son propos.

Et je ne suis pas tant vexée par l'implication que par cette imprécision.

« Je suis dans le même monde que vous, je rétorque. C'est juste que je le regarde différemment.

— Je ne voulais pas…

— J'ai compris ce que vous vouliez dire. »

Il tend une main vers mon coude, se ravise.

« Marissa… Vous n'avez pas envie de savoir ce qui s'est passé ? »

Question absurde. Bien sûr que j'ai envie de savoir. J'ai envie de *tout* savoir.

À ces exceptions près :

1. Ce que mon frère a fait de la brassière de sport qu'il m'a volée quand il avait douze ans.
2. Combien de fois j'ai fait pleurer ma mère.
3. Ce que les gens disent de moi dans mon dos.
4. Les insectes qu'on sent mais qu'on ne voit pas.
5. D'où venait le premier moteur d'avion dans *Donnie Darko*, parce que la réponse ne peut être qu'exaspérante.

La vraie question, c'est plutôt : jusqu'où suis-je prête à aller pour avoir les réponses ? Parfois, je l'admets, un peu trop loin. Je ne vais pas me contenter de lire un livre, je vais *tous* les lire. Je ne vais pas juste cliquer sur un lien, je vais cliquer sur un lien, puis un autre, puis un autre, puis un autre, jusqu'à m'en faire loucher, jusqu'à ce que je n'aie plus de batterie, en sachant que je vais devoir vider ma mémoire cache le lendemain matin parce que j'ai fini par tomber sur des sites très, très dark. Je ne vais pas simplement envoyer un mail… je téléphone.

D'autres fois, je n'ai même pas la patience d'attendre qu'IMDb se charge sur un navigateur trop lent.

« Si quelqu'un me voit avec vous, j'explique à Gavin, je peux perdre mon boulot.

— Et vous ne trouvez pas ça suspect ? Vous avez déjà travaillé sur un film où le réalisateur vous demandait des choses pareilles ?

— Non, mais je n'ai jamais travaillé non plus sur un film où l'acteur principal essayait de m'exfiltrer pour un rendez-vous clandestin avec un meurtrier présumé. Vous avez fait le même coup à Paul ?

— Paul ? dit-il en me dévisageant d'un air incrédule. Pas vraiment, non. Il n'avait pas de temps à me consacrer. Il était trop occupé à pisser dans des bouteilles dans la salle de projection. »

La branche que je tenais à la main m'échappe et s'écrase contre mon front.

« C'est pour *ça* qu'il s'est fait virer ?

— Non, bien sûr que non. Je viens de l'inventer. J'avais l'impression que vous aviez besoin de rigoler un peu.

— Je ne vois pas ce qu'il y a de drôle à pisser dans des bouteilles. »

Son sourire s'évanouit.

« Il n'y a absolument rien de drôle dans tout ça. Vous savez que Billy s'est quasiment fait lyncher, à l'époque ?

— N'essayez pas la manipulation psychologique. »

Il ignore ma remarque et fait un pas vers moi.

« Quand le procureur a renoncé à le mettre en examen, plusieurs types sont descendus sur les quais pour demander des comptes à Billy. Ils ont exigé qu'il avoue. Et quand il a refusé, ils ont tenté une méthode de persuasion plus… physique.

— Il a été blessé ?

— Il a fait des séjours répétés à l'hôpital pendant des mois. On a dû lui faire de la chirurgie esthétique, de la reconstruction dentaire, la totale. Il a mis des années à pouvoir remarcher correctement.

— Et ses agresseurs ont été arrêtés ?

— Officiellement, personne ne sait qui c'était. Personne n'a parlé. Pas même Billy.

— Officieusement ?

— C'était le petit ami de Caitlyn et des copains à lui.

— La vache, Gavin… », je murmure.

Il s'approche un peu plus, poussant son avantage.

« Tout le monde sur cette île pense qu'il est coupable. Y compris Tony. Ça ne les intéresse même pas d'envisager d'autres options. »

Son visage revêt alors une expression que je ne lui ai jamais vue, pas une fois dans la totalité des rushes des trois films que j'ai montés.

Voilà la tête qu'il fait quand il supplie quelqu'un de l'aider.

« *S'il vous plaît.*

— Bon, d'accord, dis-je en le bousculant pour sortir du buisson. Allons-y. »

« J'ai changé d'avis, je n'y vais pas. »

Nous sommes sur la promenade en bois gauchie et usée qui traverse la plage déserte, face à un promontoire rocheux qui s'avance d'une dizaine de mètres dans l'océan. Hélas pour moi, la promenade ne contourne pas le promontoire. Elle ne passe pas dessus non plus. Elle passe *à travers*.

« Hein ? fait Gavin. Pourquoi ? Vous avez peur des grottes ?

— Non, bien sûr que non. Mais je n'ai pas forcément envie d'un plan spéléo qui tourne au film d'horreur. »

Je n'ai pas peur des grottes.

Je suis *terrifiée* par les grottes.

L'été juste avant la sixième, ma mère avait décidé de m'envoyer dans une colonie de vacances que lui avait recommandée une amie de sa paroisse. Ce n'était pas une mauvaise idée en soi. Elle pensait que ça me ferait du bien de prendre le soleil, de faire un peu d'exercice et peut-être de me trouver des copines. Cette dernière option était un vœu pieux, bien sûr, mais ça a toujours été le plus gros défaut de ma mère : sa foi absolue en nous.

La colo se situait à deux heures au sud-ouest d'Urbana, pas très loin de Saint Louis, et c'était sans doute une bonne colo, à vrai dire. Quand on n'était pas occupés à chanter, à nager ou à raconter des histoires, on faisait des randonnées, de l'escalade, ou on apprenait à panser les chevaux. Ce n'était pas luxueux. On mangeait soit du chili sur des hot dogs, soit des hot dogs sur du chili, et il y avait tellement de trous dans les moustiquaires aux fenêtres qu'on se demandait à quoi elles servaient. Mais j'aimais les hot dogs même si j'étais moins fan de chili, et les moustiques me laissaient tranquille. Je ne m'étais pas fait d'amis, mais les autres enfants n'étaient pas non plus méchants avec moi, et ils auraient pu l'être. Je leur en étais reconnaissante.

L'excursion dans les grottes avait été planifiée longtemps à l'avance, sauf qu'ils n'avaient pas prévu la brusque montée des eaux. Et même alors, ça n'aurait pas été si grave si je n'avais pas été seule.

Mais j'étais seule.

Comme toujours.

Et je me suis retrouvée coincée.

Il faisait noir, il y avait de l'eau partout, et j'étais seule. Toute seule. Seule pendant que l'eau continuait à monter. Seule à essayer de trouver une issue. Seule à ne pas y arriver.

Seule alors que je me hissais vers le plafond, paniquée, à la recherche de la dernière poche d'air.

Seule, enfin, quand j'ai perdu connaissance.

C'est un animateur, paraît-il, qui m'a sortie de là. M'a fait du bouche-à-bouche. A maintenu mon cœur en vie.

Le côté positif, c'est qu'après ça ma mère ne m'a plus jamais envoyée en colo.

J'enfonce les mains dans mes poches.

« Vous êtes sûr qu'on ne peut pas retrouver Billy ailleurs ?

— Trop tard, répond Gavin en sortant une lampe torche. Mais ne vous inquiétez pas, je ne laisserai pas les cannibales vous approcher. »

Je fixe l'entrée de la caverne, immobile, une main sur la poitrine. Je me déteste de donner cette image-là, mais je ne peux pas faire autrement.

Gavin pousse un soupir.

« Écoutez, voilà ce que je vous propose… Si vous venez avec moi, je vous promets de faire des efforts pour ne plus regarder la caméra juste histoire de foutre la prise en l'air. »

Je me mords la lèvre. Traumatisme d'adolescence mis à part, c'est assez tentant.

« *Et* je ferai attention aux faux raccords, pour une fois.

— Vous ? Sérieusement ?

— Je prendrai des notes et tout », ajoute-t-il, la main sur le cœur.

Je plisse les yeux.

« Donc, si vous foirez, je ne vous couvre pas.

— Très bien, d'accord, tout ce que vous voulez », me répond-il avec un grand sourire, sentant la victoire proche.

Il pivote et pénètre dans la grotte, l'étroit faisceau de sa torche bondissant devant lui.

Je m'essuie la bouche d'un revers de main et le suis sous la voûte. L'intérieur est sombre. L'air est épais, mais pas comme le brouillard ou le silence peuvent être épais, plutôt comme la sensation qu'on a dans la tête quand on essaie de se représenter l'espace à quatre dimensions. Comme s'il y avait quelque part une réponse à laquelle on sait qu'on n'accédera jamais.

« Il ne peut pas y avoir de montée des eaux surprise, n'est-ce pas ? je demande d'une voix qui s'envole d'au moins une octave.

— Bien sûr que non ! me crie Gavin loin devant. La grotte se remplit d'eau deux fois par jour avec la marée. Mais ne vous en faites pas, ce n'est pas avant plusieurs heures. »

Nous arrivons devant un goulet de près de trois mètres de haut qui s'incurve à travers la roche tel un cimeterre et se rétrécit en une pointe effilée à mi-hauteur du plafond.

« Il faut passer là-dedans ? je m'enquiers anxieusement.

— C'est facile », dit-il, et s'il joue la comédie, il a rarement été aussi bon : je le crois presque.

Je serre les dents et me faufile entre les parois. C'est étroit, mais je suis assez menue pour passer sans grand effort, et je ne cale qu'à deux reprises sur le parcours. La première fois, Gavin me rassure et me convainc de continuer ; la seconde, il se contente de me donner un coup dans les côtes.

Au bout de cinq ou six mètres, le passage débouche dans une grotte fraîche, silencieuse et bleue, dont le plafond chatoie de reflets lumineux. À travers une mince ouverture dans la paroi du fond, on aperçoit l'océan, et si je me baisse et que je me tords le cou, j'arrive même à voir une petite tranche de ciel. Sur ma droite se trouve un piquet d'amarrage auquel est attachée une barque à deux places. Mon regard glisse du bateau vers la longue saillie qui court au pied de la paroi. Tout au bout, Billy Lyle est assis en tailleur sur un gros rocher.

Gavin traverse la grotte pour aller s'accroupir près de lui, dans une position qui lui est clairement familière.

« Billy, dit-il, c'est la femme dont je t'ai parlé. La monteuse. On espérait pouvoir te poser encore quelques questions pour le film. »

Billy me dévisage, cligne des yeux.

« Je vous connais. »

Les sourcils de Gavin bondissent.

« Ah, ça c'est nouveau.

— J'ai été sa passagère hier soir, j'explique. C'est lui qui m'a amenée ici depuis Lewes. »

Le regard de Billy vacille, descend vers le sol.

« Je suis désolé que vous ayez assisté à ça, dit-il.

— À quoi ? demande Gavin, un peu perdu.

— Trois types ont essayé de s'incruster à bord, je raconte, avant d'ajouter à l'intention de Billy : Et moi je suis désolée de n'avoir rien fait. »

Il secoue la tête.

« Il n'y avait rien à faire.

— Vous savez, alors ? intervient Gavin, le visage enflammé. Vous l'avez vu de vos propres yeux. Comment tout le monde sur cette île cherche des noises à Billy. Et Tony, c'est pareil. »

Il écarte les bras avec emphase, éclairant involontairement avec sa torche un pan de paroi couvert de graffitis, mélange de commentaires adolescents prétentieux et du genre de sentiments ridiculement romantiques que je n'ai jamais éprouvé le besoin d'exprimer tout haut, encore moins de confier à la postérité géologique.

Et puis des blagues de cul.

Satan ma bite

Tant qu'il y aura des zobs

bite bite bite bite LOL

Mais c'est surtout des prénoms de couples. Joe et

Stacy. Peter et Julie. Victor et Danielle. Victor et Katie. Victor et Lucy.

« Vous veniez ici aussi ? je me surprends à demander. Avec Caitlyn ? »

Un muscle tressaille dans la mâchoire de Billy.

« Non. On était juste amis, Caitlyn et moi.

— Mais genre… juste amis ou *juste amis* ?

— Hein ? fait-il en redressant la tête.

— Vous n'étiez pas amoureux d'elle ? »

Il se rembrunit.

« Combien de fois je vais devoir le répéter ? Être son ami était la meilleure chose qui me soit jamais arrivée. Je ne voyais pas ça comme un lot de consolation.

— Ouais, je sais, dis-je, compatissante. C'est vraiment un cliché merdique.

— Mais dans les deux cas, je suis perdant. Je ne sais même pas quelle version est la plus invraisemblable. Que Caitlyn ait pu m'aimer comme petit copain, ou qu'elle ait pu m'aimer comme ami. La plupart du temps, je pense que c'est la deuxième. Et vous savez quoi ? Je crois que ça leur fait encore plus peur. Parce que si quelqu'un comme elle pouvait être amie avec quelqu'un comme moi, alors c'est quoi, leur excuse ? »

Je fronce les sourcils.

« Comment ça, "quelqu'un comme vous" ?

— Je ne sais pas, quelqu'un qui… »

Il baisse les yeux vers sa poitrine, écarte les mains.

« Quelqu'un qui foire toujours tout. »

S'il y a bien une chose que j'ai entendu répéter toute ma vie, dans la bouche de tous les gens que j'aime, c'est que ce n'est pas moi le problème.

Dans la bouche de ma mère, quand personne n'est

venu à la fête de mes dix ans, que d'ailleurs je ne voulais pas organiser : « C'est *pas* toi le problème ! »

Dans la bouche de ma maîtresse de CE1, après qu'elle m'eut déplacée à une table isolée dans un coin de la salle : « C'est pas toi le *problème* ! »

Dans la bouche d'Amy, à l'occasion d'un énième rencard raté : « C'est pas *toi* le problème ! »

Variations de plus en plus contre-productives sur un thème fondamentalement hypocrite ; le genre d'affirmation qui, à force d'être martelée, tend à signifier l'inverse exact de son sens littéral.

Ne t'inquiète pas !

Je vais très bien !

C'est juste une collègue de boulot !

Ce genre de choses.

Mon père est le seul qui ne s'embarrasse pas de faux-semblants. « Ton frère a suffisamment d'amis pour vous deux », m'a-t-il dit après le fiasco réitéré de l'anniversaire de mes onze ans. Puis il a posé une main sur ma tête pendant trois secondes chrono – le maximum d'affection qu'il m'ait jamais témoignée avant ou depuis – et il est retourné dans son labo.

Intellectuellement, je peux comprendre ce que tout le monde essaie de me dire, et peut-être que parfois j'y crois presque, mais la conviction que j'ai au fond du cœur est la suivante : même si je fais tout ce que les livres, les cours et les magazines me disent, même si je me suis tellement entraînée que j'ai des chances de tomber plus ou moins par hasard sur la bonne réaction – la bonne repartie, la bonne référence, le bon gif animé –, les gens voient quand même qu'il y a un truc qui cloche. Une mosaïque d'un blanc immaculé avec un unique carreau écru. Une marquise de théâtre avec des 0 à la place des O. Un discours de remerciements aux Oscars qui sonne faux, dans la bouche d'Anne Hathaway. On ne peut pas mettre le doigt tout de suite sur ce qui nous gêne, mais plus on regarde, plus on est certain que ça ne nous plaît pas.

Et plus vous êtes proche d'avoir raison, plus c'est troublant pour les gens qui sont persuadés que vous avez tout faux.

Mais je ne pense pas que ce soit ce que Billy a envie d'entendre à cet instant, alors je me racle la gorge en cherchant quelque chose de plus réconfortant.

« Vous savez… ma copine Amy dit toujours : "Si dans tous les cas vous savez que vous allez perdre la partie, pourquoi s'embêter à respecter les règles du jeu ?"

— Caitlyn disait un truc un peu pareil », répond Billy, un frémissement au coin des lèvres.

Je souris.

« Elle aussi, elle pompait *Wargames* ? »

Il baisse la tête.

« Vous voulez… voir une photo ?

— Avec plaisir. »

Il ouvre son portefeuille et en sort une de ces photographies scolaires qu'on nous distribuait en planches de huit et de seize, prétendument pour qu'on puisse les signer au dos et les échanger avec nos petits camarades. La photo elle-même est affreuse. La lumière est trop jaune, l'angle trop bas ; la peau de Caitlyn a l'air cireuse, et la position de l'objectif accentue son cou potelé d'enfant. Mais elle a un sourire si large, si éclatant et si heureux que mon cerveau ne peut pas s'empêcher de lui associer le mot « jolie ».

Gavin contemple l'image par-dessus mon épaule.

« Tout le monde prétend qu'elle ressemble à Liza, mais moi, ça ne me frappe pas.

— Je ne sais pas, dis-je en examinant l'image. Je trouve qu'elle ressemble plutôt à Annemieke Janssen.

— Peut-être un peu à Charlize Theron ? » suggère Gavin.

Je rends la photo à Billy.

« Elle était ravissante », je commente, sincèrement.

Billy la range avec soin dans son portefeuille.

« Je ne l'ai pas tuée », dit-il.

Je me radosse à la paroi, et mes doigts s'enroulent autour d'un repli de la roche. Instinctivement, j'aurais tendance à le prendre au mot, mais est-ce que je le crois parce qu'il est crédible ? Parce qu'il est convaincant ? Ou parce qu'il se trouve qu'on a quelque chose en commun ?

« Vous avez pensé à en parler à Tony ? » je demande.

Gavin secoue la tête.

« Tony dit que ça dénaturerait le processus. Je l'ai supplié, pendant des semaines, mais ça n'a rien donné. Finalement j'ai essayé de faire venir Billy en douce dans la caravane qui me sert de loge, en me disant que j'allais prendre Tony par surprise. J'étais convaincu que, s'il voyait son visage, il reconsidérerait les choses. »

Je jette un coup d'œil à Billy. Il regarde sur le côté en se tapotant la tempe avec deux doigts.

« Mais pendant que j'étais sur le plateau, poursuit Gavin, un assistant réal l'a trouvé dans ma caravane, l'a pris pour un cambrioleur et lui a démoli la mâchoire. C'est après ça qu'Anjali a appelé en renfort les gars de la Delta Force, pour s'assurer que Billy ne remettrait plus les pieds à proximité du tournage.

— Je suis presque sûre que ce sont des anciens SEALs, je murmure.

— En attendant, la police n'est pas vraiment d'une grande aide, donc pour l'instant les seules personnes de notre côté, ce sont les deux filles… et maintenant vous, j'imagine. Mais à moins d'un rebondissement majeur, on est un peu dans une impasse. »

Je me mordille la lèvre en réfléchissant.

« Vous pourriez démissionner, je suggère.

— Ce qui servirait à quoi, exactement ?

— Le studio ne fera pas le film sans vous. Donc, si vous démissionnez… tout s'arrête.

— Non, dit Gavin en secouant la tête. Les gens de l'île continueront de penser qu'il est coupable.

— Oui, mais au moins les choses n'empireraient pas.

— Et Tony s'arrangerait quand même pour le faire sans moi. Il trouverait un moyen. Il ferait fabriquer un double virtuel de Gavin Davies grâce à des effets spéciaux, et ce serait Anjali qui reprendrait le rôle. »

Je me tourne vers Billy.

« Je ne vous ai pas entendu dire ce que vous, vous aimeriez faire. »

Billy pose la joue contre son épaule et fixe la surface de l'eau, la petite barque qui monte et descend avec la marée.

Sa réponse m'est si familière que je m'émerveille de l'entendre dans la bouche de quelqu'un d'autre.

« Je voudrais juste qu'on me laisse tranquille. »

18

Gavin et moi retournons à l'hôtel chacun de notre côté. Il choisit, comme à son habitude, de faire une arrivée fracassante par l'entrée principale. Pendant que tout le monde a les yeux tournés vers lui, j'en profite pour me faufiler par la terrasse, en me réfugiant derrière un pilier pour me cacher d'une assistante. Je sens mon visage se fendre d'un large sourire, et ce que j'en déduis me donne presque le tournis : je commence à aimer ce petit jeu d'espionnage.

Mais ce plaisir est de courte durée, vite remplacé par une boule au creux du ventre : ça y est, c'est reparti. Voilà de nouveau que je me persuade de ma propre importance, d'être quelqu'un qui compte. D'avoir un rôle déterminant à jouer dans ce qui va suivre. D'être Sarah Connor. Luke Skywalker. Kung-Fu Panda. Et que, même si j'ai l'air d'une pauvre empotée pour l'instant, vous ne perdez rien pour attendre : vous allez bientôt assister à mon ascension jusqu'au sommet, façon Rocky.

Comme il est facile de me prendre pour l'héroïne de cette histoire !

Alors qu'en réalité j'en suis à peine une figurante.

Je file me rafraîchir en vitesse dans ma chambre

avant de me rendre sur le lieu de tournage de l'après-midi. Je me félicite de constater que je ne vais même pas être en retard quand…

« Du balai ! »

Une main se tend devant moi. Je m'aplatis contre le mur pour l'éviter, faisant tomber mon scénario par terre alors que Daisuke passe devant moi en trombe, un posemètre dans la main, une cohorte de machinos et d'électros dans son sillage. Il continue vers les portes du court de squash, qu'il pousse d'un grand coup, avec toute la délectation d'un méchant de dessin animé qui révélerait sa machine infernale.

Je le regarde disparaître en me frottant le nez.

Il a l'air beaucoup plus sympa que la plupart des chefs op.

Je me baisse pour ramasser mon scénario. Quand je le soulève, un carré de papier jaune s'en échappe. Un Post-it égaré.

Je le récupère et le retourne. Une série de chiffres griffonnés de l'écriture désormais familière de Paul.

Contrairement aux autres mémos que Kim m'a donnés, il n'y a pas de référence clairement inscrite au bas pour indiquer la scène à laquelle il se rapporte. Ça doit donc être une note que Paul s'est laissée à lui-même.

Je me faufile dans la salle de squash et me dirige vers les chaises vides dans le coin du fond, à l'opposé de l'espace combo (qui aujourd'hui n'est constitué que de *deux* moniteurs périlleusement assemblés). Je m'assieds et examine le Post-it dans ma main.

Un paquet enveloppé dans du papier d'alu atterrit sur mes genoux.

En relevant la tête, je vois Suzy et Grace en train de s'installer sur les chaises derrière moi.

« Exactement comme vous l'aimez, murmure Grace. Bien industriel et dégoûtant. »

Je déplie un coin de l'emballage et jette un coup d'œil à l'intérieur. Un sandwich. J'arrive à peine à dire merci avant de me jeter dessus. Je n'ai encore rien mangé de la journée.

Les filles se penchent en avant et s'appuient sur le dossier des chaises de part et d'autre de la mienne.

« Je croyais que vous n'étiez pas censées traîner à proximité des acteurs, dis-je entre deux bouchées de beurre de cacahuète.

— En effet, confirme Suzy.

— C'est quoi ? demande Grace en désignant le Post-it.

— Aucune idée. Vous ne sauriez pas ce que ça peut vouloir dire, par hasard ?

— Je peux essayer de regarder. Deux secondes », annonce Suzy avant de disparaître à l'intérieur de son sweat-shirt, sans doute pour consulter son téléphone.

Au bout d'un moment, sa tête émerge.

« C'est un numéro de téléphone à l'étranger », dit-elle.

Je scrute le papier en plissant les yeux.

« Je ne reconnais pas le préfixe.

— D'après Google, ce serait les Pays-Bas. »

Je mords une bouchée de mon sandwich. Je mastique. J'avale.

« OK.

— OK ? fait Grace.

— Ce n'est sans doute rien de spécial. Je veux dire, il y a… quoi ? Vingt millions de personnes qui vivent aux Pays-Bas ? »

Suzy replonge sous son sweat-shirt.

« Dix-sept virgule trois millions », déclare-t-elle d'une voix étouffée.

Ce qui fait dix-sept millions deux cent quatre-vingt-dix-neuf mille neuf cent quatre-vingt-dix-neuf personnes qui ne sont *pas* la future ex-femme d'Anton Rees. Sans compter que Paul est dans ce métier depuis un bail. Il connaît sans doute des tonnes de gens originaires des Pays-Bas. Comme Jan de Bont. Ou Eddie Van Halen.

C'est moi qui tire des conclusions hâtives.

Et puis, qu'est-ce que Paul aurait bien pu vouloir d'Annemieke ? Elle n'est pas dans…

« Il paraît que vous avez rencontré Billy, dit Grace.

— Comment vous… peu importe, visiblement vous savez tout. Oui, c'est vrai. Vous ne m'aviez pas dit que Caitlyn et lui étaient amis.

— Oui, enfin… ça, c'est *sa* version. »

Je pivote sur ma chaise.

« Vous ne le croyez pas ? »

Suzy hausse les épaules.

« Ce n'est pas ce qu'on dit toujours ?

— Vous pensez vraiment que les gens mentent sur leurs liens d'amitié ?

— Ils se mentent à eux-mêmes, en tout cas, c'est sûr. »

Je les observe toutes les deux. Elles sont collées l'une à l'autre, l'affection entre elles est si forte qu'elle scintille pratiquement autour d'elles, comme un panneau réflecteur ou le slime rose de *SOS Fantômes 2*. C'est tellement facile, pour elles. Je prends conscience, pas pour la première fois, que mon enfance a peut-être bien laissé quelques lacunes dans ma compréhension sociale.

« Vous vous connaissez seulement depuis, quoi, quatre semaines ? » je demande.

Suzy réfléchit un instant.

« Un peu plus. Depuis le Memorial Day.

— Mais vous avez l'air de vous connaître depuis plus longtemps. »

Elles échangent un regard.

« C'est le destin, déclare Suzy.

— Le *destin* ?

— Ouais, fait-elle avec un vague geste de la main.

— Donc, quoi ? Il y a eu un moment où vous avez su ? Que vous étiez faites l'une pour l'autre ?

— Ben, vous savez ce que c'est, non ? demande Grace. D'avoir une meilleure amie ? »

J'hésite et finis par répondre :

« Bien sûr. »

Nouvel échange de regard éloquent entre elles.

Suzy se penche un peu plus, enroulant les bras autour de la chaise devant elle.

« En fait, commence-t-elle, quelques jours après notre arrivée ici, on s'était mises à escalader derrière l'hôtel, à explorer des plages, des rochers, ce genre de trucs...

— Vous cherchiez des indices, c'est ça ? »

Elle fronce le nez.

« Vous voulez que je vous raconte l'histoire, oui ou non ? »

Je soupire et lui fais signe de continuer.

« Bref, le soleil se couchait et on savait que le père de Grace serait furax si on traînait encore dehors, alors on a décidé de laisser tomber et de rentrer. Mais à ce moment-là, il y avait une lumière... vous savez, en début de soirée, quand tout devient un peu flou et doré, comme avec un filtre Instagram ?

— L'heure magique ?

— Ouais, voilà. Et Grace avait plein de musiques géniales sur son téléphone que je ne connaissais pas, alors on s'est assises côte à côte sur un rocher, avec un écouteur chacune, et on a regardé l'océan en écoutant une chanson, et tout était tellement trop bien que le temps, je sais pas... C'est comme si le temps s'était arrêté ou je sais pas quoi.

— La chanson dont elle parle est vraiment *super* longue, précise Grace, ce qui a sans doute contribué à cette impression. »

Suzy lui donne un petit coup de coude dans les côtes.

« C'était pour être poétique, abrutie. Ce que j'essaie de dire, c'est qu'avec Grace je peux juste me contenter… *d'être.* »

Et elle redonne un coup à Grace, histoire de faire bonne mesure.

Je me concentre quelques instants. Il y a eu entre Amy et moi des moments que je chéris, des moments de connexion, par exemple quand on a passé des heures à bloquer sur un truc et que tout à coup elle fait une suggestion qui déclenche quelque chose en moi, ce qui déclenche quelque chose en elle, et soudain les idées se bousculent, les unes après les autres, et s'empilent en rafale comme dans le jeu où il faut tour à tour former une pyramide de mains, et quand on atteint le sommet de la pyramide, on est tous hilares et hors d'haleine, ensemble.

Mais est-ce qu'on a déjà eu ça en dehors d'une salle de montage ? Si oui, je ne m'en souviens pas… et si je ne m'en souviens pas, c'est peu probable que ça se soit produit.

C'est le genre de chose qu'on n'oublie pas, si ?

Si j'avais été avec Suzy et Grace ce jour-là, j'aurais passé l'après-midi à râler à cause de l'odeur de la mer et du sable dans mes chaussures. Et j'aurais renoncé à la musique parce que les écouteurs ne tiennent jamais bien dans mes oreilles, et même s'ils avaient tenu, j'aurais décliné, car, d'une manière générale, je n'aime pas l'idée de partager des objets qu'on place dans des orifices corporels… Et d'ailleurs on n'en serait sans doute même pas arrivées là parce que Grace aurait dit une phrase anodine du genre « Ouah, quel beau coucher de soleil », et moi je n'aurais pas pu m'empêcher de les informer qu'à proprement parler le soleil n'était pas encore *couché*, qu'il était encore six degrés au-dessus de l'horizon, ce qui diminue le rapport de contraste et propage la lumière bleue d'une façon telle qu'on obtient cette lumière diffuse et dorée si caractéristique de cette heure de la journée, et, tiens, vous savez ce qu'on devrait faire au lieu de rester là ? Revoir *Les Moissons du ciel*.

Et là, comme on dit, la donne aurait changé.

Personne n'a envie de partager ses écouteurs avec une fille comme ça.

« Ça ressemble à un coup de foudre, en fait, je commente.

— Un peu, admet Suzy. Mais un coup de foudre d'amitié.

— Peut-être que c'était ça aussi pour Caitlyn et Billy. »

Je me retourne vers le plateau, troublée, sans vraiment pouvoir expliquer pourquoi.

Nous tournons aujourd'hui dans la plus grande des trois salles de squash de l'hôtel, qui abrite actuellement les décors de la chambre d'enfance de Billy et de la salle d'interrogatoire du commissariat de Lewes. Pour l'instant, la caméra est braquée sur cette dernière, qui consiste en unc table métallique, deux chaises et des panneaux de contreplaqué peints en bleu industriel. Gavin est assis à la table, vêtu d'un jean et d'un tee-shirt foncé. Ils l'ont maquillé pour lui donner l'air plus pâle que d'habitude. Il récite son texte directement face caméra, encore et encore, jusqu'à ce que je l'aie entendu tellement de fois que les mots commencent à perdre leur sens.

« Je n'aurais jamais fait ça. »

« Je n'ai pas pu. »

« Je ne comprends pas. »

« Je l'aimais. »

À la fin de chaque prise, Tony ne demande aucun changement et n'offre aucun commentaire. Il n'émerge même pas de derrière la caméra.

Il se contente de dire : « Encore. Depuis le début. »

« Encore. Depuis le début. »

« Encore. Depuis le début. »

Peut-être ces mots finissent-ils également par perdre leur sens car, à la prise 32, Gavin pose les paumes sur la table, regarde ses ongles et se met à improviser.

« Être son ami était la meilleure chose qui me soit jamais arrivée, dit-il. Je ne voyais pas ça comme un lot de consolation. »

La tête de Tony jaillit brusquement.

« Coupez ! Gavin, putain… qu'est-ce qui te prend ? »

Gavin ne bouge pas d'un pouce, il lève juste les yeux pour croiser ceux de Tony.

« Je me suis dit que je pouvais te donner un éventail de choix. »

Tony écarte les doigts en grand et les referme.

« Scripty, s'il te plaît, tu peux rappeler à Gavin le *bon* texte ? »

Kim se précipite, scénario en main.

« "Vous ne savez pas ce que c'est que de vouloir quelque chose en sachant que vous ne pourrez jamais l'avoir ?" » lit-elle d'un ton mécanique.

Tony opine sèchement.

« Voilà, merci. OK tout le monde, on reprend, s'il vous plaît. »

Gavin fait rouler sa tête et ajuste l'angle de sa chaise. Une maquilleuse s'approche pour lui repoudrer le front.

Cinq minutes plus tard, ça recommence.

« Vous savez ce que Caitlyn me disait toujours ? déclame Gavin, les yeux clos, le corps qui se balance imperceptiblement de gauche à droite. Elle disait… elle disait : “Billy ? Si dans tous les cas tu sais que tu vas perdre la partie, ne t’embête pas à respecter les règles du jeu.”

— C’est une citation de *Wargames* ? chuchote Suzy.

— Gavin, murmure Tony. Ça fait deux fois.

— Quoi ? rétorque Gavin, les yeux écarquillés. Je dis simplement ce qui me semble juste sur le moment. »

Tony baisse encore un peu plus la voix.

« Si je voulais travailler dans le théâtre d’improvisation, je m’en achèterais un. Maintenant, si tu veux bien… ça tourne encore. »

Gavin hoche la tête.

« OK, OK. Juste une seconde. »

Il boit une gorgée d’eau, se fait craquer les doigts. Puis il se tourne vers moi… et m’adresse un clin d’œil.

L’instant d’après, Gavin disparaît, remplacé par son personnage, un jeune homme apeuré, confus et de plus en plus découragé. Ses narines se dilatent, son menton se redresse, ses mains s’enroulent l’une autour de l’autre.

« Je vis dans le même monde que vous, dit-il en fixant un point au bout de la table. C’est juste que je le regarde différemment. »

Un talkie-walkie s’écrase contre le panneau derrière la tête de Gavin.

Pendant plusieurs interminables secondes muettes, tout le monde a les yeux rivés sur le creux qu’il a laissé dans le contreplaqué. Puis, comme un seul homme, nous retraçons sa trajectoire jusqu’à la main encore tendue de Tony.

C'est Gavin qui rompt le silence. Il se lève, remonte son tee-shirt et se met à déscotcher son micro.

« Je refuse de travailler dans ces conditions », déclare-t-il.

Anjali accourt et l'attrape par le poignet.

« Gavin, arrête. »

Il se dégage.

« Épargne-moi ton baratin, Anjali. Je sais très bien que tu le vois. Je sais que tu *sais*. Et les tours de passe-passe que tu as pu faire pour t'en tirer par le passé ne marcheront pas cette fois. C'est du foutage de gueule.

— Et pourtant, grimace Anjali, selon les termes de ton contrat, ce foutage de gueule doit continuer. »

Tony vient s'interposer entre eux. Il pose les mains sur les épaules d'Anjali et l'éloigne de Gavin.

« Excuse-la, dit-il. Quelqu'un lui a dit un jour qu'elle était drôle et elle ne s'en est jamais remise.

— C'est *toi* qui m'as dit ça ! s'offusque Anjali.

— Et je n'ai pas cessé de le regretter depuis, rétorque Tony avant de se tourner vers Gavin avec un visage d'agneau. À ton avis, qu'est-ce qu'on essaie de faire avec ce film, exactement ? Tu penses que c'est une pure fiction ? Tu penses que c'est pour rire ? Que les faits n'ont aucune importance ? »

Gavin éclate de rire.

« Depuis quand tu te préoccupes des *faits* ? »

Tony promène un doigt le long du bord de la table avant d'y toquer un coup sec.

« Sais-tu que c'est exactement le même modèle de table que celui utilisé dans le commissariat local en 1994 ? Même forme, même matériau, même vernis. J'ai obligé l'équipe déco à ratisser le pays jusqu'à ce qu'ils dégotent *pile* la même. Celle-ci vient d'un vide-greniers de la banlieue de Buffalo, à près de huit cents kilomètres d'ici. Maintenant, pourquoi crois-tu que j'ai fait ça, Gavin ? Parce que je suis approximatif ? Parce que je suis négligent ? Parce que je me moque des *faits* ? »

Il se penche en avant et poursuit.

« Ou bien je l'ai fait parce que personne n'a plus à cœur ce film que moi ? Parce que personne ne connaît cette affaire aussi bien que moi ? Parce que personne d'autre n'est capable d'en concevoir une vision ne serait-ce qu'*à moitié* aussi juste que la mienne, et encore moins de la porter à l'écran ? »

Gavin réfléchit un long moment. Puis il secoue la tête.

« Je pense que tu as fait ça parce que tu es un sale con autoritaire. »

Tony laisse tomber ses mains le long de son corps, abandonnant tout effort de fausse civilité.

« Va te faire foutre, Gavin.

— Non, désolé, il y a des choses que, même *moi*, je ne suis pas prêt à faire pour de l'argent. »

Sur ce, toujours soucieux de soigner ses sorties, Gavin passe devant la caméra et marche vers la porte d'un pas déterminé.

19

C'est l'ingé son qui reprend ses esprits le premier.

« Du coup, j'imagine que ce n'est pas la peine de faire un son seul ? »

Tony marmonne quelque chose d'inarticulé et fonce droit vers le combo.

Anjali se tourne et balaie l'assistance du regard, les yeux plissés.

« Si quoi que ce soit fuite sur YouTube, j'embaucherai Bob Mueller en personne pour retrouver le coupable. »

Grace se penche en avant.

« C'est fini ? chuchote-t-elle. Le film s'arrête ?

— Non, je réponds en secouant la tête. Dans le cinéma, les gens passent leur temps à menacer de démissionner.

— Comme *ça* ? »

Je jette un coup d'œil à la carcasse fendue du talkie-walkie.

« Disons que… d'habitude ce sont les acteurs qui balancent des trucs. Dans mon expérience, en tout cas. »

Suzy s'affaisse sur sa chaise.

« Je n'ai pas envie de rentrer dans le New Jersey, boude-t-elle.

— Je suis sûre que ça n'ira pas jusque-là. »

Elles font toutes les deux la même moue sceptique.

Je pose mon sac à dos sur mes genoux et serre les bras autour pendant que je regarde l'équipe démonter le matériel.

« Après tout, dis-je d'un ton distant, Hollywood a-t-il jamais déçu qui que ce soit ? »

À en croire le brouhaha alcoolisé qui m'accueille quand je pénètre dans le lobby, Suzy et Grace ne sont pas les seules à s'inquiéter de l'avenir du film. Je me plaque les mains sur les oreilles et contemple avec stupeur le bar bondé.

Comment ont-ils fait pour tous arriver là si vite ?

Je repère Daisuke, Kim et Carmen la maquilleuse ; Chuck, Tim, Mindy et les deux Bob ; Eileen et Valentina. Et ils font tous leur maximum pour dépenser leurs défraiements ainsi que Dieu et Oliver Reed l'ont voulu.

Même le personnel de l'hôtel semble y mettre du sien. À la réception, Wade termine une pinte de bière. À côté de lui, Francie sirote un whisky.

Le petit verre de fin de journée n'a rien d'inhabituel, mais ce rassemblement revêt l'intensité frénétique d'une beuverie pré-apocalyptique. Il suffit d'un regard pour en être convaincu : il va y avoir des rapports non protégés ce soir dans cet hôtel.

Honnêtement, ce serait sans doute mieux pour moi si – une fois n'est pas coutume – Gavin mettait ses menaces à exécution et démissionnait pour de bon. Mais je ne peux pas dire ça aux gens qui sont là. Pour beaucoup, ce film est un tournant. Leur premier rôle parlant, leur premier contrat syndiqué, leur premier job pour un studio. Il y aura un avant et un après. Mais si le tournage est annulé, c'est retour à la case départ. À leur ancien appartement. À leur ancienne voiture. À leur ancienne vie. Ils devront dire à leurs amis, à leur famille, à toutes les personnes avec qui ils espéraient coucher que non, finalement, ça n'a pas marché, qu'ils n'ont pas encore percé, mais que ça va, franchement, c'est comme ça, c'est la vie, ne t'en fais pas, il y aura d'autres occasions.

Même s'ils savent, au fond, qu'il n'y en aura sans doute pas.

Voilà quels sont les enjeux dans ce métier, si vous le prenez vraiment à cœur. Pas tout à fait de vie ou de mort, mais pas loin non plus. Nous sommes comme Damoclès, bien que nous ne puissions nous en prendre qu'à nous-mêmes : c'est un banquet où le placement est libre.

J'essaie de ne pas trop penser à ce que je serais devenue si je n'avais pas réussi dans le cinéma – si je n'avais pas rencontré Amy –, si j'avais dû retourner dans l'Illinois et me trouver un boulot dans le vrai monde. Aurais-je seulement pu trouver un boulot ? Les films sont la seule chose que je sache faire. La seule que j'aie jamais su faire. Avec mon CV, j'aurais sans doute fini par échouer de nouveau au Carmike Beverly 18. C'est un multiplex, maintenant. Cent pour cent numérique. Ils n'ont besoin d'employés humains que pour le pop-corn.

Voilà ce qui m'attend si je me plante sur ce film. Pop-corn industriel et arôme de beurre artificiel.

Je me traîne jusqu'à l'ascenseur. J'appuie sur le bouton de mon étage et me carre dans un coin au fond de la cabine en me mordillant la joue. Juste au moment où les portes se referment, la chatte bondit à l'intérieur, comme si de rien n'était. Elle se frotte le museau contre mon jean.

« Il te faut un nom, je lui dis. Je ne vais pas t'appeler "Chat" comme dans *Diamants sur canapé*. Je déteste ce film. »

Un miaulement interrogateur.

« Ça ne tient pas debout qu'Audrey et George finissent ensemble, j'explique. Et si la fin ne marche pas, on ne peut se fier à rien de ce qui précède. »

La chatte se faufile entre mes mollets et se met à tourner autour de mes chevilles.

Amy a toujours voulu un animal de compagnie, mais je lui rétorquais qu'on n'avait ni le temps, ni l'argent, ni routine de ménage adéquate. Peut-être que j'avais tort finalement. Ça pourrait être chouette d'avoir la charge d'une petite créature comme celle-ci. Je suis sûre que j'arriverai à la dresser pour qu'elle pisse dans les chaussures de Josh.

Quand nous arrivons à mon étage, elle me suit en silence de son pas feutré.

Je suis en train de chercher la clé de ma chambre, sur le point de tourner le coin du couloir, lorsque je reconnais la voix d'Anjali.

« Ouvre, Liza, je sais que tu es là. »

Je m'arrête net. Anjali a une main sur la hanche, l'autre plaquée contre la porte de Liza. À ses pieds se trouve un nouveau plateau jonché d'assiettes et de serviettes.

Je recule vivement, hors de sa vue.

Un temps, puis le martèlement de la paume d'Anjali contre la porte.

« Je ne partirai pas tant que tu ne sortiras pas me parler. Je ne peux rien faire si tu ne me parles pas. »

Je jette un coup d'œil dans le couloir. Je suis tellement près de ma chambre… seulement cinq ou six mètres. Peut-être qu'en faisant tout doucement, en rasant le mur et en avançant très lentement…

« Si tu n'ouvres pas cette porte, Liza, je raconte à

TMZ ce qui est arrivé à ton chinchilla. Maintenant, laisse-moi entrer. »

Je fais un pas en avant. Un autre.

Avec une lenteur infinie. Une lenteur imperceptible.

La chatte me double et file vers Anjali, qu'elle salue d'un miaulement.

Traîtresse.

Anjali se retourne, le visage tendu, ses jolis sourcils épais presque collés l'un à l'autre. Elle cligne des yeux.

« Qu'est-ce que tu fais là ?

— Je vais juste dans ma chambre, dis-je en montrant ma porte.

— Tu n'aurais pas vu Liza, par hasard ?

— Il y a un problème ? »

Elle éclate de rire.

« Oh, non, aucun problème, tout est parfait. Au *top*. »

Je fais un pas de plus et m'arrête à nouveau. Je ne crois pas qu'Anjali m'aime beaucoup, mais elle est clairement contrariée, et la partie de mon cerveau persuadée que je suis la source de toute la souffrance humaine me crie de faire quelque chose pour la rassurer.

« Gavin va revenir, lui dis-je. Il démissionne tout le temps. Il doit penser que ça fait partie de son processus. »

Ses lèvres se contractent en un rictus.

« Je l'emmerde, lui et son processus. »

Bon, j'aurai essayé.

J'ouvre ma porte et laisse passer la chatte en premier. Je pose mon sac sur le lit, me déchausse, enlève les coussins de la causeuse et m'y étends. La chatte s'assied sur mes cuisses et se met à me pétrir le ventre de ses pattes avant en ronronnant, ses griffes s'accrochant au coton de ma chemise.

La tête confortablement calée contre le dossier, je fixe le plafond. Bizarrement, j'ai l'impression d'en savoir encore moins sur ce film qu'avant mon arrivée. Je ne comprends rien à rien ; tout n'est qu'allusions et insinuations. Et peut-être que Tony a raison, peut-être qu'une réponse a plus de sens quand on la trouve soi-même. Mais là, franchement, un indice ou deux ne seraient pas de refus.

La chatte ronronne si fort que je mets un moment à m'apercevoir que mon téléphone sonne.

Je soulève le bassin pour le sortir de ma poche arrière.

« Ici Marissa.

— Bonjour, c'est Paul Collins, vous avez cherché à me joindre. »

Je ferme les yeux de soulagement. Enfin !

« Oui, Paul, merci beaucoup de me rappeler, je voulais juste…

— Je ne peux rien vous dire. »

Je déplace la chatte à l'autre bout de la causeuse et m'assieds en faisant pivoter mes pieds par terre.

« Pardon ?

— Je n'ai pas le droit de vous parler. Juridiquement, je veux dire.

— C'est pour me dire *ça* que vous m'appelez ?

— Oui. »

Un temps.

« On peut parler d'autres choses, reprend-il. Mais pas du film. »

Je me pince l'arête du nez.

« Ça restera entre nous, je vous promets. Ce ne sont pas les secrets, les ragots, les psychodrames ni rien de tout ça qui m'intéressent. Je suis quelqu'un de très ennuyeux qui essaie juste de faire son boulot… et j'espérais que vous pourriez m'aider.

— Je vous préviens aussi que j'enregistre cette conversation. »

Je contemple le téléphone, incrédule.

« C'est pourtant une question assez simple.

— On parle de Tony Rees, là. Il n'y a pas de questions simples.

— Ça reste un homme, pas un partiel de philo.

— Essayez de lui dire ça », rétorque Paul avec un rire sombre.

Je m'enfonce les ongles dans la paume.

« Écoutez, je ne veux pas faire d'histoires. C'est juste que j'apprécierais énormément si vous pouviez me dire pourquoi il vous a renvoyé, pour que je puisse faire en sorte que ça ne m'arrive pas à mon tour.

— J'aimerais pouvoir, mais leurs avocats me pulvériseraient à coups de lance-flammes. »

Je me laisse retomber contre le dossier de la causeuse.

« Vous ne pouvez vraiment *rien* me dire du tout ? N'importe quelle info me serait utile. »

Il met si longtemps à répondre que je commence à me demander s'il n'a pas raccroché.

Puis il soupire.

« Juste… Regardez les images, d'accord ? Tout ce dont vous avez besoin est là. Il faut juste bien regarder.

— C'est… »

La ligne coupe.

« … assez sibyllin », je termine.

Je roule sur le dos et, de rage, donne un coup de pied dans le vide. *Bon sang*. Tout dans ce monde horrible serait huit millions de fois plus simple si on disait ce qu'on pensait et qu'on pensait ce qu'on disait, et d'accord, il faudrait sans doute sacrifier au passage le drame, la comédie, l'ironie et le suspense, mais honnêtement, le temps qu'on gagnerait en vaudrait peut-être la peine.

Je me dresse sur les coudes. La chatte est perchée

sur l'accoudoir de la causeuse, occupée à se lécher une patte et à se la passer sur la tête.

« À ton avis, qu'est-ce que je fais, maintenant ? » je lui demande.

Elle ferme les yeux et se gratte l'oreille gauche.

« Ouais, tu as raison, c'est une meilleure idée que ce que je pensais. »

Je m'assieds et attrape mes baskets. C'était quoi, déjà, ce pipeau que Nell a sorti au big boss du studio ? Que je n'avais pas d'égal pour visionner des rushes et savoir exactement ce que le réalisateur essayait de dire ?

Eh bien, autant aller voir si c'est vrai.

Enfin, si tant est que j'arrive à trouver les rushes.

Je suis dans les sous-sols de l'hôtel, avec de la moquette à motifs verte qui s'étend dans les quatre directions, et je *crois* que je suis censée tourner à gauche, à droite, puis à gauche.

À moins que ce ne soit à droite, à gauche, puis à droite.

Je *savais* que j'étais vouée à me perdre dans ces couloirs.

Prendre un ascenseur différent, voilà la première erreur que j'ai faite. Mais je n'avais pas envie de traverser le lobby – imaginez que j'aie dû *parler* à quelqu'un –, alors j'ai emprunté l'ascenseur de service près de la machine à glaçons en me disant qu'il me conduirait plus ou moins au même endroit.

Ce qui est le cas.

D'où mon problème.

C'est impossible de reconnaître quoi que ce soit ici, et sans pancarte ni assistant de production pour me guider, je n'ai aucune idée de là où je vais… ni d'où je viens.

Je ne vois qu'une solution.

Je rattache ma queue-de-cheval, récite un rapide *Am, stram, gram, pic et pic et colégram*, et prends à gauche d'un pas assuré.

Cinq minutes plus tard, j'arrive devant une double porte au bout d'un couloir et je réprime un cri de joie. C'est forcément là : les deux battants de la porte sont en bronze et en verre, avec des carreaux en losange. Et les poignées… oui, je m'en souviens très clairement. Des croissants de lune. C'est là.

Je pousse la porte et me retrouve aussitôt dans un épais nuage de vapeur âcre.

C'est pas là.

Je presse une main sur mon nez, mais c'est trop tard, je l'ai sentie : une odeur vieillotte de santal et, dessous, une note entêtante de rose séchée. Eau de grand-mère.

Je suis au *spa*.

J'agite les doigts devant mon visage pour dissiper l'air, tout en sachant que ça ne sert à rien. Entre mes sourcils, je sens déjà le pincement révélateur d'une migraine imminente.

Puisque le mal est fait, je m'avance à tâtons vers le centre de la pièce. Là, je tombe sur une petite fontaine circulaire remplie de pétales de rose et éclairée par quelques bougies flottantes. Sur le rebord du bassin sont posés un briquet rouge et une soucoupe avec deux mégots de cigarettes. Un peu plus loin, un éclat argenté : un seau à glace dont le contenu a fondu depuis longtemps. Une bouteille de champagne ouverte gît à côté, abandonnée par terre.

Je fais tout doucement le tour de la pièce, sur laquelle donnent une série d'alcôves, chacune équipée de chaises longues en teck, d'une pile d'épaisses serviettes blanches et d'un rideau en velours rouge accroché à une tringle en bronze. Les cinq premières alcôves sont vides, mais la sixième, à en croire les lueurs de bougie qui filtrent sous le rideau, est en cours d'utilisation.

Merde.

Je ne panique pas. Pas exactement. Ce ne serait pas la première fois que je surprends un couple en flagrant délit. Sur un tournage, presque tout le monde s'envoie en l'air – particulièrement les week-ends, particulièrement au bord de la piscine –, mais du moment que ça reste entre adultes consentants et que personne n'essaie de me forcer la main, ça ne me dérange pas.

Cela dit, je n'ai pas très envie d'interrompre des gens que je ne connais pas.

Ou, *pire*, des gens que je connais.

Je me replie vers la sortie en faisant attention où je mets les pieds, notamment pour ne pas renverser le seau à glace, ce qui serait bien mon genre.

Un murmure masculin est suivi par ce que je crains fort être un gloussement.

J'accélère.

Le rideau en velours ondule, et une main s'agrippe à son bord.

Étant plus près d'une des alcôves que de la porte, je fonce derrière un pilier quelques secondes avant que le rideau s'entrouvre. Mais je me cache les yeux un poil trop tard : notre actrice principale est visiblement assez pudique pour porter un peignoir, mais pas assez pour le nouer autour de sa taille.

Ses plantes de pieds produisent un bruit de succion sur le carrelage mouillé. Je me plaque contre le mur. Je ne crois pas qu'elle puisse me voir, mais je ne veux pas prendre de risque. Je suis coincée, maintenant. Une fois que vous avez commencé façon vaudeville, vous ne pouvez pas faire machine arrière. C'est la règle. Je vais devoir me cacher de ces gens nus jusqu'à ce qu'ils partent ou que je meure, quelle que soit la première option à se présenter.

« Merde, dit Liza, on n'a plus de champagne. »

Un nouveau murmure sourd lui répond.

« Non, il n'y en a plus non plus », dit-elle.

Cette fois, je n'entends rien du tout, mais il a dû dire quelque chose, car elle étouffe un ricanement.

« Oui, fait-elle, ça, au moins, c'est une ressource renouvelable. »

À ces mots, le rideau s'ouvre en grand, dans un grincement d'anneaux le long de la tringle, et, je l'avoue, je suis tentée de regarder pour voir qui est là avec elle, mais j'ai déjà suffisamment violé son intimité comme ça.

Quelques instants plus tard, le rideau se referme, et pour le coup je n'ai vraiment pas envie de traîner plus longtemps pour entendre la suite des événements. Je sors discrètement de derrière le pilier, longe le mur jusqu'à la porte et m'éclipse sans me retourner.

Je suis obligée de m'arrêter dans le couloir pour me nettoyer les poumons. Je me suis souvent représenté l'enfer comme une série de bougies parfumées ; cette pièce aurait pu être le neuvième cercle.

J'essuie une goutte de moiteur à mon front en réfléchissant aux options qui me restent. Je suis à peu près sûre que n'importe qui d'autre prendrait ces vingt dernières minutes comme un signe et déciderait de s'en tenir là. De retourner dans sa chambre. De s'ouvrir une bouteille de Stoli. De se faire couler un bain moussant. De regarder je ne sais quel programme de qualité qu'Internet a jugé *indispensable* aujourd'hui.

Mais je ne bois pas. Les bains moussants me donnent de l'eczéma. Et vous savez quoi ? Il est temps que quelqu'un prenne position contre toute cette télévision de prestige.

Je vais retrouver le chemin de la salle de cinéma, dussé-je y laisser ma peau.

Je remonte le couloir en sens inverse, en revenant sur mes pas.

Droite, gauche, droite... gauche, droite.

Droite.

Dès la seconde où j'ouvre la porte de l'auditorium, je me sens dix fois plus calme. C'est peut-être pour ça que Paul ne quittait jamais la salle de montage.

Peut-être était-ce le seul endroit où il se sentait à sa place, lui aussi.

Je referme la porte à clé derrière moi et me dirige vers la cabine de projection, grisée à l'idée d'avoir désormais l'endroit pour moi. Je fourre mon trousseau dans une poche de mon sac à dos et me hâte dans le couloir en direction de l'escalier en colimaçon. Au pied des marches, je marque une pause. Je suis toute seule, il n'y a personne dans les parages pour m'entendre... et pas de panneaux insonorisants sur les murs. Si je ne me trompe pas, chacun de mes pas résonnera avec un fracas réjouissant pourvu que j'y mette assez de poids.

Je bondis sur les premières marches au rythme du début de la *Cinquième* de Beethoven.

À la quatrième note, l'escalier tressaille violemment. J'écarte les bras par réflexe pour ne pas perdre l'équilibre, et ma main gauche s'emmêle dans l'interrupteur à cordon du plafonnier. Je la retire d'un coup sec, et l'ampoule s'éteint dans un grésillement.

Décidément, cette soirée va de mal en pis.

Je me retourne vers le couloir... ou du moins ce que je crois être le couloir. Il fait si noir à présent que mes yeux ont même du mal à comprendre ce qu'ils voient. Je pense que le plus sûr est de continuer à monter. Il y a une lampe de bureau dans la cabine de projection. Peut-être a-t-elle une rallonge. Je m'agrippe à la rampe des deux mains et gravis les dernières marches.

Il fait encore plus noir dans la cabine, mais comme je suis trop impatiente pour attendre que mes yeux s'habituent, je sors mon téléphone. Il me suffit d'un tout petit peu de lumière le temps de trouver le bureau…

C'est alors qu'une main s'enroule autour de mon poignet et tire brusquement dessus. Une main qui n'est pas la mienne, une main puissante, étrange et cruelle, qui me tord le bras et…

La vache, ça fait mal.

La main m'arrache le téléphone, se pose une fraction de seconde dans le creux de mon dos avant de me pousser violemment vers l'avant. Je fais un rapide calcul et déporte mon poids sur la droite, infléchissant juste assez ma trajectoire pour ne pas me fendre le menton contre l'Autowind. Dans ma chute, mon bras se cogne sur le bord du plateau en aluminium, qui me rentre dans la chair et me déchire un lambeau de peau.

Je m'écroule violemment à terre. Le choc fait claquer mes dents avec un bruit de casse-noix et, l'espace d'un instant, je ne peux pas bouger, hébétée autant par la douleur que par l'indécision. Je ne me suis jamais retrouvée dans une telle situation. Je n'ai pas de scénario. Je n'ai pas de plan. Pourquoi est-ce que je n'ai pas de plan ? Qu'est-ce qu'il faut faire ? Amy saurait quoi faire. *Amy, je fais quoi ?*

Mais ce n'est pas Amy qui me souffle la réponse.

C'est Uma.

Uma Thurman regarde intensément son pied. Elle plisse les yeux. « Remue ton gros orteil. »

Traduction : *Bouge-toi le cul, Marissa.*

Je me redresse sur les genoux et me sers de mon bras valide pour me traîner de l'autre côté du projecteur.

Curieusement, mon agresseur s'est retiré vers le coin de la pièce près de la table de montage. Est-ce qu'il essaie de voler quelque chose ? De casser quelque chose ? Quoi qu'il en soit, ce n'est pas ma priorité pour le moment.

Accroupie, je me débats avec la fermeture Éclair de mon sac. Il doit bien y avoir un truc là-dedans que je peux utiliser comme arme. Ordinateur, non. Souris, non. Soda, écouteurs, piles, carnet… *non, non, non, non.* Allez, quoi, même James Stewart avait le flash de son appareil photo. C'est alors que, tout au fond de mon sac, je trouve. Ma seule option possible.

Je me plaque dos au mur et brandis l'objet devant mon visage.

Quelque chose s'écrase sur le sol, et pendant la microseconde où je me demande ce que c'était – *pitié, faites que ce ne soit pas l'écran ColorEdge haute résolution* –, je rate presque un autre bruit : une respiration, rauque et laborieuse. Puis un frottement de chaussures sur la moquette. L'agresseur se déplace d'un pas traînant, maladroit, comme une sorte de créature animée, et bien que je ne puisse pas voir quelle taille il fait, une chose est sûre : il est plus grand que moi.

Et il se rapproche.

Je retiens mon souffle et pose le doigt sur le vaporisateur de mon spray nettoyant pour écran.

Mais le bruit suivant n'est ni un grognement, ni un rugissement, ni une bouche qui me dévore la figure. C'est une grande clameur métallique, car – *merci mon Dieu* – la personne s'en va. Descend les marches en courant. Maladroitement. Le rythme est bizarre, irrégulier. Pour un peu, je croirais qu'elle a trois pieds.

Rien à voir avec Beethoven, en tout cas.

C'est seulement bien après son départ que le dernier écho s'estompe.

GRACE PORTILLO : Vous aviez déjà été dans ce genre de situation ?
MARISSA DAHL : Hmm, non, c'était la première fois que je me retrouvais coincée dans une pièce avec un inconnu potentiellement violent.
GRACE PORTILLO : Et ça vous a fait quoi ?
MARISSA DAHL : Disons que j'ai passé de meilleures soirées que celle-là.
SUZY KOH : Mais vous aviez sans doute vu, genre, huit millions de films où ça se produit, non ?
MARISSA DAHL : Oui, le chiffre me paraît juste.
SUZY KOH : Vous voyez où je veux en venir.
MARISSA DAHL : Si vous me demandez si mes visionnages annuels de *Die Hard*, de *L'École des héros* et de *Piège en haute mer* m'avaient préparée mentalement et/ou physiquement à devoir m'échapper d'un espace clos dans lequel quelqu'un cherchait à me faire du mal, je peux vous dire que la réponse est non.

20

Et ensuite, le silence… enfin, plus ou moins.

Parce que, même si j'étais capable de réguler ma respiration, le bruit du sang battant à mes tempes serait toujours plus fort que n'importe quel océan. Mais comme je n'arrive *pas* à réguler ma respiration, il y a ça aussi, et ce n'est pas exactement le son doux et régulier du vent dans les arbres. Non, plutôt le souffle rauque et profond d'un plongeur sous-marin, ou de quelqu'un qui fait une blague au téléphone, ou de Tom Hardy dans *The Dark Knight Rises*.

Ou de Tom Hardy dans *Mad Max : Fury Road*.

Ou de Tom Hardy dans *Dunkerque*.

Il y a aussi un frottement – celui de mes cheveux contre les panneaux insonorisants – et, sur ma droite, un grattement désagréable. Je baisse les yeux. Je suis en train de griffer la moquette de mes ongles, sans pouvoir m'arrêter.

Au bout d'un moment – une minute, ou peut-être une heure –, je réussis à me lever. Certes, je dois immédiatement tendre une main en avant pour garder l'équilibre, mais ça va. Ça va ! Ça va aller.

À peu près.

En partie.

Mon bras saigne à cause de la chute, et j'imagine que ça risque de faire assez mal une fois que l'adrénaline sera retombée.

Je me baisse pour prendre mon cardigan dans mon sac à dos. C'est un de mes préférés – long, noir, doux, avec des manches qui ne me grattent pas au poignet –, mais à présent une mission plus importante l'attend. Je l'enroule de mon mieux autour de mon bras ensanglanté en serrant le nœud avec les dents. Puis j'attrape mon sac de ma main valide, sors de la pièce à tâtons et me dirige vers l'escalier.

Préférant ne me fier ni à mes jambes ni à la chance, je choisis de descendre sur les fesses. Mes dents claquent à chaque impact. Arrivée en bas, je progresse tout doucement, les mains tendues devant moi jusqu'à entrer en contact avec le mur en béton froid, que je suis vers la droite. Bientôt, j'aperçois le mince rai de lumière sous la porte. Je pose une main tremblante sur la poignée, appuie et pousse.

La porte s'entrouvre d'un ou deux centimètres et se bloque.

Je la contemple, incrédule. Mon agresseur s'est servi du cadenas pour m'enfermer ici pendant qu'il s'enfuyait. Je suis donc coincée. Tard la nuit. Dans une aile isolée de l'hôtel. Le bras en sang. Sans téléphone.

Je me frotte le sternum entre les clavicules. Quand une crise d'angoisse se prépare, ça commence toujours dans ma gorge, et je le sens à présent. Pour l'instant c'est juste un picotement, un soupçon d'appréhension, une infime suggestion : *Ah, au fait, rien de grave, mais je me disais que tu serais peut-être contente d'apprendre que c'est la fin du monde.*

Je ne vais pas pouvoir me contrôler très longtemps. Pas si je reste ici sans rien faire.

Je suis tellement soulagée que je ne songe pas à vérifier ce qu'il y a de l'autre côté avant de m'y jeter à corps perdu, et voilà que je me retrouve au bord de l'océan dans la pâle lueur du clair de lune, les vagues s'écrasant contre les rochers et m'aspergeant d'écume. La porte grince dans mon dos. Je pivote d'un coup et bondis pour la rattraper avant qu'elle se referme, mais je ne suis pas assez rapide. Je fouille dans les clés qu'Anjali m'a données – en constatant avec un détachement quasi scientifique que j'ai les mains qui tremblent –, mais aucune ne correspond à cette serrure. Pas de marche arrière possible.

Je me retourne pour faire le point sur ma situation. Je me trouve au sommet d'un escalier en fer rouillé ; pas en colimaçon, cette fois, mais un vrai escalier de secours comme ceux de *Serpico* ou de *West Side Story*. Il descend jusqu'à une passerelle métallique, qui – si j'essaie de me représenter le plan de l'hôtel – *devrait* me conduire à la plage. Mais je n'en suis pas complètement sûre. L'architecture de cet endroit défie le raisonnement inductif.

De toute façon, peu importe. À moins que je ne veuille continuer à la nage, cette passerelle est le seul chemin qui s'offre à moi.

Je descends les marches prudemment, m'éclairant tant bien que mal grâce à l'écran de mon téléphone, que je tiens dans la main de mon bras blessé tout en m'agrippant de l'autre à la rampe sur ma droite ; le métal est glissant sous mes pas, je n'ose imaginer à cause de quoi. Sans doute un mélange d'algues, d'excréments de poissons et de plusieurs décennies de mauvais entretien. La rampe de gauche ne m'est d'aucune utilité. Elle brimbale dès que je m'en approche un peu trop, et il suffirait sans doute de pousser un bon coup dessus pour la propulser dans l'océan.

Je me risque à jeter un regard vers la mer, environ six mètres plus bas. Une chute de cette hauteur, sur ces rochers…

Je me force à garder les yeux rivés sur mes pieds.

Je finis par arriver devant une étroite promenade en bois qui affleure à peine à la surface de l'eau. Chaque fois qu'une vague déferle, les planches disparaissent sous les remous sombres. Puis, lentement, elles réémergent… avant d'être à nouveau englouties.

Ça va. Ça va aller. Tout va bien.

Avant de trop m'appesantir sur ce que je m'apprête à faire, je fourre mes chaussures et mes chaussettes dans mon sac à dos et roule les revers de mon jean. Je plonge un pied dans l'eau, tressaillant au contact de cet élément… et du reste : le bois, le sel, les algues, l'absurdité de la situation.

Il n'y a pas de rampe du tout ici *(ça va aller !)*, si bien que lorsque la vague suivante arrive, j'écarte les jambes et m'arc-boute en appuyant les mains sur mes genoux. J'attends ensuite que l'écume se dissipe et que je puisse à nouveau distinguer le chemin. C'est une progression lente.

Un pas, deux pas, *pause*. Un pas, deux pas, *pause*.

C'est alors que je vois ce qu'il y a devant moi, et que je n'avais pas remarqué parce que j'étais trop occupée à penser à mes pieds, à l'eau, à mon bras. Je m'arrête net. Car, si je ne me trompe pas, je suis face à l'entrée arrière de la grotte où Gavin m'a emmenée un peu plus tôt dans la journée. Et, cette fois, je suis seule.

Toute seule.

Je fais un pas hésitant en avant et jette un œil à l'intérieur. Le noir total.

Je me plie en deux et régurgite une montée de bile. La thérapie cognitivo-comportementale a ses limites, il faut croire.

Je tends mon téléphone en avant pour tenter d'éclairer ce qui m'attend. Certaines personnes préféreraient sans doute ne pas trop regarder dans les recoins d'une grotte, craignant ce qu'elles risquent d'y trouver, et faire comme s'il n'y avait rien. Moi, je veux savoir quoi éviter. La prochaine fois que la mort viendra me chercher, j'aime autant la voir venir.

Pour l'instant, cela dit, je n'y vois qu'à trente centimètres devant moi, et encore.

(Ça va aller.)

Je redresse les épaules, contrôle ma respiration et tends le bras. La paroi de la grotte est douce au toucher. Je fais courir mes doigts vers le haut jusqu'à atteindre la ligne rugueuse qui marque le niveau de la marée.

C'est quelques centimètres au-dessus de ma tête.

Et s'il m'arrive quelque chose ici, personne ne viendra me sauver.

Je ravale une nouvelle montée de bile et commence à marcher en faisant glisser un pied après l'autre devant moi pour être sûre de ne pas tomber hors de la promenade en bois. Au bout d'une dizaine de mètres, la paroi se dérobe. J'avance tout doucement, les doigts bien écartés, paumes vers l'extérieur, guettant un signe de brise. Peut-être ai-je atteint la sortie.

Attends...

Je m'immobilise et tends l'oreille en me concentrant de toutes mes forces – autant que lors de mon premier jour à l'école de cinéma, autant que toutes les fois où Amy me parlait de Josh, autant que lorsque ma mère m'expliquait comment me faire des amis –, mais je n'entends que le bruit des vagues qui s'écrasent contre les rochers dehors.

Pourtant, l'espace d'une seconde, j'aurais juré que…

Au pas suivant, mes orteils butent contre une planche inégale, je trébuche en avant et atterris à quatre pattes. Je laisse pendre ma tête le temps d'absorber la douleur. Mon bras me lance horriblement et j'ai mal à la cheville. Mon jean, trempé d'eau salée, colle à mes genoux fraîchement éraflés. Mais il faut que je me relève. Que je continue. Parce que l'eau est de plus en plus profonde, les vagues de plus en plus bruyantes, et suis-je *vraiment* sûre qu'il n'y a pas quelqu'un derrière moi ?

Une brise m'ébouriffe les cheveux.

Du moins, je crois que c'est une brise.

Oh, par pitié.

Je me relève maladroitement et me mets à courir.

Je déboule dans l'air frais de la nuit mais ne m'arrête pas pour le savourer. Je continue de courir à toutes jambes, le cœur tambourinant. J'escalade tant bien que mal une dune pour m'éloigner de la mer et me rapprocher de l'hôtel. Les étoiles sont à peine visibles à travers le voile nuageux, mais, après l'obscurité de la grotte, elles paraissent presque éblouissantes. Ma vue m'étonne moi-même. On dirait que je suis une chouette, un mutant, ou un serial killer avec des lunettes de vision nocturne en train de traquer Jodie Foster dans une cave.

Il est fort possible que j'aie besoin d'un médecin.

Je passe à toute vitesse devant le poste des maîtres-nageurs en évitant un tas de parasols pliés et une chaise longue que quelqu'un a oublié de ranger. L'image de cette chaise longue fait resurgir un souvenir si net et si précis que je le vois presque devant moi : la bretelle d'un maillot de bain orange, une mèche de cheveux blonds, la peau pâle d'un bras tendu.

Je trébuche. Tombe à genoux dans le sable.

Ce n'était pas un souvenir.

Je relève la tête. Dans la chaise longue devant moi se trouve une fine cheville reliée à un mollet délicat.

Je connais cette jambe.

« Liza ? » je murmure.

Elle ne bouge pas. Peut-être qu'elle dort… ou qu'elle cuve quelque chose.

« Liza », je réessaie.

Toujours rien. Je me redresse et frotte le sable sur mon jean. Je tends une main vers son épaule…

Et c'est là que je vois son visage.

Je sais immédiatement que, cette fois, elle est bel et bien morte.

Liza n'est pas si bonne actrice que ça.

SUZY KOH : Quel effet ça vous a fait de trouver un cadavre ?
MARISSA DAHL : Ce n'est pas une expérience que j'aimerais revivre.
GRACE PORTILLO : Ça fichait la frousse ?
MARISSA DAHL : C'était un cadavre. Un cadavre humain. Quelqu'un qui, quelques heures plus tôt, marchait, parlait, riait et, je ne sais pas, se plaignait sans doute de choses complètement anodines. Quelqu'un qui avait une mère, un père, des sœurs et des dizaines d'amis. Une personne, Grace. C'était une vraie personne. Et elle était morte. Et j'étais devant elle. La « frousse » n'est pas le bon mot. Avoir la frousse, c'est quelque chose qu'on recherche. C'est rigolo. Il n'y avait rien de rigolo là-dedans.

21

J'ai passé ma vie à imaginer le pire. Chaque fois que je suis sur un quai de métro, je pense à la facilité avec laquelle le premier venu pourrait me pousser sous une rame. Quand je vois un ballon d'enfant rouler vers la chaussée, je ne peux m'empêcher de visualiser un petit corps transféré dans une housse noire. Un jour qu'Amy et moi étions dans le patio de notre ancienne maison, elle a penché la tête vers le soleil en souriant et elle a dit quelque chose comme quoi c'était vraiment une chance de vivre en Californie, un truc comme ça, et en suivant son regard j'ai pensé : *Plus que cinq milliards d'années avant que ce salaud fasse griller la planète.*

Les mères ultra-angoissées, les gens qui passent leur temps sur Doctissimo, les types qui brandissent des pancartes avec écrit « LA FIN EST PROCHE », ceux qui considèrent les films de la saga *Destination finale* comme du journalisme d'intérêt public : ce sont mes pairs.

Mais quand même…

Je n'étais pas préparée à ça.

Mes mains planent au-dessus du visage de Liza, tremblantes, incertaines. Inutiles. Je ne… je ne sais vraiment pas quoi faire. Chercher un pouls ? Non… elle est clairement morte. C'est un cadavre. Elle ne reviendra pas. C'est fini. On ne peut pas rembobiner.

Je déglutis pour tenter de refouler la panique qui me monte à la gorge avec un goût d'eau saumâtre et je me force à regarder derrière moi afin de repérer sur l'étendue de la plage quelqu'un, n'importe qui, mais tout le monde est à l'intérieur, n'est-ce pas ? Ils sont toujours en train de boire, de commérer, de flirter et de penser que la pire chose au monde est de perdre son boulot.

Mon Dieu, qu'est-ce qu'il faut faire ?

Je pose une main sur ma poitrine. Elle bouge. Alors pourquoi ai-je l'impression de ne pas respirer ?

Je devrais rentrer à l'hôtel. Demander de l'aide. Mais je ne peux pas la laisser toute seule, pas comme ça. Et si… et si j'avais un rôle à jouer ? Si quelqu'un s'apprêtait à revenir la chercher ?

Merde, putain, qu'est-ce que je fais ?

J'ai toujours trouvé ça ridicule quand les gens se mettent à crier dans les films, mais maintenant je comprends. Parfois, c'est la seule chose à faire.

Si seulement quelqu'un pouvait m'entendre.

L'unique autre idée qui me vienne à l'esprit est de passer un coup de fil… mais pour appeler qui ? Je n'ai que trois numéros enregistrés, et aucun ne serait susceptible de…

J'éclate presque de rire quand je me rends compte de ce à quoi je n'ai pas pensé. Et peut-être même que je ris pour de bon, je ne sais pas, je ne sens plus rien dans mon corps, tout me paraît flotter à l'extérieur de moi, comme un ballon à l'hélium attaché au poignet d'un enfant. Si j'avais lu cette scène dans un scénario, j'aurais roulé les yeux. J'aurais envoyé une capture d'écran à Amy. J'aurais dit : voilà le fruit d'un siècle de fausses représentations, car qui oublierait une chose pareille dans la vraie vie ?

Je tape le quatrième numéro que je connais.

« Police, à votre écoute. »

C'est à cet instant précis que je prends conscience que Liza n'est pas seulement morte.

« Allô ? Vous m'entendez ? »

Elle est aussi en costume.

« Allô ? »

Quelqu'un l'a habillée avec les vêtements de Caitlyn.

Pour la seconde fois ce soir-là, je vomis.

L'opérateur au standard me dit de ne pas bouger, qu'une voiture va arriver, mais je décide que c'est finalement une très mauvaise idée. Liza n'est pas seulement morte… elle a été assassinée. Il faut que je retourne à l'hôtel. Vers la lumière. Vers les *témoins*. Je m'essuie le visage d'un revers de manche et me remets à marcher sur le sable.

Ce qui s'avère bien plus difficile que ça ne devrait. Je dois me battre pour que les informations sensorielles parviennent jusqu'à mon cerveau : plisser les yeux pour distinguer la silhouette de l'hôtel devant moi ; tendre l'oreille pour entendre quelque chose au-delà du vacarme de mon propre pouls ; taper des pieds pour sentir le sol sous eux, et encore, ça ne fonctionne pas vraiment.

Peut-être que l'opérateur avait raison.

Je me sers de ma main valide pour m'agripper à toutes les surfaces à ma portée afin de garder l'équilibre, de continuer à avancer, pourtant je tombe quand même deux fois avant d'atteindre l'allée qui mène au lobby.

Je m'arrête là, sur les marches, contre une colonne. C'est tout ce dont je suis capable.

À partir de là, les choses commencent à devenir confuses.

Deux voitures de police se rangent devant moi, ainsi qu'un fourgon métallisé qui est soit un food truck, soit un camion de pompiers.

Sans doute plutôt la seconde option.

Sans doute.

Un brouillard de visages, un concert de « madame ».

Je tends le bras en direction de la plage, et les flics foncent aussitôt.

Je m'écroule de nouveau contre la colonne.

Je n'ai qu'à attendre là, tiens.

J'aperçois encore le bord de la chaise de Liza.

Derrière moi, la porte s'ouvre dans un fracas. Une personne en sort et se précipite vers la plage à son tour.

Au bout d'un moment, quelqu'un d'autre pousse un cri.

Du moins, je crois que c'est quelqu'un d'autre.

Une berline bleue au pare-chocs avant cabossé remonte l'allée en cahotant. Elle a un de ces gyrophares magnétiques que les flics de cinéma plaquent sur le toit de leur voiture avant d'entreprendre quelque chose d'exceptionnellement dangereux en pleine heure de pointe.

Il semblerait aussi qu'il y ait écrit « Serrurier 24 h/24 » sur la portière passager.

Je me frotte les yeux. Qu'est-ce que j'ai raconté à l'opérateur, exactement ?

La portière conducteur s'ouvre, et un géant blafard s'en extrait tant bien que mal, avec des mouvements gauches et incertains, comme s'il émergeait d'une chrysalide et non d'une vieille Toyota Corolla. Je lui désigne également la plage, mais il ignore mon geste.

À la place, il s'accroupit devant moi et sort quelque chose d'une sacoche noire.

« C'est mon bras », je dis.

Il me lance un regard étrange.

« Pas une serrure », j'ajoute, au cas où ça n'était pas clair.

Il se retourne vers sa voiture, puis de nouveau vers moi, et la ride entre ses sourcils s'estompe.

« Je suis infirmier, dit-il.

— Ah, je réponds en me redressant du mieux possible. Vous avez déjà vu *À tombeau ouvert* ? »

Il me dévisage, et je constate que je ne suis pas gênée d'en faire autant. Il a une grande bouche, le nez tordu et de grosses oreilles. Des traits sympathiques. Qui inspirent confiance. À tous les coups, ce type n'était pas populaire au lycée.

« Vous pouvez me regarder ? demande-t-il.

— Je *suis* en train de vous regarder.

— Non, j'ai besoin de voir vos yeux. »

Je serre les dents et lève le menton.

« Vous avez des vertiges ? s'enquiert-il. La nausée ? »

Je prends une grande inspiration.

« Je ne me suis pas cogné la tête, si c'est le sens de votre question.

— Parfait. Je vais devoir vous toucher le bras, je peux ? »

J'opine.

Il dénoue le cardigan et fait pivoter légèrement mon bras pour mieux voir. La plaie n'est pas aussi profonde que je le pensais, mais elle court sur toute la longueur de mon avant-bras, du coude au poignet. Je me surprends presque à en admirer la courbe, sachant qu'elle épouserait parfaitement celle de l'Autowind, tel un pendentif en cœur brisé qui retrouverait sa moitié.

Il se retourne pour attraper sa sacoche.

Tout à coup, un bras se glisse sous mes genoux, un autre autour de mon dos et, avant de pouvoir comprendre ce qui m'arrive, je sens qu'on me soulève du sol.

L'infirmier bondit.

« Non mais ça va pas ? »

Je penche la tête en arrière pour voir qui me porte. Ah. C'est Isaiah.

« Vous allez bien ? » murmure-t-il.

C'est une question tellement inepte que je ne peux que secouer la tête d'incrédulité.

Anjali apparaît en haut des marches, flanquée de deux types au visage de marbre que je ne reconnais pas.

« Transportez-la à l'intérieur, dit-elle. J'ai appelé un vrai médecin. »

L'infirmier passe une main épaisse dans sa chevelure hirsute.

« Pardon, madame, je ne sais pas qui vous… »

Je n'entends pas la suite, car Isaiah m'emporte dans le lobby, passant devant le bar toujours bondé mais désormais presque sans un bruit, jusqu'à la salle de conférences, où il me dépose sur un des fauteuils de bureau.

Sans réfléchir, j'utilise ma main valide pour faire tournoyer le fauteuil sur lui-même et… *oh, c'est sympa.*

Isaiah attrape l'accoudoir et m'arrête net.

« La police va vouloir vous interroger. Il va falloir que vous repreniez vos esprits. »

Je coince la main sous ma cuisse et enfonce mes doigts dans le faux cuir.

« Vous l'avez vue ? » je demande.

Un temps.

« Oui.
— Donc ce n'est pas que dans ma tête ? »
Nouveau temps.
« Non. »

La première chose que fait le « vrai » médecin d'Anjali est de me forcer à ouvrir la bouche pour me glisser un narcotique sous la langue.

« Ne bougez pas », dit-il d'un ton sévère.

Je n'aurais jamais cru qu'un inconnu fourrant ses doigts gantés dans ma bouche sans ma permission puisse être le moins mauvais moment d'une soirée, mais on en apprend tous les jours, voyez.

Ma tête tombe sur le côté.

J'ai vaguement l'impression que des gens se disputent dans le lobby. Je crois qu'ils se rapprochent.

« Je n'ai pas d'ordre à recevoir de péquenauds décérébrés qui... »

La porte s'ouvre d'un coup sec. Anjali bascule en avant dans la pièce, la mine ulcérée. Dès qu'elle retrouve son équilibre, elle pivote et essaie de ressortir, mais...

La porte lui claque au nez.

« Ils m'ont pris mon téléphone, dit-elle d'un air abasourdi. Ils m'ont pris mon *téléphone.* »

Je ne peux réprimer un rire déplacé.

« Et ils t'ont aussi fait signer une clause de confidentialité ? »

Avant qu'elle puisse répondre, de nouveaux éclats de voix résonnent derrière la porte.

Cette fois, c'est Valentina qui déboule. Elle balaie la pièce du regard, marmonne quelque chose en russe et repart dans le lobby comme une furie.

La porte claque une seconde fois.

Anjali se racle la gorge.

« L'un de vous deux a compris ce qu'elle a dit, par hasard ?

— En traduction littérale, suggère Isaiah, ce serait quelque chose comme “niquer-creuser”. »

Anjali et moi le dévisageons.

« Ça veut dire “bordel de merde”, précise-t-il.

— Évidemment, vous parlez russe », commente Anjali, sans véhémence particulière.

Nous nous taisons. Le seul bruit dans la pièce est le léger froufrou du fil noir qui me recoud le bras. Je ne sais pas quel médicament le médecin m'a fait avaler, mais ça marche : je sens l'aiguille s'enfoncer dans ma chair, le fil passer à travers le trou, le nœud resserrer les bords de la plaie, mais ça ne me dérange pas. Au contraire, le rythme régulier du médecin est sûr, apaisant.

Piqué, passé, sorti, serré. Piqué, passé, sorti, serré.

C'est un bon motif.

Isaiah retire son manteau et me le pose sur les épaules.

« Vous tremblez », dit-il.

Je baisse les yeux, surprise de constater qu'il a raison. Je suis par ailleurs répugnante ; couverte de sang, de sueur, d'eau salée et de que sais-je encore. Je pince ma chemise entre le pouce et l'index pour l'écarter de ma peau. Le tissu fait un bruit de succion mouillé en se décollant.

Exactement comme le bruit des pas de Liza sur le carrelage.

Liza.

Un autre éclat de rire manque de m'échapper, et je me mords les lèvres en espérant pouvoir le contenir.

Qu'est-ce qu'on fout là, au juste ?

Liza est morte.

Cette fois-ci, je ne remarque pas quand la porte

s'ouvre. C'est comme si Gavin venait de tomber du ciel, les mains enfoncées dans les poches, si blême et si hagard qu'on a du mal à croire qu'autant de gens soient prêts à payer pour le regarder. Tony et Valentina sont juste derrière lui, à peine plus avenants.

« Gavin, grogne Anjali, retourne dans ta chambre.

— Désolée, maman, rétorque-t-il avec un sourire forcé, mais tu n'es plus la chef. »

Il s'écroule sur le fauteuil le plus proche, tandis que Tony et Valentina s'asseyent à côté d'Anjali.

« Les policiers nous ont demandé de tous attendre ici, dit Tony d'une voix si basse que j'ai envie de me recroqueviller sur moi-même. Bon sang, ajoute-t-il en voyant mon bras, qu'est-ce qui s'est passé ?

— Ça va aller, répond le médecin.

— C'est à *elle* que j'ai posé la question, il me semble. »

J'ouvre la bouche pour répondre… mais par où commencer ? Par la scène dans la cabine de projection ou avant, dans le couloir ? Dans le spa ? À moins d'aller directement au moment de la découverte du corps ?

Je sais, je sais. Une monteuse qui ne sait pas raconter une histoire, la bonne blague.

Mais là, c'est différent. Quand je monte un film, je contrôle le flux des images. Je peux avancer en accéléré, rembobiner, zoomer. Je peux mettre sur pause, quitter la pièce, aller me chercher un Coca. Je peux prendre tout le temps dont j'ai besoin pour passer au crible ce que je vois, ce que j'entends, ce que je ressens, pour repérer les indices, les rebondissements, les héros, les méchants, et c'est seulement après que j'assemble le tout en une narration cohérente. Quand je dois le faire au pied levé, comme maintenant, quand je n'ai rien d'autre sur quoi m'appuyer qu'un tsunami de souvenirs sensoriels

– augmentés par ce que je crois commencer à pouvoir identifier comme un puissant psychostimulant –, je ne suis pas vraiment capable d'orchestrer les événements de la soirée en une jolie structure en trois actes.

Ou en cinq actes, si c'est pour la télé.

« Quelqu'un a volé le film, je finis par dire. Quelqu'un m'a agressée et a volé le film, et ensuite, pendant que j'étais coincée dans la salle de cinéma et que je me perdais dans une *grotte*, il a dû aller trouver Liza et… »

Je m'interromps, répugnant à prononcer la suite tout haut. Mais ça fait partie de ces pensées que tout le monde entend, même si on ne les exprime pas, donc finalement ça revient à obliger chacun à compléter la phrase dans sa tête.

Ce qui est pire, au fond.

C'est Anjali qui rompt le silence.

« Tu as vu qui c'était ? Tu pourrais le décrire ? C'était un homme ? »

J'ouvre la bouche, prête à leur expliquer que la lumière était éteinte, que je n'arrivais pas à atteindre la lampe… et que, dans le cas contraire, je ne serais peut-être pas là pour en parler, car quelles sont les chances, sérieusement, pour qu'on ait affaire à *deux* agresseurs différents ? Et s'il a tué Liza, il aurait tout aussi bien pu me tuer, moi.

(Je crois plutôt que c'était un homme, en effet.)

Mais avant que je puisse rien dire de tout ça, Isaiah me pose une main sur l'épaule.

« Vous devriez attendre d'en parler à la police, me conseille-t-il.

— Ah ouais ? ricane Anjali. Et qu'est-ce qu'elle va faire, la police ? »

Je rouvre la bouche ; la poigne d'Isaiah se durcit sur mon épaule. Je lève les yeux vers lui.

« Pourquoi vous me faites mal ? »

Il retire sa main et se frotte la nuque à la place.

« Je crois juste que vous devriez vraiment attendre la police. »

Je me lève de mon fauteuil. Il y a quelque chose qu'il ne dit pas, et peut-être que j'arriverai à comprendre ce que c'est si je vois mieux son visage. Mais il se détourne avant que j'en aie l'occasion.

« Isaiah ? » je demande.

À l'autre bout de la pièce, Gavin laisse échapper un soupir.

« *Darling*, tu ne comprends pas ? Il ne veut pas que tu en révèles trop. Il veut que tu gardes le silence, au cas où le tueur serait parmi nous. »

Personne ne semble avoir rien à ajouter après ça.

Le médecin en profite pour me glisser un nouveau comprimé entre les lèvres. C'est un médicament d'un genre très différent, à l'évidence, puisque, le temps qu'il finisse mon pansement, je suis parfaitement ragaillardie et alerte, et si la douleur n'a peut-être pas tout à fait disparu, je m'en accommode très bien… Ce qui est heureux, car voilà à l'instant une nouvelle surprise désagréable : le type qui avait essayé de monter de force à bord du bateau de Billy Lyle essaie maintenant de s'introduire de force dans cette pièce.

« Des hommes sur le quai, des hommes aux portes ! aboie-t-il à quelqu'un qui m'est caché. Personne ne quitte cette île, personne ne quitte cet hôtel. Le premier que je vois avec un appareil photo, je le lui arrache pour le balancer dans l'océan. »

Nick. Il s'appelle Nick. Et il devait être *très* alcoolisé l'autre soir, parce que je m'aperçois tout de suite que, lorsqu'il est sobre, c'est un homme qui vénère les angles droits et les plis bien nets. Son pantalon de treillis est repassé ; les manches de son polo vert sont pile à sa taille ; sa raie est si droite que je me demande, l'espace d'une seconde, s'il ne porte pas une perruque. Si on était dans un film, je présumerais que ce personnage est voué à faire une dépression nerveuse.

« Madame Dahl ? dit-il. Je suis l'inspecteur Decker, de la police de Lewes, et voici mon… »

Il lève la tête, s'interrompt. Je n'arrive pas à savoir s'il est surpris ou atterré de nous voir ici, Isaiah et moi, et ça m'inquiète. Quelqu'un d'aussi clair de peau ne devrait pas être si difficile à déchiffrer, mais je ne distingue pas même une once de couleur éclore sous ses taches de rousseur. Un infime tressaillement à la commissure de ses lèvres est le seul autre signe qu'il donne de nous avoir reconnus… et encore, peut-être que je l'ai imaginé.

C'est un niveau de self-control qui serait impressionnant chez un acteur. Et qui est franchement dérangeant chez un civil.

« Et voici mon collègue, l'inspecteur Hanson », finit-il par ajouter en désignant un homme châtain que j'identifie comme Polo-bleu-clair (bien que, ce soir, ledit polo soit violet).

Les yeux de Nick se posent furtivement sur mon bras, avant de remonter vers mon visage.

« Nous avons quelques questions à vous poser.

— Bien sûr, dis-je. Je vous aiderai du mieux que je peux. »

Il s'assied sur la table, tandis que son collègue remplit un verre d'eau qu'il fait glisser vers moi.

Nick sort un carnet et l'ouvre.

« C'est vous qui avez trouvé le corps de Mlle May et appelé la police, n'est-ce pas ? »

Je hoche la tête.

« Pourriez-vous décrire les événements qui ont précédé cette découverte ? »

Je regarde autour de moi.

« Quoi… *maintenant* ?

— Je ne savais pas qu'il fallait prendre rendez-vous, rétorque Nick d'un ton sec.

— Non, c'est juste que je pensais que vous voudriez me parler en privé.

— Ceci n'est qu'un interrogatoire préliminaire, madame. Si j'estime être sur le point de résoudre l'affaire, je vous promets de réunir tout le monde dans le wagon-restaurant pour le grand dénouement. Ça vous va ? »

J'opine du chef, gênée.

Je suis peut-être plus alerte, mais je ne sais toujours pas par où commencer, alors je lui répète ce que j'ai déjà dit à tout le monde. Les autres s'animent un peu quand je raconte que je suis tombée sur Liza au spa, mais lorsque Nick leur pose la question, ils admettent n'avoir jamais imaginé qu'elle avait une liaison.

Quand j'ai terminé, Nick relève les yeux de son carnet.

« Le film a été *volé* ? s'étonne-t-il.

— Pas exactement, rectifie Anjali. Nous avons une sauvegarde, naturellement.

— Mais le voleur a désormais accès aux rushes, je fais remarquer. Quoi qu'il compte en faire. »

Nick se gratte la nuque, l'air songeur.

« Et vous dites que vous n'avez pas bien vu le visage du type ? demande-t-il.

— Non. À vrai dire, je ne suis même pas sûre que c'était un…

— Vous perdez votre temps, intervient Anjali. Je sais déjà vers qui vous devriez vous tourner. »

Si elle espérait que Nick réagirait avec enthousiasme

ou gratitude, elle doit être assez déçue. Il a la tête d'un serveur à qui on vient d'annoncer que toute la tablée va commander à la carte. Il s'affaisse sur sa chaise et tient son stylo en suspens au-dessus de la page.

« Ouais, OK, qui ça ?

— Notre dernier assistant réalisateur, répond Anjali. Il est parti dans des circonstances plus que pénibles. »

Pour la première fois depuis qu'elle est entrée dans la pièce, Valentina ôte sa cigarette électronique de sa bouche.

« Pas Chris ? fait-elle.

— Non, réplique Anjali. Le second assistant réal.

— Phil ?

— Le *premier* second assistant réal. »

Gavin se prend le visage entre les mains.

« *Ryan*, marmonne-t-il. Elle parle de Ryan. *Putain*. Même moi, je sais ça. »

Nick tapote son stylo contre son carnet, l'air blasé.

« Vous auriez le nom de famille de ce Ryan ?

— Kassowitz, dit Anjali. Il était surtout chargé de faire en sorte que les acteurs soient au bon endroit au bon moment. Et de la communication avec les seconds rôles. Les figurants, je veux dire. Mais ça ne se passait pas bien et, il y a deux semaines, on a dû se séparer de lui. Il était furax ; ça a dégénéré. J'ai été obligée de le faire expulser de l'île.

— Quel genre de problèmes y a-t-il eu ? demande Nick. Vous pourriez être un peu plus précise ? »

Anjali se mordille la lèvre et lance un regard en coin à Tony.

« Eh bien… il a plus ou moins agressé un des figurants. »

Tony se penche en avant.

« Tu ne m'avais pas dit ça. »

Anjali hoche la tête, la mine contrite.

« On a eu toutes sortes d'incidents sur le plateau depuis son départ. Ce n'était peut-être qu'une coïncidence, mais je ne voulais pas prendre de risque. Voilà pourquoi j'ai fait venir Isaiah et son équipe.

— Vous avez une équipe ? demande Nick en se tournant vers Isaiah.

— Je dirige une petite agence de sécurité privée, explique Isaiah. J'ai ici cinq de mes employés avec moi.

— Ça ne va pas être une très bonne opération en termes de com, apparemment.

— On ne nous avait pas prévenus qu'il y aurait un meurtre.

— En effet. Savez-vous par hasard ce qu'est devenu M. Kassowitz ?

— Hier encore, à midi, il était chez sa mère dans la banlieue de Philadelphie.

— Le considérez-vous comme une menace ?

— Je considère tout le monde comme une menace. »

Nick cligne des yeux à plusieurs reprises.

« Je vais demander à mes gars de se renseigner. Y a-t-il quelqu'un d'autre à qui on devrait s'intéresser ? »

Anjali laisse échapper un rire qui semble presque sincère.

« Franchement, Tony s'est mis tellement de gens à dos qu'ils ont sûrement créé leur propre groupe Facebook.

— Merci, Anjali, rétorque Tony avec une grimace.

— Quelqu'un d'autre vous a-t-il paru suspect ? poursuit Nick. Quelqu'un en dehors de l'équipe ? »

Anjali secoue la tête.

« Je ne vois pas, non.

— Personne ? Vraiment ? insiste Nick, le regard perçant. Pas même Billy Lyle ?

— Absolument pas, assène-t-elle.
— Vous ne l'avez donc jamais vu rôder dans l'hôtel ou autour ? »
La mâchoire d'Anjali se raidit.
« Pas que je sache, non.
— Ou sur le plateau ?
— Je n'en ai pas le souvenir.
— Mais vous l'avez forcément *vu*. »
Gavin tape du plat de la main sur la table.
« Merde, putain ! s'exclame-t-il. Billy n'a rien à voir dans tout ça. »
Nick se tourne vers lui pour la première fois. Les coins de ses lèvres s'incurvent légèrement vers le bas avec un soupçon de mépris.
« Et comment le savez-vous ?
— Parce qu'il était avec moi. J'étais en train de l'interviewer. Pour mon personnage.
— Eh bien, voilà une information intéressante, déclare Nick en tournant la page de son carnet pour en entamer une nouvelle. Vous étiez sur son bateau ?
— Non. On s'était donné rendez-vous… »
La bouche de Gavin se ramollit tout d'un coup, une fossette se creuse sur son menton.
« On s'était donné rendez-vous sur la plage », reprend-il.
Nick hoche la tête.
« Et vous étiez ensemble jusqu'à quelle heure ? »
Gavin aspire sa lèvre inférieure entre ses dents.
« Je ne sais pas *exactement*…
— Laissez-moi vous poser la question autrement : étiez-vous encore avec lui au moment où le corps a été découvert ?
— Non, lâche Gavin en regardant ses mains.
— C'est bien ce que je pensais. »

Un policier en uniforme pousse la porte et s'avance dans la pièce.

« Nick, il faut que tu voies ça. »

Nick pose son carnet et se passe une main dans les cheveux.

« Ouais, quoi ? »

Le policier fait le tour de la table et lui tend un petit sachet transparent. Je suis suffisamment près pour voir ce qu'il contient : la photographie scolaire de Caitlyn. La même que celle que Billy nous a montrée plus tôt dans la journée.

Nick laisse échapper un sifflement.

« Où est-ce que tu as trouvé ça ?

— Sur son bateau. Aucune trace de lui, en revanche. »

Nick se tourne alors vers Anjali.

« Je veux que tout le monde regagne sa chambre maintenant et y reste. On va devoir commencer à fouiller l'hôtel. Ce type se balade encore dans la nature, et cette fois je ne vais pas le laisser s'en tirer comme ça. »

22

« Pourquoi est-ce que vous refaites ça ?

— Parce qu'il était roulé dans le mauvais sens.

— Il est exactement pareil que votre autre pantalon.

— Il n'a *rien à voir* avec mon autre pantalon.

— Alors pourquoi vous ne l'avez pas rectifié plus tôt ?

— Pour pouvoir prouver que quelqu'un s'était introduit ici ! »

Il est possible, vu les circonstances, que n'importe quelle conversation aurait l'air tout aussi absurde, saugrenue, déplacée, tel un fil Twitter commercial qui aurait oublié de mettre en pause ses messages automatiques après une tragédie nationale.

Mais quand même, j'ai du mal à croire que je suis en train de parler de ça. Le pliage, ça paraît vraiment *très* décalé.

Ils nous ont gardés dans la salle de conférences pendant encore environ une heure après que la police a commencé à perquisitionner l'hôtel. Quand, enfin, ils nous ont annoncé qu'on pouvait regagner nos chambres et qu'on était libérés pour ce soir, Isaiah a déclaré qu'il m'accompagnait dans la mienne.

« Par mesure de précaution », a-t-il dit.

Dans un coup de théâtre stupéfiant, Anjali a abondé dans son sens.

« Tu es l'unique témoin visuel, a-t-elle murmuré. Tu as vu assez de films dans ta vie pour savoir comment ça se passe. »

Délirant, ai-je pensé alors.

Ridicule, je pense à présent.

On pourrait croire que le fait de voir un cadavre de près suscite chez quelqu'un une crainte de la mort réelle et immédiate – et, il y a trois heures, c'est ce que j'aurais cru aussi –, mais, curieusement, chez moi ça a provoqué l'effet inverse. Cette soirée a été la plus terrifiante de ma vie, pourtant je n'y ai joué qu'un rôle tout à fait secondaire. La mort m'apparaît désormais encore plus comme une chose qui n'arrive qu'aux autres.

J'imagine que c'est la raison pour laquelle j'attache encore de l'importance au pliage.

« Regardez, dis-je à Isaiah en sortant mon deuxième jean pour lui montrer. Je plie d'abord mes pantalons en deux dans le sens de la longueur, puis je les roule en partant de la taille.

— Je ne vois toujours pas le problème.

— Je roule toujours avec le côté droit à l'extérieur. Sur celui-là, j'ajoute en désignant le pantalon incriminé, c'est le côté gauche qui est à l'extérieur.

— Pourquoi vous les roulez comme ça ?

— Parce que je suis droitière.

— Et quel rapport avec vos pantalons ?

— Je ne sais pas, c'est comme ça que je les aime, point ! Et quand ils ne sont pas comme ça, je le sens. Il y a quelque chose qui ne va pas. C'est comme un… c'est comme une tension, je reprends en agitant la main au voisinage de mon cou. Vous comprenez ? Une sorte d'alarme silencieuse. Comme quand vous êtes à l'aéroport et que vous voyez un bagage abandonné. D'un côté, vous vous rappelez la consigne "Attentifs ensemble", mais d'un autre côté, imaginez que vous disiez quelque chose et que les services de sécurité fassent sauter la valise alors qu'en fait elle appartenait à une gentille vieille dame qui a dû courir aux toilettes parce qu'elle a des problèmes d'incontinence et elle allait revenir tout de suite, vraiment, elle en avait pour une minute, sauf que maintenant elle est en train de se faire interroger par le FBI et voilà, vous avez foutu en l'air son voyage. Et, en plus, comme elle fait de l'hypertension, tout ce stress lui provoque une crise cardiaque et elle meurt, si bien qu'elle n'aura jamais eu la chance de serrer son petit-fils dans ses bras. »

Je marque une brève pause le temps de reprendre mon souffle.

« *Ou alors*, c'est vraiment une bombe, mais vous ne dites rien parce que vous êtes un inadapté social qui s'inquiète trop des grands-mères imaginaires, en conséquence de quoi cent cinquante personnes meurent dans des souffrances atroces. Vous faites la une de tous les journaux, déshonoré à jamais.

— Vous pensez à tout ça quand vous regardez un pantalon ? demande Isaiah, médusé.

— Je pense à tout ça en permanence », je réponds en enroulant de nouveau le pantalon avant de le ranger dans ma valise.

Puis je m'assieds dans le fauteuil en grimaçant. J'aurais dû demander au médecin d'examiner mes genoux, mais mon jean ne peut se remonter que jusqu'aux mollets, si bien qu'il m'aurait fallu l'enlever, et je n'en avais tout simplement pas le courage. Entre-temps, le sang a séché, et je suis sûre que la croûte va s'arracher quand je me mettrai en pyjama.

Peut-être que je vais dormir tout habillée.

Peut-être que je vais dormir tout habillée pour le restant de mes jours.

J'étouffe un bâillement du revers de la main.

« Pourquoi on parle de ça, déjà ? je demande.

— Parce que j'ai monté moi-même votre valise ici. Si quelqu'un l'a fouillée, c'est que quelqu'un s'est introduit dans votre chambre.

— Ah. Vous êtes en train de dire qu'un meurtrier a peut-être la clé de ma chambre. »

Je prends le temps de digérer cette idée… mais elle ne passe pas ; elle continue de flotter à la surface de mes pensées, têtue et irréfutable, comme cette fameuse île de déchets dans l'océan Indien, accusation lancinante de toutes nos terribles erreurs.

Je me demande nonchalamment si ma panique aussi serait visible depuis l'espace.

« Je devrais peut-être changer de chambre ? » je suggère d'une voix faible.

Isaiah réfléchit un instant.

« Vous pourriez.

— Je changerais bien d'hôtel aussi.

— Sinon, il y a une autre option, dit-il en se dirigeant vers la porte. Parce qu'il ne pourra pas entrer tant que vous êtes là… pas par cette porte, en tout cas. Même s'il a la clé, ça ne suffira pas. »

Il tourne le verrou et enclenche le loquet de sécurité.

« Je suis également prête à changer d'État s'il le faut, je fais remarquer.

— Mais imaginons qu'il arrive à entrer, poursuit Isaiah en traversant la pièce vers la fenêtre. Je m'assurerai qu'il n'aille pas très loin. »

Il ferme les rideaux et se laisse tomber sur la causeuse, envoyant valser deux des coussins brodés.

« Hors de question », dis-je.

Il écarte les bras le long du dossier et s'agrippe aux accoudoirs des deux côtés.

« Anjali a raison, déclare-t-il. Vous avez besoin d'une protection.

— Alors il va falloir que vous trouviez une autre méthode, parce que vous n'allez pas monter la garde pendant que je dors. Ce n'est pas un plan, ça. C'est une mauvaise comédie romantique. »

Il fait mine de réfléchir à ce que je viens de dire.

« À votre avis, ils prendraient qui dans mon rôle ?

— Ça dépend du budget. Sans doute Terry Crews. Arrêtez de changer de sujet. Pourquoi vous ne pourriez pas poster quelqu'un devant ma porte ?

— Et s'il n'entre pas par la porte ?

— Qui ? Terry Crews ?

— Non, le tueur.

— On est vraiment obligés de l'appeler comme ça ?

— C'est ce qu'il est », rétorque-t-il en me fixant du regard.

Je plaque une paume sur mon front et laisse échapper un grognement agacé. Comment formuler ça sans passer pour une pimbêche ? Les mauvais jours, ce dont j'ai besoin – *tout* ce dont j'ai besoin –, c'est qu'on me laisse seule. Mes parents l'avaient compris. Amy l'avait compris. Même le bureau du logement de ma fac l'avait compris. La première année, je faisais partie des huit seuls étudiants de ma promo qui avaient leur propre chambre minuscule… ce que tout le monde appelait une « cellule d'isolement », une bonne blague que je me répétais la nuit, allongée entre mes draps de coton frais, rideaux occultants tirés, mon générateur de bruit blanc réglé sur « Harmonie tropicale ».

Ça m'est égal d'être littéralement en danger de mort. Il me faut mon moment de solitude. Je ne supporte la présence des autres que si je la sais temporaire.

Isaiah a les yeux rivés sur quelque chose au niveau de ma hanche. Je baisse la tête et constate que ma main droite triture frénétiquement un passant de ma ceinture. Je le lâche et enroule le bras autour de mon ventre à la place.

« Je vous mets mal à l'aise, finit-il par dire.

— *Tout le monde* me met mal à l'aise. »

Je m'assieds sur le lit en m'efforçant de ne pas avoir l'air contrariée. On s'occupe de moi. Et je déteste qu'on s'occupe de moi. Parce que ça signifie non seulement que je suis belliqueuse, entêtée et désagréable, mais aussi que je le montre d'une façon tellement triste et pathétique que les gens ont de la peine pour moi. Je ne peux même pas péter les plombs comme une personne normale.

Je ferme les yeux et j'essaie de trouver une bonne répartie équivalente de la carte « Vous êtes libéré de prison » pour quand vous avez été odieux mais qu'en même temps vous pensiez vraiment ce que vous avez dit.

J'entrouvre une paupière.

« La journée a été longue », je tente.

Isaiah éclate de rire, comme s'il savait exactement d'où m'était venue cette phrase, et maintenant je boude pour de bon.

« Celle de demain le sera encore plus, me répond-il. Croyez-moi.

— Parce que le choc s'estompera, vous voulez dire ? C'est là que tout ça commencera enfin à me sembler réel ?

— Oh, non, pour ça il faudra attendre des mois et

des mois. Je dis juste qu'on a beaucoup à faire si on veut coincer l'assassin de Liza. »

J'ouvre les yeux d'un coup.

« Pardon ?

— Vous ne pensez tout de même pas que je vais laisser cette enquête entre les mains du Percy Weasley local ? J'ai une réputation à défendre, Marissa.

— D'accord, mais… moi ?

— Ouais, vous allez être ma partenaire de jeu. Ce sera une pièce à deux personnages.

— J'aimerais vraiment que vous arrêtiez d'essayer de m'amadouer avec de l'humour déplacé. »

Il se penche jusqu'à ce que ses yeux soient au même niveau que les miens.

« Je suis sérieux. Je veux que vous m'aidiez à retrouver le tueur.

— Non », je réplique.

Mais il continue comme s'il ne m'avait pas entendue.

« J'ai mon équipe, mais ils n'y connaissent pas grand-chose en cinéma.

— Je suis arrivée hier. Demandez à Tony ou à Anjali. »

Il secoue la tête.

« Je préférerais ne pas les impliquer tant que je peux faire autrement. »

Je mets un moment à comprendre ce qu'il insinue. Après quoi, ma bouche s'arrondit en un grand O.

« Vous pensez qu'ils peuvent faire partie des suspects ?

— Je ne vois aucune raison de les éliminer d'office.

— Aucune loyauté d'aucune sorte, hein ? Pas étonnant qu'Anjali vous déteste.

— Attendez, je ne dirais pas qu'elle me *déteste*…

— Alors c'est qu'elle veut coucher avec vous. »

Isaiah éclate de rire.

« Anjali ? Avec *moi* ?

— Ben quoi ? Vous flirtiez, hier.

— Ce n'était pas du flirt. C'étaient deux grandes gueules qui essayaient de parler plus fort que l'autre. À moins que je ne me trompe, Anjali a des vues sur quelqu'un d'autre.

— Sur *Tony* ?

— Non… Valentina.

— Vous voyez, c'est pour ça que je ne suis pas la bonne personne. Je ne sais pas décrypter les gens, en tout cas pas dans la vraie vie. Et j'ai apparemment des *a priori* extrêmement hétéronormés. »

Isaiah tend une main, et le bout de ses doigts vient effleurer mon bras blessé.

« Marissa, dit-il, vous êtes la seule personne dont je suis certain qu'elle n'a rien à voir avec tout ça.

— Hmm, méfiez-vous des rebondissements inattendus. Vous n'avez jamais vu *Angel Heart* ? »

Son expression se radoucit.

« Laissez-moi vous le dire autrement : je n'ai que vous. »

Je jette un coup d'œil à son visage et, quand je vois la forme de ses lèvres, je réprime un gémissement. Cette fois, j'ai compris son intention.

« Non, je lâche. Ne le dites pas. »

Il prend une inspiration.

« Ne le *dites pas*. »

Il tend les deux mains vers moi.

Je me bouche les oreilles.

« Au secours, Obi-Wan Kenobi. Vous êtes mon seul espoir. »

J'attrape un coussin que je lui jette à la figure.

« Plus de *blagues* ! Sérieusement. Je sais que vous

avez sans doute vu des centaines de cadavres et que c'est un mécanisme de défense… et peut-être que c'est même un *bon* mécanisme de défense, qu'est-ce que j'en sais ? Mais ça ne me plaît pas, OK ? J'ai passé ma vie à m'entraîner à rire aux blagues des autres pour qu'ils ne se rendent pas compte que je ne suis pas capable de tenir une conversation, et maintenant il est trop tard pour changer ça, même si à l'heure qu'il est je n'ai vraiment, vraiment, *vraiment* pas envie de me forcer à rire. Ce serait indécent. Je me sentirais indécente. Liza est *morte*. Alors arrêtez de me demander ça. »

Il se recule.

« Vous avez raison, dit-il. C'est par habitude.

— Je veux bien vous aider, d'accord ? Évidemment que je veux bien vous aider. Mais je ne suis pas sûre de vous être d'une grande utilité. Je ne suis pas exactement une détective-née.

— Vous êtes cinéphile, rétorque-t-il avec un haussement d'épaules. Je suis sûr que vous pouvez trouver un ou deux personnages pour vous inspirer.

— Je ne suis pas la Nora Charles de Dashiell Hammett », dis-je en ricanant.

Il me dévisage en plissant les yeux et penche la tête sur le côté.

« Non… Je pensais plutôt à la Marge Gunderson de *Fargo*. »

Voilà qui m'arrache un franc éclat de rire, mais je le ravale aussi sec, car, j'avoue, j'ai été surprise et je ne voudrais pas qu'il pense que *je* pense qu'il n'y connaît rien en cinéma, que je fais partie de ces gens qui se la jouent du genre « d'accord, eh bien, si tu es si cinéphile que ça, voyons voir comment tu écris *Koyaanisqatsi* sans regarder sur Google », que je suis snob, élitiste, que je considère *Fargo* comme un film culte alors qu'en fait c'est un gros succès mainstream, quand la réalité est tout simplement que je n'arrive pas à croire que quelqu'un puisse me taquiner sans que ce soit méchant.

23

Le compromis auquel nous finissons par parvenir est le suivant : Isaiah obtient de Wade la clé de la chambre attenante et j'accepte de laisser la porte de communication entrebâillée. Même si la vue d'une porte ouverte me dérange, je ne peux justifier de faire toute une histoire pour quelque chose d'aussi insignifiant. Ça ferait bizarre dans une nécrologie.

Marissa Dahl, 36 ans, est décédée cette semaine, assassinée parce qu'elle avait insisté pour garder une porte close.

Pour compenser, je pourrai toujours fermer celle de la salle de bains plusieurs fois d'affilée.

J'ouvre les robinets de la douche et attends que l'eau soit bien chaude. Je n'ai jamais été aussi contente de ma routine du coucher que ce soir. Une de mes profs d'anglais au lycée nous avait conseillé d'apprendre des poèmes par cœur au cas où l'on se retrouverait un jour enfermés dans un donjon et qu'on aurait besoin de quelque chose pour ne pas devenir fous, et même si je soupçonne que c'était ironique – ça ne devait pas être facile d'enseigner les poètes romantiques à une bande de sales gosses –, à l'époque je l'ai pris au premier degré. Encore aujourd'hui, un seul vers de Keats suffit à me donner des sueurs froides et à me faire aussitôt planifier un itinéraire jusqu'à l'issue la plus proche.

Mais maintenant… maintenant, je comprends. Car la seule chose qui me rattache encore à la réalité est le rythme habituel que mon corps suit de son propre chef, si inhabituelles soient les pensées qui l'accompagnent : douche, fil dentaire, brosse à dents, re-fil dentaire – *je ne comprends pas* –, lavage du visage, démêlage des cheveux, vérification des ongles pour être sûre que je n'ai rien raté – *pourquoi quelqu'un volerait les rushes si de toute façon il existe une sauvegarde ?* –, nettoyage à la brosse au cas où, pyjama – *et si ce quelqu'un a tué Liza, pourquoi ne m'a-t-il pas tuée aussi ?* –, au lit.

Je règle le radio-réveil sur une fréquence de bruit blanc, ferme les yeux et me frotte les pieds l'un contre l'autre.

John Cusack traverse la rivière Chicago. « Top 5 de ce qui me manque le plus... »

« Marissa… vous dormez ? »

Je me rassieds en sursaut, désorientée, écartant vivement les bras pour garder l'équilibre, alors que j'étais confortablement blottie sous les couvertures de mon lit king size. Avant que j'aie le temps de rien faire d'autre que de prendre une inspiration si brutale qu'elle me brûle la gorge, la lumière s'allume.

C'est Suzy et Grace.

« Mais ça va pas ! » j'explose.

Les deux filles échangent un regard.

« On est venues voir comment vous alliez, dit Suzy.

— On est au courant de ce qui s'est passé, ajoute Grace.

— Et donc vous vous introduisez dans ma chambre… vous ne vous… au beau milieu de la nuit… alors qu'il y a un tueur qui rôde… franchement, c'est juste… *qui* êtes-vous ? »

Je ne peux pas m'arrêter de crier.

Grace a l'air embarrassée.

« Peut-être qu'on a mal anticipé, dit-elle.

— On voulait juste vérifier que vous alliez bien, renchérit Suzy.

— Et on s'est peut-être un peu emballées…

— Mais on se disait aussi… »

Je lève une main, me tourne pour éteindre la radio, puis je m'octroie un moment afin de rassembler mes pensées. Comme je n'en ai pas beaucoup, ça ne me prend pas longtemps.

« Comment êtes-vous entrées ? » je demande.

Les deux filles regardent le plafond.

« Ben…, commence Grace.

— On a peut-être piqué une clé au service de ménage », complète Suzy.

Je serre les dents.

« Et le verrou ?

— On a aussi piqué une clé pour ça, admet Suzy.

— Et le loquet de sécurité ? »

Grace brandit un panneau « NE PAS DÉRANGER » qu'elle agite en l'air.

« On s'est servies de ça pour le tapoter jusqu'à ce qu'il s'ouvre.

— Où avez-vous appris tout ça ?

— Sur YouTube. »

Je me gratte l'arrière du crâne, là où ma queue-de-cheval s'est emmêlée.

« Côté sécurité, on repassera », je marmonne en sortant du lit.

Je m'avance vers la porte de communication. Juste

au moment où je m'apprête à la fermer, Isaiah l'ouvre en grand.

« Tout va bien ? » demande-t-il.

Dans un premier temps, j'arrive seulement à faire de vagues gestes en direction de Suzy et Grace.

« Elles ont forcé ma porte », finis-je par dire.

Isaiah dévisage les deux filles.

« Combien de temps ça vous a pris ?

— À peu près vingt secondes, répond Suzy.

— Ah. »

Il se dirige vers la porte d'entrée et l'ouvre. Dans le couloir, deux policiers en uniforme montent la garde devant la chambre de Liza, désormais sous scellés.

« Vous êtes trop occupés à surveiller cette porte pour garder un œil sur celle-là ? leur lance Isaiah.

— Elles nous ont dit que c'était la chambre de leur mère, rétorque le plus petit des deux en haussant les épaules.

— Et vous ne vous êtes pas demandé ce qu'elles fabriquaient là en plein milieu de la nuit ? »

L'autre policier montre Suzy du doigt.

« Elle a dit qu'elle avait besoin de… trucs de fille.

— Ça s'appelle des *tampons*, Greg », glousse Suzy.

Grace se ronge l'ongle du pouce en fixant ses orteils.

Isaiah échange quelques mots à voix basse avec les policiers avant de refermer la porte.

« À partir de maintenant, je vais mettre un de mes gars en renfort, me chuchote-t-il à l'oreille.

— Vous ne pensez quand même pas que les filles sont en danger ?

— Jusqu'à ce qu'on comprenne ce qui se passe, je pense que tout le monde est en danger. »

Son souffle est tiède contre ma peau, et je titube en arrière d'un demi-pas maladroit avant de me réfugier à l'autre bout de la pièce en parvenant tout juste à ne pas trébucher.

Je jette un coup d'œil aux deux filles, puis à Isaiah, et fais des présentations hâtives en les désignant tour à tour.

« Voici Isaiah. Il se prétend détective, lui aussi. »

Isaiah toussote.

« *Prétend ?* » répète-t-il.

Suzy fronce les sourcils.

« *Lui aussi ?*

— Elles enquêtent sur le meurtre de Caitlyn Kelly, j'explique. Elles pensent que Billy Lyle est innocent. »

Les filles m'observent attentivement, avec une expression qui m'est particulièrement familière : elles essaient de savoir si je me moque d'elles. Ce qui n'est pas le cas… pourtant ce ne serait pas très difficile, si telle était mon intention. Elles se sont changées depuis la dernière fois que je les ai vues, à présent toutes les deux sont vêtues de diverses nuances de noir. Grace a ramassé ses cheveux sous une casquette des Yankees ; les chaussettes de Suzy sont décorées de crânes miniatures.

« Qu'est-ce qu'il y a de drôle ? demande Grace.

— Rien, je réponds sincèrement. Vous vous baladez sans surveillance dans un hôtel où quelqu'un vient d'être *assassiné*. Ça n'a absolument rien de drôle. Je n'ai pas la moindre idée de ce que devrait être la réaction appropriée dans ce genre de circonstances, que ce soit sur le plan émotionnel ou autre. Appeler vos parents, sans doute. »

Grace fait un pas vers moi, la mine implorante.

« Non, s'il vous plaît.

— Quel âge avez-vous ?

— Je vais avoir quatorze ans en août », lâche Grace.

Je me tourne vers Suzy.

« Je vais avoir quatorze ans en août *prochain.* »

Cette fois, je ris pour de bon. À leur âge, je faisais des économies pour me payer un lecteur de CD et je refusais de prendre une douche après le cours de gym parce que j'avais trop vu *Carrie*. Quel effet ça peut faire d'être aussi confiant, aussi intrépide à un si jeune âge ? À n'importe quel âge. Sont-elles nées comme ça ou l'ont-elles appris je ne sais comment ? De qui ? Est-ce générationnel ? Est-ce qu'elles pourraient me l'apprendre à moi aussi ?

« C'est largement assez vieux pour savoir qu'on n'entre pas comme ça dans la chambre des gens », commente Isaiah.

Ce en quoi il n'a pas tort, et, maintenant que j'y pense, je suis *très* fâchée qu'elles aient forcé ma porte, mais…

« Je suis sûre qu'elles avaient une bonne raison », je m'entends dire.

Elles détachent leurs yeux d'Isaiah et les posent sur moi.

« En effet, confirme Grace.

— On a une *super* bonne raison », renchérit Suzy.

Je me frotte le nez du dos de la main.

« Allez-y, les encourage Isaiah.

— On sait bien que tout le monde dit que Billy a tué Liza, commence Suzy.

— Ah bon ? » je fais, sans conviction.

Suzy roule les yeux.

« Elle a été tuée de la même manière que Caitlyn, laissée au même endroit, habillée dans la même tenue. Enfin, c'est ce qu'ils disent.

— Mais vous n'y croyez pas, devine Isaiah.

— Ça ne tient pas debout, dit Suzy.

— Je suis d'accord. »

Les deux filles le dévisagent avec surprise.

« Anjali pense qu'il y a un autre suspect numéro un, poursuit Isaiah. Qui n'est pas Billy. »

Je tire sur la manche d'Isaiah.

« Vous êtes sûr de vouloir leur parler de ça ?

— J'ai l'impression que, de toute façon, elles ne vont pas tarder à le savoir.

— On est déjà au courant pour Ryan, clame Suzy haut et fort.

— Vous voyez ? murmure Isaiah.

— … et c'est clairement une fausse piste. »

Isaiah relève la tête et fixe les deux filles d'un regard qui leur fait baisser les yeux et agiter les pieds, et c'est seulement quand Grace commence à avoir la lèvre qui tremble qu'il radoucit son expression. Il soupire et cale son corps du mieux qu'il peut dans le fauteuil, les coudes sur les genoux.

« D'accord, dit-il, je vous écoute. Expliquez-moi pourquoi cette enquête à laquelle mon équipe et moi avons consacré des dizaines d'heures est vaine. »

Suzy prend une grande inspiration.

« Déjà, Ryan n'avait que neuf ans quand Caitlyn a été tuée.

— Et il vivait à San Diego », ajoute Grace.

Un temps.

« Vous me prenez vraiment pour un débutant ou quoi ? » réplique Isaiah.

Suzy se racle la gorge.

« Oui, euh… Et vous saviez aussi qu'il est resté enfermé dans le sous-sol de chez sa mère pendant trois jours ?

— Quoi ? Comment avez-vous…

— Notre copain Quincy a piraté son compte de téléphone portable.

— J'ai une équipe entière qui bosse pour essayer d'obtenir ces informations. »

Grace tend la main et lui donne une petite tape sur l'épaule.

« Je suis sûre qu'ils iraient plus vite s'ils pouvaient enfreindre la loi, eux aussi, le rassure-t-elle.

— Mais vous continuez de penser qu'il s'agit du même tueur ? je demande, en m'asseyant maladroitement au bord du lit.

— Non, répond Isaiah. Si la personne qui a tué Caitlyn est toujours dans les parages – ce qui, à mon humble avis, est hautement improbable –, pourquoi tuerait-elle à nouveau ? Surtout maintenant, avec tous ces gens autour.

— Un argument tout à fait rationnel, concède Grace. Sauf s'il y a une raison *vraiment* impérieuse.

— À savoir ? s'enquiert Isaiah en haussant un sourcil.

— *Le film*, dit Suzy. On pense qu'il y a quelque chose dedans. Un indice. Un accessoire, ou une réplique particulière, on n'en sait rien. Mais c'est quelque chose que la police n'a pas vu la première fois et qui, à tous les coups, permettrait de démasquer le tueur de Caitlyn. Ça colle, non ? Le tueur s'introduit dans la salle de projection pour détruire les preuves, et ensuite il tue Liza pour s'assurer que le film ne verra jamais le jour. »

C'est une solution tellement parfaite – et si proche de l'intrigue d'au moins deux films que j'adore – que je m'en veux un peu de devoir la mettre à mal.

« Mais les rushes n'ont *pas* été détruits, je fais remarquer. Seulement une des copies. Il y a sans doute trois sauvegardes différentes. C'est un énorme film hollywoodien, avec un budget de *millions* de dollars, pas un petit film d'étudiants en cinéma. »

Suzy fronce les sourcils.

« Ah. En même temps, l'assassin de Caitlyn doit être assez vieux, maintenant. Peut-être qu'il n'est pas au courant de tout ça.

— Tout ça quoi ? Les ordinateurs ? »

Elle se laisse tomber sur la causeuse et attrape un coussin qu'elle serre sur ses genoux.

« D'accord, alors peut-être que le tueur voulait simplement arrêter le tournage.

— C'est possible », admet Isaiah.

Suzy reprend du poil de la bête.

« Parce qu'il sait que, si le film sort, la vérité éclatera au grand jour ! »

Isaiah se frotte le cou des deux mains et marmonne quelque chose qui ressemble beaucoup à *« qu'est-ce que je fous, putain ? »*.

« D'après mon expérience, reprend-il, au départ les gens sont mus soit par l'appât du gain, soit par de grands sentiments… pas par des complots sophistiqués. Ensuite, une toute petite mauvaise décision en entraîne un tas de beaucoup plus graves. »

Suzy et Grace objectent en chœur.

« Mais quelles preuves…

— On n'est pas des gamines…

— Je suis un *professionnel*… »

Je baisse les yeux vers mes pieds. Ils se balancent, les chevilles collées l'une à l'autre, mes talons cognant contre le montant du lit sur un rythme régulier très satisfaisant. Au bout d'un moment, quelque chose clique dans ma tête, un ajustement infime mais nécessaire, comme on tapote le coin d'un cadre pour le remettre d'aplomb.

« Pourquoi Anjali vous a-t-elle embauché ? » je demande à Isaiah.

Ce dernier hésite.

« Elle m'a dit qu'il y avait eu un certain nombre d'incidents troublants et d'interactions inappropriées sur le plateau. Il y avait en particulier un ancien employé qu'elle voulait que je garde à l'œil : Ryan Kassowitz. Elle affirmait avoir des raisons de penser que certains membres de l'équipe pouvaient être physiquement en danger.

— Comme Liza ?

— Entre autres.

— Comme moi ? je demande d'une voix calme.

— Je sais, dit-il. J'ai manqué à mon devoir vis-à-vis de vous, ce soir. Et vis-à-vis de Liza. Mais je ne peux pas faire mon boulot si mes clients ne sont pas honnêtes avec moi… et je commence à penser que Tony et Anjali me cachent des choses depuis le début. J'en ai ras le bol de leurs conneries. À partir de demain, on va obtenir des réponses. »

Il regarde Suzy, puis Grace, puis moi.

« Tous les quatre, nous allons éclaircir cette histoire. »

SUZY KOH : Alors, de nombreux auditeurs nous ont posé la question... et la réponse est : oui, on a vraiment forcé la porte d'une chambre d'hôtel avec un panneau « NE PAS DÉRANGER ».

GRACE PORTILLO : C'était trop facile.

SUZY KOH : Sans déc. Plus jamais je ne dormirai dans une chambre d'hôtel. [*Un temps.*] Enfin, sauf si c'est un super hôtel.

24

« Alors bon, j'ai repensé à Hansel et Gretel, là », annonce Isaiah en franchissant la porte de communication.

Je n'ai réussi à grappiller que quelques heures de sommeil agitées après qu'il eut raccompagné les filles dans leur chambre tard dans la nuit, il n'est donc pas très étonnant que je n'aie pas la moindre idée de ce dont il parle. Je me creuse la tête jusqu'à ce que je comprenne qu'il fait sans doute allusion à Suzy et à Grace.

« Mais elles n'ont pas été abandonnées par leurs parents, j'objecte.

— Je sais, c'est pour ça que…

— Et puis Hansel et Gretel, c'étaient un garçon et une fille, non ? »

Isaiah soupire.

« Laissez tomber, répond-il. Je me disais juste qu'elles ont peut-être mis le doigt sur quelque chose. »

Je ne sais pas si c'est parce que je ne suis pas encore bien réveillée ou s'il tente d'injecter du suspense dans la conversation, mais quoi qu'il en soit, je n'ai pas la patience nécessaire.

« Si vous voulez jouer à ça, je rétorque, je vous préviens que je ne supporte pas quand les gens parlent comme s'il allait y avoir une coupure de pub. Venez-en au fait, s'il vous plaît. »

Il se frotte la nuque.

« J'essaie simplement de dire que je suis prêt à envisager la possibilité qu'il y ait bel et bien un rapport entre la mort de Liza et le meurtre de Caitlyn.

— Vous n'auriez pas pu commencer par là ? je demande en enfilant maladroitement les bretelles de mon sac à dos. Pourquoi me sortir cette histoire de Hansel et Gretel ? Ça n'a aucun rapport. »

Il regarde mon sac à dos.

« Vous êtes obligée de prendre tout ça ? demande-t-il.

— Toujours prêt. C'est pas votre devise ?

— C'est celle des scouts.

— Vous voulez me faire croire que vous n'avez pas été scout ?

— Bref, dans tous les cas, restez près de moi. Si quelqu'un vous pose des questions, vous allez chez le médecin pour une visite de contrôle.

— Attendez, *quoi ?* »

Il me pousse gentiment vers le couloir, où je tombe nez à plexus solaire avec un mastodonte qui doit faire près de deux fois ma taille et trois fois mon poids. Quand il croise les bras, ses pectoraux tendent le tissu de sa chemise.

Je lève la tête et le regarde en clignant des yeux.

« Je vais chez le médecin pour une visite de contrôle », dis-je.

Isaiah m'attrape par le coude et me traîne dans le couloir en direction de l'escalier.

« Relax, c'est un de mes hommes. Vous les reconnaîtrez à leur air compétent. »

Nous nous dirigeons vers la salle de cinéma. Nous sommes convenus hier soir que notre première mission de la journée serait une reconstitution de l'agression. Isaiah espère que ça me rafraîchira la mémoire. Je ne suis pas aussi optimiste…, mais je veux m'assurer que les policiers ont éteint le projecteur comme il faut.

Une fois que nous sommes arrivés au rez-de-chaussée, Isaiah me tire derrière lui.

« Ne bougez pas. »

Il entrebâille la porte du lobby et jette un coup d'œil de l'autre côté. Après quoi il referme la porte sans bruit et appuie un doigt sur une oreillette que je n'avais pas remarquée jusqu'à cet instant.

« Hé, Jonesy, tu veux bien occuper ces gars une minute ? »

Il attend la réponse, puis me fait signe de le suivre.

« Venez. Doucement. »

Le lobby est si désert qu'on le croirait désaffecté depuis des années. Le bar et le restaurant sont plongés dans l'obscurité, tous les rideaux sont tirés. Aucune des lampes n'est allumée. Le seul signe de vie récente est un aspirateur abandonné dans un des espaces lounge. Il est encore branché à la prise murale.

Je me demande brièvement ce qu'est devenue la chatte.

Isaiah traverse le lobby en rasant le mur. À l'autre extrémité, juste à côté de l'entrée, se tiennent deux policiers en uniforme. Ils rigolent avec un homme blond-roux qui fait la taille d'une armoire à glace.

« Encore un des vôtres ? » je murmure.

Isaiah me répond par une pression de la main.

Nous arrivons au bout du lobby et tournons au coin. Dès que nous ne sommes plus en vue, Isaiah me tire vivement par la main pour que je me dépêche.

« Vous avez combien d'employés ? je demande.

— Trois autres en plus des deux que vous venez

de voir. J'ai une seconde équipe près de Baltimore, mais les flics ne laissent plus personne quitter l'île ni y arriver pour l'instant, sans exception. Tôt ce matin, ils ont renvoyé un bateau de pêche sur lequel s'étaient planqués deux paparazzis. Malheureusement, ils sont revenus avec des hélicos. »

Je tressaille.

« Donc la nouvelle est publique ?

— En effet. »

Je m'arrête net, si net que je trébuche en avant.

Isaiah me rattrape par l'épaule pour me stabiliser.

« Ça va ?

— Je viens de me rendre compte que je devrais appeler mon amie.

— Ça ne peut pas attendre ?

— Si elle n'a pas de nouvelles de moi et qu'elle a des raisons de penser qu'il s'est passé quelque chose de grave, personne ne l'empêchera d'arriver jusqu'ici. Pas même vous. »

Il se retourne pour jeter un coup d'œil vers le lobby.

« D'accord, mais faites vite. »

Je glisse une main dans ma poche arrière…

« En fait, est-ce que je pourrais utiliser votre téléphone ? »

Il me regarde en haussant un sourcil.

« Si je l'appelle du mien, il y a plus de chances pour qu'elle décroche, parce qu'elle connaît le numéro.

— Vous appelez votre amie… votre amie qui apparemment serait prête à affronter la police et les forces spéciales pour venir jusqu'à vous si elle pensait que vous étiez en danger… et vous espérez tomber sur son répondeur ? »

Je hoche la tête.

« Exactement. »

Il me dévisage d'un air admirablement placide.

« Utilisez votre téléphone, Marissa.

— Très bien. »

J'ouvre le clapet du téléphone que m'a donné la production et grimace en voyant l'écran. Vingt appels manqués.

Je compose le numéro… et prends mon courage à deux mains.

« Amy ? »

Je suis accueillie par un déluge de mots et de bruits trop compliqués pour pouvoir ne serait-ce que les séparer les uns des autres, alors je me contente de répéter : « Je vais bien » jusqu'à ce qu'elle se calme.

« Alors c'est vrai ? demande-t-elle.

— Ça dépend, je réponds prudemment.

— Au début, tout le monde disait que c'était une overdose, mais je viens de lire qu'elle a été *assassinée* ? Et que maintenant il y a une sorte de *chasse à l'homme* ? »

Je couvre le micro d'une main et me tourne vers Isaiah.

« La police n'a pas encore fait de communiqué ? »

Il secoue la tête.

« D'où tu sors tout ça ? je demande à Amy.

— Twitter.

— Je croyais que tu avais fermé ton compte.

— Je me suis réinscrite, OK ? grogne-t-elle. Je t'ai appelée huit mille fois, tu ne décrochais pas. Je n'avais pas d'autre solution. Il y a tellement peu d'infos crédibles qui fuitent, on se croirait… on se croirait à l'ère pré-Internet. Même les sources de Josh se sont taries, et tu le connais, c'est l'homme qui murmure à l'oreille des électros. Je ne sais pas qui gère la communication de crise du studio, mais ça mérite une augmentation.

— Je parie que je sais qui c'est. Elle est terrifiante… Tu l'adorerais. »

Isaiah me tape sur l'épaule et me fait signe de conclure.

« Amy, écoute, il faut que j'y aille, mais… mais je te rappelle ce soir, d'accord ?

— Tu es en sécurité, hein ?

— Bien sûr que je suis en sécurité.

— Tu as répondu beaucoup trop vite.

— Je suiiiiiiiiiiis en sécuritééééééééééé. »

Le rire que ça me vaut est infime, mais c'est mieux que rien.

Je déverrouille la porte du cinéma et plonge sous le ruban de la police. Je me retourne vers Isaiah.

« Restez près de moi. Soyez prudent dans l'escalier. Et par pitié, faites attention à votre tête. »

Il esquisse un sourire.

« Les rôles se sont inversés, on dirait.

— Oui… Vous êtes dans mon monde, maintenant. On est plus petits, ici. J'espère que vous avez une lampe de poche. »

Il en sort une sur-le-champ et l'allume.

« C'est impossible que vous n'ayez pas été scout…

— Hélas, vous ne le saurez jamais », répond-il avec un haussement d'épaules.

La cabine de projection est plus ou moins dans l'état où je l'ai laissée hier soir. Quelqu'un a monté une veilleuse d'en bas et poussé la plupart des tessons de verre dans un coin, mais c'est la seule différence. Ils ne se sont même pas donné la peine d'essuyer l'Autowind : je peux voir la traînée de sang bruni sur le bord du plateau inférieur. Quand je m'accroupis pour l'examiner de plus près, je distingue de petites croûtes qui ne peuvent être que ma propre chair séchée.

Est-ce que je devrais trouver ça dérangeant ? J'imagine que oui. Une personne normale trouverait ça dérangeant.

Une personne ordinaire, je veux dire.

Une personne *typique*.

Malgré tout, je continue à me sentir chez moi ici, au calme, au chaud, entourée du matériel de projection et de panneaux insonorisants, dans l'odeur âcre et sucrée du détergent pour moquette industriel avec, en dessous, des effluves vinaigrés qui m'indiquent que la pellicule chargée dans la machine commence à se détériorer.

Je traverse prudemment la pièce et jette un coup d'œil aux photos encore punaisées au mur.

Liza, Liza, partout.

Mes yeux s'attardent sur ce premier plan, sur l'image d'une fille morte qui, pour moi, était un jeu, une brouille, une amusante petite énigme à résoudre. Je frémis à ce souvenir, à présent. Comment est-ce que j'ai formulé ça, déjà ?

Ça tombe sous le sens. Sinon, pourquoi en faire un film ?

« Qu'est-ce qu'il y a ? demande Isaiah.

— Le corps de Liza était disposé exactement de la même façon », dis-je en désignant la photo d'un hochement de menton.

Il se baisse pour passer la porte et traverse la pièce en deux pas de géant.

« Vous voulez dire que son corps a été arrangé pour coller au film ?

— Ou pour coller à Caitlyn. C'est pareil. Tony s'est probablement inspiré des clichés de police de l'époque pour ce plan. »

Isaiah se tourne vers moi et me dévisage.

« Sérieusement ?

— Ben ouais, pourquoi pas ? »

Il laisse échapper un long soupir, puis tend le bras par-dessus ma tête et détache la photo du mur. Il défait la fermeture Éclair de mon sac à dos et glisse la photo dedans.

« Gardez-moi ça, vous voulez bien ?

— On ne devrait pas faire attention à ne pas contaminer la scène de crime ?

— Je suis sûr que les flics s'en sont déjà chargés. »

Il recule et balaie la pièce du regard.

« Donc, l'agresseur était dans ce coin-là quand vous êtes entrée, c'est ça ? À peu près là où vous vous tenez ?

— La lumière était éteinte, je ne peux pas en être certaine. Mais il s'est jeté sur moi depuis cette direction, oui.

— Il vous a attaquée dès que vous êtes entrée ?

— Pas vraiment… seulement après que j'ai ouvert mon téléphone. »

Isaiah s'accroupit près de l'Autowind et scrute la trace de sang.

« Si je comprends bien, il vous a poussée, vous êtes tombée – le point d'impact est ici – et vous avez roulé sur le côté.

— Ensuite j'ai rampé jusque-là, j'ajoute en désignant le mur derrière le projecteur.

— La prochaine fois, rampez peut-être près d'une issue de secours. Ou, encore mieux, courez.

— Écoutez, dis-je, la main sur la hanche, tout allait très vite, OK ?

— Et donc, pendant que vous vous *cachiez* ici, dit-il en dessinant des guillemets avec les doigts…

— Non mais oh !

— … votre agresseur a vraisemblablement porté l'ordinateur dans l'escalier et…

— Traîné.

— Hein ?

— Il ne l'a pas porté, il l'a traîné.

— Vous êtes sûre ?

— Oui. Je l'ai entendu. Ces marches métalliques sont *sonores.* »

Isaiah ressort de la pièce et tire la lampe torche de sa poche arrière pour éclairer le plafond, les murs, le palier. Mes yeux se fixent sur les lentes volutes de poussière prises dans la lumière. Le *mouvement brownien*, me souffle mon cerveau en se remémorant confusément un des cours magistraux que nous faisait mon père pendant le dîner. Un mouvement qui ne s'explique que si l'on tient compte d'objets invisibles à l'œil nu.

Isaiah est en train de me poser une question.

« Pardon ? je fais.

— Vous pouvez allumer sur le palier ? » répète-t-il.

Je secoue la tête avant de me souvenir qu'il ne peut pas me voir.

« Non, l'ampoule est cassée. Elle s'éteint à la moindre contrariété. Ce bâtiment date sans doute d'avant les codes de construction modernes. »

Il jette un coup d'œil par-dessus la rambarde.

« Vu comment cet escalier est construit, je dirais qu'il date même d'avant l'ingénierie moderne. »

Il balaie les premières marches de sa torche et commence à descendre. Il progresse lentement, méthodiquement, en vérifiant chaque marche devant lui avant de continuer. Mais quand je vais pour le suivre, il lève une main en l'air.

« Mieux vaut ne pas ajouter de poids supplémentaire

sur ce truc. Je suis sûr que je l'ai déjà à moitié bousillé en montant. »

Aux deux tiers de sa descente, il s'arrête net… et l'escalier entier sursaute, comme surpris. Isaiah se penche pour ramasser quelque chose.

« Je crois que vous avez raison. C'est un morceau du boîtier de l'ordinateur. Il a dû se casser.

— Bien sûr que j'ai raison. Je vous l'ai dit, je l'ai entendu.

— Ouais, d'accord, mais bon, un choc et une hémorragie ne garantissent pas forcément un témoignage des plus fiables.

— Je n'ai pas saigné tant que ça ! »

Il désigne d'un vague geste les marches devant lui.

« Ce n'est pas ce que suggèrent les éclaboussures ici. »

Je fronce les sourcils. Je me rappelle très bien avoir pensé que la plaie n'était pas si profonde, mais sans doute est-ce un autre symptôme du choc. Je me penche en avant, le plus prudemment possible. En effet, en plissant les yeux, j'arrive à distinguer quelques taches sombres dans le faisceau de la torche. Mais ça reste assez difficile à dire sur le caillebotis des marches en acier.

« Vous êtes sûr que ce n'est pas de la rouille ?

— Ça pourrait, admet-il. J'ai surtout l'habitude du sang frais. À votre avis, cette tour d'ordinateur pesait combien ?

— Je ne sais pas. Assez lourd. Une vingtaine de kilos, peut-être. Pourquoi ? »

Il marmonne quelque chose en réponse, puis se retourne et avance d'un pas décidé dans le couloir. Je dévale les marches pour le rejoindre.

« Qu'est-ce que ça peut faire, combien pesait l'ordinateur ? » je répète.

Il ignore ma question et se contente de fixer la porte en battant du pied.

« Vous saigniez beaucoup, finit-il par dire. Pourtant, cette porte était fermée à clé quand les flics sont venus perquisitionner. Vous avez vraiment pris le temps de refermer le cadenas derrière vous en partant ?

— Non, ce n'est pas par là que je suis ressortie. J'ai pris l'escalier de secours, par-derrière. »

Il me regarde droit dans les yeux.

« Montrez-moi », dit-il.

À mon grand désarroi, Isaiah ne tient pas particulièrement à examiner l'escalier de secours. D'après lui, le vent et l'eau auront depuis longtemps éliminé tout indice potentiel.

Il ne s'intéresse pas non plus à la promenade ni à la plage.

En revanche, il voudrait voir la grotte.

J'aurais préféré passer encore vingt à vingt mille minutes à parler algues et boue marines, mais apparemment mon opinion sur ce sujet n'a que peu de poids.

Je dois l'admettre, à la lumière du jour, et avec Isaiah à mes côtés, la grotte est beaucoup moins intimidante. L'eau est plus haute qu'elle ne l'était hier soir, mais au moins, cette fois, je peux la voir.

J'ai quand même envie de vomir, cela dit.

« Vous venez d'où, déjà ? demande Isaiah.

— De l'Illinois. Et vous ? »

Il me lance un regard amusé.

« Ce n'était pas pour faire la conversation.

— Ah, je pensais que vous essayiez peut-être de faire diversion.

— Non, j'essayais seulement de comprendre deux ou trois trucs.

— Et alors, vous avez compris ?

— Ouais. Que parler vous rend *encore plus* nerveuse. »

Mes bras tentent de s'enrouler autour de mon ventre, mais je les force à rester le long de mon corps.

« Je vais entrer pour jeter un coup d'œil à l'intérieur, annonce Isaiah. Vous voulez m'accompagner ? Ou vous préférez attendre là ? »

Mon premier réflexe est de feindre une expression nonchalante, comme si c'était la chose la plus facile au monde ; comme s'il s'agissait juste d'entrer dans mon lit, dans une salle de cinéma ou chez ma mère. Mais je me ravise aussitôt.

« J'ai vraiment peur des grottes. J'ai failli me noyer dans une grotte quand j'étais petite. »

Il hoche la tête.

« Je me doutais qu'il y avait une histoire comme ça. J'ai failli me noyer une ou deux fois moi-même. C'est pas génial.

— Non, je confirme.

— Et si on évitait, cette fois ? » suggère-t-il en me tendant la main.

Est-ce juste dans mon imagination, ou bien a-t-il détourné les yeux exprès, peut-être pour me laisser la possibilité de croire qu'il ne s'agit là que d'un geste pour m'inviter à passer devant ? Mais sa paume est tournée vers le haut, et ses doigts légèrement repliés. Il y a quelque chose de presque courtois, une cape bordée d'hermine jetée sur une flaque élisabéthaine, et je ne sais si je dois être agacée par ce que ça suppose ou reconnaissante de cette aide.

À moins qu'il n'y ait une troisième option que je n'ai pas envisagée.

Lorsque mes doigts effleurent les siens, une sensation

vive et brûlante jaillit sous mon omoplate droite. Une sensation nouvelle. Pas forcément désagréable.

Sa main se referme sur la mienne, et il m'entraîne dans la grotte.

Dans la lumière, je reconnais immédiatement le goulet.

« C'était ici, lui dis-je. Hier soir, je me suis arrêtée ici. J'ai cru entendre quelque chose.

— Et vous n'avez pas jugé bon de le mentionner ?

— Je me disais que c'était dans ma tête.

— Ou peut-être que votre agresseur est passé par là, lui aussi, réplique Isaiah en dirigeant sa torche à travers l'étroite ouverture. Vous savez ce qu'il y a de l'autre côté ? »

Mes lèvres s'entrouvrent pour lui raconter ma rencontre avec Gavin et Billy, mais, je ne sais pas pourquoi, j'hésite.

« C'est une caverne, je me contente de dire. On peut y entrer en bateau par là… ce qui signifie qu'on peut aussi en sortir en bateau. »

Il tend la main dans l'ouverture, doigts écartés.

« Je ne suis pas certain de pouvoir passer.

— Je suis sûre que vous avez connu des passages plus difficiles.

— Seulement au figuré. »

Sa mâchoire, son front, ses épaules sont tendus dans une concentration toute professionnelle, mais ses lèvres esquissent quelque chose qui ressemble encore beaucoup à un sourire. Comme s'il ne pouvait pas s'en empêcher.

Et il faut croire que je ne peux pas m'en empêcher non plus, car la proposition m'échappe presque malgré moi :

« Je pourrais passer la première ? »

Il me dévisage avec étonnement.

« Vous êtes sûre ?

— Oui », j'acquiesce en tournant la tête pour qu'il ne puisse pas voir la détresse dans mes yeux.

Je cale mon sac à dos dans une petite niche protégée, attrape la torche et me faufile dans le goulet. Je l'ai déjà fait. Je peux le refaire.

Cette fois, cependant, j'ai une perception encore plus aiguisée des dimensions physiques de l'espace autour de moi. Il y a largement la place pour *mes* hanches et *mes* épaules, mais si je faisais trente centimètres de plus – ce qui est le cas d'Isaiah, au bas mot –, ce serait serré. Peut-être que s'il pivote sur le côté et qu'il se décale complètement sur la gauche…

Je me tourne pour lui en faire part.

Le sol disparaît sous mes pieds, et je bascule en arrière dans l'eau.

J'émerge en toussant, désorientée, vaguement consciente qu'Isaiah crie mon nom.

« Marissa ? Qu'est-ce qui se passe ? »

J'essuie l'eau dans mes yeux et prends une grande inspiration.

« Je suis… »

Ma bouche replonge sous la surface. *La vache*, je manque d'entraînement. J'ai oublié comment faire pour nager sur place, or cette caverne débouche tout droit sur l'océan, et l'eau bouge.

(Elle ne *monte* pas, je me rappelle fermement. Elle *bouge*.)

Je bats des jambes de toutes mes forces et agite les bras sur les côtés. Il n'y a aucune grâce dans mes mouvements, mais je parviens à me stabiliser juste le temps de prendre une autre inspiration avant de couler à nouveau.

L'eau est tiède et sablonneuse, comme le liquide qui reste dans le seau après qu'on a passé la serpillière. Je serre la mâchoire et tends les mains devant moi en m'efforçant d'ignorer la douleur dans mon bras gauche, de faire comme si le sel ne s'introduisait pas entre les points de suture, sous ma peau. J'essaie d'atteindre la paroi de la grotte, cherchant désespérément quelque chose, n'importe quoi, pour m'agripper, mais mes doigts glissent sur la pierre visqueuse et polie. La tension dans mes poumons, mon diaphragme et mes joues, est en train de devenir insupportable.

Je ne vais pas pouvoir retenir mon souffle encore très longtemps.

Je me cambre au maximum, étire le cou, bats des pieds et – *voilà* – j'avale une autre bouffée d'air, une autre décharge d'énergie, et je promène des yeux fous autour de moi pour trouver une idée. Je la vois juste à temps : la saillie rocheuse. Elle n'est qu'à un mètre cinquante sur ma droite.

Je me laisse couler et me trémousse dans ce que j'espère être la bonne direction…

Brad Pitt, vêtu d'une veste épouvantable et d'une chemise encore pire : « Je veux que tu me frappes aussi fort que tu peux. »

… j'apprécie le message que mon cerveau essaie de me faire passer, mais, franchement, si *Fight Club* est le dernier film auquel je pense avant de mourir…

Peu importe : je remue les jambes *aussi fort que je peux*.

Mon front se cogne contre la saillie. Une seconde plus tard, l'eau tente de m'aspirer en arrière.

Je lance mon bras valide en direction du rocher, les

doigts recroquevillés en griffes pour chercher une prise. Je réussis à m'accrocher au rebord, mais une main ne va pas suffire. Le courant est trop fort.

Mon pouce lâche.

Je serre les dents contre la douleur et soulève péniblement mon bras blessé hors de l'eau avant de le rabattre sur le rocher. Je donne tout ce que j'ai…

L'eau déferle à nouveau vers moi, et j'ai tout juste la présence d'esprit d'utiliser cette poussée pour me hisser sur la saillie. Je roule sur le flanc et laisse ma bouche pendre, béante, même si je ne sais pas trop pourquoi je me donne cette peine : l'oxygène n'a pas l'air de faire beaucoup de bien à mon cerveau.

« Marissa ! »

Je relève la tête, difficilement. Isaiah se tient à l'entrée du goulet.

« Vous êtes passé, je parviens à articuler d'une voix rauque.

— Vous ne me répondiez pas », dit-il, comme si ça expliquait comment il a réussi à réduire son volume corporel de moitié.

Un gargouillis s'échappe de moi, un gargouillis qui, je crois, s'efforce d'être un rire, suivi d'un grand plouf que, l'espace d'une seconde d'hébétude, je prends pour le bruit de mon propre corps retombant dans l'eau. Mais non, c'est juste Isaiah. Il se hisse sur la saillie à son tour et se penche pour m'examiner.

« Vous allez bien ? »

Je roule sur le dos et me couvre le visage de mes deux mains.

« Vous posez trop de questions, Isaiah. »

Au bout d'un moment, je finis par pouvoir m'asseoir. Puis je me décale vers l'arrière jusqu'à me plaquer contre la paroi, le plus loin possible de l'eau. J'inspire profondément. Mes épaules commencent à se détendre.

C'est alors qu'Isaiah fait un brusque mouvement vers l'eau, et ma main jaillit aussitôt pour le sauver, le retenir, l'empêcher de plonger, même si ce type serait sans doute capable de traverser la Manche à la nage aller-retour… voire *l'océan Pacifique* aller-retour.

Je rougis quand je comprends qu'il ne va nulle part. Il essaie juste de récupérer quelque chose dans l'eau. Je me redresse pour voir ce que c'est.

Ah. Évidemment, sa torche électrique est waterproof.

Il essore son polo mouillé avant de s'éloigner à l'autre extrémité de la saillie rocheuse. Il allume sa lampe et la braque sur le piquet d'amarrage.

« C'est quoi, cet endroit ?

— Je ne sais pas trop. Je crois que les jeunes du coin aiment venir ici. Faire des bêtises. Ce genre de choses. »

Il se met à fouiller la caverne, balayant les parois de son faisceau lumineux. Alors qu'il éclaire le coin le plus éloigné, mes yeux repèrent quelque chose de nouveau.

« Stop ! »

Je me penche en avant, à quatre pattes, pour mieux voir. Là, pris dans la lumière froide de la LED, un ruban de peinture vert irisé se détache sur la pierre.

Caitlyn Kelly est morte ici

« Tiens, tiens, souffle Isaiah.

— C'est vrai ? je demande. C'est là qu'elle a été tuée ?

— Aucune idée. Comme je vous l'ai dit, ce n'est pas pour ça qu'on m'a embauché.

— Curieux endroit pour tuer quelqu'un, vous ne trouvez pas ? »

Il dirige sa torche vers l'entrée de la grotte.

« En même temps, commente-t-il, on peut y accéder par bateau, ce qui est un plus. Et c'est suffisamment caché et sombre pour pouvoir prendre une personne par surprise. L'acoustique n'est pas idéale, mais, avec le boucan de l'océan, on n'entend probablement rien depuis la plage, malgré l'écho. Comment elle est morte, déjà ?

— Traumatisme crânien.

— Ça peut vouloir dire tout et n'importe quoi.

— On devrait en parler à Suzy et à Grace. Je crois qu'elles ont le rapport du légiste.

— Naturellement. »

Je serre mes jambes entre mes bras et pose le menton sur mes genoux.

« Mais pourquoi se donner la peine d'attirer une fille dans un endroit à l'abri des regards pour ensuite se *re*donner la peine de traîner sa dépouille dans un endroit offert à *tous les regards* ? Est-ce qu'on peut seulement transporter un corps dans ce boyau étroit ? Est-ce que ça n'aurait pas laissé sur sa peau des égratignures ? Des débris ? Quelque chose ? »

Isaiah réfléchit un moment.

« À moins de la faire sortir par bateau, dit-il.

— Dans ce cas, pourquoi ne pas la jeter à l'eau ?

— Peut-être que le tueur *voulait* qu'on la découvre.

— Mais pour quelle raison peut-on vouloir qu'un corps soit découvert ? Pour la gloire ?

— Si quelqu'un est prêt à aller jusqu'à tuer pour la gloire, est-ce qu'il s'en tiendrait à une seule victime ?

— Ça ne peut pas être un serial killer, le mode opératoire ne colle pas. Je veux dire : Jack *l'Éventreur*. *L'Étrangleur* de Boston. Hannibal le *Cannibale*.

— "Frank le Traumatiseur crânien", c'est vrai que ça ne sonne pas aussi bien.

— Peut-être qu'il essayait juste d'envoyer un message, je suggère. Peut-être que Caitlyn était mêlée à quelque chose… la drogue, la prostitution. Ou peut-être que son père…

— On devrait partir d'ici, me coupe-t-il abruptement. Vous me faites penser à la petite Jessica quand les sauveteurs l'ont enfin remontée du puits où elle était tombée. »

Il s'assied sur le bord de la saillie, fait basculer ses jambes dans l'eau et se laisse glisser avec plus de grâce que je ne l'aurais cru. Comme Esther Williams dans un ballet aquatique… si tant est qu'Esther Williams ait pu soulever deux cents kilos en épaulé-jeté.

« Qu'est-ce qui vous fait sourire ? demande-t-il.

— Rien, je vous imagine juste en maillot de bain. »

Il hausse les sourcils.

« Non, pas dans ce sens-là ! je m'empresse d'expliquer. Un maillot *de femme*.

— Ah, d'accord, dans ce cas ! »

Je me couvre le visage.

« Non, pas ça non plus.

— *Marissa*. »

Je jette un coup d'œil entre mes doigts. Il me tend la main… une fois de plus.

Je commence à l'accepter un peu trop facilement.

Il glisse son autre main sous mon coude et me guide vers l'entrée du goulet alors que j'essaie de produire ma plus belle nage de petit chien.

« On y est presque, dit-il.

— Je ne vais pas paniquer », je réponds, moi-même étonnée de constater que je le pense vraiment.

Nous atteignons l'entrée du goulet et je m'appuie sur la saillie, prête à me hisser hors de l'eau et à mettre tout ça derrière moi, quand…

Qu'est-ce que c'est que ce truc ?

… mon orteil frôle quelque chose dont je suis absolument certaine qu'il ne devrait pas être là.

Je retire vivement mon pied, à deux doigts d'envoyer un coup de genou dans le ventre d'Isaiah, mais il dévie ma jambe juste à temps.

« Il y a quelque chose là-dessous », je bredouille.

Avant que je puisse protester, les mains d'Isaiah s'enroulent autour de ma cage thoracique. Il me soulève et me balance sur la saillie comme un sac de pommes de terre, puis disparaît sous l'eau. J'atterris sur la hanche de façon pas très confortable et je suis encore en train de pester quand il émerge, avec dans les bras un objet lourd qu'il a apparemment décidé de remonter à la surface. Je retiens mon souffle.

Le cou d'Isaiah se tend, et je comprends qu'il est sur le point de hisser la chose hors de l'eau.

Ma vision se brouille.

Pourvu que ce ne soit pas un autre corps.

Un grand bruit métallique résonne dans la caverne. Je baisse les yeux.

C'est l'ordinateur volé.

« Ah, je fais. Donc, hier soir, quand j'ai cru entendre quelqu'un… »

Avant que j'aie le temps de finir ma phrase, il me tire par la main pour me forcer à me relever.

« Emmenez-moi voir la personne qui vous a parlé de cet endroit. »

25

« Ah, c'est toi. »

Gavin appuie un coude contre le chambranle de la porte, une mèche de cheveux gras en travers de l'œil.

« Vous attendiez quelqu'un d'autre ? je demande.

— Il y a une chatte… je ne sais pas si tu l'as croisée, mais j'ai commis l'erreur de la nourrir un soir, et depuis elle n'arrête pas de venir se frotter à ma porte. »

Il cligne des yeux, fronce les sourcils.

« Je croyais qu'on avait interdiction de quitter nos chambres, reprend-il. Ça veut dire qu'ils l'ont trouvé ? »

À côté de moi, Isaiah secoue la tête.

« Non, pas encore.

— Bon sang, quel fiasco ! s'exclame Gavin avant de pivoter en laissant la porte ouverte. Venez, entrez avant que quelqu'un vous attrape. »

Nous le suivons dans une chambre qui ressemble en tout point à la mienne si ce n'est qu'elle est trois fois plus grande et contient six fois plus de coussins d'ornement. Gavin nous fait signe de nous installer dans le petit coin salon devant les portes-fenêtres, pendant qu'il se dirige vers le minibar.

Je m'assieds et essore ce qu'il reste d'eau dans ma queue-de-cheval. Nous avons planqué l'ordinateur dans la chambre d'Isaiah et nous nous sommes changés avant de venir ici, mais j'étais tellement appliquée à refaire les pansements de mon bras et de mes genoux que j'ai négligé les aspects sociaux plus immédiats de mon apparence. Je n'ai pas pensé à m'occuper de mes cheveux.

Maintenant, le dos de ma chemise est trempé et – je lève les yeux vers le plafond – oui, *évidemment*, je suis assise pile sous une sortie de climatisation.

Gavin revient avec un verre de dry martini dans chaque main.

« Je ne bois pas, dis-je.

— Allez ! C'est ma tournée. »

Il pose le premier verre n'importe comment ; la moitié du cocktail se renverse sur la table. Il porte le second à ses lèvres, avale une gorgée, frissonne, tousse.

« C'est du gin Gilbey's, explique-t-il quand ses yeux ont cessé de larmoyer. J'ai bien essayé de soudoyer les policiers pour qu'ils m'apportent une bouteille de Tanqueray, mais *apparemment* ils ont des choses plus importantes à faire. »

Il s'interrompt pour boire une autre gorgée, cette fois beaucoup plus modeste.

« Jamais je n'aurais imaginé que tu étais en vadrouille, sinon c'est toi que j'aurais essayé de soudoyer.

— Oui, enfin… »

Il me décoche un grand sourire.

« Quel bon vent t'amène ?

— Je serais curieux moi aussi de connaître la réponse à cette question », grommelle Isaiah.

Comment expliquer ça sans impliquer Billy ? Si Gavin et moi sommes disposés à lui accorder le bénéfice du doute, Isaiah n'a aucune raison d'en faire autant. Je dois à tout prix remettre les choses dans leur contexte. Sans quoi Isaiah entendra simplement que Billy connaissait cette grotte et en conclura aussitôt que c'est lui le tueur.

Je m'essuie les mains sur mon jean et me tourne vers Gavin.

« J'espérais que vous pourriez raconter à Isaiah comment vous vous êtes préparé pour ce rôle. »

Gavin repose son cocktail. Il se carre dans son fauteuil, les mains croisées sur le ventre, et prend une grande inspiration.

« Eh bien, tout a commencé quand j'ai étudié à l'Actor's Studio…

— Non, je le coupe sèchement. Je pensais à vos entrevues avec Billy Lyle. Ce que vous savez de lui. L'impression qu'il vous fait. »

Il tourne son regard vers Isaiah.

« Au cours des deux derniers mois, j'ai passé énormément de temps avec Billy Lyle. Nous nous sommes vus régulièrement pour que je puisse travailler mon personnage… sa gestuelle, ses attitudes, ce genre de choses. Ça consistait principalement à rester assis à côté de lui… Il n'est pas très bavard, je ne sais pas si vous l'avez assez fréquenté pour vous en rendre compte. Et, bien qu'il ne soit pas d'une compagnie passionnante – je ne vous dis pas que je serais prêt à l'inviter à un dîner entre amis –, jamais il ne m'a donné l'impression d'être capable de la moindre malveillance. Certes, je n'ai étudié ni la criminologie, ni la médecine, ni la psychologie, mais je me targue de connaître deux ou trois choses sur la nature humaine, et je ne crois pas que Billy Lyle soit susceptible de tuer qui que ce soit. »

Isaiah a les sourcils froncés.

« Mais quel rapport avec… »

Je l'interromps en levant une main, sans quitter Gavin des yeux.

« Alors pourquoi avoir accepté le rôle ? » je demande.

Je perçois une infime hésitation… tellement furtive que, si je ne l'avais pas déjà vue mille fois, je penserais que c'est juste le rythme naturel de son élocution.

« Comment ça ?

— Trois de vos cinq derniers personnages étaient des meurtriers.

— Oui. Et ?

— Les deux autres étaient des violeurs.

— Où veux-tu en venir, *Marissa* ?

— Le simple fait que vous ayez accepté le rôle suffira sans doute à convaincre les gens de sa culpabilité. »

Gavin lève les yeux au ciel.

« Je ne peux pas jouer autre chose que des méchants ? J'en ai ma claque. Merde, même Christopher Lee a eu le droit de jouer les héros une ou deux fois.

— Alors pourquoi ne pas avoir refusé le rôle ?

— C'est ce que je voulais faire. Quand j'ai lu le scénario, ça m'a semblé tellement cliché… “jeune homme dérangé harcèle belle jeune fille”. Mais après, j'ai su que c'était Tony qui réalisait et je me suis dit : bon, si Tony a du temps pour ça, peut-être que ça vaut le coup. »

Je m'efforce de garder une expression neutre, mais je ne suis pas assez rapide, Gavin m'a percée à jour.

« Tu as pensé la même chose, je parie », devine-t-il.

Je hoche la tête.

« J'ai signé sans même voir le scénario », je confirme.

Isaiah nous observe tour à tour sans rien dire.

« Les choses ont changé quand j'ai rencontré Billy, reprend Gavin en se penchant, les avant-bras posés sur les genoux. Je me suis dit… je ne sais pas, que je pourrais le sauver. Mon Dieu, ça paraît tellement prétentieux maintenant, non ? Mais je pensais sincèrement que, même s'il refusait de me dire ce qui s'était passé ce soir-là, même si je ne pouvais pas prouver son innocence de façon irréfutable, peut-être que je pouvais l'incarner d'une manière qui changerait l'opinion de certaines personnes à son égard. Pour lui rendre la vie un peu plus facile. »

Il s'interrompt et baisse les yeux vers ses mains.

« Vous savez que son bateau est encore vandalisé au moins deux fois par an ? poursuit-il. L'hiver dernier, quelqu'un a fourré des rats morts dans son plafond. Il ne s'en est pas aperçu jusqu'à ce que des asticots commencent à dégouliner de ses luminaires.

— Tout ça est très généreux de votre part, intervient Isaiah, mais avez-vous des éléments factuels pour prouver son innocence ? »

Gavin soupire et récupère son verre sur la table.

« C'est bien le problème, dit-il. Il n'y a quasiment pas de preuves ni d'un côté ni de l'autre. C'est intuition contre intuition, ce qui signifie que Billy est désavantagé, parce que quand les gens le regardent, ils pensent qu'il est…

— Anormal ? je suggère.

— Non, pas vraiment. Si c'était le cas, ils auraient envie de s'afficher avec lui juste pour pouvoir se sentir supérieurs. Ce n'est pas ça.

— Alors pourquoi ils ne l'aiment pas ?

— Parce qu'il ne cache pas ce qui est difficile pour lui, et les gens le prennent personnellement. C'est *eux* qui se sentent anormaux. Le drame, c'est qu'il est terriblement en demande de contact humain. Billy est quelqu'un qui aime la solitude autant qu'il en souffre, et tout ce qui a mal tourné dans sa vie est probablement le résultat d'une tentative ratée pour concilier les deux. »

Il marque une pause, le nez plongé dans son verre.

« Bon sang, ce que je ne donnerais pas pour une cigarette », marmonne-t-il.

Je me laisse aller en arrière contre le dossier, profondément touchée.

« Hier soir, vous avez déclaré avoir vu Billy juste avant le meurtre, enchaîne Isaiah.

— C'est exact. En temps normal, on ne se voit jamais deux fois dans la même journée, mais je l'avais contacté plus tôt parce que je voulais lui annoncer que j'avais démissionné. Je me devais de le faire moi-même… pour qu'il ne croie pas que j'abandonnais la cause. Ou que je l'abandonnais, lui.

— Et où l'avez-vous vu ? demande Isaiah.

— Comme d'habitude… »

J'essaie de me redresser, de dire quelque chose. De l'arrêter.

Contexte. Il lui faut du contexte.

Mais mon corps n'arrive plus à bouger.

« Il y a une grotte sur la plage, continue allègrement Gavin. C'est le seul endroit où l'on pouvait se rendre tous les deux sans que personne ne nous voie. »

Isaiah me jette un regard en coin.

« Est-ce que d'autres gens connaissaient l'existence de cette grotte ?

— Oui, bien sûr, ça n'a rien de secret. Marissa y était avec nous pas plus tard qu'hier. »

« S'il vous plaît, ne vous fâchez pas ! Je ne comptais pas vous le cacher. C'est pour ça que je vous ai emmené voir Gavin. Pour vous parler de la grotte ! »

Isaiah se retourne à peine pour me jeter un regard noir, alors qu'il s'éloigne à grands pas dans le couloir.

« Pas ici, Marissa.

— Mais vous faites votre tête, là, dis-je, déjà essoufflée. (Comment diable peut-il avoir des jambes aussi longues ?) Je veux juste que vous me laissiez une chance de vous expliquer. »

Il s'arrête net, et je lui rentre dedans. À l'autre bout du couloir, deux policiers braquent leurs torches à travers la vitre de la salle de gym de l'hôtel. Isaiah m'attrape par le coude et me pousse précipitamment vers la porte la plus proche, sur notre droite.

Elle donne sur la cave à vins, qui n'est pas particulièrement réputée. Toutes les bouteilles sont disposées sur des tonneaux en chêne vieillis, organisées en tableaux aux couleurs soigneusement coordonnées. Il ne semble pas y avoir de classement particulier ni d'étiquetage. Ça doit être impossible de s'y retrouver là-dedans.

« Isaiah… »

Il lève un doigt en l'air et entreprend une fouille rapide de la pièce en se penchant derrière chaque tonneau, pour chercher… je ne sais pas. Des flics ? Des meurtriers ? Des chats ?

Lorsqu'il a terminé, il se tourne vers moi ; quinze mètres de dallage en pierre rustique nous séparent.

« Pourquoi vous ne m'avez pas parlé de Billy ?

— Je vous en ai parlé. Vous en savez autant que moi.

— Vous le protégez. Ce sont des informations qui auraient pu me servir.

— Si je le protège, c'est uniquement parce que je pense que tout le monde est peut-être un peu trop prompt à le juger. Vous savez, il suffit de répéter le nom d'une personne à voix basse sur un ton qui fait peur pour que les gens finissent par avoir réellement peur d'elle. Mais, Isaiah… ça ne tient pas debout. Honnêtement, je ne vois qu'une seule autre personne *moins* susceptible que lui d'avoir tué Liza.

— Qui ça ?

— Tony. Il n'aurait jamais tué son actrice principale, ça met trop le film en danger… Quoique, je reprends après un temps, il pourrait toujours le transformer en documentaire. Ça lui rapporterait même plus d'argent qu'une fiction, surtout maintenant que quelqu'un d'autre est mort. »

Isaiah scrute mon visage, et je ne sais pas ce qu'il y voit, mais ça le fait rire d'une façon que je ne lui connaissais pas encore. C'est davantage un bruit de crachotis qu'un éclat de rire.

C'est affreux. Et, pour la première fois, je m'interroge sur la façon dont les gens doivent le percevoir ; comme quelqu'un qui endosse des responsabilités de vie ou de mort. Qu'est-ce qu'on doit lui paraître grotesques, à côté : les perruques, les cancans, les effets spéciaux. Nous jouons tous à faire semblant pendant qu'il est occupé à s'engager pour de vrai, à risquer sa vie et celle de son équipe parce qu'il croit à la vérité et à la justice. Et je sais bien qu'on pourrait arguer du contraire, je le sais. Je sais que ce qu'on fait a aussi de l'importance, quelque part. Mais tout ce qui me vient à l'esprit pour l'instant, c'est qu'une fois j'ai passé trois mois à monter un film d'animation en prises de vues réelles sur une autruche qui part s'installer à New York parce qu'elle rêve de devenir danseuse de music-hall à Broadway.

Il est très possible que nous soyons tous des gens méprisables.

J'attrape la première bouteille qui me tombe sous la main et fais mine de l'examiner. Quelque chose de sûr pour m'occuper les doigts. Et le visage.

« Pardon, dis-je, je me suis mal exprimée.

— *Marissa.* »

Mes épaules se raidissent. Je déteste quand on dit mon prénom comme ça.

Je tourne la tête sur le côté pour regarder Isaiah à travers la semi-pénombre. Ce n'est pas que je veuille spécialement le voir. Je sais juste que c'est une chose que font les gens quand ils ont besoin de faire comprendre qu'ils pensent vraiment ce qu'ils disent : vous réorientez votre corps en direction de votre interlocuteur, vous serrez les lèvres en une ligne solennelle, vous marquez un temps.

« J'essaie juste de réfléchir de façon logique, je reprends.

— Sauf que vous faites le contraire ! Vous réfléchissez de façon *créative*. Marissa, poursuit-il en se frottant la nuque, je suis désolé, vous êtes sympa, intéressante, j'aime bien parler avec vous, mais vous n'êtes pas du tout la bonne personne pour ça. Vous êtes sans doute géniale pour trouver des idées abracadabrantes, pour pimenter une intrigue et en faire une histoire pleine de rebondissements, mais la vraie vie… c'est beaucoup moins rigolo.

— Je pense que vous exagérez *un peu*.

— Je suis sûr que vous seriez capable de développer un argumentaire parfaitement crédible, là, tout de suite, pour soutenir que n'importe lequel d'entre nous pourrait être le tueur.

— C'est ridicule.

— Ah oui ? dit-il en s'appuyant contre un des piliers en bois mal dégrossis qui divisent la pièce dans sa longueur. Donc, d'après vous, il n'y a aucune chance pour que, disons… Suzy et Grace soient les coupables ? »

Je ne sais pas bien ce que fait mon visage à cet instant, mais je sais qu'il fait quelque chose. Peut-être que je grimace ou que je plisse le nez, peut-être que mes yeux deviennent songeurs, juste une seconde, pendant que j'envisage cette possibilité. Quoi qu'il en soit, je devine à l'expression vaguement apitoyée d'Isaiah que je me suis trahie.

Mes épaules s'affaissent.

« Ben, évidemment que ça *pourrait* être elles. Elles sont convaincues que Billy Lyle est innocent. Tuer Liza aurait pu être leur manière d'obliger quelqu'un à les prendre au sérieux, à se pencher là-dessus pour de bon. Autre hypothèse, peut-être qu'elles ont fait ça parce qu'elles pensaient que Billy aurait un alibi et qu'elles espéraient que ça l'innocenterait des *deux* meurtres à la fois.

— Il y a quand même des moyens plus simples pour se faire entendre, objecte Isaiah.

— Ce sont des gamines.

— Vous ne pouvez pas jouer sur les deux tableaux : soit elles sont intelligentes, soit elles ne le sont pas. »

Je souris.

« Amy dit toujours : "Les gens qui s'attirent le plus d'emmerdes sont ceux qui se croient plus malins que les autres."

— Je ne vous le fais pas dire », me rétorque-t-il, les yeux dans les yeux.

Mes mains se sont entortillées de façon si serrée dans le tissu de ma chemise que je commence à avoir le bout des doigts engourdi, mais ça n'a pas suffi à dissiper ma nervosité, alors je cède à la tentation de faire les cent pas dans la pièce, en choisissant bien où je pose les pieds de manière à éviter les lignes de joint entre les dalles de pierre, et en observant un motif répétitif : *cercle-cercle-carré, cercle-cercle-carré.*

« Qu'est-ce que vous faites ? » demande Isaiah.

Je garde les yeux rivés au sol.

« Dans le jargon, c'est ce qu'on appelle la crise de l'acte II. »

Cercle-cercle-carré, cercle-cercle-carré.

Tout ce qu'il vient de dire est vrai. Je me suis entraînée à chercher la meilleure histoire possible, l'histoire la plus intéressante, la plus captivante. C'est ce que je fais au quotidien. Dans mon travail. Dans ma vie. Bien sûr, quand je regarde une photo, un téléphone ou une pile de Post-it, j'y vois quelque chose de lugubre et de choquant, quelque chose que je suis la seule à pouvoir détecter, avec mon point de vue et mon expertise durement acquis. Parce que en fait c'est *ça* mon histoire préférée, non ? Que je suis spéciale, que je vois des choses que personne d'autre ne voit, que j'ai quelque chose de précieux à offrir au monde.

Cercle-cercle-carré, cercle-cercle-carré.

Mais la vérité, c'est que la seule chose utile que j'ai faite depuis que j'ai mis les pieds sur cette putain d'île, c'est de tomber à l'eau.

Mes jambes s'arrêtent, mais mes mains continuent à bouger. Elles s'ouvrent, se ferment, s'ouvrent, se ferment.

Deux jeunes femmes sont mortes, apparemment tuées de la même manière. La personne qui a tué Liza était sans doute obsédée par Caitlyn. La personne qui a tué Caitlyn était clairement obsédée par Caitlyn. Au dire de tous, il y a un homme qui correspond à cette description.

Et si je n'avais pas voulu à tout prix voir dans cette histoire un miroir de moi-même, je m'en serais aperçue dès le départ.

Mes mains retombent le long de mon corps.

« OK, lui dis-je. Donc, *logiquement*, toutes choses égales par ailleurs, l'explication la plus simple tend à être la bonne.

— Vous citez un film, là, ou bien le principe du rasoir d'Ockham ? »

Je lui jette un regard par en dessous.

« Peut-être que je cite un film sur le rasoir d'Ockham ?

— D'accord, soupire-t-il. Continuez.

— Donc, l'explication la plus simple… »

Je m'interromps, me racle la gorge, puis je prends une inspiration tremblante et recommence.

« L'explication la plus simple…

— Allez-y, Marissa, *dites*-le. »

Je serre les poings et expulse les mots d'une voix nouée.

« L'explication la plus simple est que Billy Lyle les a tuées toutes les deux. »

26

Nick fait les cent pas dans la salle de conférences en balançant vigoureusement les bras chaque fois qu'il change de direction. J'ai du mal à croire que, pas plus tard qu'hier soir, je le trouvais bien habillé. Il doit en être à sa troisième chemise de la journée. Il a des auréoles sous les bras qui grandissent à vue d'œil.

Gavin, Isaiah et moi-même sommes assis le long d'un côté de la table, où l'on attend qu'un homme svelte vêtu d'un pull à carreaux bleu sorte ses tampons encreurs et ses fiches cartonnées pour relever nos empreintes digitales.

« Est-ce bien nécessaire ? demande Gavin en observant les préparatifs.

— Quoi ? rétorque Nick. Vous n'avez jamais joué dans un épisode des *Experts* ?

— Vous me donnez quel âge, au juste ? » répond Gavin en haussant un sourcil.

Nick laisse échapper un soupir.

« Ça ne *devrait* pas être nécessaire, mais vu que vous avez salopé ma scène de crime, j'ai besoin d'empreintes d'élimination. À ce rythme-là, je vais devoir prendre celles de tout l'hôtel, puisque apparemment aucun de vous n'est foutu de respecter des consignes. Il y a une heure, j'ai surpris deux *gamines* en train d'essayer de fouiller dans un de nos ordis. Vous imaginez ? Et, à part ça, personne n'a l'air disposé à me donner la moindre info. »

Il prend une brusque inspiration et commence à compter sur ses doigts.

« Votre productrice m'a menti deux fois, votre chef opérateur une fois, votre scripte se contente de brandir à tout-va sa clause de confidentialité et votre productrice déléguée – déléguée de quoi, on ne sait pas – fait semblant de ne pas parler anglais. Et maintenant, vous me dites que non seulement Billy Lyle était sur le plateau à la fois le jour d'une agression et lors d'un autre incident grave, mais aussi que l'ordinateur volé a été retrouvé dans la grotte où son bateau était amarré hier encore ? »

Le regard de Nick se pose sur Isaiah.

« Les types comme vous… Les types comme vous, je…

— Faites *très* attention, murmure Isaiah.

— … je comprends que vous êtes des putains de James Bond ou je sais pas quoi, et que moi je ne suis qu'un pauvre flic local. Et vous savez quoi ? Si on était en Irak ou en Afghanistan, moi aussi je me snoberais comme vous faites. Parce que je ne suis pas un soldat. Par contre, je suis un enquêteur, et il faut me laisser faire mon boulot. Je suis en train d'essayer de coffrer *un meurtrier*… et j'essaie de le faire *dans les règles*, comme ça n'a pas été fait il y a vingt-cinq ans. Ce qui est déjà assez compliqué avec ces connards de TMZ qui me collent au cul, mais ces délires d'agent secret franc-tireur n'aident pas beaucoup. »

Nick se tourne à présent vers moi.

« Quant à *vous*… »

Je me ratatine sur ma chaise.

« … j'en ai entendu de belles, je peux vous dire.

— Hein ? Mais je ne suis là que depuis deux jours. Je ne connais quasiment personne. »

Il sort son carnet et le feuillette rapidement jusqu'à la page qu'il cherche.

« Marissa Dahl, lit-il, est une emmerdeuse. »

J'écarquille les yeux.

« Qui a dit ça ?

— Une sans-gêne. La ramène toujours sur tout. Du genre à vous harceler de questions jusqu'à ce que mort s'ensuive.

— C'est clairement hyperbol…

— Ne la boucle jamais. »

Un soupçon prend forme dans mon esprit.

« Vous avez parlé avec les électros, c'est ça ?

— Fondamentalement incapable de se mêler de ses oignons. »

Il referme le carnet d'un coup sec et le range dans sa poche.

« Écoutez-moi bien, je ne veux plus d'histoires de la part d'aucun d'entre vous, c'est compris ? On a notre suspect en garde à vue… »

Je sursaute.

« Vous avez trouvé Billy ?

— … et si tout se passe bien, on va boucler ça très vite et vous pourrez rentrer à Los Angeles d'ici à quelques jours. Ensuite, vous n'aurez qu'à retourner à vos petites affaires pendant que, moi, je ne regarderai plus un seul putain de film de ma vie. Ça vous va ? »

Tout le monde acquiesce sans rien dire.

« Maintenant : quelqu'un a-t-il d'autres informations cruciales à partager avec la seule personne sur cette île diplômée en criminologie ? Hein ? Juste pour rigoler ? »

Silence général.

« Enfin, dit-il, une réponse qui ne me fout pas les nerfs. »

À la seconde où je suis de retour dans ma chambre, je dégaine mon téléphone.

C'est la pause-déjeuner à Los Angeles, mais ce petit con décroche quand même.

« Ici Josh.

— Espèce de *connard*.

— Marissa ?

— Tu as raconté à tout le monde sur ce tournage que j'étais une emmerdeuse ? Que je la ramenais tout le temps ? C'est quoi ton problème, bordel ?

— Attends, restons calmes…

— Va te faire foutre, Josh, je risque de perdre du boulot à cause de trucs comme ça. Je ne peux pas me permettre d'avoir ce genre de réputation… ni *aucun* genre de réputation, d'ailleurs. À part celle de quelqu'un qui fait son job discrètement, dans les temps et dans le budget. Ce qui est le cas.

— Oh, arrête, ne sois pas ridicule. Je n'ai rien dit de si grave que ça.

— Ça ne veut pas dire que c'est OK ! Je ne suis pas sexy, Josh. Je ne suis pas charmante. Je ne suis pas *cool*. Je n'ai pas de latitude… je n'ai pas de joker. *Pas si grave*, ça reste grave.

— Bon sang, il faut toujours que tu sois aussi mélodramatique ?

— Quand ça touche à ma carrière… ouais. C'est une des raisons pour lesquelles j'en ai une, d'ailleurs. »

Il éclate d'un rire qui m'est cruellement familier.

« Nous savons toi et moi que ce n'est pas à cause de ta carrière que tu te mets dans cet état. »

Ma bouche s'ouvre, mais aucun son n'en sort.

« Écoute, Marissa, je sais que ce genre de chose est difficile pour toi. Je sais que tu as du mal à comprendre les liens amoureux entre les gens. Les vraies gens, en tout cas. Deux personnes pourraient baiser sous ton nez que tu ne capterais toujours pas. Je parie que tu pensais que Tony et Liza May étaient *juste bons amis*, pas vrai ? Alors, s'il te plaît, suis mon conseil : ne fais pas le premier pas. Laisse les mecs venir à toi. Sinon, tu vas continuer à te ridiculiser avec des gens qui, à l'évidence, n'ont aucun… »

Je raccroche et balance le téléphone sur la table de chevet.

Puis je me laisse tomber en avant sur le lit, enfouis mon visage dans l'oreiller et hurle.

Jamais de ma vie je n'avais parlé à quelqu'un comme ça. Je pensais que j'allais me sentir triomphante. Forte. Puissante. Mais non. Je me sens juste petite, désarmée, minable, et je sais au fond de moi que je n'ai sans doute fait qu'aggraver les choses.

Ma meilleure amie va probablement *épouser* cet homme.

Une seconde plus tard, ça me remonte au cerveau :

Est-ce qu'il vient de suggérer que Tony couchait avec Liza ?

C'est impossible, n'est-ce pas ? Comment Josh serait-il au courant d'une chose pareille ? Il n'a pas le bras aussi long qu'il le prétend, si ? Non, c'était sans doute pour se moquer de moi. Pour me tendre un piège. Saboter ma carrière… une fois de plus.

À moins que…

À moins qu'il ne vienne de me livrer une information qui change tout.

Je rampe sur le lit pour attraper mon exemplaire du

scénario dans mon sac à dos. Je le feuillette jusqu'à retrouver ce que je cherche : le Post-it oublié par Paul.

Il est temps de savoir une fois pour toutes si l'horrible *boyfriend* de ma meilleure amie est un mytho ou pas.

« Je ne sais pas où vous avez eu ce numéro, mais je vous suggère de l'oublier illico. »

Cette voix de fumeuse, mâtinée d'un léger accent, est reconnaissable entre mille. C'est celle d'Annemieke. Il faut croire que ce coup de poker d'une chance sur dix-sept millions et quelque a payé.

« S'il vous plaît, ne raccrochez pas, je supplie.

— Qui est-ce ? »

Je prends une grande inspiration et ajuste l'oreiller dans mon dos.

Ne foire pas ton coup.

« Je m'appelle Marissa Dahl, je suis la monteuse du nouveau film de Tony. J'ai eu votre numéro par Paul Collins. »

Il y a une pause… une pause juste assez longue, juste assez chargée pour que j'aie envie de me taper la tête contre un mur. *Les acteurs*…

« Oui, finit-elle par dire. Je connais Paul. C'est quoi votre nom, déjà ?

— Marissa Dahl. Dahl, comme dans Roald Dahl, pas comme…

— Oh ! mon Dieu, vous êtes la fille de Venise.

— Non, j'habite à Los Angeles. Enfin, je cherche un appart en ce moment, mais vu que je travaille à Los Angeles, je pensais…

— Je vous ai *croisée* à Venise, je veux dire. À la Mostra.

— Ah.

— Vous êtes tombée dans une fontaine en entraînant Tony avec vous. »

Je grimace.

« Oui, euh…

— Non, non, ne vous excusez pas. C'est, sincèrement, un de mes meilleurs souvenirs de ce festival.

— Vous savez qu'il ne m'en a jamais reparlé ? Pas une fois. »

Elle rit, d'un rire si éclatant et musical que j'en oublie presque ce dont nous parlons.

« Ne vous en faites pas, reprend-elle, c'est sûrement qu'il se le garde pour le moment le plus douloureux possible.

— S'il est tellement horrible, pourquoi vous l'avez épousé ? »

Je me rends compte trop tard de la profonde indélicatesse de ma question. Avec une personne normale, j'aurais aussitôt fait machine arrière et sans doute ne lui aurais-je plus jamais reparlé. Mais je sais que je n'ai pas à me soucier de ça avec Annemieke. Elle a passé toute sa vie professionnelle à répondre à des questions indélicates.

« Je l'ai épousé parce qu'il est très bon dans ce qu'il fait, dit-elle. Et j'étais extrêmement lassée de tous les hommes qui ne le sont pas. »

Je rectifie l'alignement de la couette et suis du doigt la couture le long du bord.

« Alors qu'est-ce qui a changé ?

— Vous avez vu son dernier film ? C'était épouvantable.

— Annemieke, je lui réponds gentiment. Ce film a remporté la palme d'or.

— J'avais peut-être deux ou trois autres raisons. »

Je me décale vers l'avant et défais ma queue-de-cheval pour pouvoir m'allonger sur le lit.

« L'une d'entre elles était Liza May ?

— Oh, ce n'est pas le plus grave, loin de là… mais oui, disons que ça fait partie d'un tout.

— C'est Paul qui vous a prévenue que Tony couchait avec elle ? C'est pour ça que Tony l'a renvoyé ? »

Elle produit un son que je n'arrive pas à identifier.

Est-ce qu'Annemieke Janssen vient de me souffler son mépris à la figure ?

« Je n'ai pas eu besoin de Paul pour me rendre à l'évidence, dit-elle. Dès que j'ai vu Liza en photo, j'ai su qu'il allait se la taper. Si Tony a une chose pour lui, c'est sa constance.

— Alors pourquoi est-ce que Paul avait votre numéro ? »

Elle ne répond pas.

« S'il vous plaît, j'insiste. J'essaie juste de comprendre. »

Elle soupire.

« Il m'a contactée parce qu'il était convaincu que Tony orchestrait une série d'accidents sur le tournage pour pouvoir maintenir Liza dans un état de fébrilité permanente. Paul pensait que je pourrais peut-être l'arrêter. »

Je fixe le plafond avec un sentiment de vertige.

Les lumières. Les montagnes russes. *Ce n'était pas le second assistant, en fait. C'était Tony.*

« Mais *pourquoi* ? » je demande.

Un long rire qui, cette fois, n'a rien de musical.

« Il n'y a pas de limite à ce qu'il est prêt à faire afin d'obtenir la performance qu'il veut. Et pour ce film en particulier, ce qu'il voulait, c'était de la peur… un de ses grands classiques, à vrai dire. Je suis sûre qu'il a promis à Liza qu'il ne la mettrait jamais en danger physiquement, qu'il ne laisserait rien ni personne lui faire de mal. Et que, si c'était le cas, ça ne mettrait pas plus de deux ou trois jours à guérir. Il a dû la convaincre qu'elle devrait lui être reconnaissante, parce que, sans son aide, elle ne pourrait jamais donner toute sa mesure. Qu'il était le *seul* à pouvoir l'aider à trouver la meilleure version d'elle-même. »

Je secoue la tête.

« Je ne m'en serais jamais doutée.

— Ah non ?

— Bien sûr que non. Vous pensez que j'aurais…

— Mais vous aviez entendu les rumeurs, non ? Vous aviez vu ses films. Vous aviez ri, peut-être, de son côté tatillon. Lu des articles, sans doute, sur son attention extrême au détail, son incomparable finesse psychologique, sur le mal qu'il se donne, son dévouement héroïque pour préparer ses actrices… Car ce sont toujours "ses" actrices, n'est-ce pas ? Je ne compte pas les heures que j'ai passées assise en silence à côté de lui pendant qu'il répondait à des dizaines de questions des journalistes sur son incroyable compréhension du genre féminin, même s'il n'a jamais fait de films que sur un seul type bien particulier de femmes. »

Le silence qui suit est plus éloquent que n'importe quoi qu'on m'ait jamais dit tout haut.

« Vous saviez, reprend-elle. Même sans connaître les détails. Et vous avez quand même choisi de travailler avec lui.

— Ce n'est pas aussi simple. Je ne suis pas une star du montage. Et je suis une femme. Je ne peux pas me permettre de faire la difficile dans le boulot.

— Au début de votre carrière, peut-être. »

Elle marque une pause délibérée, et je l'imagine telle

que je l'ai vue à Venise, en train d'admirer la pointe de ses chaussures et d'écarter sa frange avec son petit doigt.

« Mais vous n'en êtes plus au début de votre carrière, n'est-ce pas ? » poursuit-elle.

La vérité m'échappe d'un coup :

« OK, vous avez raison, j'ai accepté ce boulot parce que j'en avais envie. J'avais envie de crédibilité. De prestige. J'ai pensé que ça me vaudrait peut-être quelques nominations. Que peut-être ça ferait décoller ma carrière. Je me foutais que ce soit un connard, du moment que c'était un connard de génie.

— Je sais, soupire Annemieke avec empathie. C'est comme ça qu'ils vous piègent.

— Vous pensez qu'il a pu tuer Liza ?

— Non, dit-elle après quelques secondes. Je ne crois pas. Il tenait énormément à faire ce film, et dès le début il a bien fait comprendre qu'elle était la seule actrice qu'il envisageait pour le rôle. Mais peut-être que je dis ça uniquement parce que j'ai été sa femme. Je ne suis pas sûre de vouloir réfléchir à ce qu'impliquerait sa culpabilité pour moi. »

Un temps.

« En tout cas, reprend-elle, si vous êtes vraiment inquiète, vous devriez en parler à Anjali. Elle le connaît mieux que personne.

— Je peux lui faire confiance ? Ils sont tellement proches… »

Elle marmonne quelque chose en néerlandais dont, je le subodore, je n'ai pas forcément envie d'avoir la traduction.

« Vous n'êtes vraiment au courant de rien, hein ? Il serait vingt fois pire si elle n'était pas là. Allez la voir. Elle vous racontera tout.

27

Je descends dans le lobby à la recherche d'Anjali. Maintenant que Billy a été arrêté, la vie commence à reprendre dans l'hôtel : un flot ininterrompu de femmes de ménage passe de chambre en chambre pour remplacer les serviettes et les savons, vider les poubelles. Wade est de retour à la réception. Il y a la queue devant le distributeur de nourriture. Pourtant, l'endroit est encore plus lugubre qu'avant. Tant que Billy était en liberté, il y avait une tension dans l'air ; une tension bienvenue, franchement, parce qu'on pouvait tous se concentrer sur cette chasse à l'homme et pas sur le meurtre en lui-même. C'était une peur concrète, délimitée, assez robuste pour maintenir à distance le poids d'une prise de conscience bien plus pesante. Désormais, il est impossible de penser à autre chose qu'au fait que quelqu'un est *mort*, et que certaines de nos décisions ont peut-être joué un rôle là-dedans.

Une assistante de production à la mine grisâtre, un plateau de tasses à café vides entre les mains, m'indique la salle de conférences.

« Ils sont *tous* là-bas », dit-elle d'un air sombre.

Je la regarde s'éloigner en clignant des yeux. Qu'est-ce qu'elle entend par « tous » ?

Quand j'ouvre la porte de la salle de conférences, j'ai l'impression d'avoir atterri je ne sais comment au service des urgences d'un hôpital après un afflux massif de victimes, ou dans la salle des marchés de la Bourse de Chicago. La pièce est remplie de techniciens et d'acteurs, et tout le monde hurle sur tout le monde. Je mets cinq bonnes minutes à simplement franchir la porte.

Je me hisse sur la pointe des pieds et balaie la foule des yeux. Je repère Anjali près des imprimantes, entourée d'un essaim d'assistantes.

J'agite les deux bras en l'air en criant son nom.

Elle se retourne et hausse les sourcils.

« J'ai besoin de te parler ! » je lance.

Elle secoue la tête et place sa main en cornet sur son oreille. Puis elle me hurle quelque chose en retour qui se perd dans le brouhaha général.

Je commence à essayer de me frayer un chemin jusqu'à elle, mais il y a trop de gens et je suis plus petite qu'eux. J'ai à peine réussi à progresser d'un mètre quand une main m'attrape par la manche et me tire en avant. Je lève les yeux et tombe nez à nez avec Anjali.

« Tu es en retard, dit-elle en articulant exagérément.

— Pardon ?

— Viens, je te montre où tu vas pouvoir travailler. »

Elle me traîne jusqu'à l'autre bout de la pièce, vers un des box informatiques, où quelqu'un qui n'a clairement jamais aménagé une station de montage de sa vie a disposé ce qu'il restait du matériel de la cabine de projection. Je note avec regret que seul un des écrans semble avoir survécu, et c'est le plus merdique.

La figurine en papier scotchée sur le bord a perdu un bras.

« Pourquoi est-ce que vous n'avez pas tout laissé dans la salle de projection ? je demande.

— On s'est dit que tu ne serais pas bien là-haut.
— Pourquoi ? »

Elle a un geste d'impatience.

« Les flics y sont, donc tu serais dans leurs pattes. Ou c'est eux qui seraient dans tes pattes, selon le point de vue. Bref, ça c'est la bonne nouvelle.

— En quoi c'est une bonne nouvelle ?

— Ce n'en est pas une. J'essayais juste de te remonter le moral avant la mauvaise.

— Parce qu'il y a *pire* ? »

Elle hoche la tête.

« On a une sauvegarde de tous les rushes, donc ce n'est pas un problème, mais on ne retrouve aucun des disques durs avec le prémontage de Paul, et apparemment il ne l'a pas enregistré sur le Cloud.

— Le *prémontage* ? De quoi tu parles ? »

Je scrute son visage. Est-ce qu'elle transpire ?

« Anjali, ça va ?

— On t'aura réinstallé un vrai poste de travail d'ici à ce soir, dit-elle en désignant l'ordinateur. Demain matin au plus tard. Dès qu'on a le feu vert, on envoie quelqu'un à Dover acheter du matériel, mais je te préviens, ça risque de mettre des plombes pour télécharger les logiciels. On a une connexion de merde. En attendant, tu peux bosser sur ce portable. »

Elle me montre un MacBook cabossé relié à un disque dur externe.

Je me frotte les bras, soudain transie de froid.

« *Anjali.*

— Quoi ? soupire-t-elle.

— Tu es en train de me dire qu'on va sauver le film ?

— Évidemment », me répond-elle avec un léger frémissement aux commissures des lèvres.

Je crois l'avoir dit moi-même : quand on tombe sur

une histoire pareille, on ne laisse pas tomber comme ça. Artistiquement parlant, la mort de Liza est une chance fantastique. Comme la foudre qui s'abat sur un cerf-volant attaché à une clé ouvrant une malle remplie d'oscars.

« Vous n'avez quand même pas pu obtenir l'accord de la famille de Liza », lui dis-je.

La mâchoire d'Anjali se crispe.

« Ils auront envie d'entretenir son souvenir. »

Quelque chose scintille dans un coin de mon champ de vision.

Sam Shepard égrène les chiffres qu'il lit au compteur de son avion Bell X-1 : « Mach 0,97... 0,98... »

« Un film n'est pas un souvenir, Anjali. Et il ne peut pas se substituer au souvenir.

— Quelqu'un doit témoigner pour elle, insiste-t-elle. Et pourquoi pas Tony ? Pourquoi pas nous ? Qui mieux que les gens qui aimaient Liza pour demander des comptes à la police, pour interroger les structures sociales qui, en fin de compte, l'ont prise pour cible et victimisée, pour examiner le fonctionnement du système judiciaire…

— Et puis, vous ne pouvez sans doute pas vous permettre de tout arrêter, pas vrai ? »

Elle plisse les yeux.

« C'est fou ce qu'on peut changer en quarante-huit heures, hein ? Tu n'étais pas aussi cynique quand on t'a embauchée.

— Tu n'as même pas idée, je rétorque. Tony est là ?

— Non… maintenant qu'ils ont rouvert l'accès à l'île, il a rejoint New York pour la journée.

— En te laissant tout gérer ? »

Elle se racle la gorge.

« Oui. Bref.

— Écoute, peu importe. Juste… viens voir une

seconde, d'accord ? Je voudrais te montrer quelque chose. »

Je tire une deuxième chaise à côté de la mienne.

« Assieds-toi. »

J'ouvre le portable et l'allume. Quelques instants plus tard, nous sommes en train de visionner les images qui, j'espère, renferment la clé de tout ça.

La scène se déroule exactement telle que la décrivait le scénario. Liza et un jeune acteur châtain – l'homme qui joue Tom, le petit ami de Caitlyn – déambulent dans une fête foraine. Tout est peint de couleurs vives, comme dans une école maternelle : un banc vert, des montagnes russes orange, une barbe à papa rose ; les lunettes de soleil de Liza sont très jaunes, ses lèvres très rouges, le ciel très bleu.

Deux interprétations possibles me viennent à l'esprit. Un, que cette scène est une fioriture sentimentale, un moment idyllique en Kodachrome rendu poignant par l'ironie dramatique de la suite : regardez comme la vie est belle ; regardez comme elle peut vite être fauchée.

Ou alors c'est une manière de se moquer du cliché, car on sait bien qu'il n'y a rien de nouveau ni de profond à constater qu'en effet la vie est bien moins prévisible qu'on ne le voudrait. Grandes idées pour esprits courts.

« C'est drôle, je dis, les yeux rivés sur l'écran. Je n'ai jamais commencé un film en sachant à l'avance quelle scène serait la plus importante. Ça s'impose toujours au montage.

— Et tu penses que ce sera celle-là ? demande Anjali, une note de condescendance dans la voix. Je suis désolée de te décevoir, mais Tony a déjà décidé de la couper. Il l'a même effacée des rushes. La seule raison qui fait qu'elle est là, c'est parce qu'on a restauré les données à partir d'une ancienne sauvegarde.

— On va voir ça. »

J'avance en accéléré. Les montagnes russes bougent vers la gauche, la foule vers la droite. Je reviens en arrière ; les montagnes russes bougent vers la droite, la foule vers la gauche.

« J'ai lu une interview de Tony dans le *New Yorker* il y a deux ou trois mois, je raconte en continuant à cliquer dans un sens puis dans l'autre. Il disait que son processus artistique était supérieur à toute autre interprétation subjective. Que ce qu'il met à l'écran est aussi authentique que pourra jamais l'être une création artistique. Il le croit vraiment, ou il essaie juste d'avoir l'air intelligent ?

— Si tu es convaincu que le monde est ce que tu en fais, alors naturellement ce que tu fais ressemblera au monde. »

Je jette un coup d'œil à Anjali.

« Là, c'est toi qui essaies d'avoir l'air intelligente ?

— Je veux simplement dire que Tony a toute l'assurance d'un homme qui a toujours obtenu ce qu'il voulait. Le pouvoir, c'est une sacrée drogue », soupire-t-elle.

J'avance à nouveau dans les images, mais je ne trouve toujours pas.

« Le déraillement n'a pas été filmé ? je demande.

— Ah, c'est *ça* que tu cherches ? La caméra tournait, donc si, ça doit y être. »

J'avance jusqu'à la fin. Toujours rien.

« Peut-être que c'était hors champ ? je suggère.

— Attends, je crois que je me souviens quand c'était. »

Elle tend la main vers l'ordinateur et balaie le pavé tactile du bout des doigts.

« C'est forcément la dernière prise, non ? »

Elle appuie sur *play*.

Je monte le son.

Liza picore sa barbe à papa, sourit dans le soleil. Derrière elle, les wagonnets grimpent vers le sommet de la boucle. L'acteur qui joue le petit ami de Caitlyn se penche, ses yeux virevoltant entre sa poitrine et ses lèvres, le visage animé par le zèle nerveux d'un comédien surcoaché.

Puis, sans raison apparente, la caméra zoome sur le visage de Liza. En gros plan. En *très* gros plan, comme rien de ce qu'on a déjà vu dans les prises précédentes… le cauchemar des maquilleuses. Liza est *juste* assez jeune pour pouvoir supporter ce grossissement extrême.

« Tu veux dire que je suis quelque chose ? » murmure-t-elle.

La réponse de son partenaire est noyée sous un grincement strident : les freins des wagonnets ont dû s'enclencher. Il y a un hurlement, puis une série de cris alors que l'équipe technique s'affole… du moins c'est ce que je présume. La caméra ne quitte jamais le visage de Liza.

« Oh, l'enfoiré », souffle Anjali.

J'appuie sur pause. Le visage de Liza est à demi tourné vers les montagnes russes ; elle a les yeux écarquillés de terreur.

« Il savait que les wagonnets allaient dérailler, n'est-ce pas ? demande Anjali.

— Je pense, ouais. »

Elle écarte une mèche de son front.

« *Merde*. J'étais sûre qu'il y avait un problème avec Liza. J'en étais *sûre*. Mais je n'ai pas réussi à lui faire dire ce que c'était. Je voulais *l'aider*.

— Et tu savais aussi qu'il couchait avec elle ?

— Quoi ? »

J'hésite, puis je lui pose une main sur le bras.

« Ce n'est pas ta faute. Elle n'aurait pas pu se confier à toi. Tu es trop proche de Tony.

— Pas du tout, murmure-t-elle, le regard toujours rivé sur l'écran. Ce n'est pas parce que je travaille avec lui qu'on partage un cerveau pour deux. *Putain*... Je n'étais même pas d'accord avec lui sur Billy. »

Je me tourne vers elle, surprise.

« Comment ça ?

— Tout ce que j'ai vu de lui me fait penser qu'il n'est pas coupable. Mais Tony est tellement sûr du contraire, et il a fait un tel travail de *documentation*...

— Il t'a déjà dit pourquoi ce film était si important pour lui ?

— Tony ne s'explique jamais. Ça fait partie de ses principes.

— Mais tu n'as pas une idée ? Je n'ai jamais compris. En général, il s'attaque à des sujets plus... larges.

— La mort, ce n'est pas large ?

— Tu sais très bien ce que je veux dire. L'histoire, la politique, la philosophie. Ce genre de choses. Mais là... c'est juste un film de plus sur une jeune fille blanche assassinée. On pourrait en faire un dans littéralement n'importe quel bled des États-Unis, il suffirait juste de changer quelques noms. Alors pourquoi *celui-là* ?

— Ben, déjà, les avantages fiscaux. »

Je secoue la tête.

« Il y a forcément une autre raison. »

Je relance la lecture. La réponse est quelque part dans ces images, je le sais.

C'est toujours comme ça.

Je reviens en arrière jusqu'à tomber sur un plan du jeune homme qui joue le petit ami de Caitlyn.

« Qui est cet acteur ? je demande. Je ne le reconnais pas.

— C'est vrai, hein ? répond Anjali en riant. Moi

aussi, je le confonds toujours avec, genre, huit autres acteurs de télé blancs. Est-ce qu'il joue le troisième rôle dans une série pour ados sur Netflix, ou la guest-star récurrente d'une comédie décalée sur Hulu ? Personne ne sait ! Je ne suis même pas sûre qu'on ne l'ait pas choisi en le prenant pour un autre ! »

C'est alors que ça se produit.

Si j'avais regardé ces mêmes images hier – si je ne venais pas d'avoir Annemieke au téléphone et si elle ne m'avait pas reparlé de Venise –, je ne l'aurais sans doute pas vu. Mais je les regarde aujourd'hui, maintenant, et cette fois l'histoire n'est pas comme un film qui se débobine dans ma tête. Elle s'affiche claire et nette sous mes yeux, aussi éclatante que les ampoules qui ont explosé sur la scène, une par une.

Le comédien sur l'écran devant moi est un jeune homme blanc lambda qui n'a rien de remarquable à bien des égards ; ni grand, ni petit, ni gros, ni maigre. Il n'a pas les cheveux auburn ni acajou, pas de reflets cuivrés ni couleur whisky. Ils sont juste châtains. Il n'a aucune cicatrice visible, ni grain de beauté, ni tache de naissance. Il a des yeux vifs, brillants. Verts.

Et, autour du cou, une médaille de saint Christophe.

Je ne peux pas m'en empêcher : j'éclate de rire. Je ris comme on rit quand on a enfin compris une blague après y avoir réfléchi beaucoup trop longtemps. Sans plaisir, juste du soulagement.

Tony s'applique tellement à tout reconstituer dans les moindres détails qu'il vient de se trahir sans le savoir.

28

J'attrape brusquement Anjali par le bras.

« Quoi que tu fasses, ne reste pas seule avec Tony, d'accord ? »

Elle a un mouvement de recul.

« Hein, quoi ?

— Je t'expliquerai plus tard. »

Je joue des coudes pour réussir à sortir de la salle de conférences, sans me soucier de qui je bouscule au passage. Je déboule dans le lobby et cours vers la salle à manger, esquivant serveurs et commis dans le couloir du fond, plongeant sous un plateau, jusqu'à me jeter sur la double porte métallique.

Un homme en blouse blanche de cuisinier relève les yeux de l'assiette qu'il est en train de composer à l'aide d'une pince à épiler. Il baisse ses lunettes sur le bout de son nez.

« Sortez de ma cuisine, dit-il.

— Je suis une amie de Suzy et Grace, je bredouille, essoufflée.

— Mais vous êtes une adulte, répond-il en fronçant les sourcils.

— Et alors ? »

Il se redresse et s'essuie les mains sur un torchon.

« C'est vous qui aimez les sandwichs au beurre de cacahuète ? »

Je hoche vigoureusement la tête.

« J'ai le palais d'une enfant de cinq ans. Vous savez où elles sont ? »

Il se retourne vers une femme brune penchée sur un plan de travail.

« Esther… qu'est-ce que tu as fait des filles ? »

Elle pointe sa poche à douille en direction de la réserve.

« Je les ai collées aux salades.

— Elles nous donnent un coup de main, m'explique le chef.

— Et… je pourrais vous les emprunter ?

— Vous savez la quantité de salade que mangent ces gens ? me lance-t-il en penchant la tête de côté.

— C'est très, très important.

— Du moment que ce n'est pas une histoire de garçons », finit-il par céder avec un haussement d'épaules.

Il remonte ses lunettes sur son nez et se remet à la tâche.

Je trouve Suzy et Grace en train de travailler avec application, les cheveux tirés en arrière, les mains gantées de latex, à moitié cachées derrière une montagne de verdure. Elles lèvent la tête en m'entendant arriver.

« Ça vous dirait de m'aider à cambrioler un commissariat ? »

Leur sourire pourrait faire de l'ombre au soleil.

Je descends l'allée à toutes jambes, fonce à travers la pelouse et les arbres, suivie de près par les deux filles. Je n'ai pas couru aussi vite ni aussi loin depuis des mois – des années –, et chaque fois que mes talons frappent le sol, le choc secoue tous mes os, avec une douleur si aiguë dans les hanches que je ne remarque quasiment plus les élancements dans mes genoux et mon bras.

Nous débouchons d'entre les arbres, directement sur le parking. Chuck et Tim lèvent la tête derrière leur mini-barbecue.

« Comtesse Dracula ! » me lance Tim.

Chuck remonte la taille de son pantalon et se précipite vers moi.

« Hé, ça va ?

— On doit aller au commissariat, je souffle, hors d'haleine. Vite, s'il vous plaît. »

Suzy me tire par la manche et m'entraîne un peu à l'écart.

« Attends, Marissa… pourquoi on ne demande pas à Isaiah de nous déposer ? »

Je secoue la tête.

« Pas possible. Je dois d'abord être sûre que je ne me trompe pas. Il faut procéder de façon *rationnelle.*

— Cambrioler un commissariat, c'est *rationnel* ? »

J'acquiesce fermement.

« Tout à fait.

— Je crois que tu as passé un peu trop de temps avec nous », dit Suzy.

Je me retourne vers Chuck.

« Vous pouvez nous emmener ? »

Il considère les filles en fronçant les sourcils.

« Je ne suis pas sûr d'avoir l'autorisation de… »

Je le coupe en lui posant une main sur l'épaule.

« Vous êtes en train de me dire que l'illustre et auguste Confrérie internationale des chauffeurs n'a pas *l'autorisation* d'assister la chef monteuse – qui, soit dit en passant, est syndiquée en bonne et due forme – dans une situation d'urgence absolue ? »

Chuck soupire, glisse deux doigts dans sa bouche et siffle.

« Petit Bob ! On va avoir besoin de l'Autobot. »

Moins de trente secondes après, la Cadillac Escalade noire émerge de derrière une caravane, et les filles grimpent sur la banquette arrière. Je m'installe sur le siège passager et cale mon sac à mes pieds. Petit Bob se tourne vers moi en haussant les sourcils.

« On va où, chef ?

— Au commissariat. Et si possible sans se faire voir. »

Il démarre. Je sens l'excitation de Suzy et de Grace dans mon dos. Mon Dieu, j'espère que je ne fais pas une erreur en les prenant avec moi.

Quand on arrive au bout de l'allée, Petit Bob prend à droite.

« La route principale n'est pas par là ? » je demande en montrant la direction opposée.

Petit Bob se range sur le bas-côté. Puis il se penche vers moi pour resserrer ma ceinture de sécurité. Il fait rugir le moteur, se retourne vers les filles et leur lance un clin d'œil.

« Là où on va, dit-il, on n'a pas besoin de routes. »

Il donne alors un violent coup de volant à gauche en appuyant à fond sur l'accélérateur. Les filles poussent un cri perçant alors que la voiture quitte la route.

Et peut-être que moi aussi.

Avec son SUV, Petit Bob franchit une colline, passe entre deux maisons et contourne un arbre. Nous traversons tout droit ce qui ressemble fort à des écuries et ressortons dans une zone densément boisée, au sein de laquelle Petit Bob se fraie pourtant un chemin avec aisance, trouvant des interstices là où il semble n'y en avoir aucun. Puis il bifurque brusquement sur la droite et, je ne sais comment, récupère une piste qui n'a pas l'air d'avoir été empruntée depuis des siècles.

On dirait qu'il a Google Maps implanté dans le cerveau.

Encore deux ou trois kilomètres et nous arrivons au centre d'une clairière ; la voiture s'arrête en douceur. Cent mètres plus loin, à travers les arbres, j'aperçois un bâtiment en briques carré. Deux véhicules de police sont garés devant.

« On ne fait peut-être pas grand-chose, dit Petit Bob, mais on le fait mieux que personne. »

Je me retourne vers les filles, bouche bée.

« C'était *splendide* ! » s'exclame Suzy.

Grace opine du chef en s'essuyant une larme au coin de l'œil.

Nous descendons de la voiture et nous approchons discrètement de l'orée du bois, cachées derrière le tronc d'un érable argenté.

« C'est quoi le plan ? je demande.

— On va y aller en premier, décrète Grace. Une de nous deux va expliquer à la gentille dame de l'accueil qu'on a des informations d'une *extrême* importance en lien avec l'affaire.

— Sauf que, nuance Suzy, on va tout prononcer super vite, avec le plus possible de jargon Instagram post-2008…

— J'aurai Urban Dictionary ouvert sur mon téléphone pour piocher des expressions d'argot.

— … et on prendra une voix girly en montant dans les aigus à la fin de chaque phrase, comme *ça ?*

— Je placerai peut-être quelques mots en espagnol, juste pour le plaisir.

— Non, évite ça. Ce sont de vrais policiers, n'oublie pas. »

Grace se reprend.

« Ah oui, d'accord.

— Et après, poursuit Suzy, quand on les aura bien embrouillés, c'est là que je demanderai si je peux utiliser les toilettes.

— Mais moi, je continuerai à parler…

— Comme ça ils ne penseront pas à me suivre…

— Et pendant qu'elle sera aux toilettes, elle ouvrira cette fenêtre, indique Grace en montrant un vasistas en hauteur sur la façade arrière du bâtiment. Ce sera ton point d'accès, Marissa. Billy sera dans la cellule de garde à vue, côté sud. »

Suzy me jette un regard.

« Tu sais, à l'origine, notre plan, c'était que je m'introduise dans la salle des archives pour voler les photos de la scène de crime. Mais j'imagine qu'on n'en est plus là ? »

Je fixe le vasistas en me rongeant l'ongle du pouce.

« Ouais, dis-je. Contentons-nous d'une grosse bêtise à la fois. »

Quand je pénètre dans la pièce, le corps légèrement chiffonné après une *minuscule* chute par le vasistas des toilettes, Billy est assis dans la cellule sur une chaise en métal, les mains entortillées sur les genoux, fixant du regard un point invisible devant lui.

Je m'avance d'un pas hésitant.

« Bonjour, Billy. »

Son expression ne varie pas. Est-ce qu'il ne m'a pas reconnue ?

« C'est Marissa, j'ajoute. On s'est vus… mon Dieu, ce n'était jamais qu'hier. »

Il redresse la tête. Son visage met un moment à se ranimer.

« Je m'en souviens. Je suis vraiment désolé… Je ne voulais pas vous pousser. J'espère que vous n'êtes pas blessée. »

Il y a une longue liste de termes que je pourrais utiliser pour décrire ce que fait ma vision à cet instant : un travelling contrarié, un travelling compensé, un trans-trav, un contra-zoom, un effet *Vertigo*. Moi, je préfère le terme « dolly zoom », puisqu'un dolly zoom est précisément un plan tourné à la dolly avec un zoom. La nomenclature fantasque m'a toujours paru contenir une contradiction dans les termes.

Si vous avez vu *Sueurs froides* (alias *Vertigo*), *Les Dents de la mer* ou *Les Affranchis* – ou, à vrai dire, n'importe quel film d'horreur –, vous connaissez forcément. Imaginez un long couloir ; à son extrémité, une porte sans prétention. Au premier plan, le héros, qui vaque à ses occupations. Mais tout à coup, la lumière grésille, un bruit résonne derrière la porte et, bizarrement, sous nos yeux, le couloir *s'allonge* et la porte semble s'éloigner, comme aspirée dans une autre dimension.

Il y a un *danger* de l'autre côté de cette porte.

Si le jargon cinématographique évolue constamment, la traduction en langue courante de cet effet particulier est restée remarquablement stable depuis *Pas de printemps pour Marnie*. Alors, quand les fenêtres sur le mur en face de moi paraissent s'amenuiser au loin, je sais exactement ce que mon cerveau essaie de me dire :

Oh, *merde*.

« J'ai paniqué, est en train d'expliquer Billy, et je ne fais pas toujours les bons choix quand je panique. Ce qui est sans doute le propre de la panique, d'ailleurs. »

C'est donc bien lui qui a volé les rushes. Et qui m'a attaquée. Ce qui signifie…

« Bon sang, Billy, j'articule d'une toute petite voix. Je suis venue ici pour vous entendre dire que vous n'avez *pas* tué Liza. »

Il relève la tête brusquement.

« Hein ? Non. J'ai pris le film, mais je n'ai jamais touché la fille. Je le jure.

— Pourquoi devrais-je vous croire ?

— Parce que j'ai un système de géolocalisation sur mon bateau. Je ne suis resté sur l'île que vingt minutes, et c'est le moment où vous m'avez trouvé dans la cabine de projection. Je n'ai pas pu avoir le temps de la tuer en plus.

— Ah. »

Je pose une main sur ma poitrine et m'attends presque à trouver mon cœur à l'extérieur.

« Quand on vous interroge, je reprends, c'est sans doute par là que vous devriez commencer. »

Il laisse échapper une petite bouffée d'air qui flirte à la limite de ce que je pourrais appeler un rire.

« Bonne idée », acquiesce-t-il.

Je m'avance tout doucement jusqu'à la grille de sa cellule.

« Mais pourquoi vous être donné autant de mal pour des rushes ? »

Il baisse à nouveau les yeux vers ses mains.

« Je pense que ça va vous paraître bizarre si je vous le dis.

— Essayez toujours. »

Il pousse un grand soupir.

« Gavin est venu m'annoncer qu'il démissionnait, et vous aviez dit… vous vous souvenez ? Vous aviez dit que si Gavin démissionnait, ils arrêteraient le film. Ce qui voulait dire que je ne le verrais jamais.

— Vous êtes au courant que le film vous dépeint comme un meurtrier profondément dérangé, n'est-ce pas ?

— Ouais, c'est pas un scoop. Mais ça ne change pas le fait que ces années ont été parmi les plus belles de ma vie. Je… je crois que j'avais envie de voir si elles avaient l'air pareil que dans mon souvenir. »

Il se tortille les mains et se perd dans une pensée que je ne peux pas suivre.

Je lui laisse le temps de revenir à moi.

« Mais ensuite, j'ai entendu quelqu'un monter les marches, reprend-il, et j'ai eu peur, parce que, ben…, hésite-t-il en me jetant un bref regard par en dessous. Vous faisiez un bruit terrifiant.

— Oui, quand on saute à pieds joints sur des marches en métal, ça fait ça.

— Vous devriez être plus prudente. Je me suis fêlé une dent sur cet escalier à l'époque où j'étais projectionniste. J'ai trébuché en montant et… *boum*, fait-il en tapant dans ses mains.

— Je ne comprends toujours pas. Si vous teniez tant à récupérer ces rushes, pourquoi avoir balancé l'ordinateur à la mer ? »

Il lève les yeux vers le plafond.

« J'ai fait ce que font, j'imagine, la plupart des criminels amateurs. J'ai repris mes esprits, je me suis rendu compte que j'étais en train de faire une terrible erreur et j'ai voulu détruire les preuves.

— En en fabriquant d'autres du même coup.

— Ce n'était pas la meilleure idée, c'est sûr, admet-il. On peut dire ce qu'on voudra sur nos forces de police, elles m'ont tout de suite coincé pour le cambriolage. D'un autre côté, c'est un sacré alibi. »

Je me retourne pour jeter un coup d'œil vers la porte. À travers la lucarne carrée, je peux voir Grace gesticuler frénétiquement devant trois policiers, qui clignent des yeux comme des hiboux en se frottant le menton. Mais les filles ne vont pas pouvoir les occuper pendant des heures.

« Billy, j'ai une question à vous poser. »

Son front se plisse.

« Vous m'en avez déjà posé plusieurs, non ?

— Oui, je sais, mais c'est la phrase que vous êtes censé dire quand vous vous apprêtez à poser une question vraiment importante. »

Il me fait signe de continuer.

« Vous avez dit que Caitlyn avait eu différents petits copains cet été-là…

— Elle flirtait par-ci, par-là, oui.

— Et vous vous souvenez des garçons avec qui elle est sortie ?

— Bien sûr.

— Vous pourriez me donner leurs noms ? »

Il entrouvre les lèvres. Hésite.

Je m'agrippe aux barreaux des deux mains.

« Il ne peut pas vous faire de mal, vous savez. C'est un revirement de situation assez extraordinaire, en fait. Il a enfin réussi à vous envoyer là où il voulait… sauf que c'est le seul endroit sur cette île auquel même lui n'a pas accès. »

Billy me dévisage d'un air impassible.

« Et vous, vous avez bien réussi à entrer ?

— Ouais, mais j'ai l'aide de deux ados. »

Je calcule le timing de ma phrase suivante avec une telle précision que même Gavin Davies ne pourrait rien y redire.

« Pas Tony Rees. »

Si j'étais quelqu'un d'autre, quelqu'un de normal, le genre de personne que ça ne dérange pas de serrer la main des gens, de leur donner l'accolade ou même de frôler accidentellement un inconnu dans une foule l'espace d'une microseconde, si cette promiscuité physique était pour moi une habitude quotidienne et pas une chose qui me met dans un état de fébrilité bien au-delà d'un léger inconfort, si j'étais capable de regarder quelqu'un de façon désinvolte sans être lourdement, douloureusement consciente que *je regarde quelqu'un, je regarde quelqu'un, oh, mon Dieu, je regarde quelqu'un*, je pense honnêtement que je ne l'aurais pas vu.

Mais je ne suis pas quelqu'un d'autre. Alors je le vois.

C'est de la peur qui traverse le visage de Billy.

Je recule d'un pas.

« J'avais raison. Tony était là il y a vingt-cinq ans. Et *il* était amoureux de Caitlyn. Pourquoi vous n'avez rien dit à personne ?

— Il a failli me tuer une fois. Je n'ai aucun doute qu'il serait prêt à recommencer.

— Mais *maintenant*… »

Il me coupe d'un vif geste de la main.

« Vous, les gens du cinéma, vous êtes tous pareils. Sous prétexte qu'il y a quelque chose que vous ne saviez pas, vous pensez que c'est forcément une découverte. Mais ça n'a rien d'un rebondissement… vous êtes juste la dernière personne au courant. Tout le monde sur cette île sait qui est Tony. Ils l'adorent… ils l'adoraient déjà quand il venait ici gamin, et ils l'adorent encore plus maintenant. À votre avis, d'où vient tout cet argent ? Pas des touristes… On est dans le *Delaware*.

— Comment c'est possible ?

— Ils sont tous copains, vous ne comprenez pas ? Nick et lui étaient des compagnons de beuverie ; Francie lui a appris à pêcher. Il était invité tous les ans aux festivités du 4 Juillet. Ils travaillent main dans la main… comme c'était déjà le cas à l'époque.

— Dans quel but ? Afin d'obtenir justice pour Caitlyn ? »

Il hoche la tête.

« Mais puisque ce n'est pas vous qui l'avez tuée ?

— Ouais, fait-il avec un sourire amer. Essayez donc de le leur expliquer. »

Je regarde la porte, puis Billy… et de nouveau la porte.

« Quoi ? » demande-t-il, méfiant.

Je rajuste ma chemise et remonte les bretelles de mon sac à dos.

« Je crois que, pour une fois, vous avez peut-être eu la bonne idée. »

SUZY KOH : Vous voyez ? On vous avait dit que c'était pas lui.

29

« Il faut qu'on parle de Tony », je dis.

Nick me dévisage par-dessus le bord de son mug de café.

« Vous vous introduisez dans mon commissariat par effraction, et maintenant vous avez des exigences ?

— Oui, enfin… »

Je remue pour essayer de trouver une position confortable sur la chaise que Nick m'a assignée. C'est une de ces chaises en bois dont le siège est incurvé pour accueillir vos fesses, mais les miennes ne doivent pas avoir la bonne forme. J'ai l'impression de devoir faire rentrer un carré dans un rond.

« Le fait qu'il ait été le petit ami de Caitlyn à l'époque me semble être un détail assez important », je reprends.

À travers la porte ouverte, j'entends Suzy expliquer aux policiers en uniforme qu'elle a un cousin qui travaille au ministère de la Justice, donc qu'ils n'ont pas intérêt à leur faire d'entourloupes. Grace, pendant ce temps, est au téléphone avec Petit Bob, à qui elle demande d'appeler un avocat et de poster quelque chose sur Twitter si nous ne sommes pas ressorties d'ici à une demi-heure.

Je ne sais même pas comment elle a eu son numéro.

« Donc, vous êtes au courant, répond Nick.

— Je suis sincèrement impressionnée que vous ayez réussi à cacher ça si longtemps. »

Il a un sourire froid.

« On ne l'a pas caché. Personne ne nous a posé la question.

— C'est *vous* qui *me* jugez ? Je ne suis pas celle ici qui a tabassé un innocent. »

Nick se laisse aller contre le dossier de sa chaise – il a un coussin, je note – et place ses doigts en triangle devant son visage.

« Vous ne savez pas de quoi vous parlez.

— Pardon, mais vous n'étiez pas là quand ils ont envoyé Billy à l'hôpital ? Vous êtes juste resté les bras croisés à regarder, c'est ça ?

— Écoutez… j'étais gamin, et j'étais terrifié. Tout le monde racontait que Billy était un dangereux psychopathe, et je n'avais aucune raison de ne pas les croire. Dans les films, ces types ne s'arrêtent jamais à une seule victime. Comment savoir que je ne serais pas la suivante ? Ensuite, les flics s'en sont mêlés et ont tout saboté, et puisque la prison n'était plus à l'ordre du jour, oui, je me suis dit qu'il fallait faire passer un message. C'était une erreur, je peux le reconnaître à présent. Mais voilà pourquoi je fais tout ça maintenant. Je ne veux pas le louper, ce coup-ci.

— Vous pensez vraiment qu'il a tué Caitlyn ? »

Il se passe une main sur le visage.

« Vous ne le connaissez pas. C'est un petit con mal élevé. Depuis toujours. Et les faits sont là : il est l'unique suspect crédible dans le meurtre de Caitlyn. C'est la seule personne qui la connaissait, qui avait accès à un bateau pour déplacer le corps et qui n'a pas d'alibi pour cette soirée-là.

— Et moi je vous dis que Billy ne l'a pas tuée.

— Et moi je regrette, mais être profondément convaincu de quelque chose n'a jamais constitué une preuve. »

Je détourne le regard en m'efforçant de réfléchir. Il faut clairement que je trouve une autre approche.

« Mais vous êtes d'accord qu'il n'a pas tué Liza May, n'est-ce pas ?

— Ça paraît peu probable, concède-t-il.

— OK… alors suivez-moi deux secondes : vous saviez aussi que Tony couchait avec elle ? »

Nick se raidit, visiblement surpris.

« Avec Liza ? »

Je me penche en avant.

« Et vous le voyez comme moi, non ? À quel point elle ressemble à Caitlyn. Vous savez qui d'autre ressemble à Caitlyn ? Sa future ex-femme. »

Je marque une pause, le temps de prendre une inspiration.

« Il faut reconnaître que ça fait un bon merdier hitchcockien, non ? Si vous pardonnez mon langage. »

Nick appuie ses coudes sur le bureau.

« Bon sang… »

Il flanche. Je ne peux pas m'arrêter maintenant.

« Attendez, il y a pire. Ça faisait des semaines qu'il martyrisait Liza. À la démolir, puis à la réconforter… pour la redémolir aussitôt. Au début, je me suis dit : “Bon, c'est juste sa façon de travailler”, mais c'était plus que ça. Il ne la trouvait pas à la hauteur pour incarner Caitlyn.

— Et vous pensez qu'il l'a tuée à cause de ça ?

— C'est une hypothèse comme une autre. »

Il ouvre la bouche pour répondre… puis secoue la tête.

« Il ne peut pas avoir tué Caitlyn, je suis bien placé pour le savoir : j'étais avec lui ce soir-là. On avait pris un bateau pour Cape May, où je voulais voir une fille que je connaissais. »

Je m'affaisse sur ma chaise. *Merde*. Je croyais pourtant le tenir.

Quelqu'un toque à la porte. La tête de Suzy apparaît.

« J'espère que vous ne m'en voudrez pas, dit-elle, mais je vous écoutais éhontément. »

Je lui fais signe de venir.

Nick hausse un sourcil.

« Mais bien sûr, fait-il, invitez donc une enfant dans cette discussion.

— Croyez-moi, je réponds, elle va s'y inviter de toute façon. »

Suzy approche une chaise du bureau et s'y laisse tomber.

« Vous n'avez pas pensé qu'il pouvait y avoir *deux* tueurs ? Pardon, laissez-moi reformuler : ce *sont* deux tueurs différents, c'est sûr. Et avant de me dire : "Qu'est-ce que tu en sais, tu n'es qu'une gamine ?", vous devriez peut-être jeter un coup d'œil là-dessus. »

Elle sort un dossier par le haut de son pantalon et le pose sur le bureau de Nick.

« Pendant que Marissa était avec Billy, j'ai retrouvé les photos originelles de la scène de crime, dit-elle en étalant deux images devant moi. Pour les *deux* meurtres. »

La première est une photo de Caitlyn ; la seconde, de Liza. Ni l'une ni l'autre ne ressemble à ce à quoi je m'attendais.

Pour commencer, les photographes de la police n'ont fait aucun effort de cadrage artistique, d'élégance ni de délicatesse. D'ailleurs, pourquoi en auraient-ils fait ?

Ils sont payés pour enregistrer les données brutes en images.

C'est juste qu'on ne m'avait pas prévenue : les filles mortes ne sont pas aussi jolies.

Par ailleurs, le corps de Liza n'est *pas* disposé de la même façon que celui de Caitlyn. Certes, elles portent toutes les deux un maillot de bain orange et elles sont toutes les deux assises dans un transat, mais seule Liza est soigneusement positionnée. Caitlyn, elle, est voûtée sur elle-même, les bras affalés sur un côté, un petit bourrelet de gras à la taille.

Mes doigts se posent sur une différence encore plus criante : la bouche de Caitlyn. Elle porte du rouge à lèvres écarlate. Celle de Liza est nue.

« Il a franchement eu raison de virer cette maquilleuse, je murmure.

— Et voilà ! s'exclame Suzy, penchée par-dessus mon épaule. Si c'était le même tueur, il n'aurait jamais oublié le rouge à lèvres *rouge sang*. C'est genre serial killer niveau débutant.

— De quoi parlez-vous ? demande Nick.

— Liza ne portait pas de rouge à lèvres non plus dans le film, j'explique.

— Et qu'est-ce que ça change ?

— Ça change que je me suis fourvoyée depuis le début. »

Je me suis fourvoyée depuis la première fois que j'ai vu cette photo de Liza dans un bureau de Los Angeles, il y a des années-lumière. C'était trop tentant de penser que j'avais la vérité sous les yeux.

J'attrape mon sac à dos et fouille à l'intérieur jusqu'à ce que mon pouce effleure un coin de papier rigide.

Je sors la photo de tournage qu'Isaiah a décrochée

dans la salle de montage et la pose à côté des clichés de police.

Suzy réprime une exclamation.

Nick fronce les sourcils.

« Je ne comprends pas.

— Le corps de Liza n'était pas disposé pour ressembler à celui de Caitlyn, décrypte Suzy. Il était disposé pour ressembler à celui de *Liza*, dit-elle en désignant la photo de tournage.

— Mais ce n'est pas possible, j'objecte, avant d'interroger Nick du regard. Vous n'avez pas donné les photos de la scène de crime à Tony ? »

Il secoue la tête.

« Je les ai données à son assistante.

— Attendez… *sérieusement* ?

— Tony a lu tout le dossier, mais il a refusé de regarder les photos. Il disait… il disait qu'il ne voulait pas voir le corps de Caitlyn à travers l'objectif de quelqu'un d'autre. »

Suzy se raidit.

« Et vous avez gobé ça ? Genre, tout est normal ? Personne n'a jamais dit non à ce mec ?

— Ça fait partie de son process…, je commence.

— Il disait que c'était son processus », dit Nick au même moment.

Nick croise mon regard. Puis il se lève et sort de la pièce d'un pas déterminé en appelant ses hommes. Il faut qu'ils retournent à l'hôtel, leur annonce-t-il. Pour parler à Tony… oui, c'est ça, *leur* Tony. Et ils feraient bien de prendre leur arme de service.

J'entends tout ça de loin. Je suis encore hypnotisée par les photos. Il y a quelque chose qui me titille… mais quoi ?

Shirley MacLaine, au chevet de Debra Winger, qui ouvre les yeux...

Non, avant.

Shirley MacLaine, au chevet de Debra Winger, et qui l'aide à se maquiller avant qu'elle voie ses enfants pour la dernière fois.

Peut-être que ce n'est pas dans un film…

Ma grand-mère, à l'hôpital le soir de sa mort, un tube de Revlon vert émeraude dans la main.

Suzy me secoue par l'épaule.

« Marissa, tu es toujours là ? »

Je la regarde en clignant des yeux.

« Ouais, pardon… je réfléchissais.

— Très mauvaise habitude, dit-elle sans la moindre ironie. Viens, ils nous ramènent à l'hôtel. »

« Ne vous en faites pas. Dès que Tony mettra un pied par ici, ils l'attraperont. C'est un des avantages de la vie insulaire. »

Le sourire de Wade est si large que je crains qu'il lui provoque des dégâts permanents.

Je suis dans son bureau privé. Pendant que la police continue à rechercher Tony, c'est la pièce qui nous sert d'épicentre opérationnel temporaire. Sur le mur en face de Wade, huit moniteurs vidéo alternent entre les différentes caméras de surveillance de l'hôtel ; sur le mur derrière lui, trois écrans plats diffusent les infos. Pour l'instant, la mort de Liza ne tourne en boucle que sur le bandeau de Fox et de CNN ; personne n'a encore évoqué qu'on soupçonnait Tony d'être impliqué.

Sur la chaîne locale, un journaliste à peine sorti de l'adolescence est en direct devant le terminal maritime de Lewes ; j'aperçois au second plan au moins trois autres camions télé. Je me demande si quelqu'un a déjà interviewé Georgia.

Sur ma droite, après une vaste arcade à colonnade, s'étend le salon de Wade et de Francie. Cette dernière est debout devant un buffet en noyer, en train de plier des serviettes et de disposer des cookies dans une assiette pendant que le thé infuse. Au centre de la pièce se trouve une table basse entourée d'un fauteuil et de deux canapés turquoise. Il y a aussi une autre télé, allumée sur une émission de divertissement que je ne connais pas. C'est là que sont assises les filles, occupées à débiter un flot de commentaires ininterrompu à Anjali et à Valentina, qui affichent toutes les deux le même air de consternation.

Isaiah est debout à côté d'elles, les bras croisés, les doigts qui pianotent distraitement contre ses coudes. Toutes les trois minutes – j'ai remarqué –, il consulte son téléphone en fronçant les sourcils.

Je ne lui ai encore rien dit.

Il ne m'a rien dit non plus.

Gavin, pendant ce temps, est tapi dans un coin près de l'armoire à liqueurs avec Violet, qui, pour l'occasion, s'est déplacée jusque-là dans son fauteuil roulant. Elle porte un pyjama en soie doré et une perruque platine à la garçonne. Quand elle voit que je l'observe, ses sourcils dessinés au crayon tressaillent.

Je détourne le regard, et il atterrit sur une photo accrochée juste à droite de la porte, sur laquelle Wade, toujours aussi souriant que d'habitude, se tient entre deux hommes qui me disent vaguement quelque chose.

Je m'approche pour l'examiner de plus près.

« C'est… ?

— Ouaip, confirme Wade dans mon dos avec délectation. *Les Traqueurs de fantômes*. Saison 4, épisode 28.

— Ah, mais voilà pourquoi j'avais l'impression de connaître cet endroit !

— Vous êtes fan, vous aussi ?

— Sûrement pas. Mon premier boulot en sortant de l'école, ça a été de monter des pubs pour la chaîne Syfy.

— Ah, fait-il en rajustant son col.

— Ils n'ont jamais trouvé aucun fantôme, j'explique.

— Ce n'est pas parce qu'ils ne les ont pas trouvés qu'il n'y en a pas, répond-il aimablement. Après tout, qui sait ce qui a bien pu se passer ici pendant la prohibition ? Avec toutes ces criques de contrebandiers et tous ces tunnels secrets…

— Ils n'ont jamais évoqué le meurtre de Caitlyn ? Dans l'épisode, je veux dire. »

Wade marque une pause.

« Non.

— Pourquoi pas ? Ça aurait été mieux pour l'audience. »

Il jette un coup d'œil en direction du salon.

« Eh bien, on avait pris cette décision… en famille. On avait peur que ce soit irrespectueux.

— Qu'est-ce qui vous a fait changer d'avis ? »

Dans l'angle de mon champ de vision, je vois la main de Francie se figer au-dessus d'un cookie.

Wade rit nerveusement.

« Comment ça ? demande-t-il.

— Il y a dix ans, vous ne vouliez pas qu'on dise un mot du meurtre de Caitlyn dans une obscure série documentaire sur une chaîne du câble, et maintenant vous faites tout un film dessus ?

— On avait confiance en Tony pour le faire bien.

— Et alors, vous êtes contents ? »

Francie nous rejoint, les mains sur les hanches.

« Il a gagné un oscar, je vous signale. »

Je hausse les épaules.
« Mel Gibson aussi. »
Francie ouvre la bouche… puis la referme brutalement, son attention captée par un des écrans de télé. On y voit une photo de Tony.
« Vous pensez qu'il va s'en tirer ? demande-t-elle au bout d'un moment.
— Non, répond Anjali depuis l'arcade, la main appuyée sur une colonne. Il a de l'argent, mais il est trop habitué à avoir des gens pour faire les choses à sa place. Il se plantera sur un truc débile, évident, c'est toujours comme ça. Et ensuite il devra vivre avec ce paradoxe ironique : le grand réalisateur visionnaire n'a pas vu ce qu'il avait sous le nez. »
Elle s'interrompt pour boire une gorgée dans le verre en cristal taillé qu'elle tient à la main.
« J'aime bien ce concept », ajoute-t-elle.
Depuis le fond du salon, Gavin croise mon regard et me fait signe d'approcher.
Je secoue la tête. Je n'ai pas d'énergie à lui consacrer pour le moment.
Sans se laisser démonter, il montre du doigt le tabouret vide à sa gauche… puis moi.
À côté de lui, Violet laisse échapper un rire grave, guttural.
« Oh, ne soyez pas timide, venez donc tenir compagnie à une vieille dame. »
Mince. Dit comme ça, je ne peux pas vraiment refuser. Je jette un regard noir à Gavin en allant me percher sur le bord du tabouret en crin de cheval.
« Alors, reprend-elle quand je suis assise. Il paraît que vous êtes cinéphile.
— Oui, je réponds avec un rire étonné, c'est vrai. »
Elle pince les lèvres et tend son verre à Gavin, qui le

remplit de whisky. Elle l'approche sous son nez et fait des mouvements d'éventail avec la main pour en respirer les effluves.

« Je n'ai plus le droit de boire, explique-t-elle en rouvrant les yeux. Juste de *sentir*. Et je dois m'en remettre à Gavin pour me dire quel goût ça a vraiment. »

Gavin incline la tête en signe de remerciement et boit une gorgée de son propre verre. Il fait rouler le liquide dans sa bouche.

« Charbon et sparadrap », annonce-t-il.

Elle hume de nouveau son verre.

« Quelle idée, aussi, de demander à un Anglais.

— Je suis *gallois*, madame. »

Elle inhale encore une fois et ajuste l'angle de sa chaise, tournant le dos à Gavin.

« Vous savez, dit-elle, je n'ai jamais voulu qu'ils fassent ce film de mes deux. »

Gavin avale son whisky de travers, toussote et se frappe la poitrine.

Je remue sur mon tabouret.

« Entre vous et moi, je rétorque, c'est vrai que le scénario était nul. »

Elle acquiesce d'un hochement de tête.

« C'est Francie qui a insisté, et bien sûr je ne pouvais pas dire non. Pas à ma propre famille. Je vous raconte ça uniquement parce que je vous ai entendue poser la question à ma petite-fille. »

Je jette un coup d'œil à Gavin en fronçant légèrement les sourcils.

Il hausse les épaules.

Je me tourne à nouveau vers Violet. Elle m'observe attentivement par-dessus le bord de son verre.

« Comment vous a-t-elle convaincue ? je demande.

— Elle m'a dit qu'après toutes ces années Tony

allait enfin faire traduire en justice l'assassin de Caitlyn. Imaginez un peu, ajoute-t-elle avec un sourire.

— Oui, je réponds, lentement. Imaginez un peu.

— Ça ne m'a pas étonnée qu'il soit encore obsédé par elle, poursuit-elle en fixant son verre. Les amours de jeunesse ne sont pas faites pour durer éternellement… il faut les laisser suivre leur cours. Même enfant, Tony ne supportait pas de laisser les choses inachevées. »

En temps normal, je serais absolument incapable de regarder quelqu'un en face pendant si longtemps ; surtout quelqu'un que je ne connais pas. Mais avec Violet, au contraire, je ne peux pas détourner le regard. Elle a quelque chose de spécial, peut-être ce je-ne-sais-quoi qui fait le charisme des stars.

Ou peut-être est-ce autre chose.

« Vous étiez proches, Caitlyn et vous ? » je demande.

Elle hoche la tête.

« Très. Caitlyn voulait devenir actrice… la pauvre. On a eu de bons moments ensemble, cela dit.

— Vous répétiez des scènes de vieux films toutes les deux, c'est ça ?

— Comment sav… ah oui, j'oubliais. Cette scène épouvantable, dit-elle en jetant un regard à Gavin par-dessus son épaule. Vous vous rendez compte que Tony m'a fait lire sa première version du scénario ? Il voulait être sûr que tout était exact. »

Je n'en reviens pas.

« C'est *Tony* qui a écrit le scénario ?

— Il y tenait. Soi-disant qu'il était le seul à pouvoir le faire fidèlement… avec mon aide, bien sûr.

— Mais tout n'est pas fidèle, justement ! Les montagnes russes…

— Ah, *ça*. Je ne sais pas comment ça a pu m'échapper. Un oubli, j'imagine. L'année précédente, un petit garçon avait perdu une jambe sur cet engin. Il y a eu un procès monstre… tout le parc a dû fermer. C'est curieux que Tony n'en ait pas entendu parler, mais je suppose que ce sont des considérations d'adultes. Aucune raison qu'un jeune homme s'en soucie. »

Elle sort de sa poche un mouchoir en lin blanc et s'en tamponne les lèvres, puis le replie et le range. Et c'est là que ça me revient enfin. Ce dont j'essayais de me souvenir au commissariat.

Francie, dans la salle de cinéma, le bras tendu. « Ma grand-mère porte du rouge à lèvres écarlate chaque jour que Dieu fait, depuis ses treize ans. D'après elle, personne ne devrait se présenter au monde sans rouge à lèvres. »

Les lèvres de Violet. Elles sont rouges. Un rouge cerise éclatant.

Je connais cette couleur.

Mes yeux scrutent son visage, mais je n'arrive pas à le lire. Est-elle heureuse ? Coupable ? Triste ? A-t-elle entrepris de se livrer à moi depuis le début sans que je m'en aperçoive ? Sait-elle seulement ce qu'elle est en train de me dire ?

« Ça aurait été terrible si vous aviez eu un accident de ce genre à l'hôtel, je reprends après un moment.

— Un désastre, concède-t-elle aisément. Mon mari, voyez-vous, était un peu joueur. Il ne croyait pas aux assurances, il disait que ce n'était pas “fair-play”. Mais je ne peux pas me plaindre. Après tout, s'il n'avait pas eu un certain goût pour les emmerdements, il ne m'aurait jamais épousée. »

Elle agite de nouveau sa main au-dessus du verre de whisky et prend une grande inspiration.

« Jusque-là, on avait passé une année merveilleuse, dit-elle, les paupières papillonnantes. Francie venait de tomber amoureuse de Wade, ils étaient inséparables. Ils avaient des tas d'idées pour l'hôtel. Si vous saviez tout ce qu'ils voulaient faire !

— L'hôtel est magnifique », je réponds, d'une voix lointaine même à mes propres oreilles.

Elle baisse le menton, ouvre les yeux, et elle a beau avoir quatre-vingt-dix-sept ans, elle a toujours une étincelle dans le regard.

« C'est vrai, acquiesce-t-elle.

— Je ne pense pas… »

Je m'interromps, cherchant mes mots, mais finalement je décide de m'en tenir là.

Devant mon silence, ses épaules se détendent, son visage affiche une expression satisfaite. Elle tend une main – fine, marbrée de veines bleutées, couverte de taches brunes – et me serre le genou. Elle a une poigne incroyablement puissante.

« C'est mieux comme ça, dit-elle avant de se tordre le cou pour s'adresser à Gavin. Charbon et sparadrap. *En effet.* »

30

Je dis à tout le monde que je vais aux toilettes, mais en fait je vais vérifier que je ne me trompe pas.

Je m'éclipse de l'appartement de Wade et Francie et me précipite dans le couloir en direction des ascenseurs. Cette fois-ci, je retrouve la salle de cinéma du premier coup. Je cours vers la cabine de projection, saluant au passage la photo accrochée derrière le stand de pop-corn.

Je vois déjà la scène dans ma tête : Caitlyn et Violet en train de répéter *Rebecca*. Le projecteur lâche, comme toujours. Violet rappelle à Caitlyn de faire attention dans cet escalier – surtout avec ces chaussures ! –, mais Caitlyn est jeune et l'a déjà fait mille fois. Alors tant pis si la lumière ne marche pas. Elle bouillonne d'adrénaline, avec cette énergie que produit le corps quand on a la chance de faire ce qu'on aime, et peut-être est-elle excitée aussi en pensant à un garçon qu'elle doit voir le lendemain. À moins qu'elle n'ait prévu quelque chose avec Billy, son meilleur ami. Ou peut-être est-elle juste pressée, tout simplement. Quelle qu'en soit la raison, elle n'est pas concentrée. Elle trébuche.

Je m'arrête net au pied de l'escalier. Je sors mon téléphone, ouvre le clapet et dirige l'écran lumineux vers la troisième marche. Elles sont bien là : les éclaboussures qu'Isaiah a remarquées un peu plus tôt. Ça ne venait pas de moi, en fait.

Je me demande combien de temps Violet a mis pour la trouver.

Ma gorge se noue ; la scène continue.

Violet conclut rapidement que la vérité ne serait bonne pour personne. Elle réfléchit à différentes solutions. Elle est menue et elle a plus de soixante-dix ans, mais elle est encore musclée – elle danse tous les jours –, donc elle pourrait réussir à déplacer le corps de Caitlyn toute seule. Peut-être dans un autre endroit de l'hôtel, où l'éclairage est aux normes. Là, au moins, ils pourraient plaider que l'accident n'est pas dû à une négligence de leur part. Ou alors elle pourrait le transporter jusqu'à la plage, par les mêmes tunnels que les contrebandiers empruntaient pendant la prohibition.

Oui, pense-t-elle, *voilà*.

De nature pragmatique, elle s'oblige à se demander si elle arriverait à lester le corps de Caitlyn, à le jeter à la mer, à laisser les vagues faire disparaître les preuves. Mais elle décide que c'est au-dessus de ses forces. Caitlyn lui était trop chère. Alors, à la place, elle installe son amie sur son transat préféré en arrangeant ses cheveux pour qu'ils cachent le plus gros de la plaie. Puis, dans un dernier geste de… quoi ? D'amour ? D'affection ? De contrition ? De vanité ? Elle lui applique une couche écarlate de *Victory Red* sur la bouche.

Car, d'après elle, personne ne devrait se présenter au monde sans rouge à lèvres.

Elle se jure de ne jamais dire un mot de tout ça à quiconque. S'il y a bien une chose que lui a apprise Hollywood, c'est qu'on ne peut se fier à personne d'autre que soi pour garder un secret.

Je referme mon téléphone. Et là, dans le noir, je m'attarde une dernière fois sur cette image : une jeune fille en maillot de bain orange, les cheveux ondulant dans la brise marine.

C'est seulement à cet instant que je m'en rends compte : la lumière est allumée dans la cabine de projection.

Avant de trop s'affoler, soyons réaliste : c'est sans doute juste Gary, le projectionniste. La police a récupéré ses indices ; la production, son matériel. Les seules choses qui restent sont le DP70 et l'Autowind. Donc la seule personne qui puisse avoir une raison anodine de se trouver là-haut est le technicien chargé de leur maintenance.

Mais si ce n'est pas Gary, alors je ne vois qu'une autre personne possible, ce qui me place devant un dilemme. Est-ce que moi, Marissa Dahl, monteuse professionnelle et cinéphile invétérée, je gravis ces marches pour satisfaire ma curiosité et découvrir qui est dans la salle de projection, malgré le fait que, si nous étions dans un film, tous les spectateurs sans exception se diraient à cet instant : *Ne fais surtout pas ça, putain ?*

Ou bien est-ce que j'opte pour la solution raisonnable en allant chercher de l'aide ?

Si je monte maintenant… et si c'est bien Tony qui est là-haut… et si c'est bien lui qui a tué Liza, il est tout à fait possible qu'il me tue à mon tour. En me voyant, il en conclura aussitôt que, comme d'habitude, je suis allée fourrer mon nez dans ce qui ne me regardait pas et que, par conséquent, je suis très certainement responsable du fait qu'il se retrouve désormais la cible d'une chasse à l'homme dans trois États limitrophes.

Encore une fois, je me répète, la personne dans cette

pièce est presque à coup sûr Gary, le projectionniste, c'est évidemment l'explication la plus logique.

Mais si ce n'est *pas* lui…

Et que je pars…

Il me faudra dix minutes, au bas mot, pour arriver dans une partie de l'hôtel où il y a du réseau. Le temps que j'appelle la police, Tony aura eu tout le loisir de se volatiliser. Et s'il avait déjà un faux passeport brésilien tout prêt ? S'il était juste revenu à l'hôtel chercher un dernier objet sentimental ? Si j'étais le seul obstacle entre lui et une longue et fructueuse carrière de misogyne encensé par la critique ? Si c'était notre unique chance ?

Si j'étais réellement Obi-Wan Kenobi ?

Si j'étais réellement leur seul espoir ?

Et puis, de toute façon, ce n'est jamais que Gary, là-haut, non ? Alors de quoi j'ai peur ?

Je me mets à quatre pattes et commence à monter tout doucement en me servant de mon coude gauche pour me stabiliser. Au bout de six marches, je m'immobilise, alertée par une partie jusque-là dormante de mon cerveau reptilien. Une seconde plus tard, l'escalier tout entier penche de deux centimètres sur ma droite. Je retiens mon souffle, guettant tout mouvement potentiel là-haut.

Personne ne vient.

Je continue.

Plus que dix marches.

Cinq marches.

Une.

Arrivée en haut, je bascule sur les fesses et glisse à reculons jusqu'à toucher le mur. Je m'accorde quelques instants pour reprendre mon souffle. Il me vient à l'esprit que ce serait le moment idéal pour changer d'avis, si telle était mon intention.

Mais je n'ai qu'une image en tête, celle de Tony montant à bord d'un jet privé à destination de Rio de Janeiro.

Nom d'un chihuahua.

Je hoche plusieurs fois la tête pour me donner du courage – *Mais arrête, c'est Gary ! Tu vas y arriver !* – et ravale la bile qui me brûle la gorge. Puis je m'accroupis et m'avance jusqu'à pouvoir tout juste jeter un coup d'œil par la porte.

Ce n'est *pas* Gary.

Tony est assis à la table en mélaminé contre le mur du fond, dos à moi. Il a remplacé la plaque électrique par une lampe de bureau et se sert du micro-ondes comme support de portable. Il a sur les oreilles un casque Sennheiser qui coûte sans doute plus cher qu'un avocat pour une procédure de divorce VIP.

Je me tords un peu plus le coup pour essayer de voir ce qu'il fabrique. Est-ce qu'il regarde des rushes ?

Il enlève son casque et se retourne. Je me fige.

Mon Dieu, il a une mine épouvantable. La peau terreuse, une barbe de trois jours, de nouvelles rides au coin des lèvres. Mais, derrière ses lunettes, ses yeux sont toujours du même vert bouteille… même si, encore une fois, qu'est-ce que ça peut bien vouloir dire ? Est-ce qu'on parle de Perrier ? De Heineken ? De Sprite ? Soyons précis !

Il secoue la tête et se tourne à nouveau vers l'ordinateur. Je recule un peu, retenant mon souffle jusqu'à être hors de son champ de vision.

Je soupire.

C'est, sans aucun doute, le bruit le plus fort jamais produit de toute l'histoire de l'humanité.

Je ferme les yeux.

Quelques secondes plus tard, Tony passe la tête par la porte. Il baisse les yeux.

« Marissa, que faites-vous par terre ? »

Je pars en courant, non ? C'est maintenant que je pars en courant. C'est ce qu'a dit Isaiah : « La prochaine fois, rampez peut-être près d'une issue de secours. Ou, encore mieux, courez. » Je me relève. Si j'arrive à le prendre par surprise, je pense que je peux…

« Où étiez-vous passée ?

— Pardon ?

— On a du travail qui nous attend.

— Hein ? »

Il me dévisage en plissant les yeux.

« Du travail. Vous savez ce que c'est, n'est-ce pas ? Je m'aperçois que je ne vous ai pas encore beaucoup vue à l'œuvre.

— Euh, je suis… je viens juste de…

— Rien ne m'intéresse moins que les excuses, dit-il d'une voix suave. Allez, venez. »

Il pivote, disparaît à nouveau dans la salle de projection et, pour une raison que j'ignore, mes jambes décident de le suivre.

« Tony… vous êtes là depuis longtemps ? »

Il se dirige vers la table et se penche sur son ordinateur.

« Je suis rentré de New York il y a quelques heures. Pourquoi ? »

Quelqu'un d'autre à ma place, quelqu'un de plus courageux – Grace, Suzy, Anjali – en profiterait pour lui sortir un baratin. Un petit discours malin destiné à le bercer d'un faux sentiment de sécurité avant, d'une manière ou d'une autre, de l'entraîner hors de la pièce et de l'appréhender, tout en enregistrant ses aveux en cachette. Un discours qui ciblerait chacune de ses faiblesses – son ego, son orgueil, son arrogance – afin de l'attirer dans un piège auquel même lui ne parviendrait pas à échapper.

Tout le monde peut se faire prendre par une bonne narration.

Mais les seules fois où j'ai été capable de réussir un discours, c'est toute seule, dans mon lit, longtemps après les faits, quand je passe en revue la liste interminable de toutes les choses que j'aurais dû dire.

Si bien que, sur le moment, je dis juste :

« Ouais, je ne sais *vraiment* pas quoi faire dans cette situation. »

Le regard de Tony vacille.

« Je sais que les derniers jours ont été difficiles… », commence-t-il.

Je me retourne et m'élance vers la porte, mais Tony est trop rapide. Sa main se referme sur mon bras, et il me tire violemment en arrière. Je pivote, et l'élan me projette à l'autre bout de la pièce. Je m'écrase contre le mur du fond, tête la première, et m'effondre sur le sol.

Je porte une main à mon nez ; il saigne.

Je relève la tête vers Tony. Il a les yeux écarquillés, les narines dilatées. Il fait un pas vers moi…

Je rampe en arrière.

« Non, s'il vous plaît… »

Il se passe une main dans les cheveux et prend une grande inspiration.

« Vous savez quoi ? je propose. Discutons-en rationnellement.

— Rationnellement ?

— Oui… rationnellement. Parce que les flics savent déjà que vous avez tué Liza, donc me tuer ne changera rien. »

Il réfléchit un instant.

« Ça vous la bouclera. »

Je le regarde. Du sang coule de ma lèvre inférieure sur mon menton. Je l'essuie d'un revers de main.

Il retire ses lunettes et en nettoie les verres avec le bas de sa chemise.

« Comment ont-ils compris, vous le savez ?

— Pour être honnête, c'étaient surtout des conjectures jusqu'à maintenant. Le mobile est encore un peu flou. »

Il remet ses lunettes et penche la tête sur le côté.

« Mais je parie que vous avez votre petite idée, non ? »

Je déglutis.

« Vous… vous voulez l'entendre ? »

Il laisse échapper un rire sec.

« Bien sûr, Marissa, allez-y. Faites-moi votre *pitch*.

— Eh bien… je me suis dit qu'il y avait deux hypothèses. La première, c'est que vous l'avez tuée parce que vous avez pris conscience que votre film ne vous permettrait pas d'obtenir justice comme vous l'espériez. Peut-être parce que vous saviez que Gavin allait démissionner, ou que Liza n'était pas à la hauteur, peut-être parce que vous vous êtes enfin rendu compte que votre scénario était terriblement mauvais… Donc vous avez décidé d'essayer de coller le meurtre de Liza sur le dos de Billy. De l'envoyer en prison de cette façon.

— Ou ? »

Je tremble tellement fort que j'entends les os cliqueter à l'intérieur de mon crâne.

« Ou… dans le cadre de vos petits jeux pervers de réalisateur, vous avez placé Liza dans des situations de plus en plus dangereuses. Le soir où elle est morte, quand je vous ai vu avec elle dans le spa – je ne savais pas que c'était vous à l'époque, évidemment –, vous essayiez de lui apprendre à accéder à ses propres émotions, ou quelque chose comme ça. Si c'était le cas, il y avait sans doute un élément sexuel en jeu, donc je n'ai vraiment pas envie de connaître les détails. Mais quoi qu'il en soit, les choses ont mal tourné, et quand elle est morte, vous avez paniqué. Et vous vous êtes dit : “Autant en profiter” en collant le meurtre sur le dos de Billy. »

Son expression ne trahit rien.

« À quel scénario vous croyez ? » demande-t-il.

Je m'essuie à nouveau le nez ; m'éclaircis la voix.

« Je penche plutôt pour le second. Mais, vous savez, j'aimerais vraiment pouvoir croire que vous n'êtes capable de tuer quelqu'un que *par accident*.

— Bon sang, vous êtes vraiment une casse-couilles de première, hein ? »

Je ris, avec un gargouillis de sang au fond de la gorge.

« J'en fais un point d'orgueil », je rétorque.

Sa moue de mépris est comme un coup de fouet.

« Si j'avais su qui vous étiez au moment de l'entretien, je ne vous aurais jamais embauchée. Une bizarre petite fille triste qui n'apporte de plaisir à rien ni à personne, dont aucun être humain sensé ne supporte la présence.

— Ce n'est pas tout à fait vrai. »

Il se penche et me tire par la queue-de-cheval pour me faire mettre debout. Puis il m'appuie sur le sternum pour me plaquer contre le mur.

« Et si on faisait un deal ? suggère-t-il, la voix à peine plus haute que l'ombre d'un fantôme de murmure. Je vous laisse partir… si vous êtes capable de me citer une seule personne qui ne se moque pas de vous dans votre dos.

— *Moi, déjà.* »

Tony se tourne vers l'origine du son juste à temps pour que le poing d'Isaiah s'écrase sur sa figure.

Il s'écroule au sol.

Les yeux d'Isaiah croisent les miens et nous restons là un long moment, immobiles, juste à nous regarder. Puis il se frotte la nuque.

« Je sais que vous êtes sans doute le genre de femme qui préfère se sauver elle-même, mais je vous ai vue sur la vidéo de surveillance et…

— C'est le plus beau compliment qu'on m'ait jamais fait », je bredouille.

Après quoi je me jette dans ses bras et fonds en larmes.

SUZY KOH : Oh, mon Dieu, c'est une blague ? C'est ce qu'il a dit ? Il n'a rien trouvé de mieux avant d'assommer Tony ?
MARISSA DAHL : D'accord, mais ça m'a touchée, parce qu'il faisait référence à mes besoins émotionnels et pas à mes...
SUZY KOH : Mais c'était l'occasion de sortir une réplique culte !
MARISSA DAHL : Je crois que vous allez devoir en parler avec Isaiah, je ne sais pas vraiment quoi vous...
SUZY KOH : « Clap de fin. »
GRACE PORTILLO : « Voilà, monsieur DeMille, je suis prête pour mon gros plan. »
SUZY KOH : « Je crois que ceci est *la fin* d'une belle amitié. »
GRACE PORTILLO : « Rendez-vous sur la piste de la salle de montage. »
MARISSA DAHL : Oh purée, c'est bon, on a fini ? Par pitié, dites-moi que c'est fini. [*Un temps.*] J'aimerais vraiment qu'on en finisse.

31

J'attends avec le serrurier/infirmier pendant qu'il remballe ses affaires, regrettant un peu de ne pas lui avoir donné plus de travail. Tony a déjà été transféré en hélicoptère dans un hôpital de Lewes où ils pourront soigner sa commotion. Quant à moi, j'ai seulement le nez cassé… et le bras déglingué, et un tas d'égratignures et de bleus, plus de quoi alimenter mes cauchemars pendant au moins dix ans.

Mais à part ça, je suis indemne.

Nick est en train d'interroger Isaiah près du stand de pop-corn, à cinq ou six mètres de moi. Il griffonne sur son carnet, tandis qu'Isaiah dessine quelque chose en l'air. Mes yeux s'arrêtent un instant sur sa nuque.

L'infirmier enfonce ses mains dans ses poches et se balance en arrière.

« Alors, comment va votre bras ? » demande-t-il.

Je le dévisage.

« Vous venez de l'examiner.

— Je peux revérifier, si vous voulez.

— Non, merci.

— OK, fait-il en hochant la tête. OK. »

À présent, Nick est en train de gesticuler avec son stylo, et Isaiah opine. Sa main triture quelque chose à son poignet… il défait le bouton pour pouvoir remonter sa manche. Puis il remonte aussi l'autre avant de se stabiliser, les mains sur les hanches.

« Et vous vous retrouvez souvent dans ce genre de situation ? »

Je me tourne lentement vers l'infirmier.

« De quel genre vous parlez ? Des meurtres ? »

Il ferme les yeux très fort et se passe une main dans les cheveux.

« Non, je…

— Marissa ! »

C'est Nick, qui me fait signe de les rejoindre.

Je m'exécute en traînant un peu les pieds. Je ne peux pas m'empêcher de penser à la réaction qu'a eue Nick en arrivant sur les lieux, à la façon dont il s'est précipité vers Tony pour tâter le pouls à sa gorge avant même de songer à regarder comment j'allais. En approchant, j'étudie sa beauté conventionnelle d'homme blanc – cheveux roux mis à part – et je me demande s'il était destiné dès sa naissance à devenir un sale type.

(Pourquoi est-ce qu'Isaiah ne me regarde pas ? Est-ce que je lui fais honte à ce point ?)

« Vous avez été beaucoup plus sympa avec Tony qu'avec Billy », voilà la première chose que je dis à Nick.

Il hausse les sourcils et se gratte la joue.

« Ben, vous savez…

— Que Tony est riche et célèbre, et qu'en plus c'est votre vieux copain ? Ouais.

— Marissa… », murmure Isaiah.

Nick éclate de rire.

« Quoi, maintenant c'est moi le méchant ?

— Non, je réponds. Les méchants font avancer l'intrigue. Vous êtes juste la complication de l'acte II. »

Il me regarde d'un air hébété. J'imagine qu'il n'a pas dû lire les leçons de scénario de Robert McKee.

Finalement, il secoue la tête et cherche une page vierge dans son carnet.

« Je dois prendre votre déposition préliminaire, déclare-t-il.

— Ça ne peut pas attendre ? proteste Isaiah.

— C'est juste quelques questions pour l'instant. On garde le meilleur pour demain. »

Je baisse la tête. Je déteste l'idée d'avoir à rester enfermée dans une pièce mal éclairée pour passer en revue les événements des trois derniers jours, encore et encore, jusqu'à ce que ça ait l'air de tenir debout, même si c'est précisément ce que je fais presque tous les jours depuis onze ans. Et même si c'est ce que j'ai l'intention de faire pendant les cinquante prochaines années. C'est loin d'être aussi marrant quand c'est votre propre histoire.

« La mort de Caitlyn était un accident, je bredouille. Elle est tombée dans l'escalier de la salle de projection. Violet a transporté son corps sur la plage parce qu'elle avait peur que l'hôtel soit tenu pour responsable. »

Nick me dévisage en haussant les sourcils.

« Ou sinon on attaque le meilleur tout de suite, apparemment.

— Comment vous savez ça ? » demande Isaiah en se tournant – enfin – vers moi.

Je le scrute. Est-ce du dégoût que je lis dans la moue de son menton ? De la désapprobation dans la forme de sa bouche ? De l'exaspération dans la ligne de ses épaules ? Que peut-il bien penser ? Est-ce que j'ai gâché ça aussi ?

Il baisse les yeux pour examiner sa chemise.

« J'ai quelque chose sur moi ? » demande-t-il.

Même si j'ai mal au nez, aux genoux, aux bras, à la tête, ça fait des années que je ne me suis pas sentie aussi bien. Parce qu'il a tout à coup des plis au coin des yeux.

Je n'ai rien gâché du tout.

Je me tourne à nouveau vers Nick, prête à continuer.

« Au sujet de Violet... »

Une chose dont on ne parle jamais dans les films : tous les petits détails qui restent en suspens. Il faut presque deux semaines aux autorités pour finir de les résoudre, mener les interrogatoires nécessaires, remplir la paperasse nécessaire, boire la quantité de café nécessaire, et tant que ça n'est pas terminé on est tous consignés ici, à l'hôtel. Tout le monde est vite à cran, grincheux, à l'étroit. Le couloir est bientôt jonché des gobelets de café en carton abandonnés par les enquêteurs, le peu de personnel restant trop occupé ou indifférent pour les ramasser.

La majeure partie de l'équipe technique a été libérée dès le premier week-end, mais je n'ai pas eu cette chance. Je suis trop impliquée, trop centrale, comme après une avant-première quand l'acteur principal se retrouve coincé pour la conférence de presse alors que les rôles secondaires s'envoient des cocktails au bar de l'hôtel.

Mais la routine, ça me connaît, et je ne tarde pas à m'en trouver une à peu près supportable : je passe mes journées à discuter avec des flics du Delaware et des avocats de Californie, et mes nuits dans ma chambre à fixer le plafond, la chatte lovée sur mon ventre. J'aimerais pouvoir dire que je suis en état de choc, chamboulée par tout ce qui est arrivé, mais la vérité est que je suis toujours comme ça quand je dois rester avec des gens trop longtemps d'affilée. Ensuite j'ai besoin de m'aliter, comme une dame de l'ère victorienne qui souffrirait des nerfs.

Bien sûr, ça ne doit pas aider d'avoir, en l'espace de deux semaines, découvert un cadavre, démasqué un assassin et passé non pas un mais *deux* coups de fil à des inconnus.

Tous les soirs, après le service du dîner, Suzy et Grace me rejoignent avec des piles de sandwichs au beurre de cacahuète… et depuis peu également des oranges, car il semblerait que la mère de Suzy commence à s'inquiéter du scorbut. Elles ne me demandent jamais si elles sont les bienvenues, et je ne leur suggère jamais le contraire, car pourquoi s'embarrasser de formalités quand nous savons toutes qu'au bout du compte elles finiraient par m'avoir à l'usure ?

Je leur ai donné la permission de répondre comme ça leur chantait à toutes les demandes d'interview que j'ai reçues depuis que la nouvelle de la mort de Liza a éclaté, et elles passent des heures, penchées sur mon ordinateur, à ricaner de mèmes que je suis déjà trop vieille pour comprendre.

Gavin, de son côté, a pris l'habitude de nous rejoindre après la fermeture du bar. Il aime s'allonger sur la causeuse, les mains croisées derrière la nuque, les pieds ballants par-dessus l'accoudoir, les épaules bien calées sur des coussins. Il ne dit pas grand-chose, il se contente de zapper d'une chaîne à l'autre en pestant dans sa barbe contre la télé-réalité ; vraisemblablement, il a oublié ce que le site IMDb retiendra à jamais : qu'il a été juge invité dans trois émissions de *Britain's Got Talent*.

Lui non plus ne m'a pas demandé si ça ne me dérangeait pas, mais je n'en attendais pas moins de lui.

Je ne vois pas beaucoup Isaiah. Il est occupé à d'autres choses. Des choses officielles. Mais il vient toujours nous faire un coucou avant d'aller se coucher. Il passe la tête par la porte de communication et me regarde, moi.

« Toujours réveillée ? demande-t-il.

— Toujours réveillés », on répond.

Aucun de nous n'arrive à dormir, naturellement.

Ce qui ne veut pas dire que je n'essaie pas. Mais quand je ferme les yeux, je réussis au mieux à sombrer dans un genre de demi-sommeil, un endroit où des images brumeuses, macabres, surgissent dans ma tête comme des bêtes sauvages, même si j'ai encore la présence d'esprit d'espérer – distraitement, de loin – que je suis juste en train de penser à Buñuel, à Dulac ou à Deren. Je n'aimerais pas être capable d'imaginer des trucs pareils par moi-même.

Quand je suis éveillée, je n'arrête pas de ressasser les différents éléments du meurtre, comme si on était encore en plein dedans et qu'il n'avait pas déjà connu son dénouement – alors que, hélas, c'est très clairement le cas –, et sans m'en apercevoir je me laisse aller à des divagations extravagantes, déplacées, dans lesquelles quelque chose d'autre nous attend, un nouveau développement, un rebondissement de dernière minute, la révélation que nous ne sommes même pas vraiment ici, tous les quatre, que nous sommes tous en train de rêver, ou bien morts, assassinés par Tony dans une version encore plus sombre, plus sanglante, où les choses ont encore plus mal tourné, et que ceci est notre purgatoire. Ou bien que Liza était en fait la fille cachée de Caitlyn, ou que Tony est mon père, et Suzy et Grace des esprits, des jumelles secrètes ou les purs produits de mon imagination. Que Caitlyn est vivante, en pleine forme, coulant des jours heureux à Long Island. Que c'était moi la tueuse depuis le début.

Projets maléfiques, arnaques sophistiquées, complots retors, c'est toujours la même chose : la satisfaction d'un besoin narratif. Parce que, si Dieu est d'humeur joueuse, rien ne vaut un bon « et si ? », pas vrai ?

Comme :

Et si j'avais appelé Annemieke plus tôt ?

Et si je n'étais pas retournée dans la salle de projection ce soir-là ?

Et si j'avais jeté un œil derrière ce rideau et vu Tony avec Liza ?

Et si j'avais pris Beverly Glen Boulevard au lieu de Coldwater ?

Et si j'avais lu ce foutu scénario ?

Ce serait tellement plus simple s'il y avait derrière toute cette histoire un cerveau à qui je pourrais m'en prendre.

Quand je finis par m'endormir pour de bon, c'est sur la délicieuse image de Josh implorant mon pardon, me confessant en larmes que c'est lui qui tirait toutes les ficelles depuis le début.

Le troisième soir, quelqu'un frappe à la porte de ma chambre. Suzy et Grace relèvent la tête en sursaut, la chatte bondit de mon ventre et file se cacher sous le lit.

« Marissa ? Tu es là ? C'est Anjali. »

Personne ne bouge.

Enfin, personne à part Gavin, qui attrape la télécommande, la pointe vers la télé et monte le son.

« Je suis avec Kyle », ajoute Anjali au bout d'un moment.

Je jette un coup d'œil à Gavin. *Qui ça ?*

Un con, articule-t-il en silence.

Mais Anjali continue à toquer, si bien que Grace se lève et se traîne jusqu'à la porte avec un soupir théâtral et une moue magnifique. Elle ouvre le loquet, fait tourner le verrou et retire la chaise que l'un d'entre nous avait dû coincer sous la poignée.

Anjali se fige en voyant qui il y a dans la pièce avec moi. Derrière elle se trouve le big boss qui m'a embauchée.

Kyle, donc. C'est son nom.

« On espérait pouvoir te parler en privé », dit Anjali d'une voix aiguë et hésitante.

Je m'entortille les mains dans le drap et me redresse sur le lit.

« Ma réponse est non, je fais.

— Ce ne sera pas long, intervient Kyle. Juste une ou deux journées de votre temps. »

Gavin semble émerger de sa torpeur pour la première fois de la soirée.

« Darling, me demande-t-il. De quoi il parle ?

— Ils retravaillent le film, j'explique. Pour en faire un documentaire. J'imagine qu'ils veulent mon témoignage. »

Gavin se laisse retomber sur ses coussins.

« Oh, putain… »

Kyle ajuste ses lunettes, se racle la gorge.

« On vient d'apprendre qu'il n'y aurait pas de poursuites contre Violet, et nous sommes enfin parvenus à un accord avec le procureur pour pouvoir avoir accès à Tony pendant qu'ils préparent le procès. Donc tout le monde est officiellement de la partie… Tout le monde sauf vous.

— Vous n'avez qu'à prendre une actrice pour jouer mon rôle à ma place, je suggère. Ce n'est pas comme si les gens connaissaient ma tête. »

J'ai dit ça pour être utile, vraiment, mais c'est sorti sur un ton bougon et aigri, si bien que je suis sur le point de m'excuser quand… je m'aperçois brusquement que je ne dois rien à ce type. Mes lèvres se courbent en une forme à laquelle elles ne sont pas habituées, et je sens tout à coup d'étranges picotements sous mes ongles.

Ne se laissant pas démonter, Kyle vient s'accroupir devant moi.

« Marissa, c'est un projet vraiment très spécial », dit-il, comme si cela avait un sens dans ce métier.

Los Angeles est une ville où des milliers de panneaux publicitaires promeuvent des milliers de films et, comme par miracle, chacun d'entre eux est *captivant*, *surprenant*, *extraordinaire*, *une révélation*. Une exposition prolongée à ce genre de langage, ça finit par vous affecter. Même les échanges les plus simples deviennent un exercice de pyrotechnie descriptive. Personne à Hollywood ne va juste bien. Ils vont *super bien*. Ils sont *au top*. Ils *pètent le feu*. Tout ça ne veut rien dire.

C'est curieux, mais… ça me manque horriblement.

« Je veux juste rentrer chez moi », je réponds.

Kyle tape dans ses mains.

« Parfait. On fait ça à L.A. »

Gavin laisse échapper un grognement.

« Je crois que tu n'as pas bien compris, Kyle. Elle ne peut pas te blairer. Elle ne le fera pas. »

Quelqu'un réprime une exclamation. Suzy, je crois. Ou peut-être moi.

Kyle se tourne vers moi avec une expression peinée.

« Marissa ? C'est vrai ? »

Ma bouche s'ouvre et se referme plusieurs fois.

« Ça change quelque chose ? » je finis par dire.

Il se relève et se remonte les manches au-dessus des coudes.

« Et si je passais un coup de fil à votre agente ?

— Ceci n'est pas une négociation », je déclare.

Il sourit.

« Tout est une négociation.

— Dans ce cas, intervient Gavin, combien vous voulez pour foutre le camp d'ici ? »

Le visage de Kyle se durcit.

« Quand vous aurez fini de vous comporter comme des enfants, on se reparle. »

Ils s'apprêtent à partir.

J'écarte les couvertures.

« Anjali ! Attends. »

Elle pivote sur elle-même et me dévisage, un peu hagarde.

« Qui ? Moi ? »

Elle a le teint terreux. Les lèvres pâles. Je jurerais que ses sourcils se sont dégarnis.

Elle a vraiment une mine épouvantable.

« Ne me dis pas que tu as vraiment envie de faire ça. »

Elle plisse le front.

« De faire quoi ?

— De bosser pour ce *clown* », répond Gavin à ma place.

Elle jette un coup d'œil à Kyle. Il est déjà au téléphone, indifférent à tout ce qui se passe autour de lui.

« Ben, c'est-à-dire… Faut bien bosser. »

Je sors de mon lit.

« Anjali, tu vaux mieux que ça. »

Un muscle palpite sous son œil.

« C'est facile à dire venant de toi. Tu es la pote de lycée d'Amy Evans, putain !

— La pote de fac, en fait.

— Tu crois que, moi, je pourrais trouver du boulot dans ce milieu en ayant ta tronche ? Ben non, figure-toi. Moi, j'ai pas le loisir d'être *bizarre*.

— Je ne suis pas…

— Tu ne te rends pas compte de la *chance* que tu as ? On n'a pas tous un futur oscarisé sur qui se rabattre. Alors, monte sur tes grands chevaux si ça te fait plaisir, moi je vais m'assurer que je peux continuer à payer mon loyer. »

Et elle sort de la pièce comme une furie, en claquant la porte derrière elle.

Le sixième soir, pendant que Gavin lance des regards noirs à un couple marié qui recherche une maison de vacances à la Barbade, Grace s'éclaircit la voix.

« Marissa ? »

Je laisse ma tête rouler sur le côté.

« Hmm ?

— Tu as reçu un mail. D'Amy. »

Ma main tressaille, et je griffe le dos de la chatte avec un ongle sans faire exprès. Elle se réveille en sursaut et dégringole sur le lit en me regardant d'un air méfiant par-dessous sa patte.

« Marissa ? répète Grace. Tu as entendu ?

— Qu'est-ce que ça dit ? »

Elle hésite.

« Ça a l'air perso. »

Je repose la chatte sur mon ventre et lui caresse le museau.

« Je le lirai plus tard. »

Le dixième jour, Suzy et Grace annoncent qu'elles songent à faire un podcast. Ce ne sera pas comme tous ces *autres* podcasts de faits divers, s'empressent-elles de me garantir.

Je leur réponds, avec toute mon affection, qu'il faudra me passer sur le corps.

Le treizième jour, on nous libère enfin. Les filles partent les premières, vers l'heure du déjeuner, après avoir entassé une impressionnante quantité de bagages dans le coffre d'un van de douze places qui paraît tout juste assez grand pour contenir le groupe de cuistots baraqués et tatoués qui patientent à proximité en bavardant et en fumant une dernière cigarette. La plupart des employés de l'hôtel ont été remerciés depuis plusieurs jours déjà, mais eux sont restés pour garder un œil sur les filles.

Suzy enfonce son épaule contre le hayon jusqu'à ce qu'il ferme. Puis elle se tourne vers moi en essuyant la sueur à son front.

« J'aimerais bien te faire un câlin, dit-elle, mais je veux aussi respecter ton intégrité corporelle.

— Parce que tu as complètement le droit de ne pas aimer les câlins », renchérit Grace en s'approchant.

Suzy opine.

« N'oublie jamais que tu es la chef de ton propre corps. »

Je devrais les laisser faire. Vraiment. Je devrais les attirer contre moi, méditer sur la force de leurs petits bras, l'aisance de leur affection, l'étonnante amplitude de leur compassion, et je devrais décider, à partir de maintenant, de mettre de côté ma peur, mon inconfort et mon déplaisir pour embrasser, au propre comme au figuré, l'aptitude illimitée de l'être humain à l'amour. J'entends presque le bruit que ça ferait : le *plonk* satisfaisant de l'arc d'un personnage qui s'emboîte à l'emplacement prévu.

Je vais même jusqu'à faire un demi-pas vers elles.

Mais peut-être que cet arc n'en est pas un. Peut-être que c'est une boucle, résolument close sur elle-même.

Peut-être que je ne dois pas me sentir obligée de changer. Une idée radicale.

Trop radicale pour moi, je crois. Parce que je ne veux pas qu'elles se sentent rejetées, ou qu'elles s'inquiètent de ne pas être aimables, ou qu'elles pensent que j'ai tort… ou qu'*elles* ont tort.

Alors j'ouvre les bras et leur fais signe d'approcher. Quand leurs doigts appuient sur mes omoplates, j'ai presque envie d'être une sauterelle, une araignée ou un serpent, pour pouvoir déguerpir en leur abandonnant ma mue, mais je prends sur moi. Je veux au moins leur offrir ça.

Au bout d'une éternité, elles finissent par me lâcher. Suzy dégaine son téléphone et tapote sur l'écran.

« T'es sur Facebook ? me demande-t-elle.

— Non.

— Twitter ?

— Certainement pas.

— Kik ?

— Tu inventes ! »

Suzy et Grace échangent un regard.

« Pas grave, reprend Suzy, on te trouvera. C'était pas une blague, notre histoire de podcast.

— Et ce n'était pas une blague, il faudra me passer sur le corps. »

Elles me sourient encore d'un air implorant à travers le parebrise arrière, tandis que le van les emporte.

Je suis sûre que je ne tiendrai pas deux semaines avant de céder.

Gavin, comme de bien entendu, se fait évacuer en hélicoptère. Il ne se donne même pas la peine de dire au revoir. Il sait que ça gâcherait sa sortie.

Après ça, il ne reste plus qu'Isaiah et moi.

Petit Bob nous dépose au port sans tambour ni trompette.

« Ça fait partie du taf », grommelle-t-il quand j'essaie de le remercier.

Comme si la production n'avait pas mis la clé sous la porte de façon brutale et spectaculaire. Bien que, selon toute vraisemblance, si quelqu'un a réussi à se faire payer jusqu'au bout, c'est sans doute les chauffeurs.

Pendant que j'enfile les bretelles de mon sac à dos, Isaiah se dirige vers l'extrémité sud de l'embarcadère et le yacht affrété par Anjali pour transporter le reste de l'équipe. Je mets un moment à me rendre compte que la valise à roulettes qu'il traîne derrière lui est la mienne.

Je cours la lui reprendre.

« Je ne pars pas avec vous, je dis.

— Ouais, je sais, vous détestez l'eau. On a déjà eu cette conversation.

— Non, je veux dire que… j'ai prévu un autre moyen de transport. »

Il jette un coup d'œil par-dessus mon épaule, en direction du deuxième bateau amarré là.

« Vous êtes sûre ?

— Certaine.

— C'est l'heure des adieux, alors ?

— Faut croire, oui, je réponds en fixant mes orteils, que je remue un peu à l'intérieur de mes chaussures. Je préfère vous prévenir, je ne suis pas très douée pour ce genre de choses.

— Quel genre de choses ?

— Garder le contact, tout ça. Entretenir les amitiés. Je, euh… je n'aime pas trop les mails, ni le téléphone. Et je n'aime pas les textos non plus. Parce que chaque fois que j'essaie de faire un geste envers quelqu'un, c'est un fiasco, genre je me mets à beaucoup trop parler de P. T. Anderson, ou à répondre à trop de questions rhétoriques, ou à envoyer trop de SMS d'affilée même si j'ai un Post-it collé sur mon ordinateur où il y a écrit, littéralement : "Ne pas envoyer trop de SMS d'affilée." Mais il faut que vous sachiez que ça ne veut pas dire que je ne penserai pas à vous. »

Je reprends mon souffle et relève les yeux vers lui.

« Sans aucun sous-entendu, hein, j'ajoute. Je veux juste dire que je vous souhaite le meilleur. Dans la vie. En général, quoi.

— Ça changerait quelque chose si je vous disais que j'accepte aussi les télégrammes ? »

Je secoue la tête.

« Comment je pourrais vous envoyer un télégramme ? Je ne sais même pas où vous habitez. »

Ses lèvres s'incurvent vers le haut.

« Peut-être qu'un jour vous le saurez. »

Je m'autorise une dernière fois à regarder les rides au coin de ses yeux.

« Au revoir, Isaiah. »

Je prends ma valise et fais demi-tour pour me diriger vers l'autre extrémité du quai.

« Hé, Marissa ! »

Je me retourne.

« Oui ?

— Combien faut-il de Rangers pour changer une ampoule ?

— Je ne sais pas. Combien ?

— Cinq. Un pour changer l'ampoule et quatre pour en parler au *Tonight Show*. »

Je penche la tête sur le côté et j'étudie son visage.

« C'est drôle parce qu'ils adorent qu'on parle d'eux, je finis par dire.